U0112442

江湖的倒影

金庸的武侠世界与人生寓言

彭洁明　著

岳麓书社 · 长沙

图书在版编目（CIP）数据

江湖的倒影：金庸的武侠世界与人生寓言/彭洁明著.—长沙：岳麓书社，
2024.3（2024.4重印）

ISBN 978-7-5538-1901-3

Ⅰ.①江… Ⅱ.①彭… Ⅲ.①金庸（1924-2018）—侠义小说—小说研究
Ⅳ.①I207.425

中国国家版本馆CIP数据核字（2023）第195582号

JIANGHU DE DAOYING: JIN YONG DE WUXIA SHIJIE YU RENSHENG YUYAN

江湖的倒影：金庸的武侠世界与人生寓言

作　　者丨彭洁明

出 版 人丨崔　灿

责任编辑丨刘书乔　孙　林

责任校对丨舒　舍

书籍设计丨赤　祥

营销编辑丨谢一帆　唐　睿　向媛媛

岳麓书社出版发行

地址丨长沙市岳麓区爱民路47号

承印丨湖南天闻新华印务有限公司

开本丨880mm×1240mm 1/32　印张丨15.125　字数丨376千字

版次丨2024年3月第1版　印次丨2024年4月第2次印刷

书号丨ISBN 978-7-5538-1901-3

定价丨88.00元

如有印装质量问题，请与本社印务部联系

电话丨0731-88884129

江湖何在？

南美亚马孙丛林中的一只蝴蝶扇动了一下翅膀，就可能引起美国得克萨斯州的一场龙卷风——"蝴蝶效应"的理论，已经广为人知。然而，"蝴蝶效应"不仅能跨越空间发生作用，有时候，它还能穿越时间，在岁月中留下漫长的回声。1998 年，当十四岁的我踏入家附近的租书店，花五角钱租下《天龙八部》的第一册时，并没有预料到，这件事于我而言，就是蝴蝶的振翅。

二十五年之后，我尝遍了人生百味，走过了山南水北，眉间有了光阴的刻痕，但自认依然未改初服。我之所以成为今天的我，是无数际遇叠加的结果，而在这玄妙混沌、复杂难测的无数际遇中，我总会把"邂逅金庸小说"放在极为重要的位置。金庸有无数的读者和拥趸，在这千万人中，我不显赫，不高超，亦不伟大，不过有时反躬自省，差可自慰之处，是觉得自己还算热忱、鲜活。我的真诚、勇气，以及胸臆中摇荡的柔情和壮思，与金庸小说的教益不无关系。正因如此，金庸小说对我而言永远是特别的，我也永远感谢金庸。

虽说我深受金庸小说的教益，但其实，金庸的高明之处正在于，他从未刻意教诲世人。在他眼中，世界五色斑斓，人性善恶俱存，人生苦乐交杂。他用观世之眼、悯世之心创造了一个江湖，让攘攘劳劳的人们，多了一方游目骋怀的天地。

　　什么是"江湖"？它的外壳，是奇诡炫目的武功、来去自如的侠客、纷繁芜杂的门派、恩怨纷争的武林；而它的内核，是炽热难熄的欲望、纠缠难解的情愫、一夫当关的豪情、九死不悔的信念。不错，"江湖"，就是人生。人生中所有的欢乐、苦痛、无奈、纠缠，它都有，只是，它是比我们的日常更戏剧化、更热烈的那个版本。江湖中有快意恩仇，也有身不由己；有挥洒自如，也有进退两难；有掉头不顾，也有百转千回。读金庸小说，我们能代入，能投射，能在人物的身上看到自己，能在他们的生活中看到世界——这种特质，当然是所有优秀的文学作品所共有的。但我想说的是，金庸小说中不仅有坚实的、可以踏足的大地，还有广袤的、可以仰望的天空。金庸一直在回答关于人生的种种问题：人性善与恶的极致是怎样的？一个人可以有多大的勇气去面对人世的磋磨和人生的绝境？人在面临"两难选择"的时候应该怎么办？人应该怎样自知、自见、自我超越？为什么"情"和"义"对人来说重逾生命？

　　当然，这些问题，金庸并不是直接提出、直接回答。金庸是个擅长讲故事的人，平素十分谦逊的他，也深知自己的这一天赋，他曾说："我可以把平平无奇的一件小事，加上许多幻想而说成一件大奇事。"听过他口述故事的人，都很认同他的说法。1955 年到 1972 年的十七年间，金庸致力于用笔来写故事，这只是他主业之外的一项工作，无心插柳，竟成森林。他写了无数的故事、无数的人物，据我所知，爱读金庸小说的人往往有一个爱好，就是和同好一起讨论喜欢金庸小说中的哪个人物，又讨厌哪个人物。任我行说举世他佩服的人有三个半，不佩服的人也是三个半，而金庸的读者面对小说中的诸多人物，会觉得"三个半"的名额远不足以容下他们的爱憎。这当然是金庸的成功：他造出来的江湖，如此波澜壮阔；他写出来的人物，如此鲜活生动。

就我个人而言，我倾慕萧峰的本色坦荡，也喜欢张无忌的温和慈悲；我心仪令狐冲的洒脱不羁，也欣赏杨过的热忱真实。此外，郭靖的正道直行、胡斐的至情至性、段誉的真挚谦和、郭襄的天真率直、程灵素的深情婉转、任盈盈的恬退隐忍、仪琳的真淳至善，或令我肃然起敬，或让我心向往之，或使我思之莞尔。金庸笔下的江湖儿女，呈现了若干种理想的人格范本，他们和我们同受七情六欲之累、生死无常之限，却比我们更决然、更洒落、更超脱。郭靖义守襄阳二十年，知其不可为而为之，最终与城同殉；杨过救友人、救故人、救敌人、救仇人，"热血一冲"，死生不问；张无忌武功卓绝，医术通神，却不向逼死自己父母的仇人复仇，因他懂得世间最难的事是"放下"；萧峰手握兵权，身居高位，拥有了热衷名利的人们向往的一切，却因不愿以万骨之枯成一己之功，最后自尽于雁门关。

"惟其义尽，所以仁至"，金庸笔下的豪侠们，从不标榜自己仁善，也并不觉得自己了不起，他们只是从心而行，尽力而为，如此而已。读金庸小说，我常常热血沸腾，神游天际，暗叹如此过活，方不枉一世为人。掩卷之后，我也清楚现实中没有降龙十八掌和九阳神功，知道现实中的人没办法随意跃马山川、浮舟江海，但我愿意相信，当郭靖、杨过、张无忌、萧峰、令狐冲这样的人被写出来时，人性的边界便已经被拓宽了。他们像镜子，让困于凡尘的我们自惭形秽；也像星辰，让翘首瞻望的我们心怀希冀，愿意相信"我欲仁，斯仁至矣"，愿意相信尘世中有超越柴米油盐之琐碎、利益得失之短长的东西。

不过，读金庸小说，绝非看情节来猜"他是好人还是坏人"的游戏。金庸深知人性的复杂，也最体谅凡人的不得已。他笔下的所谓

"恶人"，并不只是主角的背景板、小说中的工具人。他们有来龙去脉，不会因为情节的需要突然出现；他们有自己的爱和痛，不是千篇一律的"大白脸"。读者不会忘记金庸笔下的李莫愁、马夫人、慕容博、岳不群——如果以善恶的标准说，他们毫无可取之处，但他们是极成功的小说人物，不仅给人留下深刻印象，还让人掩卷深思。

更让人感慨的一类人物，是身处善恶之间，被无常捉弄的那些人，如谢逊、慕容复、林平之。他们奋力和命运相抗，却一败涂地，身入魔障。幸运一点的，最终获得救赎；不幸的，最终走向毁灭。在金庸笔下，有的人毫不费力就能称心顺遂，有的人费尽心力却南辕北辙，因为金庸始终相信，不谋求更好，不着力更佳，不刻意更高明。可与此同时，金庸绝不轻视、苛责那些已经拼尽全力的人，哪怕他们不幸走上歧路、最终吞下苦果。金庸对凡人的弱点和由之而生的苦难，总是怀着唏嘘和悲悯。不过，也有一种人是金庸常常批评和讥讽的，那就是欲念满身，为获得名位、利益、权力而汲汲营营，甚至践踏、伤害他人的人，如公孙止、鸠摩智、左冷禅、戚长发。金庸勾勒出他们的面目，是为了警醒世人：有的"登天"之路，是以把灵魂出卖给魔鬼为代价的。

虽然金庸常常赋予不谋求、不着力、不刻意的人"幸运"的人生，如他让无心学武的段誉学到绝世的武功，让无欲无求的虚竹得享世俗意义上的"成功"，让全无机心的石破天每每化险为夷，甚至"征服"了那些城府深沉者，但与此同时，金庸也欣赏、讴歌那些心怀"精诚"的人——这两者并不矛盾。文天祥说天地间的"正气"赋形之后，"在齐太史简，在晋董狐笔。在秦张良椎，在汉苏武节。为严将军头，为嵇侍中血。为张睢阳齿，为颜常山舌"，同样，"精诚"也可以有无数种表现形式。

精诚可以付诸天下，也可付诸爱人——郭靖不畏铁木真、忽必烈的天子之威，为天下黎民，生布衣之怒；十六年的时光，没有冲淡杨过的相思之情，他在断肠崖候小龙女未得，悲痛欲绝，纵身跃下了万丈深渊。精诚者可以一往无前，也可以及时转身——赵敏只身闯入张无忌的婚礼现场，面对一干高手的阻拦、面对范遥"世上不如意事十居八九，既已如此，也是勉强不来了"的劝阻，说"我偏要勉强"；程英爱上了杨过，自知他已有良缘，只默默做一个"局外人"，对陆无双说着"你瞧这些白云聚了又散，散了又聚，人生离合，亦复如斯，你又何必烦恼"，却"忍不住流下泪来"。精诚者有时是幸运的，杨过跃下悬崖，落入寒潭，竟然寻得了去谷中秘境的路，由此与分离十六年的小龙女重逢；但有时候，他们是不幸的，陈近南一生辅佐郑氏反清复明，心怀坦荡，行事磊落，却为郑克塽所忌，最终遭其偷袭而死。但是，得失成败，生死荣辱，何曾减损精诚者的意志！彭莹玉不愿说出白龟寿的下落，一目已被丁敏君刺瞎，然而他面对剑刃，还是轻蔑一笑，说"大丈夫做人的道理，我便跟你说了，你也不会明白"；令狐冲宁死不肯加入日月教，面对任我行以名利相诱、以婚姻相胁、以解吸星大法反噬之法相逼、以死亡相迫，还是断然拒绝，说道："大丈夫涉足江湖，生死苦乐，原也计较不了这许多。"

不难看出，在金庸的笔下，"情义"是顶重要的事。师徒之情，不减父子，张三丰师徒即如是；金兰之契，有如手足，谢逊、张翠山夫妇即如是；知音之交，可托性命，刘正风、曲洋即如是；爱侣之间，死生相从，杨过、小龙女即如是。但"情"不仅仅存在于光芒万丈的主角、英雄身上，也存在于反角、小人物身上。商剑鸣不是什么好人，但在他死后，他的妻子商老太"仍然崇拜他，深深地爱他，至老不减，至死不变，对他的死亡永远感到悲伤，对害死他的人永远强烈憎恨"；东方不败是野心勃勃的枭雄，平生造恶无算，可他的旧友童百熊，却对他关怀备至，哪怕被他冷落、辜负、伤害，还是至死不改热忱。

虽然金庸小说中的人物可以为了情义放下一切、承担一切，但他们不会因此忘记自我、失去自我。任盈盈愿意以自己的性命来换令狐冲的性命，却不愿意勉强他来感激自己、为自己付出；张无忌护送杨不悔万里寻父，途中屡遇风险，多次舍身相护，后来将杨不悔送到坐忘峰，杨道问他要什么报答，他慨然推拒，对自己舍身相护杨不悔的事一句不提。令狐冲被岳不群逐出华山派后，恰遇少林寺方丈方证大师提议收他为徒，但令狐冲不愿托庇于人，致谢之后坦然拒绝。金庸笔下的精彩人物，往往都有强大的自我，知道自己来自何方、去往何处，知道什么可以接受、什么应该拒绝，也知道何时需要奋进、何时应当抽身。

很多问题，金庸有明确的答案，便在故事中透过人物的际遇说出来。但有的问题，金庸只是提出，并不回答。人能真正明白别人、明白自己吗？胡斐以为自己很明白，可是他没想到，自己一直鄙夷的南兰，最后救了自己。人能超越身份、族群的界限，一视同仁地待人吗？这事萧峰尝了无数的苦，终于明白了，可他身边的很多人一直不明白。人能放下自己的执念，获得救赎吗？谢逊、萧远山会认为世上真的有救赎一事，而李莫愁、林平之却不会相信。人类的问题，一直是金庸小说中的核心问题。有时候他有"药"，有时候他点出"病"，而有时候，他只是悄然唏嘘。

江湖中有无数的故事，但是所有的故事，都会有一个结局。金庸不会让他的人物永远在江湖上徜徉。大多数时候，金庸会让他们在悲欢历尽之后，给世人留下一个远去的背影。华山之巅，杨过作别郭靖、黄蓉、周伯通、黄药师、郭襄等一干人："今番良晤，豪兴不浅，他日江湖相逢，再当杯酒言欢。"袍袖一挥，飘然而去。但是，在场的诸位，从此再也没和他相逢。除了杨过，陈家洛、袁承志、张无忌、令狐冲、韦小宝等人都离开了江湖。金庸相信，在场时就该尽情尽兴，责无旁贷时就该生死以之；但金庸同样相信，屠龙的勇士要警惕自己成为恶龙，在洪流中做中流砥柱自然了不起，但人永远不要忽视人性的弱点。长久被仰望、被尊奉、被歌颂不一定是好事，那意味着有可能被裹挟、被绑架，或是渐渐迷失。所以，在洪流过去之后，还是及早抽身的好。

再跳出一层看，江湖永远不缺豪杰。"江山代有才人出，各领风骚数百年"，金庸不会让他的人物永远在顶峰上伫立，"君子之泽，五世而斩"，杨康油滑卑鄙，其子杨过却成了一代大侠；郭靖慷慨坦荡，其女郭芙却平庸粗陋。金庸也明白，万事有生灭，一切有尽头，"霸业等闲休，跃马横戈总白头"，所以在《射雕英雄传》中，金庸借周伯通之口讲了这样一个故事：一个叫作黄裳的人有众多仇家，他为了报仇，多年苦修，终于练成高明武功。等他出山去寻仇家时，却惊讶地发现他的仇人很多已经死去，而当年一个十六七岁的小姑娘，已成了病骨支离的老婆婆。原来他沉溺武功，没察觉已过去了四十多年。这时他猛然醒悟，原来世间最厉害的，不是武功，是"时间"。

"时间"不会放过任何人，古今贤与不肖，概莫能外。2018 年 10 月 30 日，金庸与世长辞。那是一个星期二的晚上，我在选修课课间随意打开手机，在新闻上看到了这一消息，一时间，胸中如受重锤，久久不能平静。其实，我明白，能在千万年时间的荒野中，与这样一位自己真心尊崇的作家同处一个时代，已是莫大的幸运。当金庸在台灯下，在稿纸上写下一个个故事时，他或许无暇遐想后面的那些事。

不过我相信，于世界而言，三十一岁的金庸决定开始写小说，也是亚马孙蝴蝶的一次振翅。这次振翅，不仅能穿越我二十五年的人生，还能穿越其后百年、千年的岁月，在千万人的人生中扇起飓风。

倪匡在金庸身后为他撰挽语曰"一览众生"，此言真是深得我心。金庸是垂眉静看众生苦乐悲欢的人，也是众生中经历过苦乐悲欢的那一个，"试上高峰窥皓月，偶开天眼觑红尘。可怜身是眼中人"。江湖之中，倒映着红尘，而红尘中的故事，永远不会终结。

2023 年 7 月 23 日于江西三清山

万劫淬埃尘，偶得飘天地。

蚁穴九重城，芥子千般意。

一生有限杯，块垒何从洗。

看过几斜阳，依旧怜明晦。

第叁章 此心难伏：于恩仇中见自己、见天地、见众生

174 胡斐：恩仇之际

199 杨过：无物之阵

228 张无忌：你看他是软弱，我看他是慈悲

254 谢逊：无语问苍天

282 萧峰：命运不配做我的对手

298 拔海移山易，心无挂碍难：金庸小说中的复仇故事

第肆章 深读系列

324 如何读懂《笑傲江湖》：关于「初心」的寓言

351 成魔还是成佛：《倚天屠龙记》的原型故事

373 不羁的灵魂：金庸笔下的「圣女」与「妖女」

403 《天龙八部》：金庸小说的巅峰之作

430 《鹿鼎记》：「末法时代」的江湖

后记

457 从过去，到无穷远

目录

第 壹 章 **爱情：余心所善，九死不悔**

002 郭襄：三生债，两生契，一生还

013 程灵素：爱有恩慈，情出默然

031 岳灵珊：人生若只如初见

044 任盈盈：我可以低到尘埃，却永远凛然独立

055 我偏要勉强：韦小宝的爱情故事

065 杨过小龙女：冰与火之歌

079 苦海翻起爱恨：李莫愁、何红药的爱情悲剧

第 贰 章 **人生抉择：迷失与追寻，执着与放下**

094 黄药师：高人，神人，还是小人？

106 包惜弱：生太温暖，死太寒凉，两个我都不要

117 纪晓芙和周芷若：做过同一套题，却活出了相反的人生

131 慕容复：人间失格的复国者

147 林平之：再见，初心

161 戚芳：我这一生，误入了黑暗森林

第壹章

爱情：

余心所善，九死不悔

郭襄：
三生债，两生契，一生还

01

风陵渡，是郭襄的爱情故事开始的地方。风陵渡其实是个讲故事的地方。大雪漫天，夜路难行，天南海北、三教九流的人物会聚客栈。三十出头的郭芙和十五岁的郭襄、郭破虏被风雪阻在这里，听起了故事。

金庸擅长让人物讲故事。《雪山飞狐》，是几派各怀心机的人物相继讲起数十年前的一场决斗，故事有真有假，讲到最后，才慢慢拼出来真相。《射雕英雄传》中周伯通给郭靖讲故事，《倚天屠龙记》中谢逊给张无忌讲故事，《天龙八部》中萧峰给阿朱讲故事、康敏给段正淳讲故事，都异常精彩。

风陵渡的故事也好听。其时为南宋理宗年间，宋蒙如水火，官民不两立，郭襄听来听去，都是神雕侠救民水火、解民倒悬的故事。

神雕侠何许人也？读者隐隐猜出来是杨过，郭襄却不知道，她以为神雕侠是一位可望而不可即的英雄，却不知道他和自己早有前缘。十多年前，郭襄刚出生时，杨过就抱过她、救过她。她还是襁褓之中的婴儿时，他已尝尽世间冷暖；他成了两鬓微霜的大侠时，她还是纤尘不染的韶龄少女。

郭襄没有见过杨过的年少轻狂，没有参与过他的漫天风雨，她见到的是杨过被风尘刻画过的样子，面对的是他百转千回后尘埃将定时的心境。正是这种时间上的错位，使得郭襄心头的情愫慢慢滋生，也使得她的相思注定有始无终。

02

郭靖黄蓉育有二女一子，儿子郭破虏存在感颇低，两个女儿郭芙、郭襄却值得一比。

郭芙之名随黄蓉，"涉江采芙蓉，兰泽多芳草"，芙蓉自是堪怜堪赏之花；郭襄之名似郭靖。靖康耻、襄阳城，都与家国天下有关。

但读者不难发现，郭芙空有好皮囊，却集合了郭靖黄蓉的缺点：资质鲁钝，脾气骄横。深受父母宠溺的她，半辈子都在等人帮她收拾烂摊子。

郭襄却集合了郭靖黄蓉的优点。《神雕侠侣》写郭襄，颇有点《红楼梦》写贾宝玉的意思。曹雪芹说贾宝玉"潦倒不通世务，愚顽怕读文章。行为偏僻性乖张，那管世人诽谤"，又说他是"混世魔王"，金庸则借黄蓉之口说郭襄"性子古怪"，他们的评语看起来是贬斥，其实是褒扬——贾宝玉在只剩下两只石狮子还干净的荣宁二府，偏不和其他经纶世务者同道为谋，虽然看起来"行为偏僻性乖张"，但不正因此而保存了纯真的心性吗？同样，郭襄的"孤僻""古怪"，是不同于她的姐姐郭芙的，身为大侠之女，她从不拿腔作态，倚势欺人。

郭芙做惯了的事情，郭襄偏不做。郭芙八九岁开始，一与他人有争执，就要抬出父母的名头，郭襄却是哪怕吃亏，也不说父母的名号，生怕辱没了他们的令名。郭芙虽然武功平平，性格莽撞，却目空一切，自视颇高，而郭襄却不自矜身份，她好与三教九流为伍，也从不把自己当什么人物。

《神雕侠侣》的故事，一大半是郭芙"作"出来的。她欺负过杨过的孤弱，激起过他的傲气，毁灭过他的希望。而郭襄，则抚慰过杨过的伤口，温暖过他的寂寥，看见过他的黯然。

从《射雕英雄传》到《神雕侠侣》，郭杨二家的故事轮回了数次。郭啸天和杨铁心是义契金兰的异姓兄弟，在遭完颜洪烈勾结宋兵追杀之夜，杨铁心本已救出了妻子包惜弱，只待逃出生天，但眼见郭啸天丧命在先、李萍被擒在后，杨铁心硬生生撇下怀孕的妻子，选择了救义兄遗孤。到了郭靖和杨康这一代，他们一个生于蒙古，一个长在金国；一个忠孝仁义，一个背信弃义，杨康数次背弃，郭靖始终不疑。杨铁心对得起郭啸天，杨康却是有负郭靖的。郭芙和杨过的这一代，郭芙对杨过极尽轻贱侮辱之能事，杨过少年时愤然难释，长大后却多次救了郭靖、黄蓉、郭芙的性命。我们读《神雕侠侣》，不免为杨过不平，还好，写到后来，金庸对杨过还是手下留情，让郭襄用她的纯真之爱，还了这三世之债。

03

郭襄不是没有见过世面的女孩子，她自己的父母就是名震江湖的郭靖、黄蓉，那么，为什么她在风陵渡一听到"神雕侠"的故事，就心生情愫了呢？

她听的是什么故事呢？千里救忠臣、千金赎壮士、巧计惩奸臣，都是传统的侠客"段子"，但是情节往往剑走偏锋，别出心裁——这些故事里面的"神雕侠"，除了具备锄强扶弱、劫富济贫、匡扶正义等侠客共性外，还有他的特性：冒险气、邪气、少年气。

这些特性，也都是郭襄所具备的。

郭襄一出生，就开始冒险。当时，襄阳围城，郭靖受伤，小龙女抱着郭襄欲往绝情谷换解药救杨过，杨过得知后又欲救回郭襄，而李莫愁、金轮法王都因各自的目的将郭襄视为奇货，与杨过相争。襁褓之中的稚子，浑不知自己成为各方争夺的焦点，命悬一线。她落入李莫愁的手中，杨过为救她而与李莫愁周旋，二人捕了一只母豹子为郭襄喂奶。这个情节似乎也是一种象征：喝豹子奶长大的郭襄，从小就有"豹子胆"。风陵渡口，听了神雕侠的故事后心生向慕的她，不畏"西山一窟鬼"的恶名，毅然跟着"大头鬼"去见杨过。

其实，郭襄的"爱冒险"，与杨过一样，既是血液中有"不安分"的天性，也是重情义甚于理性的体现。后来，杨过因小龙女无法赴十六年之约，悲愤交加，痛而寻死，而郭襄为劝他不要自尽，也不顾己身，纵身一跃，二人的重情、纵情，在根本上是相同的。

郭襄的身上也有"邪气"。黄药师作为江湖的成名前辈，辈分比杨过高了两辈，年龄也大他数十岁，但他与杨过仅几次会面，便即结成了惺惺相惜的忘年之交，这正是因为二人都是我行我素的"怪人"。郭襄则被人视为"小东邪"，这何尝不是金庸借书中人物之口，对她的明贬暗褒呢？所谓"邪"，其实指的是不为俗礼俗规所拘，不为他人眼光所限，无论如何都把"自我"放在最要紧的位置。

郭襄的身上，还有"少年气"。郭襄在《神雕侠侣》乃至《倚天屠龙记》中，都是青春正好，那么，有"少年气"不是很自然的事吗？其实，"少年气"不是人人都有的，金庸小说男主角如袁承志、郭靖、狄云等，或少年老成，或命运凄惨，哪怕在少年时代，身上也并无多少少年气；女主角如黄蓉、任盈盈、小昭等，或灵慧，或矜持，或温柔，又太难让人忽视其女性气质和女性身份。而"少年气"，既是"少年心"的蓬勃，又是一种超越性别的潇洒和不羁，可谓"永远年轻，永远热泪盈眶"。杨过之屡经风霜而热血不改，郭襄之困于相思而真纯依旧，不正是相通的吗？

所以，郭襄第一次听到"神雕侠"的故事，就开始向慕杨过，直到见到他，看到他武功盖世、无所不能之下的落寞和无奈，又听到他悲凄缠绵、荡气回肠的爱情故事，知道他生死不改的深情，便算是彻底陷了进去。

04

金庸很会写单恋。

单恋之苦，不足为不解者道。你的样子时刻在我心头，你的名字撩拨我的心弦，我反复在心中涵泳，却不敢向人道出。那是我最甜蜜而苦涩的秘密，我骄傲于那份爱，因为在爱你时，天风海雨我也当得，刀山火海我也去得，万水千山我也跨得。可是如果你不爱我，天上的雷也是哑的，山中的火也是暗的，咫尺之间也是远的，我有什么办法，让你看见我的心呢？

爱是没有办法的事情，半点也勉强不得。譬如胡斐，不爱兰心蕙质、永远在他身后，且最后真的付出了生命的程灵素，却爱遮遮掩掩、争强好胜、多番与他冲突为敌的袁紫衣；譬如令狐冲，不爱单纯无争、心性纯净，一直相信他、牵挂他的仪琳，偏爱使小性儿、数次冤枉他的岳灵珊——这一切，又有什么"公道"可言呢？

金庸不仅善写情之不得已，还善写情之克制。金庸小说中很多动人的情话，都不是直接说出来的。

任盈盈对令狐冲的情话，是满怀少女情怀的《有所思》琴曲，是江湖人口耳相传的圣姑对"他"情有独钟的传说。

仪琳对令狐冲的情话，是虔诚念诵的《大悲咒》，是千回百转、甘愿为他下地狱也要偷的一个西瓜。

程英对杨过的情话，是纸上的"既见君子，云胡不喜"，是看着天上的云聚了又散，嘴里说着随他世事卷舒，却怔怔流下泪来。

程灵素对胡斐的情话，是胡斐要和她结拜兄妹时她唯一一次的狷狂，是用自己的命，换了他的命。

萧峰对阿朱的情话，是曾经沧海难为水，"四海列国，千秋万载，就只有一个阿朱"。

令狐冲对岳灵珊的情话，是多少个死生之际一闪念的"小师妹这时候不知在干什么"，是被弃、被负、被辱之后依然此心不改，是看她一滴眼泪落在草间，便甘愿在天下英雄面前假作不敌、一剑穿身。

郭襄对杨过的情话是什么呢？杨过给了她三枚金针，说可以完成她三个愿望。郭襄的第一个愿望，是希望他摘下面具。第二个愿望，是希望自己十六岁生日时，他能来襄阳。杨过以为她小孩子气，心说自己一诺千金，并不轻易许人，江湖上多少人想要他一诺而不得，他给了她三个机会，她却尽许过家家似的愿望。他哪里知道，看到意中人的样子，多见他一时一刻，对单恋的人而言，正是天大的事情。第三个愿望呢？郭襄随着自尽的杨过跳下悬崖，只是想要拿出金针，让他答应不再寻短见——这个"荒唐"之举中的殉身不顾，已是最深情的情话。

郭襄的爱恋，是说不出来的。因为杨过的身边已经有小龙女，他们是携手半生、爱恨牵缠过的；他们是吞过相思的毒药、啮骨腐心也在所不辞的；他们是生离死别过，且为了十六年前的一诺，十六年后依然能够生死相随的。

而郭襄只有十六岁，她全部人生的长度，也堪堪只是杨过小龙女分别的时间。但是，郭襄对杨过的爱，其可贵之处也正在于它的无法说出。正因无法说出，所以优哉游哉，辗转反侧；正因无法说出，所以它如"一川烟草，满城风絮，梅子黄时雨"，缭乱于心间，充盈于天地；正因无法说出，所以它轻如少年人的梦，又重逾生命。

05

金庸小说中，爱而不可得却依然爱得一往情深的人物并不少，那么，郭襄特别在哪里呢？其实，金庸是处处把郭襄与郭芙作对比的。

郭襄之特别，其一在不把自己当回事。郭芙时时记得自己是大侠郭靖黄蓉的女儿，郭襄却从没觉得这柄金汤匙有什么要紧。郭芙一与人稍有龃龉，就好拿身份压人，眼高于顶，其实却是个绣花枕头，连黄蓉都觉得她是个"草包"；郭襄则有粗有细，有勇有谋，且从不以身份自矜。苏轼说"吾上可以陪玉皇大帝，下可以陪卑田院乞儿，眼前见天下无一个不好人"，郭襄也如是。

其二在没有分别心。郭芙惹出的许多乱子，往往是出于她的分别心。她见到出身卑贱者，就自居贵族，动不动加以白眼；见到"邪魔外道"，就自居正派，不问情由大杀四方。郭襄呢，对丫鬟不自居身份，对西山一窟鬼不问正邪，见少林寺不允许女子上山，则怒发冲冠，认为这是反了"众生平等"的教义，非要讨一个公道。郭襄是不如郭芙有是非观吗？并非如此，只因她看重的，不是一个人的标签和身份，而是他的内里。

其三在胸怀肚量。在风陵渡口，郭芙不愿听"神雕侠"的故事，郭襄则兴致盎然，还要请人喝酒，没带银子，就金钗换酒，全不顾酒贱而钗贵；被金轮法王所擒，成为人质，面临被火焚的危险，全然不露惧色，始终无一语求饶。

郭襄如此特别，如此深情，杨过有没有动过心呢？

如果他还是十六年前那个狷狂少年，那么他们之间一定会有些故事的。当年，杨过面对程英、陆无双、公孙绿萼的深情，都曾因不够干脆，而惹得对方一片相思，或为他终身不嫁，或为他付出生命。所以等到历遍湖海、久浸相思之后，他终于把自己的狷狂收了起来。

如果他不曾和小龙女相遇相随、生死暌违，如果他没有十六年的湖海飘零、看尽世间离合，那么郭襄的深情，未必不能触动他。

但是，"观于海者难为水，游于圣人之门者难为言"，有了跟小龙女的故事，他的生命中已经没有缝隙再容下另一个故事。《小王子》说："正是你花费在玫瑰上的时间，才使得你的玫瑰花珍贵无比。"杨过在他的爱情上遭遇的伤、尝到的甜、付出的时间、消耗的心力，使得世间所有的花都不足以与这朵玫瑰相媲美。

这就是郭襄的悲剧，而她最可贵之处在于：虽然自己在悲剧中，却热切地期望自己爱的人不再在悲剧里，哪怕他的悲欢与自己并无直接关系。

郭襄十六岁生日时，许了三个愿望。一愿襄阳兵退，国家安宁；二愿父母康健，事事顺心；第三个愿望，则与杨过有关：

> 郭襄的第三个心愿一时却说不出，隔了片刻，才道："我第三个心愿，盼望神雕大侠杨过……"黄蓉早料到女儿第三个心愿定与杨过有关，但听到她亲口说出"杨过"两字，心头终于

还是一震，听得她续道："……和他夫人小龙女早日团聚，平安喜乐。"

冯延巳《长命女》词云："春日宴。绿酒一杯歌一遍。再拜陈三愿。一愿郎君千岁，二愿妾身常健。三愿如同梁上燕。岁岁长相见。"词中女子所陈三愿，实乃一愿，不过是希望你我情好，共缔百年。其实，当世间的男女陷入爱情时，不都有此一愿吗？但是十六岁的郭襄被情花刺中的时候，却并没有想到要独占甜蜜的果，而只是希望情花的毒，不要再刺在她心上人的身上。

而这也是郭襄最打动杨过的地方。后来，郭襄千里奔驰，欲劝杨过不可自尽，意外地在情急之下随他跳下悬崖。在被黄蓉等人救起后，她如此说起崖下情状：

> 黄蓉"嗯"了一声，问道："你怎么会跌下去的？"
>
> 郭襄道："杨大哥拉我起来，第一句话也这般问我。我取出那口金针，交了给他，说道：'我来叫你保重身子，不可自寻短见。'他目不转瞬的向我瞧着，却不说话。

且看，"郭襄的第三个心愿一时却说不出，隔了片刻，才道"，与"他目不转瞬的向我瞧着，却不说话"，不正是一样说不出的百转千回吗？那一刻，短如弹指，长若永恒。

郭襄的爱情，没有开始过。正因为没有开始过，所以永不凋零。

《神雕侠侣》，是以杨过小龙女别众人、归隐山林作结的：

> 郭襄回头过来，见张君宝头上伤口中兀自汩汩流血，于是从怀中取出手帕，替他包扎。张君宝好生感激，欲待出言道谢，却见郭襄眼中泪光莹莹，心下大是奇怪，不知她为什么伤心，道谢的言辞竟此便说不出口。

却听得杨过朗声说道："今番良晤，豪兴不浅，他日江湖相逢，再当杯酒言欢。咱们就此别过。"说着袍袖一拂，携着小龙女之手，与神雕并肩下山。

其时明月在天，清风吹叶，树巅乌鸦啊啊而鸣，郭襄再也忍耐不住，泪珠夺眶而出。

正是："秋风清，秋月明。落叶聚还散，寒鸦栖复惊。相思相见知何日，此时此夜难为情。"

这是郭襄最后一次见杨过，但其后，相思并没有终止。

《倚天屠龙记》一书，是以郭襄的追寻开篇。她辗转江湖，只想再寻到杨过的消息，见到他的身影。如若真的寻到见到，后来如何，非她所敢期望。爱情，往往是你望着我，我却望着他，何足道的倾心，张君宝的向慕，同样是于他们有千钧，却于郭襄如浮云。

后来的故事我们都知道，郭襄没有找到杨过，也没有再爱上另一个人。她中年出家，创立了峨嵋派，似乎斩断情丝，了却旧事。但是，在《倚天屠龙记》中，金庸却埋了一个细节来暗示郭襄那时的心境——郭襄的弟子，法号"风陵"，"风陵"渡口，正是她第一次听到神雕侠故事的地方，"别后相思空一水，重来回首已三生"。

在《倚天屠龙记》中，还有一个相似的细节：

张三丰从身边摸出一对铁铸的罗汉来，交给俞岱岩道："……这对铁罗汉是百年前郭襄郭女侠赠送于我。你日后送还少林传人。就盼从这对铁罗汉身上，留传少林派的一项绝艺！"

此处细节，在不动声色间写出张三丰对郭襄的深情。百年之前她所赠之物，张三丰还能从身边随手摸出，掩藏在岁月中那未曾说出的情愫，到底有几许呢？

十余年前，我读过一首关于郭襄的诗：

> 我走过山的时候山不说话 / 我路过海的时候海不说话 / 我坐着的毛驴一步一步滴滴答答 / 我带着的倚天喑哑 / 大家说我因为爱着杨过大侠 / 找不到所以在峨嵋安家 / 其实我只是喜欢峨嵋的雾 / 像十六岁那年绽放的烟花

这首诗说郭襄爱杨过，是因为杨过在她最特别的年华，给过她一场烟花盛景。爱他，就像爱青春的悸动、生命的绽放——这的确是郭襄爱杨过的理由，但并非全部的理由。

郭襄是智者，知道美好之物不会因为不可得而陨灭其芳华；郭襄有慈悲心，懂得爱是一个人温暖另一个人，而非占有或毁灭；郭襄也是勇士，知道生命中"重"的东西更有生气、更有厚度，哪怕，它会带来痛苦。

所以，郭襄对杨过的爱，既是青春的盛宴，也是毕生的苦修，既是少年时的一场冒险，也是中年后的念念不忘。那一刻的烟花，郭襄想念了一生，而正因为杨过懂得这场相思的重量，所以华山一别，二人终生再未相见。

程灵素：

爱有恩慈，情出默然

01

程灵素是个不漂亮的姑娘。

金庸对她何其不仁——金庸小说的女主角中，她是外貌最平凡的一个。在金庸的笔下，凡是有些戏份的年轻女子，品德不一定高，武功不一定强，但是颜值往往都不会太平凡。女主角中，标配是"肤光胜雪"，再高配一些是"明艳不可方物"，拔尖的"令人不敢逼视"，而程灵素，只得了"一双眼睛明亮之极"的评价：

> 那村女抬起头来，向着胡斐一瞧，一双眼睛明亮之极，眼珠黑得像漆，这么一抬头，登时精光四射。胡斐心中一怔："这个乡下姑娘的眼睛，怎么亮得如此异乎寻常？"见她除了一双眼睛外，容貌却是平平，肌肤枯黄，脸有菜色，似乎终年吃不饱饭似的，头发也是又黄又稀，双肩如削，身材瘦小，显是穷村贫女，自幼便少了滋养。她相貌似乎已有十六七岁，身形却如是个十四五岁的幼女。

胡斐初见程灵素，第一印象是她的眼睛精光四射，似乎能看透自己心中的一切；第二印象是她容貌平平、面有菜色、身材瘦小，身形比面貌看起来更为稚嫩些。

以胡斐的标准而言，这两点，都不算加分项。明亮而精光四射的眼眸，是智慧和通达的象征，而胡斐后来一度觉得，这位姑娘固然聪慧机敏，却太过料事如神，让自己心生敬畏。稚嫩而瘦削的身形，则意味着她的性别定位是"女孩"而非"女人"。对胡斐来说，程灵素缺了一些作为异性的吸引力。

如果对比他对袁紫衣的第一印象，更是让人了然：

> 胡斐纵马疾驰，过马家铺后，将至栖风渡口，猛听得身后传来一阵迅捷异常的马蹄声响，回头一望，只见一匹白马奋鬣扬蹄，风驰而来……马背上乘着一个紫衣女子，只因那马实在跑得太快，女子的面貌没瞧清楚，但见她背影苗条，稳稳地端坐马背。

第一眼是背影，只四个字，"背影苗条"，已经暗示出这个驱马而过的窈窕俊爽的身影，让血气方刚、情窦初开的胡斐心中生出了涟漪。再一次相遇，胡斐有了细细审视的机会：

> 胡斐早已看清来人是个妙龄少女，但见她身穿紫衣，身材苗条，正是途中所遇那个骑白马的女子。……只见她一张瓜子脸，双眉修长，肤色虽然微黑，却掩不了姿形秀丽，容光照人。

妙龄少女，身材苗条，姿形秀丽，容光照人——字字句句，都是青春的荷尔蒙在燃烧，胡斐的动心不在话下。虽然袁紫衣常是刁蛮任性、无理亦不让人的状态，但对落入情网的人而言，任性亦是可爱，刁蛮亦是个性。

于胡斐，袁紫衣是身份神秘的异性，是武功相侔的对手，是性情相近的意中人，是时时处处与他作对，又一刻都放不下的心上人。二人相处之时，有时是剑拔弩张、针锋相对，有时又是借斗嘴来撩拨、借较量来调情。

如果说，胡斐与袁紫衣的相处是情与欲的纠缠，与程灵素的相处，则是灵与智的碰撞。

02

据程灵素自述，她的名字来自医书《灵枢》和《素问》，但如果将"灵素"理解成金庸对她"灵性"和"素心"的概括，也并无不妥。

金庸又对程灵素何其慷慨——哪怕在所有的金庸小说女主角中，她的智商、胸襟，也是拔尖的。

先说智商。金庸小说中的女主角，最聪明机变的，当数黄蓉、赵敏、程灵素。不妨做个比较。

黄蓉是"天赋型选手"，智商极高，见招拆招的能力甚强，一生未逢对手；又极其理性，从未因感情激荡而失去理智。《射雕英雄传》《神雕侠侣》中，一灯大师的弟子朱子柳，与常人相比也算聪明人，可是一到黄蓉面前，就不免相形见绌，所以他在书中往往作为参照物出现，映衬出凡人与天人的差距；哪怕是自负聪明、常以其智计化险为夷的杨过，到了黄蓉的面前，也不由得自愧不如，暗叹孙悟空逃不出如来佛的天眼。

黄蓉一生多次遭遇困境、险境、惨境，譬如恋人的师父被杀，疑凶竟然是自己的父亲；譬如为了维护眼盲的恋人师父，也为了洗清父亲的冤屈，只身一人与武功远胜自己的西毒和久欲杀自己而后快的杨康周旋；譬如面临挟持自己幼女的女魔头，与其虚与委蛇，斗智斗力。无论遭遇什么，黄蓉的阵脚不曾乱过，还总是棋高一着，令对手输得心服口服。

赵敏的优势在于天赋强、阅历广、平台高，身为郡主，领袖群雄，胸有丘壑，性情果决，气魄过人，又有拿得起放得下的胸怀。

明教群雄毕至，论武功，论谋略，论号召力，似乎都已是当世"顶配"，可是绿柳庄中一遭逢，赵敏却在言笑晏晏之间兵不血刃，只用一计就轻取明教诸高手。甚至，她在被周芷若冤枉，被张无忌视为杀害殷离、抢走屠龙刀的凶手，百口莫辩之时，犹能逆转局势。

与黄蓉和赵敏相比，程灵素不具备多少先天优势。她既没有身份光环，也没有颜值加持，但她的超群之处，在于对人性洞若观火。

程灵素是毒手药王的关门弟子，年纪较师兄师姐们远幼，但使毒的本领远超他们。她的师兄慕容景岳与另一师兄姜铁山、师姐薛鹊因情结怨，互相憎恶。薛鹊因恋慕慕容景岳，爱而不得，毒死了其妻子，慕容景岳向她复仇，将她药得驼背跛脚。姜铁山自来喜欢薛鹊，也并不嫌弃她，便与她结为夫妇。孰料慕容景岳在薛姜二人婚后，心中又念起薛鹊的好来，三人纠缠多年，怨仇难解。他们都非心地良善之人，除了彼此勾心斗角，又都觊觎师父的《药王神篇》，多行忤逆之事。师父无嗔去世前，将《药王神篇》传给了程灵素，并嘱托她如果三人毫不念师门之情，便将其逐出本派。

胡斐在初识程灵素当夜，便跟着她看了一场"好戏"。程灵素略施计谋，把师兄师姐三人制得无力还手，不仅完成了师父的遗命，还在一番惩治之后，帮他们化解对彼此的仇恨。其间，每个环节都丝丝入扣：她先把慕容景岳抓来，下药使他失去意识，然后请胡斐挑装着他的竹箩至约定地点；又让慕容景岳适时醒来，使其正好与薛鹊夫妇打上照面，有意造成三人间的误会，让他们争斗不休。在自己现身前，她把七心海棠的蜡烛点亮，直斥三人之非，既激得他们因发怒而难辨七心海棠之毒，又让他们在意图发难时，因中毒而变得并无威胁。

这一切的关窍，都在七心海棠。七心海棠，天下至毒，且无色无味，令人防不胜防。培植七心海棠的窍门，在于要用酒浇灌：

> 程灵素不喝，却把半瓶白干倒在种七心海棠的陶盆中，说道："这花得用酒浇，一浇水便死。我在种醍醐香时悟到了这个道理。师兄师姊他们不懂，一直忙了十多年，始终种不活。"

只此一事，可见出程灵素的兰心蕙质。而这七心海棠的主人，其貌不扬，不骄不躁，不显山露水。

你说她不厉害，她却能在天下掌门人大会上，以一人之力，只使了几味药，行迹不露，波澜不惊，就把七只玉龙杯全部打碎，既让热心功名的石万嗔背上嫌疑，又让福康安意图"二桃杀三士"的天下掌门人大会成为一场闹剧。一石二鸟，举重若轻。

你说她厉害，她却秉承师父的教诲，从不随意伤人杀人，用毒之时多留地步，总是给人一条回头自新之路。

纵然如此，胡斐在已经知晓程灵素的性情之后，还是心中忐忑，对她不能全然接纳：

> 他（胡斐）心中又想："这位灵姑娘聪明才智，胜我十倍，武功也自不弱，但整日和毒物为伍，总是……"他自己也不知"总是……"什么，心底只隐隐的觉得不妥。

胡斐心中之所以有此隐忧，是因为程灵素过于聪慧，在她面前，有水至清则无鱼、种种心事无所遁形的不安全感；也是因为他心中已有了袁紫衣，袁紫衣再不好，也已是他的红玫瑰，程灵素再好，也只能是他的白饭粒——而胡斐不允许自己去细看程灵素的好。

程灵素如此聪慧敏感，如何不知道胡斐看她的目光里，是理性多，冲动少，只有敬重，几无动心？

03

爱情从不公平。心心念念，辗转反侧，朝朝暮暮，甚至生死以之，也未必能在此路上进一步，让斯人看到你的眼泪、痛苦和掩藏在眸光流转中的热切希望。对方或者无暇去看，或者看到了，也只觉得是沉重的负担。

洞明世事如程灵素，早已明白她再能干、再温柔、再体贴，也是无用的了。因为在胡斐的心中，先有了另一个影子。那人才是他心中寤寐思服的窈窕淑女、溯洄从之的在水伊人，而自己只是不及、不配、不暇被看到的痴人。

痴人对自己的"失败"，总有种种"痴傻"的解释，而陷于情毂中的程灵素，又何能幸免。她对这个问题的解释是：自己不够漂亮。她甚至想直接问胡斐：如果我更美，尤其是比你心中的那个人更美，你是不是就会喜欢我了？

这种直率的、不给对方留余地的方式，本来不是程灵素的风格。她惯于克己和隐忍，更舍不得让心中珍爱之人为难。但苦恋不得的失落，有时也会让人失去一贯的淡泊无求：

程灵素问道："这位袁姑娘是个美人儿，是不是？"胡斐微微一怔，脸都红了，说道："算是很美吧。"……

程灵素一笑，说道："我八岁的时候，拿妈妈的镜子来玩。我姊姊说：'丑八怪，不用照啦！照来照去还是个丑八怪。'哼！我也不理她，你猜后来怎样？"

胡斐心中一寒，暗想："你别把姊姊毒死了才好。"说道："我不知道。"

程灵素听他语音微颤，脸有异色，猜中了他的心思，道：

"你怕我毒死姊姊吗？那时我还只八岁呢。嗯，第二天，家中的镜子通统不见啦。"胡斐道："这倒奇了。"程灵素道："一点也不奇，都给我丢到了井里。"她顿了一顿，说道："但我丢完了镜子，随即就懂了。生来是个丑丫头，就算没了镜子，还是丑的。那井里的水面，便是一面圆圆的镜子，把我的模样给照得清清楚楚。那时候啊，我真想跳到井里去死了。"

程灵素忍不住给胡斐讲了一个她小时候的故事。在这个故事里面，她并不淡然，也不体面。因不够美丽而自卑自怨，一直是她心中的疮疤。本来这疮疤已随岁月的流转而渐渐平复，似被淡忘，但是遇到胡斐，她又翻腾起新的不甘：如若我是美的，让人着眼生春、见之忘俗，他对我会不会是别样的态度？

不得不说，程灵素的猜测看似浅薄无稽，但其实未必没有几分道理。不管胡斐愿不愿意承认，相识在先，不是袁紫衣在他心中胜过程灵素的根本原因。根本原因，在于袁紫衣的容颜、身姿、气息、行事，处处让他情根深种，回思无穷。

胡斐此前立誓要杀作恶多端的凤天南，千里追击不得，偶然在湘妃庙中撞到了他。胡斐志在必得，却意外地被同行的袁紫衣搅局。二人交手之隙，凤天南趁乱逃走。胡斐当时固然怒不可遏，但袁紫衣走后，他细细回想对方适才的招数，从她"或许有"的手下留情中品出无穷滋味，一时柔情满怀，不能自已。

而胡斐对程灵素，除了感激之情外，只有偶尔的"心中一动"。胡斐心中已没有多余的位置，而程灵素却偏生不求、不争、不说，只默默地站在他的身边。

胡斐求她救治苗人凤，她便捧着七心海棠，随他远道奔波，去治苗人凤的眼睛。

胡斐发现苗人凤与当年父母的死有莫大关系，误以为是苗人凤用带毒兵刃有意害人，满拟报仇，又担忧自己非苗人凤之敌，她便开始为他打算，"他既用喂毒的兵刃伤你爹爹，咱们也可一报还一报"。

胡斐要救当年对自己有一言之恩的马春花，面对十多名高手，身入重围，生死难测，她无悔无怨，有胡斐所许之如有不测，"我救马姑娘，与你同死"，便觉豁出性命也是值得。

胡斐要杀屠戮钟阿四一家的凤天南，她便竭心尽智，间关千里，风雨相随。面对凤天南的重贿，胡斐毫不动心；面对凤天南所托之人的威逼，胡斐毫不畏惧。胡斐如何做，她只有欣赏、支持，从不劝诫、反对。

胡斐对马春花几番相救，早已还尽她当年恩情，可是见她处境危殆，侠义心起，不顾福康安权势熏天，不顾程灵素的谆谆劝告，还是毅然独入福康安府。他以为这次程灵素定然生气翻脸，可是危急时，等来的却是程灵素安排的救兵。

程灵素总是平静如水，其一，因为她性情坚韧，心智过人，凡尘俗事，不足以使她动容；其二，因为她年纪虽小，阅历却多，父母早亡，师门多故，她看尽了人心鬼蜮，分得清真情假意，自然不必为寻常人事而生大悲喜；其三，因为她在胡斐面前，没有不平静的"资本"，又或者，她不忍心有那么多的情绪，再给无力回应的胡斐增添负担。

袁紫衣在胡斐面前，总是任性妄为，无理取闹；而程灵素在胡斐的面前，总是温柔体贴，有礼有节。被爱的习惯放肆，而爱着的却总在克制。

04

程灵素的胸襟，在她待人接物的风度，也在她爱人时深情而无求的襟抱。

她见事至明。

初识胡斐，是胡斐偕同锺兆文来白马寺镇寻毒手药王，问询药王庄所在。其实，药王庄是薛鹊、姜铁山夫妇二人的居所，并非药王所在。此处凶险非常，且程灵素与这两位师兄、师姐因师门龃龉，本不欲搅扰其中，但胡斐一个无心的举动，却让她心念忽动，询问他到药王庄干嘛。

胡斐怜贫惜弱，见村女孤身一人，年龄幼小，对她油然生出一种怜惜之情，所以并未因她的漠然而生嗔怪。他虽然救人如救火，星夜兼程，此时却下马牵引，缓步前行。

大丈夫行事，为"大义"死生不顾，但"小节"处，也依然丝毫不懈怠。程灵素正是通过胡斐此举看出他的赤子之心，便提出"无理"要求，让他去溪边担水，注满粪桶，再灌溉花圃。

让陌生人干这等脏活累活，实有交浅求深之嫌，对此要求，胡斐完全可以断然拒绝。他本也觉得村女此语奇怪，但转念一想，对方羸弱而自己强壮，帮她一次又有何妨。待得做完，日薄西山，村女才先赠他蓝花，再出言指点："你们要去药王庄，还是向东北方去的好。"

这番指点，其玄机实非胡、锺二人当时所能领会。因为他们听闻指点后往东北方去，却发现这条路尽头是一个大湖，方向显然错了。直到折返回来往反方向去到药王庄，与庄中人交手之后，才明白村女所赠的蓝花可以克制药王庄外的血矮栗之毒，且在日落后效果更佳，村女赠花、故意指错方向，都是为了帮他们。

程胡二人的相识充满戏剧性，程灵素看到胡斐保护弱小的侠义之心，因而保护了他。

胡斐托程灵素医治苗人凤，本已信她，可是当程灵素施诊之时，胡斐想起旧日父亲所遭的暗害，看到金针要往苗人凤要穴上招呼，联想到苗人凤昔日和程灵素师父的过节，不禁又担忧程灵素会不会害苗人凤：

> 程灵素回过头来，将小刀交了给他，道："你给我拿着。"忽见他脸色有异，当即会意，笑道："苗大侠放心，你却不放心吗？"胡斐道："倘若是给我治伤，我放一百二十个心。"程灵素道："你说我是好人呢，还是坏人？"
>
> 这句话单刀直入的问了出来，胡斐绝无思索，随口答道："你自然是好人。"程灵素很是喜欢，向他一笑。她肌肤黄瘦，本来算不得美丽，但一笑之下，神采焕发，犹如春花初绽。胡斐心中更无半点疑虑，报以一笑。程灵素道："你真的相信我了吧？"说着脸上微微一红，转过脸去，不敢再和他眼光相对。

胡斐本有用人不疑的胸襟，只是因为当年旧事，不禁生出戒备。而程灵素发现自己信而见疑，并不嗔怒惊怪，直截了当，问他如何看待自己。心底磊落，方能直截了当地问出来；心无挂碍，方能一笑决疑。正是彼此间这一问和一笑，使得胡斐心中疑虑尽消，甚至自惭形秽。

程灵素与胡斐倾盖如故，性命相托，几番出生入死，总是先他而忧，后他而乐，嘴上不置一言，只默默陪伴，便于愿已足。她不动声色间运筹帷幄，进退有度，得失不计，与人交往，无论对方是敌是友，总是老成持重。而她几次"失态"，都与胡斐对她的态度有关。

一次，是胡斐觉得与程灵素朝夕相处、千里同行，无名无分，惹人遐思，所以对她说："我有一事相求，不知你肯不肯答允，不知我是否高攀得上？"孤男寡女之间，有什么事是高攀不高攀的？程灵素第一念，以为是天遂人愿，他终于对自己有了心。可是胡斐的下一句话，却将这幻梦打破：他是要和自己结拜为兄妹。这是胡斐的君子之风，也是他对袁紫衣的情话——你纵不知，我心已许。

但是，这自然也是对程灵素的绝情。就着会错意的尴尬和梦碎的心痛，程灵素的言行举止，突然大有狂士风度：

> 程灵素的脸颊刹时间变为苍白，大声笑道："好啊，那有什么不好？我有这么一位兄长，当真是求之不得呢？"
>
> 胡斐听她语气中含有讥讽之意，不禁颇为狼狈，道："我是一片真心。"程灵素道："我难道是假意？"说着跳下马来，在路旁撮土为香，双膝一屈，便跪在地上。胡斐见她如此爽快，也跪在地上，向天拜了几拜，相对磕头行礼。
>
> 程灵素道："人人都说八拜之交，咱们得磕足八个头……一、二、三、四……七、八……嗯，我做妹妹，多磕两个。"果然多磕了两个头，这才站起。

她的身子震动、颤声、脸红、脸苍白，乃至出语讥讽，都不过是破碎的爱的希望的回响。

还有一次，是胡斐不遵守与她的约定。这个约定，是不能开口说话，不能离开她三步之外，不能跟人动武。她与胡斐认识的第一天，她带他夜行山中，惩治慕容景岳等三人前，就有此约定。后来三人欲出手加害，胡斐怕她无力自保，情急之下跃出阻挡，还自报家门，想要把对方的怨憎引到自己身上。解决了麻烦后，她对胡斐轻嗔薄怒：

> 程灵素吹灭了蜡烛，放入怀中，一声不响。胡斐道："灵姑娘，你这慕容师兄怎么了？"程灵素"嘿"的一声，并不回答。过了半晌，胡斐又问一句，程灵素又是"哼"的一下。胡斐低声道："怎么？你心里不痛快么？"程灵素幽幽地道："我说的话，你没一句放在心上？"

相知未深，她的不悦不过借这一句"幽幽"的话语道出，那里面，是"你没把我的话放在心上"的落寞，但片刻间，又转为"我知你善心义举"的释然。一念之间，千回百转，都是情之涟漪。

她与胡斐相处的最后一天，胡斐依然没有遵守这个约定，约定的三件事，胡斐一件也没做到。此时的对头，是连她也万分戒惧的师叔石万嗔，对方下毒功夫高超，为人辣手无情。对于师门叛徒，程灵素亦不赶尽杀绝，而是想尽办法，要给他们一条自新之路；石万嗔却为验证一个心痒已久的用毒之方，命新收的徒弟慕容景岳以身试验无法可解之毒。其实程灵素的下毒功夫和谋算本事，何曾输给了石万嗔，只是，她有底线、有牵挂，而对方没有。

此次对阵，石万嗔只需自保，而程灵素需要保住胡斐。当危险袭来时，胡斐又一次忘记了当时的约定：

> 胡斐纵身上前，在薛鹊的驼背心上重重踢了一脚，薛鹊吃痛不过，只得松开了程灵素的手腕。这几下犹似电光石火，实只瞬息间的事，薛鹊手掌刚被震开，石万嗔的手爪已然抓到。胡斐生怕他手中毒药碰到程灵素身子，右手急掠，在他肩头一推，石万嗔反掌擒拿，向他右手抓来。

程灵素急叫："快退！"胡斐若是施展小擒拿手中的"九曲折骨法"，原可将他手掌的五根指头立时扭断，但这人指上带有剧毒，如何敢碰？急忙后跃而避，石万嗔一抓不中，顺手将金匙掷出。跟着手指连弹，毒粉化作烟雾，喷上了胡斐的手背。

石万嗔等武功远不及胡斐，自然无法当他全力一击。等到敌人退却，胡斐感觉手掌麻痒，又见程灵素脸色凄苦、泫然欲泣，才发现自己中了毒。

此毒，是鹤顶红、孔雀胆、碧蚕毒蛊三大奇毒混在一起，"《药王神篇》上说得明明白白：'剧毒入心，无药可治。'"。

对胡斐，生死不过一笑耳，只要尽心尽力，俯仰无愧，生亦何欢，死亦何苦。但是对程灵素，胡斐的生命，哪怕从来不属于她，也是这世上最值得呵护的存在。片刻之间，她心念已定。

她安慰胡斐说此毒可解，让他服下麻药。这颗麻药，与疗治无关，只是为了让他不能动弹，无法阻挠自己完成心中决定之事。

对医者程灵素而言，无所谓选择，理智的做法，是砍下胡斐中毒的手臂，然后让他服下"生生造化丹"，延命九年。豁达如胡斐，其实并不会因有限的寿命和残缺的肢体而黯淡其生命的光彩。

对苦恋者程灵素而言，亦无所谓选择，唯一的做法，是用自己的命，换他的命。生命可贵，可若是将之用来换爱人的性命，这选择便不再是无奈之举，而是甘之如饴，甚至幸能如是。

程灵素一直心念坚定，遇事能决。此时，她亦没有犹豫，却不免柔肠百结，眷念千般。服下麻药的胡斐手不能动，口不能言，只有眼睛耳朵还好使。以前，一直是他行动，她跟随；他诉说，她倾听。此时，他说不出的时候，才是她说得出的时候。

以前说不出，是因为百转千回的情绪太复杂，而他的世界里又没有她想要的位置。现在想要说，是因为如若不说，死生无期：

> 她直吸了四十多口，眼见吸出来的血液已全呈鲜红之色，这才放心，吁了一口长气，柔声道："大哥，你和我都很可怜。你心中喜欢袁姑娘，那知道她却出家做了尼姑……我……我心中……"

> 她慢慢站起身来，柔情无限的瞧着胡斐，从药囊中取出两种药粉，替他敷在手背，又取出一粒黄色药丸，塞在他口中，低低地道："我师父说中了这三种剧毒，无药可治，因为他只道世上没有一个医生，肯不要自己的性命来救活病人。大哥，他不知我……我会待你这样……"

"你和我都很可怜"，是我们都爱而不可得，我的苦不算你给的，但我懂得你的苦，也从不曾怪你。"我心中"到底如何，程灵素到底没有说出。

她不能宣之于口的情愫，从来比说出来的多。你若只听她的言语，觉得似乎到"喜欢"也就为止了，但你如若看她的行动，会知道那里面有回天斡地的深情。

05

金庸最苛待也最偏爱程灵素之处，就是不让她亲自说出这些。他让王铁匠唱出类似于点醒"梦中人"的山歌：

> 只听他唱道："小妹子待情郎——恩情深，你莫负了妹子——一段情，你见了她面时——要待她好，你不见她面时——天天要十七八遍挂在心！"

胡斐伫立良久，待到歌声隐没才回，分明是懂了。金庸让胡斐明明能懂，却不敢面对；他让胡斐天天十七八遍挂在心的，是另一位姑娘；他让程灵素的包容和淡然统统落入胡斐的眼中，却将她的眼泪和脆弱摒在胡斐的视线之外：

> 胡斐道："我当是宝贝，你瞧来或许不值一笑。"将布包摊开了送到她面前，说道："这是我小时候平四叔给我削的一柄小竹刀，这是我结义兄长赵三哥给的一朵红绒花；这是我祖传的拳经刀谱……"指到袁紫衣所赠的那只玉凤，顿了一顿，说道："这是朋友送的一件玩意儿。"
>
> 那玉凤在月下发出柔和的莹光，程灵素听他语音有异，抬起头来，说道："是一个姑娘朋友吧？"胡斐脸上一红，道："是！"程灵素笑道："这还不是价值连城的宝贝吗？"说着微微一笑，将布包还给胡斐，径自睡了。

如此情形，程灵素神色如常，微微一笑，若不经意。而偶然失态时，便策马奔远，胡斐赶上她时，她眼泪已收，只余眼眶微红。此后，二人同往北京，路上，袁紫衣并不在，却又无所不在。到了北京，去到天下掌门人大会，作为数家门派掌门的袁紫衣，自然会露面。对程灵素而言，和胡斐的这条又不是情侣又不算兄妹的路，就算走到头了：

> 两人均想："到了北京，总要遇见她了。"有时，盼望快些和她相见；有时，却又盼望跟她越迟相见越好。
>
> ……　……
>
> 但是，北京终于到了，胡斐和程灵素并骑进了都门。
>
> 进城门时胡斐向程灵素望了一眼，隐隐约约间似乎看到一

滴泪珠落在地上的尘土之中，只是她将头偏着，没能见到她的容色。

两人有时都"盼望跟她越迟相见越好"，在胡斐，是近乡情怯，也是心有不忍；在程灵素，是害怕打破幻梦，面对真相。她的爱无处安放，眼泪也无处安放，此时的落寞，不敢让胡斐看到。

哪怕在最后为救胡斐中毒而死前，她在眷念的同时，还在想要怎样为胡斐铺活下去的路。她忧心以他之烈性，会因自己的牺牲而义不独生，所以殚精竭虑，要让他牵念尘世。她对胡斐父亲胡一刀之死素有疑虑，以前心中掂量时，担心他因这桩无头公案背上深一层的痛苦，未曾说出，此时却郑重提出怀疑石万嗔就是当年提供毒药的人，让胡斐有"找仇人报仇"这个挂念而不致轻生。程灵素自己的命，说起来也算杀胡斐父母的疑凶石万嗔害的。但是，程灵素不欲让石万嗔速死，因为他活着，胡斐就会活着：

> 却原来，程灵素在临死之时，这件事也料到了。她将七心海棠蜡烛换了一枝细身的，毒药份量较轻的，她不要石万嗔当场便死，要胡斐慢慢的去找他报仇。石万嗔眼睛瞎了，胡斐便永远不会再吃他的亏。

她仅仅靠一支新蜡烛、一支旧蜡烛，就让多疑的石万嗔认为旧的才是用过的、无毒的，从而让一个恶毒的敌人失去尖牙利爪，使其化身成胡斐心念红尘的一个引子。

活着的程灵素走不进胡斐的心，而死去的程灵素终于留在了那里。十年之后，胡斐因当年的一句笑语，为程灵素留了一部络腮胡，聊为纪念。

不过，感念始终不是爱。在程灵素去世不久之后，胡斐意外地在自己父母的墓前听到袁紫衣背着他吐露的爱意，不禁心头大震，情难自制：

> 胡斐心中如沸，再也不顾忌什么，大声道："袁姑娘，我对你的一片真心，你也决非不知。你又何必枉然自苦？我跟你一同去禀告尊师，还俗回家，不做这尼姑了。你我天长地久，永相厮守，岂不是好？"

胡斐会感念程灵素的高情厚谊，而他想要给出一生承诺、愿意为之与天地世俗相周旋的，始终是另一个女子。

所以程灵素不忍说，也不必说。结局早已注定。后来的事，非程灵素所能知道。但是如若她能预知身后事，就会改变当时的决定吗？

不仅不会，甚至都不会因此而多加犹豫。她在爱情的世界里多么无能为力，连让深爱的人懂得她的心都不能；但她在爱情的世界里又拥有绝对的自主权，得失、生死，都不能阻挡她为爱殉身。

读过《飞狐外传》的人，常会对这样一个场景印象深刻：

> 那村女道："锺爷、胡爷请坐。"说着到厨下拿出两副碗筷，跟着托出三菜一汤，两大碗热气腾腾的白米饭。三碗菜是煎豆腐、鲜笋炒豆芽、草菇煮白菜，那汤则是咸菜豆瓣汤。虽是素菜，却也香气扑鼻。
>
> ……那村女又从厨下托出一只木盘，盘中一只小小木桶，装满了白饭。
>
> ……（胡斐）索性放开肚子，吃了四大碗白米饭，将三菜一汤吃得尽是碗底朝天。村女过来收拾，胡斐抢着把碗筷放在盘中，托到厨下，随手便在水缸中舀了水，将碗筷洗干净了，抹干放入橱中。

豆腐、鲜笋、豆芽、草菇、白菜，程灵素清雅如草木，做出的饭菜，也清淡不俗。

一场大战过后的田园饭菜，散出芳醇的香气；一场相知之前的浅浅致意，如写意画般让人沉醉。

他是热血的少年英雄，她是灵秀的药王高足，都有超乎常人的胸怀和能耐。他光风霁月，她胸有丘壑，他们还不认识彼此，又即将深知彼此。

在一场惊天动地的爱情悲剧发生前，有岁月静好的一刹那。胡斐吃光了饭菜，洗净碗筷；程灵素笑脸生春，心中欣然。

"人生若只如初见"的想象总是好的——那时，只是天空中的两片云交汇于波心，映射出光彩，尚未生爱欲，又何来忧怖。

岳灵珊：
人生若只如初见

01

在金庸小说的女性角色中，岳灵珊并不算讨喜的。其实，她的"先天"条件很出众：相貌清丽，比程灵素强；出身名门，比双儿强；脾气虽然不小，但也还算知礼，比袁紫衣强——但是，不难发现，欣赏岳灵珊的人并不多。

在《笑傲江湖》一书中，岳灵珊做了些什么？

受父亲之命，乔装成卖酒丑女，被青城派余沧海之子余人彦调戏，引得福威镖局少镖头林平之出手相助，林平之错手杀了余人彦，继而林家被灭门；与令狐冲互相爱慕，却忽然抛下他爱上了林平之，还对令狐冲百般冤枉；在五岳派的并派大会上，成为岳不群的杀人之刀，以怪招诡计胜了数位掌门，有德不配位之嫌。

这么看来，岳灵珊的心性、眼光、道德标准似乎都不甚佳。她没有任盈盈的胸怀，也没有仪琳的纯真，但是读者却难以略过岳灵珊这个人物，因为在主角令狐冲的眼中，她是他心头的那颗朱砂痣，是天边的一抹白月光，穷达不改，生死不变。

岳灵珊是薄情，还是深情呢？可以说是既薄情，又深情——对令狐冲薄情，对林平之多情。

令狐冲和岳灵珊也曾经有过真纯美好的岁月。华山之畔，他们携手同游，看尽湖光山色。练剑时，他们创造了一套毫不实用却装着只属于两个人的甜蜜的"冲灵剑法"。岳灵珊不高兴时，令狐冲让她、哄她、宠她，而令狐冲被罚在思过崖面壁时，岳灵珊也每日奔波看望，牵心挂怀。

为什么这蓬勃的青春悸动说没就没了？其实仔细看，不难发现，二人的关系并不对等。令狐冲对岳灵珊之爱，至矣尽矣，蔑以加矣，而岳灵珊对令狐冲的情意却没有那么深。这份感情，于令狐冲，是刻骨铭心的爱情；而于岳灵珊，则只是情窦初开的青春情愫。

令狐冲的付出当然要比岳灵珊多。陪她练剑时，总要故意输给她；她说要捉萤火虫玩，令狐冲便捉了千百只；后来，她移情别恋，轻松走开，他憔悴支离，失魂落魄。爱情啊，从来不是公平的游戏。但上述那些还只是表面文章，其实早在二人"情变"之前，金庸就有伏笔暗示。

在华山派众人赴衡山参加刘正风金盆洗手大会时，令狐冲途中撞见田伯光意欲猥亵仪琳，他虽武功远远不及田伯光，仍极力与其周旋相斗，最后身受重伤，被人误传死讯。仪琳将前情后果说与众人时，因情绪激动竟至晕倒，而岳灵珊只是轻描淡写地询问，似乎并不那么关心令狐冲的生死。

岳灵珊对林平之则大不相同。岳不群与林平之名为师徒，其实形同捕食者与猎物。有一次，岳不群暗下毒手，砍伤林平之，嫁祸令狐冲。岳灵珊既忧又怒，策马数十里，质问令狐冲为何狠下杀手。令狐冲伤心欲绝，无言以对。这段故事，如果读者站在令狐冲的立场，自是觉得岳灵珊愚蠢而寡情，但是站在岳灵珊的立场，这岂不是对"凶手"的无畏，对林平之的一腔深情吗？而且，被父亲蒙蔽的岳灵珊，对看起来像是要死缠烂打、人品堪忧的"前男友"冷若冰霜，不听、不信、不稍假辞色，这不正是对"现男友"的真情吗？她泾渭分明，不拖泥带水，几乎称得上"最佳前女友"了。

岳灵珊最大的问题在于不善察人，这也恰恰是她最受读者诟病的地方。

《笑傲江湖》中有一回叫作《蒙冤》，写令狐冲再度蒙冤，被控劫盗《辟邪剑谱》——金庸对令狐冲不可谓不狠：全书之中，令狐冲内伤、外伤不断，时而失恋，时而武功全失，时而身蒙奇冤，时而命不久矣。初读《笑傲江湖》时，看到这一回的名字，不免有些愕然，为何叫"蒙冤"呢？之前的情节里，令狐冲蒙的冤还不够多吗？他被师父怀疑盗了《紫霞秘笈》；被王家人及林平之怀疑盗了《辟邪剑谱》；被师父说结交奸邪，并被逐出华山派——这些难道都不算蒙冤吗？此回又名为"蒙冤"，倒似令狐冲此前没有蒙过冤似的，岂不奇怪？

后来我方明白，虽然此前令狐冲蒙了无数的冤，但没有哪一遭有这次来得厉害——这一次，冤枉他的人里面多了一个岳灵珊。天道好轮回，就像张无忌冤枉了赵敏，转眼也被师叔伯冤枉，岳灵珊冤枉令狐冲，后来自己也被林平之冤枉。林平之在婚前就自宫练剑，岳灵珊与他成婚后，自然洞明，但她依然忍受着他的冷落、羞辱，无论如何也想跟着他、照顾他，哪怕他已经不再像当初自己认识的那个人了。

令狐冲至情至性，对岳灵珊生死以之；岳灵珊虽不算至情至性，但后来对林平之，也可以说是生死以之了。即使是当初，令狐冲面壁之时，岳灵珊雪夜冒险送饭，此情又岂有虚假？雪夜互诉衷肠之时的快乐，于岳灵珊是真，于令狐冲更是终生不忘。

02

读过《笑傲江湖》的人，大多都会有一个困惑：令狐冲心中，到底更爱岳灵珊，还是更爱任盈盈？

"曾经沧海难为水，除却巫山不是云"——说旧爱难忘的句子，最高明的无过于此。少年时初读《笑傲江湖》，任、岳二人之间，私意相属前者的我，看到任盈盈与令狐冲终偕百年，颇觉欢欣鼓舞。若干年后重读此书，却觉得岳灵珊怎么看怎么像令狐冲的沧海之水、巫山之云。

令狐冲是怎样爱岳灵珊的呢？

"出其东门，有女如云。虽则如云，匪我思存"——世上有无限的好女子，而哪怕有好到像天女一样的仪琳倾心于他，与仪琳在一块时，他想到的还是岳灵珊。

"思君如满月，夜夜减清辉"——在热恋的相思里，他为伊人憔悴而不悔，敬她如天神，她的一颦一笑都能让他心头雷音震动。

"万幻犹余泪是真，轻弹能湿大千尘"——失恋之后，世界举目苍茫，她行若无事，他却恍若行尸走肉。她充盈在整个世界里，笑泪悲欢，行止进退——她已经走了，但她又无处不在。

在失去岳灵珊之后，令狐冲做着长久而徒劳的凭吊。譬如在嵩山五岳剑派并派的鸿门宴上，他看到岳灵珊的眼泪落在草间，为了逗她一笑，便甘愿将成败生死置之度外；譬如看到岳灵珊与林平之在雪人上刺下誓言，便不禁方寸大乱，肝肠寸断，全不顾任盈盈在旁。

他越深情，岳灵珊显得越是无情。读者大多会为这种状况而不平，可是爱情最不讲道理，被它击中的人，不问进退得失。所以岳灵珊爱上林平之，当然无可厚非，只是，更关注令狐冲的读者，看到的不是岳灵珊的欢喜，而是她的离去给令狐冲留下的长久的忧伤。这忧伤动不动就会袭来。令狐冲练成了吸星大法，从西湖地牢逃脱，重见天日，武功拔群，却依然觉得无比寂寞；他与任盈盈成了鸳偶，在嵩山见了已经成婚的岳灵珊，只觉似被重锤锤中；他重回华山，来到已经故世的岳灵珊的旧居，不由得泪下如雨。这忧伤在他的寂寞里、震惊里和他对岁月的眷念里。

最动人的还是那个细节：任盈盈为了求少林寺方丈方证救身受重伤的令狐冲，自愿在少室山为质。令狐冲得知此事后，与意图营救盈盈的三教九流人物齐聚少室山，眼看便有一场大战，胜负难定，生死未卜。此时，密密匝匝聚了几千人的山头，忽有一刻摄人心魄的寂静，静到似乎连雪落的声音也能听到。这个时候，令狐冲忽然想到："小师妹这时候不知在干什么？"

这句话，真是绝好的情话。生死之间，电光石火一闪念，想到的人自然是最最重要的人。而想到的那件事却极寻常："她这时候在干什么呢？"知道了她在干什么，又如何呢？虽然并不如何，但爱过的人都知道，爱一个人，就是既愿与她生死相许，又想与她朝朝暮暮。相守固然是好的，但见不着的时候，支颐想象她在干什么，也是一件乐事。

读至此，我为令狐冲的痴情叹息，也为任盈盈的痴情惋惜，更为金庸的洞悉世情叹服。纵然这定是岳灵珊已不想要的深情，但是年轻过的我们，难道不曾在一段或初起，或已逝去的感情中，万般无奈、徒劳无谓却情不自禁地想着：不知道这时，他在做什么？

那是我们在爱情里真正活过、痛过、无可奈何过的样子。

令狐冲对任盈盈的爱又是如何呢？可以说是迥然有别。在岳灵珊面前，他紧张、笨拙，如不善言辞的孩子；而面对任盈盈，他立刻就聪明起来。任盈盈生气不理他，他就装作身体不适，引得她与自己说话。他对岳灵珊虽用情至深，但因爱她重她，故而秋毫不敢犯，但是对任盈盈，他却能调笑自如：

> 令狐冲笑道："你是婆婆，我是公公，咱两个公公婆婆，岂不是……"他生性不羁，口没遮拦，正要说"岂不是一对儿"，突见那姑娘双眉一蹙，脸有怒色，急忙住口。
>
> 那姑娘怒道："你胡说八道些什么？"令狐冲道："我说咱两个做了公公婆婆，岂不是……岂不是都成为武林中的前辈高人？"
>
> 那姑娘明知他是故意改口，却也不便相驳，只怕他越说越难听。她倚在令狐冲怀中，闻到他身上强烈的男子气息，心中烦乱已极，要想挣扎着站起身来，说什么也没力气，红着脸道："喂，你推我一把！"令狐冲道："推你一把干什么？"那姑娘道："咱们这样子……这样子……成什么样子？"
>
> 令狐冲笑道："公公婆婆，那便是这个样子了。"

其实，《倾心》这一回是全书的转折所在，令狐冲屡蹶之后，终于有人信他、重他、爱他。读此章，虽觉春光旖旎，心旷神怡，但若是将其与令狐冲和岳灵珊相处的场景相比较，总觉逊了一筹。这里有情窦已开的男女的互相吸引、脸红心热，他们一个觍颜试探，一个故作无情，纸上洋溢着青春的荷尔蒙和初相知的喜悦。但它与当年拘谨的偷觑、略微近了一步就小鹿乱撞的心情，以及只有两个人知道的略显幼稚的小秘密，已经截然不同了。

这是一个时代的结束。在那个时代里，有一个唯一的人，她永远闪亮、纯真，你与她在互相走近，似乎只差一点就能心心相印。

但因为还未相守，所以永不会分离。她出汗后凌乱的鬓发、风中飘荡的衣角、玩笑时含羞的娇嗔，你永远不会忘。因为在你珍藏的那份回忆里，也有青春的你奋不顾身的样子。

岳灵珊情冷后，令狐冲再见她，是这般光景：

> 岳灵珊顿了顿足，瞥眼见到令狐冲坐在封禅台之侧，当即走到他身前，说道："大师哥，你……你的伤不碍事罢？"令狐冲先前听到她呼声，心中便已怦怦乱跳，这时更加心神激荡，说道："我……我……我……"仪和向岳灵珊冷冷地道："死不了，没能如你的意！"岳灵珊听而不闻，眼光只望着令狐冲，低声道："那剑脱手，我……我不是有心想伤你的。"令狐冲道："是，我当然知道，我当然知道……我……我……我当然知道。"他向来豁达洒脱，但在这小师妹面前，竟呆头呆脑，变得如木头人一样，连说了三句"我当然知道"，直是不知所云。
>
> 岳灵珊道："你受伤很重，我好生过意不去，盼你别见怪。"令狐冲道："不，不会，我当然不怪你。"岳灵珊幽幽叹了口气，低下了头，轻声道："我去啦！"令狐冲道："你……你要去了吗？"失望之情，溢于言表。

令狐冲向来能言善辩，灵巧多智，可是这时见了岳灵珊，"竟呆头呆脑，变得如木头人一样"——爱让人变傻，变得容易受伤；又让人变得坚韧，变得百折不摧。

正因为令狐冲记得太深，所以这段岁月成了横亘在他心中的一座高山。哪怕岳灵珊离开他、冷落他、冤枉他，再怎么不在意他，令狐冲也始终没有忘记她当年的样子。

03

岳灵珊的故事，最终以悲剧收场。甚至可以说，没有哪个金庸小说女主角的爱情比她的更惨：自己爱上的人身负深仇，对方的生命中早就没有了安放爱情的余地，甚至连跟她好也只是迫于情势，算是忍辱负重，并不存多少真心。不管她如何痴情，如何付出，总是徒劳无功，无人理会。最后，她还死在心上人的剑下。

他那一剑刺出时，是那么随意而毫不犹豫，仿佛只是丢掉一个早已看腻的物件，落地瞬间，那"咔嚓"的碎裂声没能让他的心底产生一丝波澜，他甚至还陶醉于自己手法的轻灵潇洒——被负至此，岳灵珊的命运实在令人唏嘘，而直到生命的最后一刻，她仍然没有怪他。

虽然如此，读者往往并不同情岳灵珊。他们看到岳灵珊被林平之刺伤抛下，终至香消玉殒，可能只是感觉"刚刚解了气，勉强可以不讨厌她了，但还远远没到同情或者伤心的程度"。因为大家记得的，是她之前怎么抛弃令狐冲、冤枉令狐冲，是她怎样阳关道不走，偏上独木桥，如今掉下来，怪谁呢？

又或者是因为，《笑傲江湖》一书的重点不是岳灵珊的故事——不错，这里有她的故事、她的身影，但这是令狐冲和林平之的世界，不是她的。令狐冲的苦痛艰辛，读者看了个明明白白；林平之的凄惨艰难，读者也看了个半懂；而岳灵珊的悲惨凄凉，读者却不大愿意领会了。

或许还因为，她曾经那么骄矜，那么高傲，那么不知珍惜，那么肆意地挥霍他人的一腔赤诚，甚至把它踩到泥里。读过《笑傲江湖》的人，记得的，是令狐冲失恋后的憔悴落寞，是他被岳灵珊冤枉时的百口莫辩，是他对逝去的爱情久远的凭吊和伤怀。

可是，换一个角度，如果《笑傲江湖》的重点是岳灵珊的故事呢？

她是华山派掌门之女，父亲看起来人品端方，母亲慈爱可亲，父母相敬如宾，师兄们和睦友悌，大师兄待她一片真情，她也对大师兄向慕依赖——她前十几年的人生，近乎完美。

本来事事安稳，但新入门的林师弟却不知不觉牵动了她的心弦——林师弟父母惨亡，自己也被仇人羞辱折磨，一腔傲气却不曾稍减——她曾经爱慕过的大师兄是个一身傲骨的人，而林师弟恰恰也是如此。林师弟武功很差，练剑却那么勤奋，同门人人都对她热络殷勤，独他不然。他毕恭毕敬，进退有度，心里想的就只有练功复仇一事。

是什么时候，岳灵珊的心意渐渐地改了？

是见林平之被木高峰威胁折磨，却强项不低头的时候？是他入了门，她说"先入门为大"，比她年龄大的他便恭顺地尊她为师姐的时候？是他们一同练剑、采草菇的时候？是他教她唱那首吐字清圆的采茶山歌的时候？

男未婚，女未嫁，这不是什么了不得的错误，何况，她对林平之是如此的深情。初时，似乎也是林平之让着她，但是后来便不同了。她陪林平之找《辟邪剑谱》，陪他去找余沧海复仇。当林平之对她越来越冷漠，甚至自宫练剑时，她还是帮他向父亲遮掩，还是抱着希望，期待精诚所至金石为开。他复仇时双目因中毒而失明，她情愿照顾他一生一世。直到最后，她被他刺伤，将死之时，还是在心里惦念着他很可怜，希望有人能照顾他。

不过，岳灵珊可悲可悯，林平之又何尝不是？当年他在福州踏上千里救亲之路，哪怕遍尝艰险，身无分文，备受折辱，还是怀着对来日光明的希望。但当他目睹父母惨亡，好不容易脱离木高峰、余沧海的魔爪拜岳不群为师，又慢慢发现岳不群更是狼子野心、心狠手辣时，他心中的阳光便渐渐湮灭了。

他过着分裂的人生，求生已万般艰难，哪还有心思说爱情！两人相处，在她看来是春光旖旎的恋爱，在他看来是步步刀锋的试探。她春心荡漾，他尽力周旋；她沉醉其中，他如履薄冰。爱情，和鸣才有幸福，如果是一个人全情投入，而另一个人却虚与委蛇，又怎能修成善果呢？

04

岳灵珊爱错了吗？既是错了，又并没有错。

爱上林平之，就是错了。她以为他是一个和自己年龄相仿的少年，说得来玩得来，可以携手看一生的风景，却不知道他内心的沧桑和负担。他在福州被灭门，在长沙忍辱，在衡山险些丧命，在华山以为终于安全，却没想到是才出龙潭，又入虎穴。所以，渐渐地，他以为岳灵珊是岳不群的眼线，不敢把心中的伤痕展露一分一毫。

《笑傲江湖》的写法很有意味。前面几回的故事，都是用的林平之的视角。但是当令狐冲出场之后，却笔锋一转，开始用令狐冲的视角来叙事。自此，林平之只是作为令狐冲故事里的配角出现。在令狐冲看来，或者说在读者看来，这位"林师弟"人品端方，武功不高，为人却很正直，虽然遭遇凄惨，仍自强自立，让人颇有好感。后来，林平之成了岳灵珊的爱侣，让令狐冲失了恋，读者心里才有些不是滋味。不过，他辗转追寻《辟邪剑谱》、遭岳不群暗算，坚忍而多舛，似乎还是当年的那个少年。

直到《复仇》这一回，林平之又重回舞台中央。当他用奇妙诡异的武功，像猫捉老鼠一样虐杀余沧海和青城派弟子时，读者虽然谈不上同情作恶多端的青城派诸人，却一定惊讶于林平之的"性情大变"。其实，林平之的性格，定然是渐变，而非突变。他把岳灵珊的爱当成试探，把与她的相处视为忍辱负重，就是岳灵珊悲剧的开始。

但岳灵珊又没有错。

金庸小说多痴情女子。对痴情者而言，为了爱情，放弃什么都不算困难：功名可弃，身份可弃，尊严可弃，生命也可弃。

阿朱为了帮萧峰追寻真相，假扮白世镜向马夫人套话，马夫人谎称段正淳是凶手。后来，阿朱又偶然间得知段正淳是自己亲生父亲，面对着"父亲和爱人是生死仇敌"的困境。她担心萧峰斗不过自己的父亲，也担心萧峰斗过了他，还担心萧峰会因此被大理段氏追杀。所以，她假扮段正淳，甘愿以死相代；赵敏被张无忌冤枉偷了倚天剑、杀了殷离，百口莫辩，但是转头张无忌被其师伯师叔冤枉，她立马可以舍命相救，毫不犹豫地将污名揽过来；任盈盈因为气愤江湖群豪说她心仪令狐冲，嘴上说要杀掉令狐冲，但见令狐冲伤重不治，又情愿在少林寺做人质，去换《易筋经》功法救他性命。

如果她们都没有错，那么岳灵珊又怎么能算是错呢？岳灵珊只是没有那么幸运，爱上的不是可以白首不相离的一心人罢了。不过，岳灵珊和林平之之间，难道没有丝毫真情吗？

我相信是有的。那日少林寺大战，令狐冲、任盈盈、向问天助受伤的任我行疗伤，身上落满积雪，恰好林岳二人路过，以为这是四个雪人，岳灵珊一时兴起，要在雪人上写字，并要林平之也写。他们写的是什么字呢？"海枯石烂，两情不渝。"在那良久默然无语、四目相对的时刻，林平之或许真的暂时忘记了日夜悬在心头的父母之仇和江湖的血雨腥风。还有后来林平之被人暗算重伤，岳灵珊质问令狐冲的那次：

> 岳灵珊一抖马头，转身而去，说道："你一剑斩他不死，还想再使毒药么？我才不上你的当。令狐冲，小林子倘若好不了，我……我……"说到这里，语音已转成了哭声，急抽马鞭，疾驰向南。

这些猜度、逼问，对于令狐冲而言是无情，对于林平之而言却是多情了。听她言下之意，自然是"他死了，我也不独活"。

岳灵珊去世时，令狐冲在她的身边。她嘱托令狐冲照顾林平之：

> 岳灵珊道："大师哥，我的丈夫……平弟……他……他……瞎了眼睛……很是可怜……你知道么？"令狐冲道："是，我知道。"岳灵珊道："他在这世上，孤苦伶仃，大家都欺侮……欺侮他。大师哥……我死了之后，请你尽力照顾他，别……别让人欺侮了他……"

她竟然要求令狐冲照顾这个杀了自己，还想杀令狐冲的人，这个要求何其古怪过分，何其深情感人！令狐冲竟然也答应了这个要求，他的答应，何其窝囊委屈，又何其深情感人！岳灵珊弥留之际，想的是什么呢？

> 忽然之间，岳灵珊轻轻唱起歌来。令狐冲胸口如受重击，听她唱的正是福建山歌，听到她口中吐出了"姊妹，上山采茶去"的曲调，那是林平之教她的福建山歌。当日在思过崖上心痛如绞，便是为了听到她口唱这山歌。她这时又唱了起来，自是想着当日与林平之在华山两情相悦的甜蜜时光。

她歌声越来越低，渐渐松开了抓着令狐冲的手，终于手掌一张，慢慢闭上了眼睛。歌声止歇，也停住了呼吸。

"人生若只如初见，何事秋风悲画扇。等闲变却故人心，却道故心人易变。"令狐冲错爱了岳灵珊，岳灵珊错爱了林平之，这两段爱情都是美好又残忍，温情又冷酷，既像故事，又像寓言——人生啊，即使不忘初心，也未必能得始终；而即使不能善始善终，却也能始终不悔。

任盈盈：
我可以低到尘埃，却永远凛然独立

01

　　"任盈盈"是个很美的名字。它和令狐冲的名字一样，同出于老子的《道德经》："道冲而用之或不盈，渊兮似万物之宗。挫其锐，解其纷，和其光，同其尘。"冲为谦和、淡泊，盈为充沛、满溢。以老子"无"胜"有"、"柔弱"胜"刚强"的观念而言，"冲"似乎比"盈"更好，这句话的意思也是提倡以冲虚不盈来化解纷扰。但这并不寓示着令狐冲和任盈盈二人的高下，而是金庸借着这对看似性格矛盾、实际能彼此成全的爱侣，道出他对爱情和人生的看法。"冲"和"盈"是反义词——将冰炭相交的两人安排成生死相托的一对，是金庸惯用的写法。

　　"冲"和"盈"，这截然相反的两端，也反映在人物性格和境遇上。

　　令狐冲洒脱不羁，意兴起时，能独战青城四秀，能与江湖人所共弃的田伯光交盏共饮；任盈盈拘束守礼，天下人皆知她对令狐冲倾心，她却不许人提起。令狐冲是华山派首徒，"正派"中的青年豪俊，任盈盈却是人人谈之色变的日月教的"圣姑"，荣膺正派人士照例送出的"小妖女"称号。

　　其实在金庸小说中，性格迥异的情侣并不罕见。郭靖黄蓉、杨过小龙女、张无忌赵敏、萧峰阿朱，莫不若是。但是若论使对方倾心之艰难曲折，却罕有出任盈盈之右者。

结合令狐冲之名来看，任盈盈之名是出自《道德经》不假，但我觉得，它似乎也与《古诗十九首》有关。《古诗十九首》其十云："迢迢牵牛星，皎皎河汉女。纤纤擢素手，札札弄机杼。终日不成章，泣涕零如雨。河汉清且浅，相去复几许。盈盈一水间，脉脉不得语。"

令狐冲初见任盈盈时，正落魄得无以复加。失恋、受伤、被冤，无从辩驳，无处可去。华山派众人到了洛阳林平之的外祖家，令狐冲受刘正风、曲洋遗嘱收藏的《笑傲江湖》曲谱，被金刀王家和华山派诸人疑为《辟邪剑谱》，他百口莫辩，王家人百般折辱，岳不群冷眼旁观。如此情形，使得读者气满胸臆，又无可奈何。

恰在此时，绿竹翁出现了。绿竹翁颇擅音律，正是他和他那个未曾露面的"姑姑"，以此曲谱合奏出《笑傲江湖》曲，解了令狐冲的围。众人散去，令狐冲却更作盘桓。世人说有缘者彼此觉得"面善"，令狐冲却是听了琴曲，尚未谋面，便觉对方亲切。

令狐冲与任盈盈的相识，充满了作者精心设计、读者喜闻乐见的美好误会：令狐冲因听绿竹翁称任盈盈为姑姑，以为她是一位"年高德劭"的婆婆，所以初时只存尊敬亲近之意，绝无男女之情。而任盈盈默认了这个误解，甚至可以说，为了这场单方面的倾心，她付出了诸多努力来维持令狐冲的这一误解。

所以远在二人真正面晤之前，就有这样的描写：

那婆婆道："竹贤侄，你带这位少年到我窗下，待我搭一搭脉。"绿竹翁道："是。"引令狐冲走到左边小舍窗边，命他将左手从细竹窗帘下伸将进去。那竹帘之内，又障了一层轻纱，令狐冲只隐隐约约的见到有个人影，五官面貌却一点也无法见到，只觉有三根冷冰冰的手指搭上了自己腕脉。

这可不是"纤纤擢素手"吗？

令狐冲此时无比落魄，在华山派，在江湖人士，在岳不群、岳灵珊父女眼中，他都是一个误入歧途、不堪注目的浪荡子；然而在任盈盈的眼中，"郎艳独绝，世无其二"。任盈盈是看重他的天真率性、正直侠义，还是怜惜他的命途多舛、落魄多情？或许都有。然而，"盈盈一水间，脉脉不得语"这个困局，似乎始终存在着。

02

在这段爱情中，摆在任盈盈面前的，有两个难题：第一个难题，是他们身份的分别；第二个难题，则是岳灵珊在令狐冲心中不可逾越的位置。而某种程度上，这两个问题又是一个问题。

在此之前，令狐冲的人生轨迹看似顺滑圆满：作为华山派首徒，他从小被师父师娘收养，视同亲子，武功为众师兄弟之冠，心心念念的小师妹也对自己青眼有加。这条路这么走下去，也可以算得上"现世安稳，岁月静好"。

不幸的是，令狐冲身在《笑傲江湖》这场人性的大荒诞剧中，注定没有平安的人生。从小处言，令狐冲师父岳不群的儒雅端方，只是他多年苦心经营的假象。实际上心机深沉、气量狭窄的他，必然容不下令狐冲青出于蓝。从大处言，嵩山派掌门左冷禅的野心、日月教的虎视眈眈，也不容兼有儒家和道家情怀的令狐冲做一个乱世闲人。

有人说，若是令狐冲没有奇遇、未被岳不群逐出华山，而是顺利当上了华山派掌门，在江湖纷争的血雨腥风之中，独木难支的他，顶多是另一个独善其身的莫大先生。冷眼旁观之下，我们知道，天将降大任于斯人，苦其心志劳其筋骨都在所难免，但是在令狐冲而言，如果可以选，他未必想成为大侠。那时，他与岳灵珊携手同游华山，练一套惊心炫目、华而不实的"冲灵剑法"，师父端肃，师娘慈爱，师兄弟和睦，何等幸运！

而这些美好在一夕之间崩塌了。他失了恋，见疑于师门，成了华山弃徒。岳灵珊在他的生命中代表的，不仅仅是爱情，还有他对少年时光的回忆，对安稳岁月的企盼。最让令狐冲眷念的，是对那个美好世界的想象——华山派、师父、师娘、小师妹所代表的，是确定无疑的真善美，以至于当他已走上另一条路时，他依然念念不忘"重回华山，重入门墙"。

而任盈盈代表的，则完全是另外一个世界。在这个世界里，没有确定无疑的正邪，没有永远的安全，没有可以一眼洞穿的人性，也没有一马平川的未来。黄河舟中，五霸冈上，人人都对令狐冲恭敬之极、热情之至，但瞬息之间，便人去楼空，片叶不存；凉亭之中，西湖梅庄，他与向问天携手抗敌，同进同退，自以为交了一位肝胆相照的朋友，转眼之间，却成了过河后被抽的桥板，困于西湖地牢之中；他助任我行夺回日月教教主之位立下大功，却因与任我行志向不同、不愿与之继续合作而势如水火。

这两个世界有着截然的区别：前者似乎安全、美好、正确，宛如童话世界，但随着令狐冲的"长大"（个性的发展）和环境的变化（林平之入派、《辟邪剑谱》风波），梦幻的肥皂泡倏然破灭了。后者呢，似乎充满不安定和风险，但同时，它包含着各种可能性。

五霸冈因盈盈的命令而散去的诸人，心服于令狐冲的云天高谊，最终还是成为他的朋友；向问天虽然不脱"魔教"习气，狠狠利用了令狐冲一回，但在后来任我行与令狐冲对敌之时，也一直暗中调停化解；任我行与令狐冲的关系，虽然一直游离于敌我之间，但他对令狐冲的欣赏和看重、愤怒和敌视都毫不矫饰，这当然好过岳不群对令狐冲表面上温情脉脉、背地里猜忌嫉恨。

而任盈盈和这个新的世界一样，也是既富有不确定性和"危险性"，又充满新鲜感和可能性。这似乎也像是一个寓言——我们每个人，不都经历过回想起来似乎完美无缺的童年世界，又不得不恋恋不舍地走向美恶并存、笑泪交杂的成人世界吗？

03

如果说岳灵珊给令狐冲的是青春的悸动，任盈盈代表的则是理性、成熟的爱。

纵然我在多历世事后重读《笑傲江湖》时，对岳灵珊有了更多的理解和宽宥，但在内心深处，还是不免对她有所评判。这评判不在于她没有对令狐冲"始终如一"，而是在于她从来没有真正懂得过令狐冲。

作为金庸小说中为数不多的失过恋的男主角，令狐冲的恋失得格外凄凉落魄。因为在这个过程中，充满了由不得他的误会。他武功大进，是因为在思过崖上看到了日月教高手破解五岳剑派剑招的壁画，又得遇风清扬，学了独孤九剑。因他与风清扬有保守其尚在人世秘密的约定，所以未曾将此事告知他人。但岳不群见他武功大进，却认定他是偷了《辟邪剑谱》。

岳不群如此，众师兄弟如此，岳灵珊竟也如此：

> 岳灵珊勒马退开几步，说道："令狐冲，小林子受伤极重，昏迷之中仍是挂念剑谱，你如还有半点人性，便该将剑谱还了给他。否则……否则……"令狐冲道："你瞧我真是如此卑鄙无耻之人么？"岳灵珊怒道："你若不卑鄙无耻，天下再没卑鄙无耻之人了！"

令狐冲的魅力何在？他不似萧峰一直有卓绝的武功，不似杨过一直风流自赏，顾影自怜，也不似郭靖一直人格完美，毫无瑕疵。令狐冲的魅力，在于他既潇洒得似乎浑不在意，又深情得似乎时时用着心；在于他既豁达得能时时自嘲自省，又"糊涂"得永远放不下那一点为人的骄傲。可是，被令狐冲中心藏之、无日忘之的岳灵珊，又几曾读懂过他呢？她只知道令狐冲是一个苦恋她而难以寻得自处之地的痴人，却不知道令狐冲是怎样的大丈夫。

任盈盈则不然，她从一开始，就是懂的。岳灵珊是令狐冲的病，而任盈盈则是他的药。初识，令狐冲便向任盈盈倾吐了自己的情伤。数日后分离，任盈盈托绿竹翁赠以古琴、琴谱。王家子侄故意相辱，绿竹翁轻轻巧巧间便教训了他们，帮令狐冲出了一口恶气。这次分别的情形，也颇令人感慨：

> 那婆婆道："令狐少君，临别之际，我有一言相劝。"
>
> 令狐冲道："是，前辈教诲，令狐冲不敢或忘。"
>
> 但那婆婆始终不说话，过了良久良久，才轻声说道："江湖风波险恶，多多保重。"
>
> 令狐冲道："是。"心中一酸，躬身向绿竹翁告别。只听得左首小舍中琴声响起，奏的正是那《有所思》古曲。

任盈盈一直是克制的，但这克制里有深情和无限的付出。

令狐冲身受重伤，她以自己的自由，换取少林寺方丈以《易筋经》为令狐冲疗伤的承诺。

令狐冲任恒山掌门，她让三教九流人物加入恒山派，以助令狐冲冒此天下之大不韪。

令狐冲不愿加入日月教，任我行以婚事相阻、利益相诱、性命相胁，令狐冲仍不改其志，她则从令狐冲之心，未尝出一言以责之。

最让人意难平的，是令狐冲始终在心中给岳灵珊留了偌大一片天地，她却听之任之，甚至还会足他的心愿。

君不见，当林平之向青城派寻仇，有力戏弄敌人，却无心为被青城派围攻的岳灵珊解围时，令狐冲心急如焚又不便出手，是任盈盈瞧出他的心意，代他救下了岳灵珊。当林平之对岳灵珊颐指气使、咒骂攻击，令狐冲心中挂怀时，是任盈盈主动提议与令狐冲同去保护。在岳灵珊被林平之刺死，令狐冲悲痛难支时，是任盈盈将岳灵珊亲手收葬。

情至深处，一个人能放下多少，扛起多少？这等深情，怎不令人唏嘘！

04

任盈盈对令狐冲，似乎低到了尘埃里，低到让读者不时怀疑，这朵尘埃里开出的花，其甘苦如何？其实，任盈盈的可敬之处正在于：她的爱可以低到尘埃，但她的人格凛然不可犯；她对令狐冲生死皆可许，但绝不会为了爱情做轻贱自我之事。

《笑傲江湖》中，有一段最能说明任盈盈心性和爱情观的文字，出自第二十七章《三战》。

其时，令狐冲、任我行、向问天、任盈盈被"名门正派"环伺于少林寺中，双方约定三战定胜负。到令狐冲出战时，他如若不能胜，四人将有性命之虞。但是令狐冲连胜之后，业师岳不群却出来捡现成便宜。其实此时令狐冲武功已经远胜岳不群，但他因念旧情，无论如何不忍胜了"师父"：

> 旁观众人见令狐冲如此使剑，自然均知他有意相让。任我行和向问天相对瞧了一眼，都是深有忧色。……任我行转过头来，向盈盈低声道："你到对面去。"盈盈明白父亲的意思，他是怕令狐冲顾念昔日师门之恩，这一场比试要故意相让，他叫自己到对面去，是要令狐冲见到自己之后，想到自己待他的情意，便会出力取胜。她轻轻"嗯"了一声，却不移动脚步。
>
> 过了片刻，任我行见令狐冲不住后退，更是焦急，又向盈盈道："到前面去。"盈盈仍是不动，连"嗯"的那一声也不答应。她心中在想："我待你如何，你早已知道。你如以我为重，决意救我下山，你自会取胜。你如以师父为重，我便是拉住你衣袖哀哀求告，也是无用。我何必站到你的面前来提醒你？"深觉两情相悦，贵乎自然，倘要自己有所示意之后，令狐冲再为自己打算，那可无味之极了。

这段文字完全写出了任盈盈对爱情的观点：我确实希望所爱之人全心全意待我，但他若不是心甘情愿如此，那便罢了。有情，无须多言；否则，多说一字去要，也落了下乘。

任盈盈为爱情可以放弃名位和生命，但绝不放弃尊严和骄傲，委实可爱又可敬。有人说任盈盈大度。这话不错，但这种大度，并非天生心胸开阔、了无挂碍，也并非不在乎。而是在了解人性的前提下，出于感情洁癖和高度的自我要求，不愿接受掺杂勉强成分的爱。如此虽有水至清则无鱼的风险，却也能很好地保护自我尊严。不可否认，这不是一种轻松的活法，但当事人却觉得这是"爱情"的题中应有之义。

赵敏在所有阻力面前说"我偏要勉强"，而任盈盈对于令狐冲的"小师妹情结"，所做的都是在说"我绝不勉强"，两者同样可爱可敬。

05

我们都知道，千难万险之后，令狐冲与任盈盈终成连理，这大概算是一种圆满。但作为读者，似乎总觉得这种圆满没有达到理想的程度。

我也曾经想过：令狐冲心中，有没有"到底意难平"？任盈盈午夜梦回，是否一无遗憾？这些想法，当然是出于通俗小说读者对于"大圆满"的渴望，我也不能免俗。但是，《笑傲江湖》自然不是一般的通俗小说，我们知道，它对历史、人生多有隐喻，它的很多情节安排，除出于叙事逻辑外，还有基于价值观、基于情感逻辑的成分。

前面我们说到，令狐冲和任盈盈在性格方面有不小的反差，其实他们在某些方面，又有不少相似之处。

令狐冲是一个有自己的骄傲的人。他的师娘宁中则，算是他的一个知音。在岳不群、岳灵珊或有意或无意地冤枉他时，宁中则始终不曾怀疑过他。她相信令狐冲，一是出于对他人品的了解，二是出于对他个性的了解，知道他是一个不屑于去偷抢他人之物的人。而任盈盈，何尝不是个骄傲的人呢？

她对令狐冲的倾心天下知闻，但她"掩耳盗铃"，不许人提起一个字，这是可爱的骄傲；她对令狐冲生死以之，却不以自己的付出相强他分毫，这是可敬的骄傲。她对岳灵珊的存在，未必全无芥蒂，但始终不曾嫉之恨之，这是可感的骄傲。令狐冲和任盈盈，都是对于世界的恶意绝不合作，并为此死而不悔的人，他们的灵魂同样高贵。

此外，若说起"世界观"，任盈盈和令狐冲二人也颇相近。金庸在《笑傲江湖》的后记中说：

> 令狐冲是天生的"隐士"，对权力没有兴趣。盈盈也是"隐士"，她对江湖豪士有生杀大权，却宁可在洛阳隐居陋巷，琴箫自娱。她生命中只重视个人的自由，个性的舒展。惟一重要的只是爱情。这个姑娘非常怕羞腼腆，但在爱情中，她是主动者。令狐冲当情意紧缠在岳灵珊身上之时，是不得自由的。只有到了青纱帐外的大路上，他和盈盈同处大车之中，对岳灵珊的痴情终于消失了，他才得到心灵上的解脱。

此段文字，非常值得注意。《笑傲江湖》的书名，来自《笑傲江湖》之曲。此曲创自刘正风和曲洋，终谐于任盈盈和令狐冲。刘正风和曲洋、任盈盈和令狐冲，两个组合，皆是一"正"一"邪"，二人分别出自不同阵营，但都是高山流水、知音相和。

其实，《笑傲江湖》不是一本讲爱情的书，而是一本讲孤独和追寻、束缚和自由、迷途和救赎、误解和理解的书。在这样的一本书里，知音相对于爱侣而言，自然是更可贵的一种存在。而当令狐冲在对岳灵珊的情感的执念中失去了天性的自由、迷失了自我之后，再因为任盈盈，体会到彼此信任、人格对等、心灵互相支撑的爱，真可说是得到了救赎。

因此，令狐冲找到任盈盈，怎么能说不是一种绝大的幸福呢？当我们长大成人之后，最大的渴望，难道不是有一个人，始终相信我、理解我、体惜我、懂得我吗？鲁迅写给瞿秋白的对联，放在任盈盈和令狐冲的身上，也毫不突兀："人生得一知己足矣，斯世当以同怀视之。"

幸哉，令狐冲！

我偏要勉强：
韦小宝的爱情故事

01

金庸小说男主角里面，韦小宝的出身是最具黑色幽默的。

韦小宝的母亲是一位徐娘半老、风韵不存的妓女。其实，妓女一般不生育，韦小宝是他母亲避孕失败的产物。他成长于扬州著名妓院丽春院，这特殊的成长经历决定了他与金庸小说中的侠客绝不相同。

妓院是一个充满了赤裸裸的交易和最直接的丛林法则的地方，也是一个填塞着逢迎、谄媚和谎言的地方。韦小宝作为一个拖油瓶，与妓院的环境本有点不相称。他给妓女买胭脂首饰的时候顺便揩点油，在厨房偷下酒菜点心被鸨母揪着耳朵骂，就这样磕磕碰碰地成长着。

这样成长起来的孩子，会是什么样子呢？世俗、油滑是免不了的。所以，当韦小宝第一次出场时，我们完全没在意，以为他只是小说中无关紧要的小配角：

> 蓦地里大堂旁钻出一个十二三岁的男孩，大声骂道："你敢打我妈！你这死乌龟、烂王八，你出门便给天打雷劈，你手背手掌上马上便生烂疔疮，烂穿你手，烂穿舌头，脓血吞下肚去，烂断你肚肠。"

……那孩子甚是滑溜，一矮身，便从那盐枭胯下钻了过去，伸手抓出，正好抓住他的阴囊，使劲猛捏，只痛得那大汉哇哇怪叫。那孩子却已逃了开去。

毕竟，无论颜值还是武功，人品还是能力，如果是在金庸的其他小说里面，韦小宝肯定是个反派谐星或花脸炮灰，插个科打个诨任务就完成了，不可能活得过一章。

但是这次是个例外。记得我第一次看《鹿鼎记》的时候，看到韦小宝出场以后浑没在意他，还在等着"真正的主角"出场，直到他进了京，入了宫，认识了康熙，入了乾坤局，我才不情愿地接受——原来这个小流氓，就是这部小说的正主儿。

02

相信不少第一次读《鹿鼎记》的读者，都有和我相似的心路历程。甚至有相当一部分读者，会因此不喜欢《鹿鼎记》这部小说。理由很正当：读《鹿鼎记》，是想读武侠小说。何谓"侠"？好公义，忘私利，匡正而锄邪，生死而肉骨，道之所存，不顾其身，虽千万人吾往矣——总之，侠客心中有天下，有道义，有信念，有底线。而以上任何一点，韦小宝都没有。

"侠义"精神是没有了，那么金庸武侠小说中最精彩的部分之一——爱情故事呢？这样一个人物，他的爱情故事能打动我们吗？

有怎样的际遇，取决于你是怎样的人、经历过什么、相信些什么。而韦小宝的世界观，都是在丽春院这个社会学"非典型样本"中建立的。他的世界观，必然不同寻常。

他的理想是什么？丽春院是扬州知名的大妓院，是及时行乐的销金窟。可是韦小宝在其中，是作为"多余人"存在的，他心中怎会没有不甘和艳羡？所以，他的理想很简单：衣锦还乡，回扬州开上若干家妓院，以丽春院、丽夏院、丽秋院、丽冬院为名，让以往瞧不起他的人开开眼。

他的审美观是怎样的？书中有一段写得绝妙。溜须拍马之徒、时任扬州知府的吴之荣想要奉承这位钦差大人，精心准备了一系列的消遣供其游赏，可惜都是些文人情趣的玩意，韦小宝看着意趣天然的芍药圃，以为是寺庙施粥搭的凉棚，听着昆曲名角唱戏，只觉言语无味面目可憎，远没有"十八摸"好听。

他的爱情观如何，我们也可以想见了。关于男女关系，生长于妓院的他，只见过钱肉交易和逢场作戏。而且，嫖客与妓女之间，虽然无情，却开门见山，直达男女关系最后的那一步——这便是韦小宝所受过的"爱情"启蒙。

很明显，韦小宝与纯真和浪漫无缘。在他的心中，任何东西都有价格，包括爱情。所以，他在闯荡世界的时候，凭着三寸不烂之舌、厚黑拍马之功，一边斩获功名利禄，一边收服各色美女。与他结缘的女子中，有将他作为主子来伺候、仰望的双儿，有误把他当成英雄来崇拜的曾柔，有和他奇葩程度不相上下的建宁公主。与这些女子相处的时候，韦小宝都口若悬河，游刃有余。权、谋、钱、人脉、运气，足以让韦小宝将她们治得服服帖帖。

但是有一次，韦小宝的口也拙了，心也热了，小聪明也不管用了。这回，他遇到了阿珂。

03

阿珂是何方神圣？

金庸的笔下，最美的女子应该是以下两位：第一部长篇《书剑恩仇录》里的香香公主、最后一部长篇《鹿鼎记》里的陈圆圆。她们都美到几乎能让所有一睹她们真容的男性意乱情迷、心神大乱，甚至为了她们的美色万死不辞。区别只是，香香公主的美似乎更纯净，而陈圆圆的美更能勾起男性的欲望。

阿珂就是陈圆圆的女儿。书中对她相貌的界定，是较陈圆圆稍逊一些，但也算是绝色美人了。所以韦小宝见了阿珂，三魂出窍，七魄离位：

> 韦小宝一见这少女，不由得心中突的一跳，胸口宛如被一个无形的铁锤重重击了一记，霎时之间唇燥舌干，目瞪口呆，心道："我死了，我死了！哪里来的这样的美女？这美女倘若给我做老婆，小皇帝跟我换位我也不干。韦小宝死皮赖活，上天下地，枪林箭雨，刀山油锅，不管怎样，非娶了这姑娘做老婆不可。"

> "她脸上这么微微一红，丽春院中一百个小娘站在一起，也没她一根眉毛好看。她只要笑一笑，我就给她一万两银子，那也抵得很。……方姑娘、小郡主、洪夫人、建宁公主、双儿小丫头，还有那个掷骰子的曾姑娘，个个都是出色美女，这许许多多人家起来，都没眼前这位天仙的美貌。我韦小宝不做皇帝、不做神龙教教主、不做天地会总舵主，什么黄马褂七眼八眼花翎、一品二品大官，更加不放在心上，我……我非做这小姑娘的老公不可。"顷刻之间，心中转过了无数念头，立下了赴汤蹈火、万死不辞的大决心，脸上神色古怪之极。

金庸写人物着实老辣，单从这段文字来说，金庸一方面写出韦小宝动了真情，一方面又写出他动情方式的独特性。韦小宝觉得阿珂极美，美到所见过的任何妓院头牌都相形见绌；他觉得阿珂的笑靥胜过一切，但他所能想到的分量最重的参照物就是钱；他愿意为了阿珂抛弃一切，哪怕是以前觉得不可能抛下的名利心——他动了真心，用的却是世俗到极致的思路和方法。

此前，所有的金庸小说男主角，受到主角光环的庇佑，基于自身的人格魅力，身边从来不乏追求者，除了令狐冲和狄云失过恋，余者或者能与自己的心上人结成连理，或者能与之心心相印，只是因为造化弄人才留下遗憾。然而韦小宝是个例外，阿珂从一开始就不想正眼去瞧他。她自有心上人——郑成功之孙郑克塽。阿珂与郑克塽郎有情、妾有意，韦小宝站在他们身边，完全是多余的。但凡有点胸怀智慧的人，要么大方祝福，要么黯然退出，还有什么别的路可走呢？

在《倚天屠龙记》之中，周芷若用计杀人夺刀，并颠倒黑白，将污名推到赵敏身上，借此与张无忌订了婚约，行将成亲。婚礼当日，赵敏不顾自己身为明教和六大派公敌，独闯婚礼现场。在场人士除了张无忌，多的是恨她、忌她的人。孤立无援时，她求助于旧日师父范遥，范遥也冷冷地说："郡主，世上不如意事十居八九，既已如此，也是勉强不来了。"

到了这般地步，一般人恐怕早就心灰气泄了，可是赵敏说："我偏要勉强。"这话有一种动人的倔强和深情，也有一种过人的信心和气魄，而赵敏的勉强最后也成功了。所以，我们觉得，勉强有时候也不一定是不开窍、不识趣，有可能是矢志不渝、九死不悔。

韦小宝碰到这世间十居八九的不如意事，也是这种"我偏要勉强"的态度。可是他的情况和赵敏的情况有个很大的区别：张无忌的心中是有赵敏的，而韦小宝在阿珂的心中，连个针尖大的位置也没有。而且，随着韦小宝油嘴滑舌、厚颜无耻的个性为阿珂所发现，他在她心中更是变得面目可憎。但是，这些困难都难不倒韦小宝。

心态方面，他竟可以完全不受对方态度的影响。《诗经·静女》云："自牧归荑，洵美且异。匪女之为美，美人之贻。"热恋中的男子，收到心上人送的一根白茅草，也爱屋及乌，觉得它格外珍贵可爱。而单相思中的韦小宝，被心上人拳脚相加，也是甘之如饴：

> 眼见蓝衫女郎站在前面，那么抓住他后领的，自然是绿衫女郎，他心中狂喜，大叫："妙极，妙极！"既已给她这么一抓，就不枉了在这人世走一遭，最好她再在自己身上踢几脚，在头顶凿几拳，就算立即给打死了，那也是滋味无穷，艳福不浅。这时鼻中闻到一阵淡淡的幽香，便叫："好香，好香！"

他的反应，既像一个标准的无赖，又有几分像落入情网的痴人。

行动方面，他为了能一亲芳泽，无所不用其极。他哄骗双儿和澄光，让他们帮自己强胁阿珂，又拜阿珂的师傅九难为师以亲近她，还委托自己的朋友去戏弄郑克塽，最后甚至直接用迷药将阿珂迷倒，霸王硬上弓。举凡有羞耻心的人不敢、不愿去做的事情，韦小宝都做了。

最后，还是作者发起了慈悲——阿珂虽然没有直接被韦小宝的"真心"打动，但她慢慢发现郑克塽是个外强中干的货色，相形之下，外在不怎么样但好歹对自己有些真心的韦小宝，反而成了较优选择，何况，这时阿珂已经怀上了韦小宝的孩子，委身于他，也是无奈之下的选择。

就这样，韦小宝的爱情似乎圆满了。

04

我们读韦小宝的爱情故事，除了觉得有趣，很难与他本人一样觉得这段圆满了。

韦小宝当然也有真心，而这真心有时也有动人之处：

> 韦小宝一怔，退后几步，颓然坐下，心想："在皇宫之中，我曾叫方姑娘和小郡主做我大小老婆，那时嘻嘻哈哈，何等轻松自在？想搂抱便搂抱，要亲嘴便亲嘴。这小妞儿明明给老和尚点中了穴道，动弹不得，怎地我连摸一摸她的手也是不敢？"眼见她美丽的纤手从僧袍下露了出来，只想去轻轻握上一握，便是没这股勇气。

轻薄人突然不轻薄了，胆大者突然胆怯了，虽然不是"塞上牛羊空许约"的动人，不是"活，你背着我；死，你背着我"的动人，好歹，也是有一点让人唏嘘的。可是大部分的时候，韦小宝还是聪明的。他的歪主意一个接一个，勉强到了极致，终于抱得美人归。

而在《鹿鼎记》之中，作者还写了一个极有意思的配角。很明显，他是作为韦小宝的"对照组"而存在。这位配角名叫胡逸之，人称"百胜刀王"，当年是江湖上有名的美男子。可是一夕之间，他突然销声匿迹，不知影踪。后来，韦小宝偶然见到了他，只见胡逸之其貌不扬，俨然一个乡农。他夫子自道，说当年隐居的原委与陈圆圆有关：

> 胡逸之喝了几杯酒，说道："咱们今日既一见如故，兄弟的

事，自也不敢相瞒，说来惭愧，兄弟二十余年来退出江湖，隐居昆明城郊，只不过为了一个女子。"……韦小宝奇道："胡大侠，你武功这样了得，怎么不把陈圆圆一把抱了便走？"

胡逸之一听这话，脸上闪过一丝怒色，眼中精光暴盛。韦小宝吓了一跳，手一松，酒杯摔将下来，溅得满身都是酒水。胡逸之低下头来，叹了口气，说道："那日我在四川成都，无意中见了陈姑娘一眼，唉，那也是前生冤孽，从此神魂颠倒，不能自拔。韦香主，胡某是个没出息、没志气的汉子。当年陈姑娘在平西王府中之时，我在王府里做园丁，给她种花拔草。她去了三圣庵，我便跟着去做火伕。我别无他求，只盼早上晚间偷偷见到她一眼，便已心满意足，怎……怎会有丝毫唐突佳人的举动？"

韦小宝道："那么你心中爱煞了她，这二十几年来，她竟始终不知道？"

胡逸之苦笑摇头，说道："我怕泄漏了身份，平日一天之中，难得说三句话，在她面前更是哑口无言。这二十三年之中，跟她也只说过三十九句话。她倒向我说过五十五句。"

韦小宝笑道："你倒记得真清楚。"

胡逸之和韦小宝话不投机，是因为他们的爱情观截然相反。胡逸之对陈圆圆敬若天神，韦小宝追求阿珂却如同狩猎。《道德经》云："有无相生，难易相成，长短相较，高下相倾。"若只有胡逸之而无韦小宝，这世上便只剩下了"执"，若只有韦小宝而无胡逸之，这世上便只剩下了"势"。二人放在一起，才是现实世界。

胡逸之爱陈圆圆，韦小宝爱阿珂，可他们爱的方式绝不相同。胡逸之为了爱，眼中无"我"，小宝则心中全是"我"，只管自己想得到对方，不理会对方的心意如何。胡逸之用了半辈子，只跟陈圆圆说了三十九句话，而韦小宝则把阿珂从云端的女神，变成了手中的战利品。

05

金庸写过很多动人的爱情故事。无论是郭靖黄蓉的一见倾心、江湖偕行，杨过小龙女的冰火相交、至死靡它，还是令狐冲对岳灵珊的苦恋和与任盈盈的相知，都能让我们看见爱情的苦和甜，看见众生和自己。

可是为什么到了封笔之作《鹿鼎记》，金庸会写一段这样的"爱情"故事呢——本质上，这其实是一段反爱情的故事。

我大概可以想到以下几个缘由：

其一，正如宋人诗所为，"宋人生唐后，开辟真难为"，宋人写诗，不再尚丰神俊朗，而尚瘦硬生新，这既是创新，也是无奈之举。

金庸写爱情，单恋、暗恋、两情相悦、生死恋、师生恋、三角恋、虐恋、心理变态、灵魂伴侣、怨偶，各种形式、各种样子的爱情，写得至矣尽矣、蔑以加矣，他不想再重复自己，或者还想开辟出一片新天地，所以在《鹿鼎记》之中自我颠覆，用写爱情的反面的方法，将爱情补足。

其二，"审美"是一种审美方式，"审丑"亦然。金庸其他所有作品的爱情，都是审"美"的，唯有《鹿鼎记》的爱情，是审"丑"的。

世人觉得，爱情应该是非功利的、属灵的、自然的，金庸偏要写一种爱情，是功利的、属肉的、勉强的。然而就主人公韦小宝的角度而言，它有动心，有牵扯，有疼痛，又仍是爱情的范围。金庸写这份不那么美的爱情，更多的是在写世相、写中国传统、写人性。

其实，这世上，更多的是像胡逸之、程灵素、阿朱、小龙女那样能为爱情付出一切的人，还是像韦小宝那样爱得不那么漂亮的人呢？恐怕，后者的数量要多得多。而往往，以韦小宝这类人的标准来看，他们会觉得自己为爱情的付出已经足够多了。

金庸写了十多年的理想之爱，临了，写了一回现实的爱情。然而，活在现实之中的我们，看惯了权衡和计较、龃龉和龌龊，总想在小说的世界里找到一股清流。我们始终不愿意相信，这个世界上，韦小宝远比胡逸之要多。

但我佩服金庸的笔力，只有大有力者，才有勇气打破自己创造的童话，进入到一个更加深广的世界。

杨过小龙女：
冰与火之歌

01

杨过的名字，似乎已经隐喻了他一生的命运。

其时，多行不义的杨康已死于铁枪庙，穆念慈产下遗腹子后，隐居乡村，后又巧遇郭靖黄蓉，便请他们为新生之子赐名。沉吟之后，郭靖的回答是"名过，字改之"，意谓"有过必改，力行仁义"。

意头是好意头，但是对襁褓之中的杨过而言，似乎有些不公平，纯真赤子，何过之有？握拳啼哭之时，他并不知道，自己从一出生就背负了父亲的罪。所以，杨过半生兜兜转转的追寻，不过是"我父亲是谁，我又是谁"这一个问题。

这个追寻从何而起？也许来源于母亲对父亲身份、死因的讳莫如深；也许来源于对黄蓉那充满提防的眼神的不解和揣测；也许来源于每个生命中缺失了"父亲"这个角色的孩子，对"父亲"天然的美好想象。

在《神雕侠侣》中，杨过第一次出场，已经十余岁。母亲去世后的二三年里，他寄身破窑，挣扎生计，浪荡人间。他提着偷来的鸡，衣衫褴褛，一身落拓。那边，第一次出场的郭芙，"身穿淡绿罗衣，颈中挂着一串明珠，脸色白嫩无比，犹如奶油一般，似乎要滴出水来，双目流动，秀眉纤长"。这霄壤之别，只因郭芙的父亲已经是名震武林的当世大侠，而杨过的父亲却是臭名昭著的泉下之鬼。

《神雕侠侣》的前几回，可以说是"被嫌弃的杨过的半生"。在桃花岛，他被大小武和郭芙轻视欺辱；在全真教，他被师父赵志敬调弄折磨。义父欧阳锋疯疯癫癫、相聚不易，真心怜爱他的孙婆婆又为护他死在郝大通的掌下。

杨过左冲右突，似乎全无出路，直到坠到人生的谷底之时，他遇到了小龙女。

02

《庄子·逍遥游》云："藐姑射之山，有神人居焉。肌肤若冰雪，淖约若处子。不食五谷，吸风饮露，乘云气，御飞龙，而游乎四海之外。"

这位神人是庄子对理想人格的一种隐喻，他遗世独立，不为内心所羁，不为外物所缚，也不用有任何的依托凭借，象喻绝对的自由。而小龙女这个人物的身上，很明显有藐姑射山神人的影子。她久居古墓，皮肤洁白，正是"肌肤若冰雪"；她十八岁时望如十五六岁许，而且僻居古墓，不染尘埃，正是"淖约若处子"；她常以玉蜂浆为食，似乎"吸风饮露"；她的武功系轻灵一派，似有"乘云气，御飞龙"之气质；更重要的是她寡欲，因为寡欲，所以自由，似能"游乎四海之外"。

小龙女最异常人之处，就是她的寡欲而无争。寡欲，是由于她自幼修炼《玉女心经》，特意收束七情六欲，多年修炼下来，自然清心宁静。她甚至寡欲到了薄情的地步，孙婆婆去世时，与她相识不足一天的杨过洒泪痛悼，而被她抚养长大的小龙女却漠然不动。杨过责其无情，小龙女却道，"人都是要死的，早死晚死，分别也不大"——这无情而超脱之语，倒有庄子鼓盆而歌的精神。小龙女的无争，是因为她游离于俗世之外。人情世故，礼法规矩，她既不知，亦不欲知。所以杨过费尽全力的"离经叛道"，在她而言却毫不费力。

小龙女冷若冰霜，杨过却炽热如火。

杨过人生中的重大决定，大多不是理智思考的结果。他数次与强权对抗、舍己救人，往往都是事到临头，血冲头顶，此心如沸，不得不尔。此时，什么世人眼光、自身安危、事后结局，通通不在他的考虑范围。似乎在这一刻，他真实地存在着，并且，他愿意为了这一刻的存在付出任何代价。

在"射雕三部曲"中，三位主人公都曾以德报怨，救过自己的仇人，但出发点却不相同。郭靖救欧阳锋，是出于侠义情怀、一念之仁；张无忌救何太冲、朱长龄，是慈悲为怀，见不得众生之苦；而杨过数次救郭芙，却都是不假思索，觉得义不容辞。

小龙女是出世的，杨过却想入世。

小龙女在古墓住了二十多年，又在寒潭底困了十六年，而杨过却总在江湖飘荡。在小龙女的心中，与意中人幽居古墓，于愿已足，但对杨过而言，红尘中有他放不下的牵念，因为只有在那里，他才能证明，他是值得被看见、被尊重的。二人关于出与入的不同选择，以及由之而生的碰撞，在初见时、热恋时、相伴时都存在着。直到他们把世事都看透，才终于一起归隐。

小龙女是钝的，杨过却太锋利。

钝，并非愚。周伯通为了给郭靖解释左右互搏之术，让他一手画圆，一手画方，以为他必不能为此，因为比郭靖聪明得多的黄蓉就画不出来。没想到，郭靖画起来全无阻滞。而杨过与小龙女，则是杨过画不出，小龙女画得出。缘何如此？其实与智愚无关，与心性之静躁有关。杨过与黄蓉都是聪明活泼之人，做事样样争先，思绪时时不断，安能抱朴守拙，一空万念？

这么说来，杨过和小龙女的爱恋，简直是一曲冰与火之歌，那么，如此性格迥异的两人，为何结成了生死爱侣？

金庸写爱情颇有意味的一点，就是他笔下的爱侣往往冰火两重天。譬如，袁承志豁达，温青青促狭；郭靖淳朴，黄蓉机智；张无忌柔软慈和，赵敏刚强果决；令狐冲洒脱不羁，任盈盈拘谨守礼，这样的例子不胜枚举。这自然是金庸自己爱情观的体现，也恰恰增加了故事的可读性和情节张力。而且，爱情的发生，本不就是难以用道理来诠释的吗？汤显祖在《牡丹亭·题词》中说："情不知所起，一往而深。生者可以死，死者可以生。生而不可与死，死而不可复生者，皆非情之至也。"杨过和小龙女的经历，不就是不知所起之情，深到"生者可以死，死者可以生"吗？

03

杨过和小龙女的相爱纯是偶然吗？如果杨过在落魄无依时遇到的是别人，如果和小龙女朝夕相处的是别人，他们也会生死相随吗？或许并非如此。

杨过的身上充满了矛盾点。他是油滑的。他好说俏皮话，好做口舌之争，占嘴上便宜，毫厘必争，寸土不让，这样的性子未必惹人欢喜。他又是赤诚的。他人之恩德或欺辱，他必以百倍奉还。对小龙女、对孙婆婆、对欧阳锋，他敬若神明，爱逾性命；对郭芙、对赵志敬、对全真教，则一直心存愤恨。

他似乎是超脱于世俗规则之外的。骂师祖柯镇恶、反出全真教、与师父小龙女恋爱，桩桩件件，都在挑战当时的礼俗和世人的眼光。

杨过小半生都在逆风而行。英雄宴上，他一举败敌，天下扬名，但又因与小龙女相恋而不容于世，面对怒发冲冠的郭靖，他丝毫不惧；重阳宫中，因见小龙女身受重伤，命在旦夕，他独战全真教高手，冒天下之大不韪，在重阳宫与小龙女成婚。

看起来，他是随性而行，不为世事所拘牵的。但其实他又没有真正超脱过。且看小龙女，在与全真教起冲突时，众道士气势汹汹，尹志平毕恭毕敬，小龙女只是一句话："我不爱听人罗唆。"与杨过相恋，遭到郭靖和黄蓉的反对，使得天下人侧目，她便抽身离开这滚滚红尘，视而不见，充耳不闻。而杨过呢？郭芙的鄙夷、黄蓉的偏心、赵志敬的睚眦必报、天下人的白眼，激起的既有他心中的傲气，也有他的自卑和自怜。

因为分裂，所以激烈。故而杨过的情绪经常大起大落，所做之事也往往出人意料。小龙女的身上则没有这种分裂。火炽热而危险、跳跃不定，能融化坚冰，亦能灼伤人；冰寒冷而稳定，但也终会化为水。

所以，小龙女从一开始摒弃欲望、冷若冰霜，到后来解脱束缚，任情任性毫不逊于杨过。火融化了冰，冰冷却了火，相反者相成，也算是冰与火的奏鸣曲了。

04

《神雕侠侣》是写情之书，书中有一个颇有意味的象征物——情花。此花生于绝情谷中，色、香、味均很特殊：

　　杨过接过花来，心中嘀咕："难道花儿也吃得的？"却见那女郎将花瓣一瓣瓣的摘下送入口中，于是学她的样，也吃了几瓣，入口香甜，芳甘似蜜，更微有醺醺然的酒气，正感心神俱畅，但嚼了几下，却有一股苦涩的味道，要待吐出，似觉不舍，要吞入肚内，又有点难以下咽。他细看花树，见枝叶上生满小刺，花瓣的颜色却是娇艳无比，似芙蓉而更香，如山茶而增艳，问道："这是什么花？我从来没见过。"那女郎道："这叫做情花，听说世上并不多见。你说好吃么？"

　　杨过道："上口极甜，后来却苦了。这花叫做情花？名字倒也别致。"

看金庸对情花的外形、颜色、味道的描述，不难发现它象征着爱情。爱情，初时甘甜如蜜，熏人欲醉，令人怦然心动，久之则难免甜酸杂糅，有时甚至食之无味，弃之不舍。爱情有时艳如桃李，却暗生利刺，相思之毒，无人能当——爱情的种种特征，情花皆具备。情花如此，其果若何？且看：

　　两人缓步走到山阳，此处阳光照耀，地气和暖，情花开放得早，这时已结了果实。但见果子或青或红，有的青红相杂。还生着茸茸细毛，就如毛虫一般。杨过道："那情花何等美丽，结的果实却这么难看。"女郎道："情花的果实是吃不得的，有的酸，有的辣，有的更加臭气难闻，中人欲呕。"

　　杨过一笑，道："难道就没甜如蜜糖的么？"那女郎向他望了一眼，说道："有是有的，只是从果子的外皮上却瞧不出来，有些长得极丑怪的，味道倒甜，可是难看的又未必一定甜，只有亲口试了才知。十个果子九个苦，因此大家从来不去吃它。"

金庸深知钟情之苦，《神雕侠侣》写的爱情故事也大多是悲剧性的：杨过小龙女生离死别，半生煎熬；尹志平苦恋不得，终入歧途；李莫愁由爱生恨，性情大变；武三通不伦之恋，以致疯癫；程英、陆无双、公孙绿萼、郭襄相思难解，空误一生……可见，善因未必得善果，好花未必有好实。两情相悦，未必能成正果；全心付出，也可能被轻易辜负。情之所钟，身不由己，但如果执着太甚、沉溺太深，则很有可能走向悲剧。

苦恋、虐恋、生死之恋，是《神雕侠侣》的核心故事。

在"情花"的隐喻中，也不难看出爱情的悲剧性：情花生长在绝情谷，其花有刺，刺上有毒。毒入人身并不迅疾发作，须要心中动情才会触动。情花的解药，名为"绝情丹"；另有一味可以解情花之毒的药，名为"断肠草"。服用断肠草之后，腹痛如绞，口吐鲜血，若干天后，痛楚渐减，这才解毒——"情花"有毒，需要"绝情"亦即泯灭情欲才能解，或要"断肠"亦即把辛酸尝遍才能解，这都是在暗示"情"之一事，隐含着悲剧性的因素，也容易让人陷入执迷、痛苦之地，要解脱，要么彻悟，要么苦熬。

杨过和小龙女的情路多舛，从情节上看，是因为二人先后身中情花之毒，为解此毒，生出诸般风波，而小龙女之毒终不可解，最终导致二人十六年的分离。这段情节同样包含着隐喻，意谓他们那种蚀骨之痛，其实是源于心中的情念。天竺僧精研医术，他告诉杨过，情花之毒，其实也可解，只要再不起心动念，斩断情缘，则此毒不再复发。但杨过听后，宁愿丧命，也不愿如此。

《神雕侠侣》中，有两首词很重要。

其一是欧阳修的《蝶恋花》：

> 画阁归来春又晚。燕子双飞，柳软桃花浅。细雨满天风满院。愁眉敛尽无人见。　　独倚阑干心绪乱。芳草芊绵，尚忆江南岸。风月无情人暗换。旧游如梦空肠断。

金庸以此词作为全书的引子，正因它蕴含了此书之旨：风月无情，旧游如梦，明知无益，不得不尔。而《神雕侠侣》中金庸借杨过小龙女的故事，对情发出的慨叹，又恰恰可以用欧阳修的名句"人生自是有情痴，此恨不关风与月"概括。

其二是元好问的《摸鱼儿》：

> 问世间，情是何物[1]，直教生死相许。天南地北双飞客，老翅几回寒暑。欢乐趣。离别苦。就中更有痴儿女。君应有语。渺万里层云，千山暮景，只影向谁去。
>
> 横汾路。寂寞当年箫鼓。荒烟依旧平楚。招魂楚些何嗟及，山鬼暗啼风雨。天也妒。未信与、莺儿燕子俱黄土。千秋万古。为留待骚人，狂歌痛饮，来访雁丘处。

此词的缘起，是元好问在赴试途中遇到一位捕雁者，听他说了这样一件事：一双大雁，因其中一只被捕杀，另一只已脱网而出的竟然不飞向云霄，反而从空中冲向地面，自杀殉情。元好问感念双雁同生共死的深情，将它们买来安葬，名此冢为"雁丘"，并为之赋词。金庸对这个故事恐怕也颇有感触，所以在《神雕侠侣》之中，他为相伴郭靖黄蓉数十年的双雕，安排了和双雁一样的结局：一只遭不测，另一只便自杀相殉。此外，"问世间、情是何物，直教生死

---

1 元好问原词此句作"问人间，情是何物"，《神雕侠侣》中引用时，作"问世间，情是何物"。

相许"，还是书中大反派李莫愁的"主打歌"。李莫愁现身杀人时，往往身未至，歌先闻。她从痴情女子变为江湖上恶名昭著的魔头，变得乖戾执拗、残忍狠毒，都是因为放不下当年的情伤。

但是，受了情伤的人，是否就只有将扎在自己心上的箭射向他人这一个选择呢？

当然不是。杨过小龙女的选择与李莫愁截然相反。他们一直被侮辱和被伤害着——被世人的偏见侮辱着，被命运的无常伤害着。伤害他们最深的，自然是郭芙。郭芙不仅砍下了杨过的一只胳膊，还用毒针伤了正在疗伤的小龙女，导致她毒入肺腑，无药可医。但是当见到郭芙遭遇危难之时，他们是怎么做的呢？

> 杨过不知小龙女毒质侵入要穴与脏腑之后，还能支持得多久，当下找了个草木稀少的石洞，暂且躲避，刚喘息得片刻，遥遥望见郭芙为李莫愁所害，大火即将烧到身边。杨过道："龙儿，这姑娘害了我不够，又来害你。今日终于遭到如此报应。"
>
> 小龙女明亮的眼光凝视着他，奇道："过儿，难道你不去救她？"杨过恨恨地道："她将咱们害成这样，我不亲手杀她，已是对得起她父母了。"小龙女叹道："咱们自己不幸，那是咱们命苦，让别人快快乐乐的，不很好吗？"
>
> 杨过口中虽如此说，但望见大火越烧越近郭芙的身边，心里终究不忍，涩然道："好！咱们命苦，人家命好！"衣裹长剑，终于将郭芙掷入溪中。

世人都以为杨过意气用事，睚眦必报，只有小龙女知道，他一定会救郭芙。杨过的"心里终究不忍"，何其感人！而他们之间那种绝对的信任、彻底的看见，也是杨过能安然放下心中的怨恨，甘心去行善的原因。

05

其实，《神雕侠侣》更是一本写自我认知、自我救赎的书。

如果一个人一出生就被打上烙印、一开局就抓了一手烂牌、小半生都觉得自己不被爱，那么他该如何找到自己、接受自己、让别人看见自己？他该如何告诉自己，我的存在自有意义，我的爱恨不是枉然，我的人生最终还是在自己手中？

杨过的小半生都困在这个局里，左冲右突，跌跌撞撞，甚至头破血流。很多时候，事情本来不需要发展到如此惨烈的地步，但杨过从不服气、妥协，他总是做动静最大的事，选择代价最大的路，直至遍体鳞伤。那么后来，他是怎么被救赎的？

一是有人让他真正相信，他是被爱的。

欧阳锋视他如子；孙婆婆视他如孙；小龙女先当了他的师傅，对他倾囊相授，后又做了他的爱侣，与他生死与共。透过他们的眼睛，杨过才发现，他不再是谁人之子，不必被挑剔提防，他可以只是他自己。

二是当他放下一切去施爱时。

缺爱之人喜欢施爱，这是一种自我补偿。杨过的施爱，却较一般缺爱之人更多更深。他常常放下一切去救人——救郭靖、救黄蓉、救郭芙、救武修文和武敦儒，几乎次次付出自己的生命——这些人，恰恰都是在他少年时期与他相处过，又误解过他的人。被他相救次数最多的黄蓉和郭芙，又正是误解他最深的人。

表面上看，杨过骄傲得即使受委屈、被冤枉也不愿意解释，宁可冻馁而死，也不示弱求饶。其实，看他成年之后的这些举动，才发现那少年意气背后，是深深的缺憾、不平和孤独。

多年以后，杨过终于放下了这一切，如山不滚石、海不扬波，平静之中有无穷的能量。那个曾经敏感、骄傲、执拗的少年，是怎么从叛逆一切到与内心、与世人和解呢？是苦难的洗礼，是等待的煎熬，是作困兽之斗时的顿悟，是在血与火的包围中百般挣扎，最终闯出一番天地。

杨过与小龙女的爱情，就是在命运的荆棘中茁壮起来的，所以读者有时不免有一个疑问，让他们上天入地并最终获得救赎的这份感情，是爱情还是亲情呢？

这个问题，要从金庸的整体创作历程来看：《射雕英雄传》是一部体现着儒家传统精神的武侠经典，"为国为民，侠之大者"，其实就是对儒家"修身齐家治国平天下"的江湖阐释，而郭靖自然就是武林中的君子。他富贵不淫，贫贱不移，威武不屈，"不器"而能容，刚毅木讷，质朴无华，无论穷达，都以天下为怀，可以说是金庸基于儒家精神创造的理想人物。

但是到了《神雕侠侣》，金庸由儒入道，不再写天衣无缝的英雄，转而写浑身漏洞的凡人。主角的任务也不再是兼济天下，而是在内心的滚滚洪流中找到平静。所以，《神雕侠侣》是有一定的反儒家倾向的，它所写的爱情，也就具有了前所未有的超越性。

它超越了年龄。自古至今，我们总觉得男大女小的爱情，更符合所谓的"心理预期"和"历史传统"，但是，小龙女与杨过的年龄差，并不妨碍他们坠入情网。

它超越了身份。杨过加入古墓派，拜小龙女为师，继而又与她恋爱，这在南宋人看来，是反世俗的不伦之事。但面对天下汹汹之物议，二人恍然不闻，情分丝毫未减。

它超越了生死。数年之间，二人屡次经历生死艰危之境，每当此时，他们都抱着同生共死之念，不念自身，只念对方。

它超越了时间。十六年的分别，没有使得杨过的相思之情淡去。当十六年后他在断肠崖候小龙女不至时，竟然还是跳下悬崖，欲以身相殉。

此外，更有两点值得注意：

其一，它超越了礼教。

杨过丰神俊朗，小龙女冰清玉洁，"一个是阆苑仙葩，一个是美玉无瑕"，金庸却"辣手摧花"，让杨过被郭芙砍下了右臂，让小龙女被甄志丙[1]玷污。后一事尤其为礼教所不容。

金庸为何要如此"虐"他们？《庄子·内篇·大宗师》中，庄子假借孔子与其弟子子贡，提出"畸人"这一概念："子贡曰：'敢问畸人？'曰：'畸人者，畸于人而侔于天。'"

所谓"畸人"，是指傲然于世俗之外的异人、奇人，他们"独与天地精神往来"，不羁于礼法、俗规。女子的贞操本是古人相当看重的，但是小龙女被玷污后，杨过对她的心意并无丝毫更改——二人身体的"残缺"和精神的独立，正合"畸人"的概念，金庸设置这种极端化的情境，也正是为了表现爱情的力量。

其二，它超越了道德。

侠客往往重道德。金庸小说的道德感也较强。但杨过这个"异类"，却不像郭靖一样，始终将道德的崇高作为人生的第一追求。在

---

1 本书描述金庸小说内容、引述书中文字，皆用三联版，此处属特例。在连载版和三联版中，该人物名为"尹志平"，但后来金庸考虑到尹志平在历史上实有其人，且是道教中一位受人尊崇的人物，所以将书中人物改名为"甄志丙"。

杨过中了情花之毒，唯一拥有解药之人裘千尺逼他杀郭靖黄蓉换取解药时，他犹豫了——他本来怀疑是郭黄二人杀了自己的父亲，但又切身体会到郭靖对自己的真情，且觉得仗着他们对自己的信任来偷袭，实非丈夫行径。但是此时，有一事让他心中触动，忽然做出了决定：

> 杨过怔怔的望着她，缓缓地道："你眼中为什么有泪水？"小龙女拿着他的手，将脸颊贴在他手背上轻轻摩擦，柔声道："我……我不知道。"过了片刻，道："定是我太喜欢你了。"
>
> 杨过道："我知道你在为一件事难过。"小龙女抬起头来，突然泪如泉涌，扑在他的怀里，抽抽噎噎的哭道："过儿，你……你……咱们只有十八天，那怎么够啊？"杨过轻轻拍着她肩膀，轻轻的道："是啊，我也说不够。"小龙女道："我要你永远这么待我，要一百年，一千年，一万年。"
>
> 杨过捧起她的脸来，在她淡红的嘴唇上轻轻吻了一下，毅然道："好，说什么也得去杀了郭靖黄蓉。"舌尖上尝着她泪水的咸味，胸中情意激动，全身真欲爆裂一般。

郭靖黄蓉是不是真与他有杀父之仇，此时杨过并不确定，而利用别人的信任去偷袭，更不是什么光明行为，可是为了与小龙女天长地久，他竟有如此的生命欲望，竟然能叛逆、糊涂到这个地步。情之为物，竟然有如此强大的力量，这一刻他的叛逆、糊涂让人生气，也让人感动。当然，最后他歧路回头，反而救了郭靖，守住了道义。

回到刚才那个问题：杨过和小龙女之间的感情，当然是爱情。爱情是什么？是耳鬓厮磨的悸动，是海枯石烂的誓约，更是疑虑时相信、寂寞时等待、绝望时希望。小龙女的爱，让杨过在无常的命运中得到了救赎。

杨过的半生，都活在他的少年时代，苦苦追寻那从未得到的，反复证明那被人误解的。幸运的是，有小龙女始终陪在他的身边，她凝神注视，一直相信，一直等待，一直包容。世间有那么多悲欢离合，但绝情谷底，断肠崖畔，爱情战胜了沧海桑田。

苦海翻起爱恨：
李莫愁、何红药的爱情悲剧

元丰七年（1084），四十八岁的苏轼痛失襁褓之中的幼子苏遁，一向达观知命、随境而化的他，面对天人永隔、死生无期的痛苦，在诗中感叹道："烦恼初无根，恩爱为种子……欲除苦海浪，先干爱河水。"

1976年，五十二岁的金庸接到长子查传侠自杀身亡的噩耗，一向勤谨敬业、笔耕不辍的他，一边流着眼泪，一边坚持给明报写即将要发出的社论。后来，他在修订《倚天屠龙记》的后记时写道："然而，张三丰见到张翠山自刎时的悲痛，谢逊听到张无忌死讯时的伤心，书中写得太也肤浅了，真实人生中不是这样的。因为那时候我还不明白。"

失去挚爱之人，是人生最大的痛苦之一。而当苏轼和金庸细想这苦痛的由来，竟然得出同一个结论，因为太爱，所以才不敢面对失去。而这个结论已被两千多年前成书的《佛说妙色王因缘经》说出："由爱故生忧，由爱故生怖。若离于爱者，无忧亦无怖。"

这是金庸曾多次在他的小说中用故事讲过的道理。但是，当爱而不可得时，有两种截然不同的态度。有的人，无论爱的结果如何，对爱的本心都不变，胜固欣然，败亦坦荡。而有的人，因爱而不得心生魔障，不仅自己为心魔所吞噬，还会去吞噬别人。

像后者这种"因爱生恨"的态度，明显不为金庸所赞赏。但是，他写起这类自己不赞同的人物，也颇为精彩。《神雕侠侣》的反面人物李莫愁，就是"因爱生恨"而人性扭曲的典型。

李莫愁之狠毒骇人听闻。她因情郎陆展元移情于何沅君，心生愤恨而无法释怀，十年之后，哪怕陆、何二人已死，她依然要夺陆展元弟弟陆立鼎一家的命。此外，她还曾在沅江上连毁六十三家货栈船行，只因他们的招牌上面带着一个"沅"字。

《神雕侠侣》的故事，即自李莫愁在陆立鼎家按下血手印，声称要让他满门鸡犬不留开始。

李莫愁每次出场，都有一些仪式化的要素。她骑着花驴，驴子身上戴着的铃铛叮叮作响，清脆之极；她爱唱一首"问世间情是何物，直教生死相许"的曲子，歌声凄苦欲绝；她讲话声音不高，斯斯文文，但一出手，都是要命的杀招。

她的拂尘是至柔之物，但是江湖中不知已有多少豪杰命丧这拂尘之下；她的冰魄银针见血封喉，中毒之人，几乎无药可救。

她的外号叫作赤练仙子，拂尘色白，赤练血红，似乎是血的颜色；仙子凌风，略无尘虑，但她其实是嗜血的魔头。

一切的起因都是那么的寻常，陆展元并无多少负心薄幸的恶行，但中了爱欲之毒的李莫愁，把自己的一生都烧成了一场情事的余烬，还要他人来陪葬。

她名叫"莫愁"——萧衍的《河东之水歌》说："河中之水向东流，洛阳女儿名莫愁。莫愁十三能织绮，十四采桑南陌头。十五嫁为卢家妇，十六生儿字阿侯。"诗中，莫愁的人生一帆风顺，只有淡淡的闲愁；而李莫愁的人生跌宕起伏，她一生向慕寻常的幸福，却求而不得。

其实，李莫愁从正常人变成女魔头的原因，好像有点让人难以理解，但放在《神雕侠侣》这本书里，就好理解了。因为《神雕侠侣》一书，就是写执着于"情"的各类人的故事。

杨过小龙女执着于情，虽然因情而伤痕累累，却始终抱持着初心之仁；郭襄执着于情，虽然她连将相思说出口的机会都没有，却只要心上人少受世事磋磨，就于愿已足。

而李莫愁的态度，则是执着于情者的另一种样子。

《神雕侠侣》描述情花之毒说道：

> 杨过问道："那干么十二个时辰之内不能……不能……相思动情？"那女郎道："爹爹说道：情花的刺上有毒。大凡一人动了情欲之念，不但血行加速，而且血中生出一些不知什么的物事来。情花刺上之毒平时于人无害，但一遇上血中这些物事，立时使人痛不可当。"

不难看出，情花之毒，并非直接腐骨蚀心，而是透过人心中的情欲发挥作用。而除了用"绝情丹""断肠草"来解毒，还有一种最彻底的解毒方法：不生情欲。

> 天竺僧道："这情花的祸害与一般毒物全不相同。毒与情结，害与心通。我瞧居士情根深种，与那毒物牵缠纠结，极难解脱，纵使得了绝情谷的半枚丹药，也未必便能清除。但若居士挥慧剑，斩情丝，这毒不药自解。我们上绝情谷去，不过是各尽本力，十之八九，却须居士自为。"

这无疑是在暗示，"爱情"的毒不在爱情本身，而在于中毒者在情欲的洪流中迷失了自我。"挥慧剑，斩情丝"，安心境，制毒龙，方是根本之道。这种选择，从不在李莫愁的视野和考量之内。她的人生像失控的马车，奔行如风，却南辕北辙。

但是，李莫愁不是让读者只有"厌恶感"的反派，有时，她也会让人有一丝触动。

她的身上是有张力的。这种张力，在于金庸不仅极写她的心狠手辣、刚强难化，还间或写一写她的软弱、她的孤独。

她执拗、偏激而有秩序：她的拂尘之下几乎难有人逃得性命，她总是面色冷静、语气斯文，又武功高强、智计过人。但有时候，她也会失控。比如她去寻杨过小龙女的晦气，小龙女重伤之下无力对抗，杨过情急拼命，抱住了她：

> 李莫愁一心要拿师妹，竟未提防他去而复回，被他双手牢牢抱住，一时竟挣扎不脱。
>
> 她虽出手残暴，任性横行，不为习俗所羁，但守身如玉，在江湖上闯荡多年，仍是处女，斗然间被杨过牢牢抱住，但觉一股男子热气从背脊传到心里，荡心动魄，不由得全身酸软，满脸通红，手臂上登时没了力气。小龙女乘机出手反扣她手腕脉门，可是洪凌波的剑尖却也指到了杨过背心。
>
> ……杨过牢牢抱住李莫愁的腰，叫道："姑姑，你快出去！我抱着她，她走不了。"这瞬息之间，李莫愁已连转了十几次念头，知道事势危急，生死只间一发，然而被他抱在怀中，却是心魂俱醉，快美难言，竟然不想挣扎。
>
> ……这双剑相交，迸出几星火花，就在这火花的一下闪烁之中，李莫愁觉到师妹瞧向自己的眼光中露出奇异之色，不禁大羞，骂道："臭小子，你作死么？"双臂运劲挣卸，脱出了杨

过的怀抱，跳起身来，随即发掌向小龙女拍去。

这段描写很能表现李莫愁的个性和心态：自视甚高，有心理洁癖；内心孤寂，极度渴望温情而又羞于让人得知；刚强偏强，但狠硬之中，犹存有普通女子温软的一面。这温软极少、藏得极深，而且只要露出来一点，李莫愁自己往往就气急败坏、恼羞成怒——因为这破坏了她"有序的失控"。

从良家女子成为女魔头，无疑是失控了，可是成了偏执狂的李莫愁，又有其长期的稳定性：她冷酷、无情、嗜杀，并且，她习惯将种种感受摒隔在自己的冷心冷面之外。她杀人时亦能浅吟低唱，仿佛在做一件再寻常不过的事。李莫愁在这种稳定的偏执中，找到了属于她的疯狂秩序，似乎只要杀尽天下不顺眼的人，就能让自己稍微好受些。

这样一个人，怎能允许自己有感受、有温情、有情欲？

还有一次李莫愁与杨过对敌，情形也与之相似，李莫愁的武功远胜杨过、冯默风，但是此番相斗，却受了衣不蔽体之厄，杨过行君子之风脱袍相赠，解了她的困境。李莫愁初时惊羞交集，蒙杨过赠袍，似乎也存有谢意，但这谢意仍不足以抵消她心中的恶念和好胜心。不过，虽然刚强难化，执拗非常，李莫愁到底露出了她脆弱的一面，这在小说的表现上，十分高明。

魔头如果每一秒都恶毒，我们自然讨厌他；魔头的所作所为如果太"情有可原"，则又显得作者滥好人且无生活经验；魔头确实邪恶而偏执，似乎刀枪不入、全无弱点，但某事某地，他仍会偶尔触景生情、心生怅触，这就是反常中的正常、扭曲中的人性。

所以，虽然李莫愁变疯狂的过程让正常人觉得难以索解，虽然她作的恶罄竹难书，但是，从小说表现的角度来看，这种疯狂中含有正常、刚强中掺杂软弱、恶毒中残留柔情的写法，十分容易感染人。

大部分时候，李莫愁心肠刚硬、下手狠辣，哪怕见到手下无力抵抗的"猎物"垂死挣扎，也没有丝毫的怜悯。但有一回，她突然露出了心底残存的温情：襄阳城外，她误以为小龙女所抱的郭襄是杨龙二人的私生女，便将郭襄抢来，妄图以此换取《玉女心经》。此后金轮法王加入战团，杨过力难与二人相敌，急中生智，便假装与李莫愁同一阵线，借机打发了金轮法王。之后，互相掣肘的杨、李二人，带着刚出生的郭襄，在野外露宿了一夜。

二人本是冤仇深重的敌人，但是此时为了喂饱郭襄，一起抓豹子当"乳娘"，忽然有了一丝共同进退的"情谊"：

> 李莫愁与杨过望着她吃奶睡着，眼光始终没离开她娇美的小脸，只见她睡熟之后脸上微微露出笑容，两人心中喜悦，相顾一笑。
>
> 这一笑之下，两人本来存着的相互戒备之心登时去了大半。李莫愁脸上充满温柔之色，口中低声哼着歌儿，一手轻拍，抱起婴儿。杨过找些软草，在树荫下一块大石上做了个窝儿，说道："你放她在这儿睡罢！"李莫愁忙做个手势，命他不可大声惊醒了孩子。杨过伸伸舌头，做个鬼脸，眼见孩子睡得甚是宁静，不禁呼了一口长气，回头只见两头小豹正钻在母豹怀中吃奶。
>
> 四下里花香浮动，和风拂衣，杀气尽消，人兽相安。

李莫愁纵横江湖十多年，哪怕对无仇无怨、全无武功之人，何曾有过一念之仁？但此时，至柔至纯的初生婴儿、大战之后的片时安宁，突然唤起了她在当年的青葱岁月里有过的对静好生活的向往，又或者在这一刻，她忽然从婴儿的柔弱中发现，"守护"也是一件能让她找到存在感的事。

> 李莫愁坐在婴儿身边，缓缓挥动拂尘，替她驱赶林中的蚊虫。这拂尘底下杀人无算，武林中人士见到无不惊心动魄，此时却是她生平第一次用来做件慈爱的善事。杨过见她凝望着婴儿，脸上有时微笑，有时愁苦，忽尔激动，忽尔平和，想是心中正自思潮起伏，念起生平之事。

拂尘可以是杀人的武器，也可以成为护佑婴儿的物事。李莫愁此刻的微笑、愁苦、激动、平和，是她欲海的惊涛暂时平定时散开的涟漪，夜光之下，只有杨过短暂地看见了她的脆弱。

李莫愁抚养郭襄一月，将郭襄养得壮硕可爱，后来，黄蓉偶遇李莫愁携郭襄出来买米，与她斗智斗力，并制住了她。李莫愁始终以为郭襄是杨龙二人之女，黄蓉也并未戳破真相。李莫愁被制住之后，虽自知黄蓉必不饶她，却也不为自己求饶，反而求黄蓉饶了郭襄的性命。

这是全书之中李莫愁形象的高光时刻：一个向来视他人性命如草芥、与全世界悍然作对的人，突然发现自己也有了恻隐和软肋，并且，她竟然为选自己还是选郭襄，犹豫了半晌。

黄蓉凭着这"一念之善"，决定饶她一命，因为李莫愁这一刻的迟疑，里面尚有人性的气息，这一念之仁，对一个沉沦已久的恶人，何其难得。而金庸向来提倡：苦海无边，回头是岸。

但是，这一个月，到底是李莫愁生命中的"意外"。从出场到退场的绝大部分时间里，她一直沉醉在自己的世界里，用自己和别人的血，来祭奠已逝的恋情，她陷在过去的沼泽中，没有现在，也没有未来。甚至可以说，金庸笔下所有因爱生恨、因情入魔的人，像

《碧血剑》中的何红药、《天龙八部》中的李青萝，莫不如是。

譬如何红药，当年是"娉娉袅袅十三余"的好女子，后来，她因情郎夏雪宜的欺骗和背叛，不仅深受情伤，还受到教规的重罚，身入蛇窟，受万蛇咬噬，容貌尽毁，且被罚以行乞为生，不人不鬼地过了二十多年。二十多年后，她已经成了形容可怖、性情怪僻的乞婆，心中所思所念，唯有寻出夏雪宜下落一事。

她见到夏青青，知道夏雪宜有了挚爱的恋人温仪，且与她生养女儿，一时怒发如狂，状如疯癫。

何红药付出所有，换来的只是欺骗和自己人生的毁灭；对方对她无情至极，对他人却深情款款——从何红药的角度而言，她实在有足够的理由去恨、去寻仇、去报复。

但可叹的是，当一个人饮下爱情的鸩酒，甘心沉溺在贪嗔痴之中时，这世上就已没有任何报复手段能替她寻回内心的平静。如果打败毒龙的方法是变成毒龙，那么不论结果如何，也是输定了。

她失去了爱情已是悲剧的开始，而失去了自己，这悲剧就无休无止。

何红药对夏雪宜显露出的是不可解的恨，其实，这恨中依然有爱，有寄托在飞灰上的希望。她心心念念，百转千回，却不知夏雪宜已经死去了二十年。后来，她挟持夏青青，逼迫她带自己去见夏雪宜，孰料见到的，只是夏雪宜的已朽之骨。

此时的何红药"如疯如狂，神智已乱"，她的疯魔，是她二十多年的隐忍的爆发，是她生命中所有希望和幻灭水火交攻的结果，也是她心中的痛苦最真实的模样。

昔日俊朗的情郎已经成了骷髅，昔日欺骗自己的仇人已经一瞑不视，昔日软语温存的爱人再也不能开口弥补他犯下的罪孽、帮自己把半生悲剧唱到团圆——何红药亲吻骷髅、口嚼金钗、扬言将骨灰抛撒到天涯海角，都是可惊可叹，又可悯可悲的行为，焚天的欲望中，依稀还有当年死生不顾的真情的影子。

你可以感叹爱情之毒的猛烈，却不能苛责何红药为何不能抽身而出、明哲保身。毕竟，她的疯癫决绝中，竟然不乏震撼人心处。最后，她中了夏雪宜骨中之毒，死在了他的埋骨之所：

> 何红药哈哈大笑，忽然鼻孔中钻进一股异味，惊愕之下，登时省悟，大叫："夏郎，你好毒呀！"
>
> 青青也觉一股异香猛扑鼻端，正诧异间，突觉头脑一阵晕眩，只见何红药扑在燃着的骸骨堆上，猛力吸气，乱叫："好，好，我本来要跟你死在一起。那最好，好极了！"陡然抬起头来，凝望青青，脸色恐怖之极。

这本不是何红药企盼的结局，但当死亡即将到来时，她却觉得能和昔日的情人、仇人同穴而葬，是"最好，好极了"。生活对她来说毫无吸引力，死亡对她而言毫无恐怖感，哪怕是夏雪宜当年万分残忍的欺骗、毫无歉意的辜负以及事后全无悔意的遗忘，也没有改变她一头扎入相思、以命相殉的决心。

"念桥边红药，年年知为谁生"——何红药的名字，也是金庸对这个人物的悲悯所在。"红药"极柔婉而堪怜，何红药，却从柔婉到凄厉，从堪怜到堪恨。

李莫愁的出场和退场，一样极有意味。她出场时，是唱着《摸鱼儿》倏然而至：

> 过了良久，万籁俱寂之中，忽听得远处飘来一阵轻柔的歌声，相隔虽远，但歌声吐字清亮，清清楚楚听得是："问世间情

是何物，直教生死相许？"

　　每唱一字，便近了许多，那人来得好快，第三句歌声未歇，已来到门外。

　　元好问的这首《摸鱼儿》，是因听闻一对雁侣雄雁死去、雌雁殉情，有感而作。词从赞扬双雁的深情，到慨叹有情者自古精魂不灭。李莫愁唱此曲，自然是哀怨自己"生死相许"而对方却掉头不顾，这首对有情者的赞歌，在她心中，是檄文，是诉状，也是对世界的怀疑和对自己行为合理性的一再强化。

　　她以为情越深越好，却不知情虽以深沉为美，但深沉之情，也可以有进退、能收放，而不是以怨毒、控制、报复来证明自己的痴心。

　　而她的人生落幕时，这首歌也是"背景音乐"：

　　瞬息之间，火焰已将她全身裹住。突然火中传出一阵凄厉的歌声："问世间情是何物，直教生死相许？天南地北……"唱到这里，声若游丝，悄然而绝。

　　李莫愁挥洒着失去爱的痛苦，造了无法救赎的孽，最后，在这炽烈的爱火中焚身而死。金庸为她安排的在火中烧死而毫不挣扎闪避、反而如泣如诉地低吟着元好问的《摸鱼儿》词的结局，真是高明的象征。

　　此处，金庸虽是写一代"女魔头"的咎由自取、悲惨落幕，却不无悲悯。

　　这里有软弱："李莫愁一生倨傲，从不向人示弱，但这时心中酸苦，熬不住叫道：'我好痛啊，快救救我。'"

　　也有刚强："只见她霎时间衣衫着火，红焰火舌，飞舞周身，但她站直了身子，竟是动也不动。"

有对恨的至死执迷："李莫愁咬着牙齿道：'不错，是我杀了他，世上的好人坏人我都要杀。我要死了，我要死了！你们为什么活着？我要你们一起都死！'"

也有对情的始终不悔："突然火中传出一阵凄厉的歌声：'问世间情是何物，直教生死相许？天南地北……'唱到这里，声若游丝，悄然而绝。"

这一段，无疑包含了作者复杂的情绪。此回的名字，就叫"情是何物"，而因"生死相许"的执念入魔，就是李莫愁一生悲剧的起因。金庸就是要通过李莫愁"不放手"的悲剧，写出情花的毒。

其实，"执念"的毒，一直是金庸小说中所着力表现的内容。

因为复国的执念，慕容博、慕容复成了执拗、嫉妒与混乱的化身，金庸用"天龙八部"中执拗善妒的阿修罗来象征他们，正是点出他们身上的这些特征。

因为复仇的执念，谢逊、林平之走上了用自己的血肉来作为复仇事业能量的道路，所以，谢逊练七伤拳、林平之练辟邪剑法，都是以损伤肉体来增强武功，这无疑是"执念损耗生命能量"的隐喻。

因为对情的执念，李莫愁、何红药从不谙世事的平凡女子，变成了心怀怨毒的"畸零"之人。"莫愁"满怀愁怨，"红药"无主而空老，二人的名字中，似乎已经含有作者的喟叹。

执着是可敬的，而执拗是可怕的；执着，有"知其不可而为之"的超功利性，也有成败无尤的洒脱，而执拗，则是自我无限膨胀后扭曲的样子。

张爱玲说"爱"道："因为懂得，所以慈悲。"那么反过来，"执拗"就是"因为蒙昧，所以残忍"。他们岂止对他人残忍，对自己更是残忍。

无法得到的爱，只能让人心中生恨吗？自然不是。

李文秀收到苏普示爱的羊皮，心中万分欢喜，后来，却为了他的幸福，帮他把狼皮送给了阿曼；程灵素始终知道胡斐的心意，内心万般苦涩，却无怨无悔，永远站在他的身后；郭襄认识了受离别煎熬的杨过，对他万分倾心，但暗中许愿，只希望他和小龙女能重聚。

真正的爱里面有慈悲，有带着痛的洒脱，有超越得失的仁德；虽然这一切并非易致，但是深爱着的人，可以毫不费力地做到。

而已失落的爱，再怎么奋力地追、用力地抓，也多是徒劳。何红药设想过的将负心人和情敌的骨灰撒到天涯海角一事，李莫愁竟然真的做了：

> 武三通突然喝道："李莫愁，我要问你一句话，陆展元和何沅君的尸首，你弄到哪里去了？"李莫愁斗然听到陆展元和何沅君的名字，全身一颤，脸上肌肉抽动，说道："都烧成灰啦。一个的骨灰散在华山之巅，一个的骨灰倒入了东海，叫他二人永生永世不得聚首。"众人听她如此咬牙切齿的说话，怨毒之深，当真是刻骨铭心，无不心下暗惊。

海角天涯，海枯石烂，本是恋人情热之时起誓的常用场景。其实，相爱者愿终成眷属、地老天荒，沉溺在执念中的人们，也觉天地悠悠，此恨不绝。

但他们最大的损失，不是再没有实现曾经赌过的爱情之咒的机会，而是忘记了自己曾经相信世间美好的样子。

元好问的另一首《摸鱼儿》，似乎可以为因爱生恨者存下当年的幽梦：

> 问莲根、有丝多少，莲心知为谁苦。双花脉脉娇相向，只

是旧家儿女。天已许。甚不教、白头生死鸳鸯浦。夕阳无语。算谢客烟中，湘妃江上，未是断肠处。　　香奁梦，好在灵芝瑞露。人间俯仰今古。海枯石烂情缘在，幽恨不埋黄土。相思树。流年度。无端又被西风误。兰舟少住。怕载酒重来，红衣半落，狼藉卧风雨。

旧家儿女，当时并蒂双花，你侬我侬；如今东西分飞，问天不语。怎样面对失去，是每个生在无常的人世中的人所必须面对的课题。

其实，痛苦也是爱情的一部分，就像衰老是青春的一部分，死亡是生命的一部分。宋人仲殊说得好，"天长地久大悠悠，尔既无心我亦休"，爱情既然有始，自然可以有终；既然有成，自然可以有败；既然有圆满，自然可以有缺憾；既然有一往无前，自然可以有及时转身。

人生抉择：

迷失与追寻，
执着与放下

黄药师：

高人，神人，还是小人？

01

金庸小说之中，有一位学究天人、武艺超群、神龙见首不见尾的大宗师。他琴棋书画样样皆通，天文术数、奇门遁甲、五行生克、医经药理也都不在话下。难得的是他博而能专，凡所涉猎，皆至精通。

他便是《射雕英雄传》之中的"东邪"黄药师。

八三年版电视剧的黄药师形象，颇得原著之神。他清朗、冷峻、不羁却又深情。这种超凡脱俗又极具张力的人物，自然格外引人注目。我看过这部剧之后，一直对黄药师很是心仪，只觉他格高侪辈，品可入神。但看了原著之后，又觉黄药师并非好相与之辈。外号"东邪"的他，行事真的邪得可以。

他的徒弟梅超风和陈玄风盗了《九阴真经》，叛逃出师门，他一怒之下，竟然把其他不相干弟子的腿打断，把他们全部赶出师门。

他心痒于周伯通携来桃花岛的《九阴真经》，其妻冯衡也帮他用计骗来。而后来梅超风、陈玄风窃走《九阴真经》，冯衡以待产之身重录，后来因思虑过度，早产而死。他竟然将罪归于周伯通，把周伯通困在桃花岛上十五年。软禁犹自不足，他还夜夜以琴声挑战，要逼得周伯通心神错乱，宛如猫抓住耗子后反复调弄猎物。

他被人假传消息，以为黄蓉已死——死于那座他本来准备用来自尽殉情的花船。他满腔悲愤无处发泄，竟又归罪于郭靖，准备杀了郭靖的几位师父。

不难发现，黄药师特别爱迁怒。他遇上不如意事，总要大破坏一番，而不管对方是否无辜，自己是否理亏。这简直是蛮横无理，可谁教他偏有这个本事呢？梅超风叛出师门之后，仍然是精神上的桃花岛门人，说是"我不后悔"，其实肠子都悔青了。陆乘风、曲灵风等人，遭了这等无妄之灾，依然满心孺慕，毕生心愿，就是重列门墙。

黄药师还骄傲得很。

他幽禁周伯通多年，虽然一直将其制服，但在饮食供给方面绝不耍花招，只夜夜吹箫相引，比拼内力。周伯通与他僵持了十五年，他也只与之打赌、比拼，不屑以暗算取胜。

他对《九阴真经》心痒了十几年，但偏能按捺得住不暗算、不用强；被全真教误认杀了周伯通、谭处端，被其围攻落了下风，有生死之虞，也懒得解释争辩；被柯镇恶、郭靖冤枉是杀江南五怪的凶手，他怒极反笑，并不分辩，反而把这罪孽全揽到自己身上。

黄药师的骄傲，源于他的通天之能，也源于他的个性。他的武功高到飞花摘叶都能伤人，聪明机变到百技皆通，七窍玲珑到世事人情一看就透，自然没什么耐心和俗人庸人周旋。

他绝顶聪明，但一生被"我执"所困；他有近乎神人之能，却终究少了慈悲之心。所以他始终骄傲，但也始终不快乐。

02

喜欢黄药师的人，说他风度超拔，才华横溢。不喜欢黄药师的人，却说他是伪君子，沽名钓誉。不得不承认，他们说的也确实不易反驳。的确，黄药师一向自高身份，似有仙人气，却处处不能免俗。

他自视为武林高人，不屑与后辈动手或以多对一，也不喜与"俗人"言，因此屡屡使宵小得志、良善扼腕。

他看似眼高于顶，无意俗务，实际上对武林至宝《九阴真经》也不免眼红，只不过，欧阳锋是明抢，他是暗争。他的底线虽然比欧阳锋高，但他又求利、又惜名，不免显得虚伪。

他意欲脱离俗谛，别人称他为"东邪"，他不以为忤，反以"邪"自诩，似乎不为俗礼所拘。但他死要面子、护犊子、喜怒无常，还是落了俗谛。他一生想求自在，但溺于情，惑于利，累于名，算不得真自在。

喜欢黄药师的人，羡慕他的桃花岛，向往他的"桃花影落飞神剑，碧海潮生按玉箫"，心仪他的通天彻地之能——说到底，是觉得黄药师比他们自由，活成了他们想活的样子；不喜欢黄药师的人，看到的是桃花岛上被拔掉舌头的哑仆、玉箫下压抑的欲望，通天彻地之能的后面，是强者的冷酷和未解脱者的故作超然。

揭开黄药师华美的袍子，里面倒不是虱子，而是看得破、放不下、到底意难平。这是聪明人的悲剧——他万分聪慧，但与彻悟究有一线之隔。所以他所谓的"潇洒"中，难免有痛苦、有纠结、有放不下。黄药师没有完美的人格，却是一个完美的小说人物。在《射雕英雄传》中，他个性特别，行事出人意表，形象鲜活。譬如金庸写他误听人言，以为黄蓉溺水而亡之后的反应：

这时候他胸中一阵冰凉，一阵沸热，就如当日爱妻逝世时一般。但见他双手发抖，脸上忽而雪白，忽而绯红。……突然听他哈哈长笑，声若龙吟，悠然不绝。

这一来出其不意，众人都是一惊，只见他仰天狂笑，越笑越响。笑声之中却隐隐然有一阵寒意，众人越听越感凄凉，不知不觉之间，笑声竟已变成了哭声，但听他放声大哭，悲切异常。众人情不自禁，似乎都要随着他伤心落泪。

……　……

黄药师哭了一阵，举起玉箫击打船舷，唱了起来，只听他唱道："伊上帝之降命，何修短之难哉？或华发以终年，或怀妊而逢灾。感前哀之未阕，复新殃之重来。方朝华而晚敷，比晨露而先晞。感逝者之不追，情忽忽而失度，天盖高而无阶，怀此恨其谁诉？"拍的一声，玉箫折为两截。黄药师头也不回，走向船头。

黄药师"丧女"之后的种种举动，令人咋舌。"无情未必真豪杰，怜子如何不丈夫"，黄药师悲极反笑，长歌当哭，纵情率性，未尝稍加掩饰。欧阳锋显然是读过《世说新语》的，知道黄药师的举动，与阮籍丧母之后的举动相类：

阮籍当葬母，蒸一肥豚，饮酒二斗，然后临诀，直言："穷矣！"都得一号，因吐血，废顿良久。

阮籍是魏晋名士，是"竹林七贤"之一。他早年狂放不羁，好以"青白眼"示人好恶，而见多了时局的风诡云谲之后，忽然收敛起来，为了全身远祸，再不发臧否之见。但他狂傲的性子并未改变。身逢乱世，危行言孙，胸中垒块不能消，只能寄之于酒。醉酒之后，阮籍往往有惊人之举。有时，他醉眠于酒垆女之侧，视礼法如无物；有时，他驱车而走，途穷则痛哭而返，其狂态令人愕然。

当然，最有争议的还是母亲去世时他的"狂悖"之举——古人服丧，不能华衣美食，不能宴饮婚嫁，服制行止，皆有礼制。然而阮籍偏要反其道而行之，大碗喝酒，大块吃肉，吊丧者至，对方哭，他却不哭，好似全无心肝。但临决之时，却悲痛欲绝，至于吐血。

阮籍当然是叛逆的，用他的话说，"礼岂为我辈设也！"但他的"叛逆"有特殊的原因，是因为他身在价值崩塌的时代，不恣礼法已成为弄权者的幌子，所以故作叛逆，以讽世、以自守。而《射雕英雄传》之中，有这样两段文字：

> 黄蓉深悉父亲性子，知他素来厌憎世俗之见，常道："礼法岂为吾辈而设？"平素思慕晋人的率性放诞，行事但求心之所适，常人以为是的，他或以为非，常人以为非的，他却又以为是，因此上得了个"东邪"的诨号。

> 黄药师道："你那小道士师兄骂得好，说我是邪魔怪物。桃花岛主东邪黄药师，江湖上谁不知闻？黄老邪生平最恨的是仁义礼法，最恶的是圣贤节烈，这些都是欺骗愚夫愚妇的东西，天下人世世代代入其彀中，还是懵然不觉，真是可怜亦复可笑！我黄药师偏不信这吃人不吐骨头的礼教，人人说我是邪魔外道，哼！我这邪魔外道，比那些满嘴仁义道德的混蛋，害死的人只怕还少几个呢！"

黄药师的身上，大有阮籍的影子。他们一样的才华超拔、行止任诞，世人误解者多，会心者少。他中夜吹箫，岂不就是阮籍的"夜中不能寐，起坐弹鸣琴"？他自高身份，不屑辩白，对看不起的人大施白眼，对看重的人百般回护，岂不就是阮籍的"好为青白眼"？人人都以为他反礼法，他却说忠臣孝子到底值得敬重，岂不就是阮籍葬母时那种假叛逆式的真性情？

除了阮籍，黄药师的身上，还有嵇康的影子。嵇康的才华、家世、颜值、气质无一不佳，堪称人中龙凤。《世说新语》说：

> 嵇康身长七尺八寸，风姿特秀。见者叹曰："萧萧肃肃，爽朗清举。"或云："肃肃如松下风，高而徐引。"山公曰："嵇叔夜之为人也，岩岩若孤松之独立；其醉也，傀俄若玉山之将崩。"

而在《射雕英雄传》中，黄药师不仅是"情怀担当"，也是"颜值担当"，所谓"形相清癯，丰姿隽爽，萧疏轩举，湛然若神。""萧疏轩举"四字，明显就是从《世说新语》描写嵇康的这段而来。嵇康又是出了名的心高气傲，曾对炙手可热但入不了他眼的钟会视而不见，使其下不来台：

> 钟士季精有才理，先不识嵇康。钟要于时贤俊之士，俱往寻康。康方大树下锻，向子期为佐鼓排。康扬槌不辍，傍若无人，移时不交一言。钟起去，康曰："何所闻而来？何所见而去？"钟曰："闻所闻而来，见所见而去。"

嵇康心向魏室，而钟会却是把持朝政，架空皇权的权臣司马氏的人。所以钟会来拜访嵇康时，嵇康对其视而不见。虽然这件事为嵇康后来下狱被杀埋下了祸因，但我总觉得，如果时光重来一遍，嵇康还是会送钟会一个大白眼。而黄药师比起嵇康来，也不遑多让：

> 黄蓉伸了伸舌头，道："爹，我给你引见几位朋友。这是江

湖上有名的江南六怪，是靖哥哥的师父。"

　　黄药师眼睛一翻，对六怪毫不理睬，说道："我不见外人。"

　　虽然"江南七怪"的人品和钟会有霄壤之别，但是黄药师说"我不见外人"时的神气，在我的想象中和嵇康一模一样。

　　黄药师所在的南宋，不至于像魏晋那么波诡云谲、朝不保夕，但也是偏安之朝，强敌环伺，局势不容乐观。在这种情形下，郭靖抱持的是家国情怀，直面时代的痛楚并力挽之，黄药师注重的则是个人的天地，外表超逸，内心苦闷。你视他为武林高人、江湖怪杰可以，视他为万千生不逢时、唯以不合作来反抗的士人的化身，也可以。

03

　　昔年，黄药师有陈玄风、梅超风、曲灵风、陆乘风、冯默风等弟子，陈玄风、梅超风二人相恋后惧怕师父责罚，又心痒于《九阴真经》之精妙，所以窃经出逃。黄药师盛怒之下迁怒于其他弟子，将他们的腿打断，逐出了桃花岛。从此，陈玄风、梅超风渐入魔道，曲灵风化名曲三，隐居牛家村卖酒；陆乘风隐居太湖归云庄，连他的儿子也不知他身有武功；冯默风则做了铁匠。

　　虽然星散江湖，正邪有判，但众弟子依然将黄药师奉若神明：梅超风心心念念之事，就是能得到师父原谅、重回师门，后来黄药师与欧阳锋相斗，梅超风为师父挡下致命一击，身受重伤，弥留之际，听黄药师说能恕她前愆，心头喜慰，含笑而逝；曲灵风知道黄药师喜爱书画古董，数次冒险掘墓、进宫盗宝，最后被大内高手围攻而死；冯默风埋名乡野，以打铁为生，已经成了江湖边缘人，但三十年后听程英提起黄药师的行止，依然激动得泪洒衣襟。

为何面对喜怒无常、暴戾恣睢的黄药师，他们非但心中无怨，反而满是孺慕思念呢？细想来，有多重原因：

其一，从技法层面说，黄药师的过激举动和弟子们不记恨反而记"恩"的反常举动，是金庸为把黄药师写成"神人"的烘托之笔。在《射雕英雄传》中，曲、陈、梅、陆四弟子先黄药师而出场。他们武功高强，无论隐显，都算得上高手。那么，让他们又敬又惧的这个人，能操他们生杀予夺之权而让他们死心塌地的这个人，会是怎样的能人、神人呢？金庸把四弟子的来龙去脉写毕，才在第十五章"桃花岛主"中让黄药师正式登场，这个写法自然吊足了读者的胃口。这么说来，四弟子的遭遇和态度，正是高人黄药师登场的锣鼓丝竹。

其二，从故事层面说，黄药师的人格魅力，确有超乎想象的力量。他狂狷、偏激、易怒，并非拥有完美人格的人，但他又聪明、重情，有能力按照自己想要的活法去活。才全而性偏，情重而意真，使得他具有独特的魅力，也让他的过激之举似乎更容易为人所原谅。

其三，从观念层面来说，南宋是重礼教的时代，师徒之间如父如子、如天如地，黄药师和其徒弟也并不例外。徒弟对师父敬若天神，是《射雕英雄传》以儒家价值为主导的体现，也是《神雕侠侣》中为何世人皆反对杨过与小龙女相恋的脚注。

其四，从人物个性的层面说，这段情节，是将黄药师人物形象塑造得丰满的关键。黄药师的这一迁怒之举，也是他多年后悔之事。无法弥补的错误和难以消弭的悔意、心中的痛苦和嘴上的强硬、外在的坚不可摧和内心的激烈冲突，构成了黄药师这个人物的多个层次，让读者一见难忘。《射雕英雄传》中不乏"有缺憾的英雄"，如柯镇恶、丘处机正直而暴躁，周伯通淳朴而混乱，郭靖真纯而笨拙，他们正与天才而偏激的黄药师，共同构成了笔墨淋漓、生气勃发的人物图卷。

04

因此，"如何评价黄药师"这一问题，不属于日常语境，也不属于江湖语境，而属于魏晋文化的语境。冯友兰解释何谓魏晋风度，用了八个字："玄心、洞见、妙赏、深情。"贴切之至。

玄心，指的是体道之心。魏晋时代的"道"，不再是"士不可以不弘毅，任重而道远"的儒家之道，而是"啸傲纵逸"、任情任性的玄学之道。黄药师的玄心何在？在落英神剑掌的潇洒飘逸中，在"桃花影落飞神剑，碧海潮生按玉箫"的天地同声色中。

洞见，指的是对人生、对世事的直觉洞察力。阮籍、嵇康能够看透时代，选择不合作的道路，黄药师也在桃花岛上，做了个神龙见首不见尾的隐士。

妙赏，是对美深切的体悟。对于这一点，《射雕英雄传》中有一段侧面描写：

（洪七公）笑道："这碗荷叶笋尖樱桃汤好看得紧，有点不舍得吃。"在口中一辨味，"啊"的叫了一声，奇道："咦？"又吃了两颗，又是"啊"的一声。荷叶之清、笋尖之鲜、樱桃之甜，那是不必说了，樱桃核已经剜出，另行嵌了别物，却尝不出是什么东西。洪七公沉吟道："这樱桃之中，嵌的是什么物

事?"闭了眼睛，口中慢慢辨味，喃喃的道:"是雀儿肉！不是
鹧鸪，便是斑鸠，对了，是斑鸠！"睁开眼来，见黄蓉正竖起了
大拇指，不由得甚是得意，笑道:"这碗荷叶笋尖樱桃斑鸠汤，
又有个什么古怪名目?"

　　……黄蓉笑道:"这如花容颜，樱桃小嘴，便是美人了，是
不是?"洪七公道:"啊，原来是美人汤。"黄蓉摇头道:"竹解
心虚，乃是君子。莲花又是花中君子。因此这竹笋丁儿和荷叶，
说的是君子。"洪七公道:"哦，原来是美人君子汤。"黄蓉仍是
摇头，笑道:"那么这斑鸠呢?《诗经》第一篇是:'关关雎鸠，
在河之洲，窈窕淑女，君子好逑'。是以这汤叫作'好逑汤'。"

　　黄蓉的烹饪手艺在《射雕英雄传》乃至所有金庸小说人物中都
是一绝。其高明处，不仅在随物赋形、着手成春，更在形神俱妙、
格调高雅。一道时鲜小菜，除味道、色泽搭配颇具心思外，还能熔
铸《诗经》名篇的诗意在内，真是匠心独具。黄蓉是桃花岛主的女
儿，写她的兰心蕙质、风雅情怀，不正是对桃花岛主的巧妙刻画
吗?无怪洪七公听了"好逑汤"的名目后，感叹"你这希奇古怪的
女娃娃，也不知是哪个希奇古怪的老头子生出来的"。

　　深情，是将"任情"而非"守礼"视为人生的第一要义。魏晋
盛行玄学，重视真情；而南宋盛行理学，重视礼法，但黄药师是个
异类:

　　　　须知有宋一代，最讲究礼教之防，黄药师却是个非汤武而
　　薄周孔的人，行事偏要和世俗相反，才被众人送了个称号叫作
　　"东邪"。

　　阮籍说"礼岂为我辈设也"，黄药师则不但口宣，还要力行。他

被世人目为外道，称为"东邪"，但他不以为忤，反觉深契己性；他被尹志平背后轻慢，本来大怒，继而见尹志平颇有骨气，并不油嘴滑舌地屈膝求饶，反而消了心中怒火；他见陆冠英与程瑶迦互相仰慕，便不顾他们才初相识，也不顾他们未及禀报长辈、三媒六聘，当下便帮他们主持婚事；他与杨过隔了两辈，但一觉与己投契，便平辈论交，引为知己。不难看出，黄药师喜欢的，是真情真性、活出真我的人物，因为这本是他对自我的期许。

魏晋是"越名教任自然"的时代[1]，是张扬个性的时代，是重情轻理的时代，也是重新估定一切价值的时代。那些寄情于药和酒的人，那些放浪于山水间的人，那些视礼法如草芥的人，心中往往有万千不得已。但他们的矜持是：心中波涛汹涌，嘴上云淡风轻。不宣之于口，既是因为走不出自己的命运，索性便与它斗个天翻地覆，也是因为心中的骄傲让他们不屑一说。

譬如，嵇康曾上演过历史上最有风度的赴死——哪怕面对人生中最大的恐惧，他的骄傲也不稍减：

> 康将刑东市，太学生三千人请以为师，弗许。康顾视日影，索琴弹之，曰："昔袁孝尼尝从吾学《广陵散》，吾每靳固之，《广陵散》于今绝矣！"（《晋书》）

在这种超凡入圣的风度面前，若是再纠结俗世是非、鸡虫得失，宁不自愧？

1　嵇康《释私论》："夫称君子者，心无措乎是非，而行不违乎道者也。何以言之？夫气静神虚者，心不存乎矜尚；体亮心达者，情不系于所欲。矜尚不存乎心，故能越名教而任自然；情不系于所欲，故能审贵贱而通物情。物情顺通，故大道无违；越名任心，故是非无措也。"

不难看出，魏晋人以寻绎"真"、体悟"美"为人生至境。"善"在他们的心中，地位就低得多了。在他们看来，至真至美，就是至善。同理，理解黄药师，不要只看到他对江湖的叛逆，而应该听到他身上历史的回响。如果说，郭靖是天下栋梁、国家砥柱，黄药师则是山中闲云、世外仙人。桃花影落，碧海潮生，其实是金庸对魏晋风度的一次悄然致敬。

不错，黄老邪有疾，但药，就免了吧。不完美，才是他的可爱之处啊。

包惜弱：

生太温暖，死太寒凉，两个我都不要

01

金庸小说人物的命名，往往大有深意。

比如，阿紫和阿朱的名字，来自《论语》的"恶紫之夺朱也"，朱为正色，紫为杂色；朱是合度的，紫则过火了——阿朱娇俏温婉，阿紫刁蛮狠毒。阿朱爱萧峰，是渴求相守；阿紫爱萧峰，则妄图占有。以名字暗示人物的性格和命运，甚至暗含作者的褒贬，颇有意趣。

又如岳不群，儒冠博雅，俨然君子。但是后来剧情反转，读者方悟到这"不群"，不是"卓尔不群"的不群，而是"小人党而不群"的不群。伪君子真小人的底细，早在名字里面就坐实了。

包惜弱是《射雕英雄传》中的人物，系杨铁心之妻。她虽然并非主角，在书中的地位却不容小觑：《射雕英雄传》一切故事的缘起，都是因为完颜洪烈在人群中，多看了她一眼。

说到包惜弱的名字，似乎没什么不妥。怜贫惜弱，见出她心地良善，金庸也解释道，"惜弱"这名字，是其村学究父亲按着她的性子起的，对此，还有一段妙趣横生的描写：

> 她自幼便心地仁慈，只要见到受了伤的麻雀、田鸡甚至虫豸蚂蚁之类，必定带回家来妥为喂养，直到伤愈，再放回田野，若是医治不好，就会整天不乐，这脾气大了仍旧不改，以致屋

子里养满了诸般虫蚁、小禽小兽。她父亲是个屡试不第的村学究，按着她性子给她取个名字，叫作惜弱。

若是生涯太平，天地安稳，怜贫惜弱本没有什么不好。可惜，有那么一次，她怜惜了不该怜惜之人。

故事发生时，恰逢包惜弱有孕，杨铁心的结义兄弟之妻李萍也同样身怀六甲。郭、杨二人，一个是水泊梁山好汉郭盛之后，另一个是岳飞麾下名将杨再兴之后，学得几手拳脚、几招兵器，虽僻居乡村，倒也心怀天下，身处偏安之南宋，常思为国尽忠、杀敌疆场。

本来，这些情肠都只在酒后化成几句醉话、几声叹息而已，可是好巧不巧，这天他们碰上了丘处机。丘处机身在道门，亦是心忧天下，一身武功哪肯草草荒废，他打抱惯了不平，杀惯了金兵。这日，丘处机追杀金兵到了牛家村，偶遇郭、杨二人。先是误以对方为敌，后来才发现对方乃是同道。

漫天大雪，几杯村酒，三人就着酒劲，倾吐平生之志。对于身居村野、武功平平的郭、杨二人而言，这算是他们最接近江湖的一刻。本来，酒阑人散之后，归家稳坐，等着妻子平安生产，才是他们应有的生活轨迹。但这一切，都被包惜弱的"妙手仁心"改变了。

被丘处机追杀的金兵之中，有一条漏网之鱼。他身受重伤，身处雪夜的林中，本来不是冻死，就是失血而死——这人就是被丘处机等人误认为金兵的金国六王爷完颜洪烈。包惜弱见了身受重伤的他，"慈心登生。明知此人并非好人，但眼睁睁的见他痛死冻死，心下无论如何不忍"。微一沉吟，她做了决定：救。

这一念，成了完颜洪烈的天堂，杨铁心的苦海。

02

后面的事我们都知道：完颜洪烈对包惜弱一见钟情，处心积虑要得到她。不过他既熟稔权谋，又对包惜弱当真有情，所以，豪夺是不行的，只有巧取，才能真正赢得她的心。

完颜洪烈的计谋并不复杂：先杀了杨铁心，让包惜弱文君新寡，再扮司马相如，当她相托终身的良人。事情进行得很顺利。这跟他身份高贵、手握大权有关，跟他心狠手辣、演技高超有关，更跟包惜弱软弱而不彻底的个性有关。

其实，这套计谋，前半段借着南宋官员的协助，号称要拿人，还算说得过去；可是后面的半段，实在有些难以自圆其说。后半段的套路是这样的：趁着包惜弱与丈夫生死相隔、万般无助，完颜洪烈出场了。他自称名叫颜烈，偶然路过此地，见官兵逞凶，故而出手相救，哪知这等巧法，"天缘巧合"，竟救了自己的大恩人。

包惜弱听了，反应是"脸上一红，转身向里，不再理他"。虽然不理，但脸上红了这一红，自然是留了缝隙了。接下来的事情，在包惜弱而言，好似是无可奈何：完颜洪烈先是说帮她寻找亡夫的尸首安葬，接着又说去北方躲避官兵捉拿，再后来便亮了身份，大金国六王爷是也。

其实在旁观者而言，事情已经颇为明晰了。只是包惜弱仁者见仁，只看出这人对自己有情，丝毫没瞧出别的古怪。丈夫已逝，子犹在腹，自己是没有主意、没有依凭的弱女子，而身边是一表人才、一往情深、事事安排妥帖、一味体贴迁就的伟男子。如何选择，再明显不过了。

包惜弱做了金国的王妃，生了儿子，名完颜康。完颜洪烈对这孩子视如己出，疼爱非常；对包惜弱，更是千般依从、万般呵护。而且，二人再未生育子女。

若是包惜弱永远不知道真相，那完颜洪烈真算绝世好男人、好丈夫。而且，在她与杨铁心重逢之前，她也确实一直不知情。照这么说，按照一般的逻辑，她既然选了完颜洪烈，也该和他好好地过。可是，包惜弱此时又是怎么做的呢？她在王府之中，辟了一间茅屋居住。屋内的摆设，都是派人从牛家村故居运来，还按故居的陈设放置。

我读《射雕英雄传》至此处，真是觉得金庸对包惜弱的嘲讽有点太过辛辣。身处富贵，不忘故人，看似情深无限，却已嫁作他人妇，嫁的还不是别人，恰是杀夫仇人；要悼念，要凭吊，在内心留出一个天地就好，可她偏要辟出一间茅屋，还要千里运犁头，看似念旧，其实何等胶柱鼓瑟。

她做了完颜洪烈的妻子，难道真是命运的无奈？非也，非也。当日初见，完颜洪烈视她如天人，她也曾脸红心跳。后来完颜洪烈"救"了她，事事照拂，时时在侧，她初时觉得不妥，如芒在背，但安享着这无微不至、百般殷勤，慢慢却也惯了。完颜洪烈人才俊朗，身份高贵，为人处事又颇有手段魄力，一切的一切，都是她丈夫身上没有的。若是没有分毫动心，她怎么可能会这么轻易便从了他呢？

就像高鹗续写的《红楼梦》后四十回给袭人安排的结局：

> 袭人怀着必死的心肠，上车回去，见了哥哥嫂子，也是哭泣，但只说不出来。那花自芳悉把蒋家的聘礼送给他看，又把自己所办妆奁一一指给他瞧，说："那是太太赏的，那是置办的。"袭人此时更难开口。住了两天，细想起来："哥哥办事不

错。若是死在哥哥家里，岂不又害了哥哥呢？"千思万想，左右
为难，真是一缕柔肠，几乎牵断，只得忍住。……岂知过了门，
见那蒋家办事，极其认真，全都按着正配的规矩。一进了门，
丫头仆妇，都称"奶奶"。袭人此时欲要死在这里，又恐害了人
家，辜负了一番好意。那夜原是哭着不肯俯就的，那姑爷却极
柔情曲意的承顺。到了第二天开箱，这姑爷看见一条猩红汗巾，
方知是宝玉的丫头。原来当初只知是贾母的侍儿，益想不到是
袭人。此时蒋玉菡念着宝玉待他的旧情，倒觉满心惶愧，更加
周旋；又故意将宝玉所换那条松花绿的汗巾拿出来。袭人看了，
方知这姓蒋的原来就是蒋玉菡，始信姻缘前定。袭人才将心事
说出。蒋玉菡也深为叹息敬服，不敢勉强，并越发温柔体贴，
弄得个袭人真无死所了。

虽然高鹗续的后四十回去曹雪芹前八十回的天人境界远甚，但
单说这段故事，或许对金庸塑造包惜弱有过启发。宝玉出了家，身
为通房丫头的袭人开始想殉死，但后来渐渐随情势改变了想法，决
定不死了，最终嫁给了蒋玉菡。在这两个故事里，包惜弱和袭人似
乎都是万般的不得已，但被命运裹挟的根本原因，是她们从来不是
决绝的人，也并没有能与命运之手对抗的能力——对她们来说，选择
并非只有"死"和"委身于人"两种，但以她们的个性和眼界而言，
这两条是仅存的路，似乎非要从中选一条。

03

那么对杨铁心，包惜弱又是抱着怎样的感情呢？

当年，他们是村野寻常夫妻，只有柴米油盐，不惯山盟海誓。离别前的那一晚，他们还是这般家常对话：

> 这日杨氏夫妇吃过晚饭，包惜弱在灯下给丈夫缝套新衫裤。杨铁心打好了两双草鞋，把草鞋挂到墙上，记起日间耕田坏了犁头，对包惜弱道："犁头损啦，明儿叫东村的张木儿加一斤半铁，打一打。"包惜弱道："好！"杨铁心瞧着妻子，说道："我衣衫够穿啦！你身子弱，又有了孩子，好好儿多歇歇，别再给我做衣裳。"

浪迹江湖，生死相依，是爱情；剪烛西窗，春衫针线，也是爱情。贺铸的《鹧鸪天》怀念亡妻云，"空床卧听南窗雨，谁复挑灯夜补衣"，真是动人。杨铁心和包惜弱，不过是世间儿女，如果没有暴风骤雨，他们也就这样一生相依了。

可惜离别来了。离别的场景，也是摧人心肝的。其时，郭、杨二人与官兵拼死相斗，但寡不敌众，包惜弱陷入包围，郭啸天受伤而死，李萍被官兵掳去。杨铁心见了此景，"一夫拼命，万夫莫当"，杀出一条血路，在烟尘中找到包惜弱。

> 包惜弱惊道："后面又有官兵追来啦！"杨铁心回过头来，果见一队官兵手举火把赶来。杨铁心咬牙道："大哥已死，我无论如何要救大嫂出来，保全郭家的骨血。要是天可怜见，你我将来还有相见之日。"包惜弱紧紧搂住丈夫脖子，死不放下，哭道："咱们永远不能分离，你说过的，咱们就是要死，也死在一块！是吗？你说过的！"
>
> 杨铁心心中一酸，抱住妻子亲了亲，硬起心肠拉脱她双手，挺矛往前急追，奔出数十步回头一望，只见妻子哭倒在尘埃之

中，后面官兵已赶到她身旁。

初读时，我未曾特别留意过这段，经了世事沉浮之后，再看到这里，几欲落泪。情义不能两全，义兄惨死于眼前，于情于理，不能弃他的遗孤于不顾，我若是包惜弱，怎忍深责杨铁心；说过同生共死，你却离我而去，我若是包惜弱，岂能不深责杨铁心。

他掰开了她的手，回头见她落入虎狼之手；她怀着他的孩子，他不管，却选择了要去救大哥的妻儿。世间还有比这更伤心的事吗？他们虽是寻常夫妻，但有了这场离别，人生便再不寻常。付出过血泪的爱，是最难以忘怀的。

包惜弱最终没有怪杨铁心，因为她以为他已经死去，也内愧自己嫁给了丈夫曾经视为寇仇的金人。她不彻底地活着，不彻底地凭吊着，过了十八年。

包、杨二人重逢，是在十八年后王府的茅屋之中。相认之时，杨铁心提起了修补犁头和缝补衣服的话，昨日重现，沧海桑田：

> 杨铁心在室中四下打量，见到桌凳橱床，竟然无一物不是旧识，心中一阵难过，眼眶一红，忍不住要掉下眼泪来，伸袖子在眼上抹了抹，走到墙旁，取下壁上挂着的一根生满了锈的铁枪，拿近看时，只见近枪尖六寸处赫然刻着"铁心杨氏"四字。他轻轻抚挲枪杆，叹道："铁枪生锈了。这枪好久没用啦。"王妃温言道："请您别动这枪。"杨铁心道："为什么？"王妃道："这是我最宝贵的东西。"
>
> 杨铁心涩然道："是吗？"顿了一顿，又道："铁枪本有一对，现下只剩下一根了。"王妃道："什么？"杨铁心不答，把铁枪挂回墙头，向枪旁的一张破犁注视片刻，说道："犁头损啦，

明儿叫东村张木儿加一斤半铁，打一打。"

　　王妃听了这话，全身颤动，半晌说不出话来，凝目瞧着杨铁心，道："你……你说什么？"杨铁心缓缓的道："我说犁头损啦，明儿叫东村的张木儿加一斤半铁，打一打。"

梦中人仍在人间，重到眼前，包惜弱又喜又悲，又惊又愧。这一次，她为自己作了一回主："我丈夫没有死，天涯海角我也随了他去。"可是世间无路，他们逃不过追兵，抗不过强权，只好双双自尽，相从地下：

　　　包惜弱躺在丈夫身边，左手挽着他手臂，惟恐他又会离己而去，昏昏沉沉间听他说起从前指腹为婚之事，奋力从怀里抽出一柄匕首，说道："这……这是表记……"又道："大哥，咱们终于死在一块，我……我好欢喜……"说着淡淡一笑，安然而死，容色仍如平时一般温宛妩媚。

　　十八年前，包惜弱没有"死节"，这一次，为什么她却能毅然自尽呢？因为，这十八年里面，她从来没有真正"活"过。她的悔意没有一刻消退过。身为王妃，锦衣玉食，车马扈从，风光无限。但是这一切于她而言，只是"贪欢"，偷来的时间、内心并不接受的身份，又如何能让她内心平静呢？也许，在"淡淡一笑，安然而死"的那一瞬间，她才终于找回内心的安宁。

04

　　包惜弱嫁给完颜洪烈十八年，为何一直没有告诉杨康他的身世，以至于最后杨康骤然得知，全然无法接受？

要明白这个问题，不仅要看懂包惜弱，还要看懂另一个人物：李萍。李萍是郭啸天之妻、郭靖之母。郭啸天和杨铁心是结义兄弟，李萍和包惜弱可以算得上是妯娌。

包惜弱出身小康之家，父亲是教书先生，自小颇受宠爱，李萍却只是寻常农家出身；包惜弱能识文断字，李萍却大字不识得一个；包惜弱面容姣好，气质娴雅，李萍却粗手大脚，最多是中人之姿。

说起来，包惜弱似乎处处胜过李萍。但是，当两个人落进相似的悲剧命运时，李萍却处处胜过了包惜弱。

二人都是怀有身孕时与丈夫死别（杨铁心虽然未死，但包惜弱当时并不知道），遭遇之悲惨，无以复加。包惜弱被完颜洪烈所"救"，虽然掉进了谎言编织的陷阱，但好歹衣食无忧，安全无虞，李萍却被段天德挟持，一路受尽苦楚，她乔装疯癫，在仇人手下求得不死，结果又被金兵所抓，被迫干着挑夫的重活。后来她终于伺机逃脱，甫获自由，又即将临盆。最后雪地产子，命悬一线，还是咬牙坚持：

> 她疾忙坐起，抱起孩儿，见是一个男孩，喜极流泪，当下用牙齿咬断脐带，贴肉抱在怀里。月光下只见这孩子浓眉大眼，啼声洪亮，面目依稀是亡夫的模样。她雪地产子，本来非死不可，但一见到孩子，竟不知如何的生出一股力气，挣扎着爬起，躲入沙丘旁的一个浅坑中以蔽风寒，眼瞧婴儿，想起亡夫，不禁悲喜交集。

这段文字令人动容。李萍自己的性命、郭靖的性命，都是她靠着一股不服输的劲，向上天挣来的。只要一息尚存，她永远不会低头，不会屈服。

包惜弱呢？她一坠入命运的深渊，气就先馁了，无法面对丈夫之"死"，也无法拒绝完颜洪烈的殷勤，或许在她的内心，是真心觉得找到一个依靠，比自己面对残酷的命运更加轻松。

李萍选择"重"的人生，包惜弱则承受不了"重"，却又没法安然去享受"轻"。看起来，李萍挣扎了半生，操劳了半生，而包惜弱安享了半生的荣华富贵，但实际上，李萍过得比包惜弱更快乐。甘蔗没有两头甜，在两种价值标准间徘徊，承受不起选择的代价的人，往往是最痛苦的。

作为母亲，李萍也完胜包惜弱。

郭靖自小没有父亲，杨康却是在完颜洪烈的翼护下，以小王爷的身份长大的；郭靖从小贫苦，杨康养尊处优。但郭靖的人品、心胸，样样超过了杨康。六岁的郭靖，就能帮助自己心仪的英雄，即使被威胁、毒打，都不泄露其行踪，十八岁的杨康，却惯会油嘴滑舌、出尔反尔、轻慢他人。郭靖、杨康为何如此天差地远？是因为李萍让郭靖知道"我是谁"，"我"该做个什么样的人，而包惜弱不仅不敢告诉杨康他是谁，连自己是谁都不知道。

所以回到刚才的问题，包惜弱心里自然清楚，如果告诉杨康他的身世，就是跟安稳的生活决裂。丈夫死于非命，而且是为人所害，妻儿又焉能对此仇置之不顾，还没付出任何行动就与过去轻松作别？所以，包惜弱早早做了选择：她当了王妃，选择了富贵和被供养，把昔年的恩情、回忆、仇恨、痛苦，统统放在用牛家村故物布置的屋子里，想要告诉自己：我到底没有忘记。

可惜，包惜弱的努力还是失败了。命运从不听人乞怜，命运并不"惜弱"，只会"敬强"。

05

我总觉得，金庸是不喜欢包惜弱这等人物的。她的名字和命运都昭示着：仁心超过了智慧，小则有无谓之事，大则成无妄之灾。

她决定救人，便已错了，由此迎来了悲剧，却无力承担，只能随波逐流，却又始终放不下心中那段过去。我甚至疑心，她到底是放不下杨铁心这个人本身，还是放不下自己所谓的"失节"，必须要这么做才能得到平静呢？

她嫌死太寒凉，又嫌生太温暖，觉得自己不配，只好在生死之间，寻个苟活处，就这么草草安排，不可谓不苦。

同样的命运，若换了李萍，在完颜洪烈说第一句轻薄话的时候，就会将他啐死；同样的故事，若换了黄蓉，在完颜洪烈说第一句谎话的时候，就会将他看穿；同样的困局，若换了赵敏，在完颜洪烈设置第一个难题的时候，就会轻松破解。

可是包惜弱既没有李萍的决绝，又没有黄蓉的聪慧和赵敏的手腕，她惜弱，强者却不怜惜她。或者说，是因为她弱得美、弱得风情万种，所以作为"大男人"的完颜洪烈，太"怜惜"她了？

有一句话，必然会被有的人放在包惜弱身上——"可怜之人，必有可恨之处"，可是我并不太喜欢这句话。可怜的人，哪怕可悲、可鄙，乃至可恨，但在他们的天地里，他们所付出的情、伤过的心，和强者一样，都是真的。

纪晓芙和周芷若：
做过同一套题，却活出了相反的人生

01

小说有"镜像人物"一说。所谓"镜像人物"，指的是两个人物如照镜者与镜中人，有如映照般的极相似处。不过，与真正的照镜不同的是，镜像人物在相似之外又有不同处。相似的，常常是出身、经历、能力等；不同的，则是性情、世界观、选择、命运等。镜像人物能够展现出作者某种关键的观念，也极具表现张力和戏剧性，所以往往是值得细看、深究的。

在金庸小说之中，有不少这样的镜像人物。如《射雕英雄传》中的郭靖和杨康，《天龙八部》中的萧峰和慕容复、萧远山和慕容博，都属此类。

在《倚天屠龙记》中，也有一对重要的镜像人物，她们是峨嵋派掌门灭绝师太的两个得意弟子：纪晓芙和周芷若。二人年岁相差不小，生平也从未会面，并无交集，但是她们有颇多相似处。

首先，她们的名字很相似。芙蓉、芷若，都是香花美草。《离骚》说"制芰荷以为衣兮，集芙蓉以为裳"，又曰"扈江离与辟芷兮，纫秋兰以为佩"，香花美草，比德于君子，是高洁纯善的象征。其次，她们身为"名门正派"峨嵋派的弟子，都曾与"魔教"——明教之中的重要人物有牵缠。纪晓芙与杨逍因一段孽缘生情，还生下了孩子；

周芷若与明教教主张无忌暗生情愫。当然，这两段感情也都为灭绝师太所不容。再次，她们因师父器重、有传授衣钵之意，所以都为师姐丁敏君所嫉恨，也都曾遭她挑衅刁难。最后，她们都因恋爱遭到师父的激烈反对，面临过人生的两难抉择。

从这种多重相似性来看，此二人自然是标准的镜像人物。但有趣的是，一般小说作者写镜像人物，往往会让这两个角色在故事中有交集和互动，但此书中，在纪晓芙死后，周芷若才出场。金庸为何这样设置？在此二人之中，他又更属意于哪一位呢？

02

要回答以上问题，我们不妨先简单回顾二人的生平。

纪晓芙是灭绝师太的得意门徒，是江湖上的名门淑女。她与武当派殷六侠殷梨亭有婚约，却被明教光明左使杨逍强奸，由此生下一女，名"杨不悔"，从孩子的名字，不难看出她已与杨逍生情。

数年后，灭绝师太得知此事，大为震怒，但还是决定再给纪晓芙最后一次机会。她告知纪晓芙，如果纪晓芙能利用杨逍的信任，趁其不备杀死他，便对一切既往不咎，且还会以峨嵋派的衣钵相授，否则，只有死路一条。面对掌门人之位的诱惑和死亡的威胁，纪晓芙拒不受命，被灭绝师太当场毙于掌下。

周芷若是汉水渔家女[1]，在其父被杀后，为张三丰所救，被张三丰

1　在连载版中，周芷若是抗元起义领袖周子旺之女，在三联版中，金庸进行了修改，周芷若成了汉水渔家女。因三联版的传播、接受度更高，本文行文时采用三联版的设置。

送往峨嵋派，亦成为灭绝师太的得意门徒。

周芷若幼年识得张无忌后多年未再见他，重见时，他已经神功大成，因助明教和六大派解除纷争而成为江湖上数一数二的大侠，也做了明教的教主。

周芷若虽然对他芳心暗许，但灭绝师太临死前，却在授她掌门之位的同时命她发下毒誓。她如师父所言，以计诱骗张无忌，夺得屠龙刀，获取了《九阴真经》，练成了高超武功，但也走入了歧途。

以武功而言，纪晓芙武功平平，周芷若后来则跻身一流高手之列。以命运言，纪晓芙出身名门，可命运一路向下，最后死于非命；周芷若出身贫寒，却通过自己的奋斗，一路向上，到达武林的金字塔顶。以戏份言，纪晓芙是配角，周芷若是主角，二人在书中的分量，不可同日而语。

这么说，金庸是赞许周芷若，写纪晓芙这个人物来映衬她吗？答案恰恰相反。

纪晓芙出场不多，命运不济，戏份不重，却是金庸极欣赏的一位人物；周芷若是书中主角之一，人美、命好、与男主角张无忌关系密切，却是金庸不那么欣赏的一位人物。

妙的是，这种褒贬，金庸说得很隐晦、很含蓄，需要读者自己去咂摸。她们身上，寄寓了金庸对人性的理解，对人生选择的看法。

03

在人生的几个重要关头，纪晓芙和周芷若，曾经做出过截然不同的选择。

第一次选择，都与她们的师姐丁敏君有关。

　　丁敏君是《倚天屠龙记》中一个纯粹的恶人，在她的身上，看不到任何善的迹象和可能。她心胸狭窄，偏激善妒，言语刻薄，性情毒辣。作为师姐，她武功并无所长，但总是嫉妒比她强的师妹。

　　因嫉妒纪晓芙，在一次受命与纪晓芙一起对付明教中人时，她挑起了冲突。明教"五散人"之一彭莹玉在六大派诸人的围攻下被擒，丁敏君为求得金毛狮王谢逊和屠龙刀的下落，逼问彭和尚白龟寿的行踪。她对彭和尚言语侮辱、辣手折磨，但彭莹玉凛然不屈：

　　　　丁敏君双眉上扬，厉声道："死贼秃，你胆敢辱我师门？"长剑向前一送，登时刺瞎了彭莹玉的右眼，跟着剑尖便指在他左眼皮上。

　　　　彭莹玉哈哈一笑，右眼中鲜血长流，一只左眼却睁得大大的瞪视着她。丁敏君被他瞪得心头发毛，喝道："你又不是天鹰教的，何必为了白龟寿送命？"

　　　　彭莹玉凛然道："大丈夫做人的道理，我便跟你说了，你也不会明白。"

　　彭莹玉不因自身安危而背信弃义，哪怕所保护之人并不是与自己休戚相关之人，但在他看来，人的尊严、气节重逾生命，"生，我所欲也。义，亦我所欲也。二者不可得兼，舍生而取义者也"。彭莹玉这等人物，虽然并非出身正教，却比自称正教弟子的丁敏君高明多了。在这种情形下，纪晓芙瞧不过眼，出手阻拦：

　　　　丁敏君见他虽无反抗之力，但神色之间对自己却大为轻蔑，愤怒中长剑一送，便去刺他的左眼。纪晓芙挥剑轻轻格开，说道："师姐，这和尚硬气得很，不管怎样，他总是不肯说的了，杀了他也是枉然。"丁敏君道："他骂师父心狠手辣，我便心狠手辣给他瞧瞧。这种魔教中的妖人，留在世上只有多害好人，杀得一个，便是积一番功德。"

　　纪晓芙道："这人也是条硬汉子。师姐，依小妹之见，便饶了他罢。"

纪晓芙的阻拦和彭和尚的不屈，都是心怀正义之举。但丁敏君正好找到了借题发挥的张本，她就此机会，把纪晓芙被杨逍强奸生女的难言之隐当众说出，辞气看似大义凛然，其实不过是将内心的嫉妒、怨恨发泄出来而已。

即便羞愤难当，纪晓芙仍然多番回护无力自保的彭和尚，甚至在丁敏君步步紧逼、威胁要抖落出更多隐情时，仍不曾退缩。最后，她自己负了伤，秘密也被泄露了出来。纪晓芙的剑术高于丁敏君，最终制住了她，彭和尚为报高义，也为了护纪晓芙的名声，本欲杀了丁敏君，纪晓芙却又出手阻拦，并对彭和尚道："她是我同门师姐，她虽对我无情，我可不能对她无义。"

"她虽对我无情，我可不能对她无义"，"义"之一事，在纪晓芙的心中，有至高的分量。何谓"重义"？行分所应当之事，不问祸福安危、得失荣辱，亦不问所关联之人是正是邪、是亲是疏、是友是敌，只要那人有不得不谅之情、不可不帮之理，那便够了。纪晓芙的心胸，令人肃然起敬。

周芷若也遇到过丁敏君的嫉妒、试探、为难。

那是多年之后的事了。其时，蛛儿在被峨嵋派弟子等人围攻时打伤了丁敏君，随后，丁敏君偕同周芷若前来寻仇。周芷若初至，化名为曾阿牛的张无忌在一旁暗中观察，发现她的武功其实高过丁敏君："她衣衫飘动，身法轻盈，出步甚小，但顷刻间便到了离两人四五丈处。只见她清丽秀雅，容色极美，约莫十七八岁年纪。张无忌颇为诧异，暗想听她啸声，看她身法，料想必比丁敏君年长得多，哪知她似乎比自己还小了几岁。"丁敏君一是为报被伤之仇，二是为了挫周芷若的锐气，故技重施，颐指气使，命周芷若出战：

> 周芷若转眼瞧着丁敏君，意存询问。丁敏君怒道："你带这两人去见师父，请她老人家发落便是。"周芷若道："倘若这两位并未存心得罪师姐，以小妹之见，不如一笑而罢，化敌为友。"丁敏君大怒，喝道："什么？你反而相助外人？"

周芷若的本心，是想要大事化小，得饶人处且饶人，但丁敏君闻言大怒，一顶"相助外人"的大帽子扣下来。

张无忌曾经目睹当年丁敏君逼迫纪晓芙的情状，以为今日旧事将要重演，而读者恐怕也有同样的担心。出人意料的是，周芷若的应对完全不同：

> 可是周芷若对丁敏君却极是尊敬，躬身道："小妹听由师姐吩咐，不敢有违。"丁敏君道："好，你去将这臭丫头拿下，把她双手也打折了。"周芷若道："是，请师姐给小妹掠阵照应。"

周芷若和蛛儿一交手，寥寥几招就分出了胜负，周芷若力有不敌，受伤而去，张无忌怕她伤重，担忧不已。这时，金庸又抖出一个包袱：

> 村女道："厉害，厉害！"……那村女忽然冷笑道："你不用担心，她压根儿就没受伤。我说她厉害，不是说她武功，是说她小小年纪，心计却如此厉害。"张无忌奇道："她没受伤？"那村女道："不错！我一掌斩中她肩头，她肩上生出内力，将我手掌弹开，原来她已练过峨嵋九阳功，倒震得我手臂微微酸麻。

她哪里会受什么伤？"

同样是因对付"邪教"中人而生分歧，同样是被丁敏君以事相胁，纪晓芙是"硬碰硬"，周芷若则擅长"示弱"。她交手前言听计从、唯唯诺诺，交手时隐藏真实功夫，装作受伤，避其锋芒。周芷若的城府手段，不可小觑。

纪晓芙和周芷若，都是外柔内刚，心中极拿得定主意，但其处世之道截然不同。纪晓芙为践行自己的原则，见义敢为，履险不顾；周芷若心中同样有自己的一套看法，但表面上，她会随顺外物，以四两拨千斤的方式，既达到自己的目的，又不伤与他人的和气，亦不将自己置于险地。不得不说，周芷若"聪明"得多了。

第二次选择，都与她们的爱情有关。

纪晓芙生女之后，不敢与师父相见，不料灭绝师太却主动找到她，得悉让她失身之人是明教光明左使杨逍，灭绝师太怒发冲冠：

> 灭绝师太抬头向天，恨恨不已，喃喃自语："杨逍，杨逍……多年来我始终不知你的下落，今日总教你落在我手中……"突然间转过身来，说道："好，你失身于他，回护彭和尚，得罪丁师姊，瞒骗师父，私养孩儿……这一切我全不计较，我差你去做一件事，大功告成之后，你回来峨嵋，我便将衣钵和倚天剑都传了于你，立你为本派掌门的继承人。"

她为何对杨逍如此痛恨？此中也有一段公案。

原来，灭绝的师兄孤鸿子曾以倚天剑与杨逍比武而不敌。倚天剑这把武林中人人眼红心热的宝剑，杨逍却"连声冷笑，说道：'倚天剑好大的名气！在我眼中，却如废铜废铁一般！'随手将倚天剑抛在地下，扬长而去"。

　　孤鸿子由此郁而成疾，愤而去世。因此一事，灭绝师太对杨逍恨之入骨，数十年不忘，其实，从背面来读，无疑是因为她与孤鸿子有情，所以才对"仇人"杨逍有这种刻骨的怨毒。

　　灭绝师太给纪晓芙的选择是两条路：一条路是将旧事翻过，走向光明的前途；一条路则是身败名裂，走向死亡。纪晓芙如何选择呢？

> 　　纪晓芙低头沉思，终于摇了摇头，神态极是坚决，显是不肯遵奉师父之命。只见灭绝师太举起左掌，便要击落，但手掌停在半空，却不击下，想是盼她最后终于回心转意。……只见她突然双膝跪地，却坚决的摇了摇头。灭绝师太手起掌落，击中她的顶门。纪晓芙身子晃也不晃，一歪便跌倒在地，扭曲了几下，便即不动。

　　哪怕有人不爱名利，但谁不畏死呢？可是，对纪晓芙而言，生命可贵，贵不过爱情；爱情可贵，贵不过人格。对掌门之位，她未必看重，而与师父的情分、与杨逍的爱情，她却是看重的。但是，如果这一切要用出卖爱人或者欺骗师父来换得，她宁愿赴死。

　　所以，金庸特意点出，她"神态极是坚决""坚决的摇了摇头"，正是想表现她心性之纯洁、人品之高贵。

　　后来，张无忌将杨不悔送到杨逍的手里，与杨逍说知纪晓芙被杀的缘由，杨逍悲怒交加，又叹息道："晓芙啊，晓芙，你宁死也不肯答允。其实，你只须假装答允，咱们不是便可相会，便不会丧生在灭绝恶尼的手下了么？"这时，倒是张无忌更了解纪晓芙的心意，说道："纪姑姑为人正直，她不肯暗下毒手害你，也就不肯虚言欺骗师父。"年纪尚幼的张无忌，如何能这般了解纪晓芙的心事？因为，他也是纪晓芙这样的人。

若干年后，周芷若也遇到了相似的困境。其时，她与师父被困塔上，塔下火起，形势紧急。灭绝师太已决意自尽，自尽前，命周芷若做下三件难事：

先是立下毒誓，不许对张无忌倾心，再要自己接任本派掌门，然后又要自己以美色对张无忌相诱而取得屠龙刀和倚天剑。……

突然间只觉上唇间一阵剧烈疼痛，她睁开眼来，只见师父仍然直挺挺地跪在自己面前。周芷若哭道："师父，你老人家快些请起。"灭绝师太道："那你答允我的所求了？"周芷若流着泪点了点头，险些又欲晕去。

纪晓芙受到的是死亡威胁，周芷若受到的是道德和情感绑架，这两者都是常人难以承受的压力。周芷若的反应是"心乱如麻""神智一乱，登时便晕了过去""流着泪点了点头，险些又欲晕去"，似乎是难以承受，万般无奈，勉强接受。但看她后面的行为，会知道心力刚强而善于示弱，正是周芷若有别于常人之处。

对丁敏君，她示弱，表示自己武功低微，听凭吩咐，并无威胁；对师父，她示弱，表示自己事事遵从，师父让做什么、不让做什么，统统听命；对张无忌，她示弱，她偷了十香软筋散麻晕众人，砍杀殷离，放逐赵敏，继而装作受害者，但是言语之间，如此心机深重的她、身为加害者的她，却总是把自己定位为弱者、受害者：

周芷若呸了一声，脸颊晕红，说道："早知如此，当日我一剑刺正你的心口，多少干净，也免得以后无穷岁月之中，给你欺侮，受你的气。"……周芷若摇头道："我是个最不中用的女子，懦弱无能，人又生得蠢。别说和绝顶聪明的赵姑娘天差地远，便是小昭，她这等深刻的心机，我又怎及得上万一？你的周姑娘是个老老实实的笨丫头，难道到今天你还不知道么？"

张无忌道："只有你这等忠厚贤慧的姑娘，才不会骗我。"

周芷若转过身来，将脸伏在他怀里，柔声道："无忌哥哥，我能和你结为夫妇，心里快活得了不得，只盼你别因我愚笨无用，瞧我不起，欺侮我。我……我会尽我所能，好好的服侍你。"

其实，张无忌何曾欺侮过周芷若，给她受过气？倒是周芷若曾将他刺得险些丧命。对此，张无忌未曾一语相责，周芷若反而颠倒黑白。赵敏和小昭虽然亦有心机，但不曾对张无忌使过，可在周芷若的口中，其他人都居心叵测，只有自己对张无忌倾心相待。如此以退为进、言行不一、玩弄人心，算是得了厚黑学的精髓了。

《道德经》说："天下莫柔弱于水，而攻坚强者莫之能胜，以其无以易之。弱之胜强，柔之胜刚，天下莫不知，莫能行。"周芷若的手段，是柔弱胜刚强的高明之道，但周芷若的心地和为人，却让人十分不佩服。

04

《倚天屠龙记》的一个关键词，就是"选择"。在《倚天屠龙记》一书中，充满了"两难"选择。

张翠山的两难选择是理性和感性。他是武当派掌门张三丰的第五弟子，是名门高足，也是一位颇具正义感的侠客，道德感或者说理性，是张翠山之为张翠山的重要因素。他在内心知道，殷素素这个性格偏激、手段阴毒的姑娘，不是自己的佳偶，可是天意弄人，几番与她相见，却是情根深种，难以自拔，后来他们又漂流海岛，回归无望。在这种情况下，感性战胜了理性，爱情战胜了宗派观，二人终结连理。

段素素的两难选择是爱情和事业、正和邪。她是天鹰教教主殷天正的女儿，也是天鹰教的紫微堂堂主，精明强干，是教中重要人物。她行事狠辣，杀人不眨眼，曾在一夜之间灭了龙门镖局的门。但落入情网之后，为了与心上人张翠山成为同路人，她放弃了自己的社会身份，也改变了心性，变得温良起来。

赵敏的两难选择是爱情和事业、"官"和"匪"。她是蒙古郡主，政治能力超群，有统帅群豪、搅弄风云之能。但是遇到"反贼"张无忌之后，她的一腔雄心都化作绮想。虽然张无忌屡屡与她作对，还屡次冤枉她，她还是义无反顾地抛弃权位、富贵，与张无忌生死相随。

张无忌的两难选择则是仇恨和放下。张无忌十岁时，父母亲在他面前相继自刎。虽然父母亲的自刎是因为十多年前的旧事，但也与武林群豪前来武当山逼问谢逊下落的举动不无关系。母亲殷素素嘱咐他长大后为父母报仇，武当派诸师长对前来逼问的江湖群豪也不无怨怼，但张无忌自己素性慈悲，后来学得高超医术、练成绝顶武功，非但没有选择报仇，反而还数次救了有旧怨的人。

那么，纪晓芙和周芷若的两难选择是什么呢？表面上看，也是爱情和事业的选择，其实，是外在压力和内心欲望、假自我和真自我之间的抉择。

纪晓芙想要的是什么呢？是情义——师门之情、爱情、母女之情，以及"侠"之道义，在她心中都无比重要，与这些相比，生命反而是可以舍弃的。

周芷若想要的是什么呢？最开始，似乎也是情义。她对师父孝敬，对同门友悌，对弱者慈善，也曾有过不少义举。可是后来，她为何变了？

第一个诱因是她爱上了张无忌，而她心中敬重的师父却不容许这种爱存在。灭绝师太的强硬态度，并没有扑灭周芷若心中的火花，只是让她更加深藏心意，让她在压抑的"背德"窘境中战战兢兢。第二个诱因是灭绝强令她答应三件事。这三件事，都是在强化周芷若业已难以调和的选择窘境，让她无法在光明中行事，一旦允诺，就是与魔鬼做交易。

压力导致反弹，分裂导致极端，虚伪导致扭曲，周芷若顺着歧路走了下去。

05

但是，更重要的原因是，周芷若什么都想要。

她既想要师父的眷顾，也想要与张无忌的情分；既想不违背师父的遗命，也想就此得到《九阴真经》，登上武林的巅峰，还想在与张无忌亦真亦假的戏中，得到他的爱和随之而来的权力。有一次，周芷若说起反元成功后张无忌自然会登鼎称帝，张无忌听了觉得此事绝非他所愿想望，而周芷若却是一设想就喜不自胜：

> 周芷若叹道："彭大师这话当真半点不错，你怎能轻身冒险？要知待得咱们大事一成，坐在这彩楼龙椅之中的，便是你张教主了。"韩林儿拍手道："那时候啊，教主做了皇帝，周姑娘做了皇后娘娘，杨左使和彭大师便是左右丞相，那才教好

呢！"周芷若双颊晕红，含羞低头，但眉梢眼角间显得不胜欢喜。

张无忌连连摇手，道："韩兄弟，这话不可再说。本教只图拯救天下百姓于水火之中，功成身退，不贪富贵，那才是光明磊落的大丈夫。"彭莹玉道："教主胸襟固非常人所及，只不过到了那时候，黄袍加身，你想推也推不掉的。当年陈桥兵变之时，赵匡胤何尝想做皇帝呢？"张无忌只道："不可，不可！我若有非份之想，教我天诛地灭，不得好死。"

周芷若听他说得决绝，脸色微变，眼望窗外，不再言语了。

从此处看，周芷若与张无忌的心性、人生选择的分歧，再明显不过。

爱是灵魂的赤诚相见、心灵的惺惺相惜。爱的滋养，只有在真诚、坦率、无功利的沟通和付出中才能存在。似周芷若这般，步步欺骗，处处索取，又怎会得到真正的爱和心灵的宁静？所以，虽然她后来武功大成，成为江湖上的一号人物，却也逐渐扭曲、丧失最初的纯真，还总是因昔日所为旧恶而疑神疑鬼、不得安宁。当然，金庸最后还是给她留了余地，让她获得了救赎。

但回到这个比较本身，纪晓芙的死和周芷若的生，纪晓芙的断然拒绝和周芷若的半推半就，纪晓芙的坦坦荡荡和周芷若的遮遮掩掩，纪晓芙的始终从其真心和周芷若的分裂虚伪，二者孰高孰低，不是十分清楚吗？

到了这里，也许我们还会想一个问题：周芷若到底有没有别的选择？

也许会有人说没有：你看，在生死的关头，一向敬爱的师父恩威并施，涕泪齐下，要求你必须完成她的遗愿，这难道不是很难拒绝的吗？

当然难，但往往正是在极端困难、矛盾、艰险的境地中，可以看到一个人真正的自我。

杨过曾经面临过这种两难选择：一边是杀掉想象中的仇人郭靖黄蓉，得到情花的解药，既救自己的性命，又报了"仇"；一边是依照良知，奉行公义，在千军万马中救下国家之砥柱的郭靖，为万民谋福祉。

杨过选择了后者。

令狐冲曾经面临过这种两难选择：一边是加入日月教，成为任我行的接班人，成为武林中最有权力的人物之一，也与任盈盈得成眷属；一边是坚决抗命，那就不仅要斩断情缘，还要率领恒山派以少对多、以弱抗强，几无生理。

令狐冲选择了后者。

韦小宝曾经面临过这种两难选择：一边是顺康熙之命，把业已入瓮的天地会诸人一网打尽，继续把皇帝的总角之交、麾下红人当下去；一边是冒险救人，离家远走，丢官弃爵，漂流海外。

韦小宝也选择了后者。

所以，有时候，不是题目太难、选项太少、前方无路，而是看愿不愿意为了心中真正重要之事，付出一切代价。而这个世界美或是丑、真或是假，正是由所有人的所有选择构成的。

纪晓芙和周芷若，做过同一套人生的选择题，却选择了完全不同的路，活出了黑白迥异的人生。失败者纪晓芙，选择永远追随内心的光；成功者周芷若，选择屈服于外力和欲望。纪晓芙坦荡地死去了，周芷若凄惶地活着。

这么说来，到底谁更成功，谁更失败呢？

慕容复：
人间失格的复国者

01

毫不夸张地说，慕容家是金庸小说中故事最神秘、出场最华丽、排场最大的世家。

金庸专门为慕容家的登场讲了两个故事。

第一个故事，是大理国的一位高僧黄眉僧讲的。黄眉僧受保定帝段正明之托，出面与四大恶人之首的段延庆相斗。他提出以下棋相赌，斗智兼斗力。为了赢得一招先手，他以足趾数目为赌，并自断一趾，使得对方无法猜中。

黄眉僧之所以答应保定帝与段延庆相斗，是因为保定帝答应，他若出马相帮，则免去大理国民的盐税。为了不负所托，他屡出奇招，甚至不惜己身，赔上一个脚趾，可谓既有仁心，又智勇双全。

但这样一位人物，说起数十年前的一件往事，竟然心惊胆战，犹有余悸。其时，他金刚指法初成，自谓即使未臻化境，也算得上武林中一流好手。谁知，路上偶遇了一个十几岁的少年，就被他一指大力金刚指，戳得身受重伤。这一指也戳破了他的江湖梦，从此他看破名利，遁入空门。

这个少年，便是慕容家的子弟。

第二个故事，是在段正淳府中隐姓埋名十多年的崔百泉讲的。

崔百泉外号"金算盘"，本来也是江湖上的一号人物，却在若干年前忽然销声匿迹，不知所踪。原来，他曾经无意撞见慕容家的隐秘之事，对方系慕容家的一对夫妇，他们小施惩戒，就让崔百泉吃尽苦头，吓得心胆俱裂。从此，崔百泉改名换姓，装作不会武功的庸人，在段正淳府中当了多年的账房先生。

但是崔百泉并非庸人。后来，他的师侄过彦之找他来为自己的师父、崔百泉的师兄报仇，并认定了仇敌就是姑苏慕容家。崔百泉一面吓得心胆俱裂，一面"知其不可而为之"，毅然踏上了去姑苏的路。

读至此处，读者当然好奇，是什么样的人物，让黄眉僧、崔百泉有此异举？

慕容家的家臣，也非同凡响。"家臣"始于春秋时，系各国公卿大夫的臣属，或是文士，或是武士。有家臣的，自然是世家贵族。在《天龙八部》中，金庸用映衬法，浓墨重彩地写慕容家"家臣"的风姿，除暗示慕容家是世家外，还有以宾衬主之意。

邓百川、公冶乾、包不同、风波恶等几位慕容氏家臣，也是在别人讲述的故事中出场的。其时，丐帮副帮主马大元被杀，杀人者所使武功似乎是马大元的成名绝技"锁喉擒拿手"，所以丐帮众人怀疑凶手是能"以彼之道，还施彼身"的慕容复，唯独帮主乔峰见解不同。乔峰并未见过慕容复，也无直接证据，为何抱此观点？因为他在南来之时，见到了几位个性奇特的武林人物，虽然他们有的好斗力，有的好斗口，却都是心胸坦荡、气量非凡的豪杰。其中二人正是慕容复的家臣公冶乾和风波恶，手下人物如此，主人又怎会是庸常卑鄙之人呢？

慕容家的婢女，也绝非常人。《红楼梦》里面写贾府的气派，有这么一段：

> 屋里的东西都是耀眼争光，使人头晕目眩，刘姥姥此时只有点头咂嘴念佛而已。于是走到东边这间屋里，乃是贾琏的女儿睡觉之所。平儿站在炕沿边，打量了刘姥姥两眼，只得问个好，让了坐。刘姥姥见平儿遍身绫罗，插金戴银，花容月貌，便当是凤姐儿了，才要称"姑奶奶"，只见周瑞家的说："他是平姑娘。"又见平儿赶着周瑞家的叫他"周大娘"，方知不过是个有体面的丫头。

刘姥姥进贾府，是《红楼梦》中很有趣的一段情节。刘姥姥第一次来贾府时，根本无法拜见贾府的正经主子，她经由周瑞家的引见，好不容易见到了平儿，此事又入了凤姐的耳，后来她再来时才有机会见到贾母。初见平儿，以她来看，是"遍身绫罗，插金戴银，花容月貌"，所以她想当然地认为眼前之人是凤姐。这个误会，自然是为了说明贾府气派豪贵，连下人的容饰、气质都比一般人家的主子强。

《红楼梦》中，这种似不经意的映衬之笔用得很多，而金庸在《天龙八部》之中，也用了这种映衬法。金庸借段誉的视角，花极大笔墨写了慕容复的丫鬟阿朱和阿碧。

朱为红，碧为绿。阿朱热情活泼，阿碧温婉可人，二人都是青春貌美，兰心蕙质。阿朱擅长易容改装，阿碧娴于音乐弹奏，二人之技均入化境。

无论男女老少，各类身份、各类性格的人物，阿朱都能乔装得惟妙惟肖，旁人极难发觉。

而阿碧能弹奏的不仅是传统的乐器，哪怕是随手取来的日用物品、兵器，她都能妙手着佳音：

> 阿碧左手拿着软鞭鞭梢提高了，右手五指在鞭上一勒而下，
> 手指甲触到软鞭一节节上凸起的棱角，登时发出叮、玲、东、
> 珑几下清亮不同的声音。她五指这么一勒，就如是新试琵琶一
> 般，一条斗过大江南北、黑道白道英豪的兵刃，到了她一双洁
> 白柔嫩的手中，又成了一件乐器。

鞭子都能弹奏出乐曲，可以说神乎其技了。读者读了这段，恐
怕都会瞠目神往——这是怎样灵秀可爱的姑娘呢？可是在阿碧自己说
来，她只不过是"服侍公子抚琴吹笛的小丫头"罢了。

阿朱住的地方叫作听香水榭，阿碧住的地方叫作琴韵小筑，此
二处系慕容复为她们建的别院，连院子的名字都是依照她们的长处
取的雅名。在慕容复身边，她们是婢女，在自己的院子里，她们却
都有自己的丫鬟、厨子。

段誉被鸠摩智挟持到了江南，本来心情郁郁，但识得这两个妙
人，觉得格外有趣，甚至暂时忘却了被羁绊之苦。阿朱、阿碧二人
则欢喜他谈吐风趣、举止谦和，招待起来也十分尽心周到：

> 一会儿男仆端上蔬果点心。四碟素菜是为鸠摩智特备的，
> 跟着便是一道道热菜，菱白虾仁，荷叶冬笋汤，樱桃火腿，龙
> 井茶叶鸡丁等等，每一道菜都十分别致。鱼虾肉食之中混以花
> 瓣鲜果，颜色既美，且别有天然清香。段誉每样菜肴都试了几
> 筷，无不鲜美爽口，赞道："有这般的山川，方有这般的人物。
> 有了这般的人物，方有这般的聪明才智，做出这般清雅的菜肴
> 来。"

> 阿朱道："你猜是我做的呢，还是阿碧做的？"段誉道："这

樱桃火腿，梅花糟鸭，娇红芳香，想是姊姊做的。这荷叶冬笋汤，翡翠鱼圆，碧绿清新，当是阿碧姊姊手制了。"

这种清雅的格调、世家的做派，简直让人不敢相信眼前之人只是婢女。自然，读者对她们的主人慕容复，也已经心驰神往了。

02

千呼万唤始出来，《天龙八部》共五十回，直到第三十一回，慕容复才真正出场：

> 段誉顺着她目光看去，但见那人二十七八岁年纪，身穿淡黄轻衫，腰悬长剑，飘然而来，面目俊美，潇洒闲雅。
>
> 段誉一见之下，身上冷了半截，眼圈一红，险些便要流下泪来，心道："人道慕容公子是人中龙凤，果然名不虚传。……"

他长身玉立，面如冠玉；他风流儒雅，学问广博；他武功高强，谈吐风流。

他自然是英雄豪杰。斗丁春秋、斗无故寻仇之人，他身手不凡，智计过人。他似乎是人中龙凤，出身、天赋、学识、修养，无一不高。他与丐帮帮主乔峰齐名，名重江湖，他被王语嫣倾心爱慕，也有邓百川、公冶乾、风波恶、包不同等人忠心辅佐，还有阿碧的不离不弃。段誉羡慕他，武林群豪敬重他，江湖上到处都是他的故事。

但是，三十一回之后，正随着他的出场，慕容复的"人设"开始崩塌了。金庸着重写了慕容复心中的三种毒。

第一是好计较。

《道德经》说"上善若水"，因为"水善利万物而不争"，自然而然，毫不费力。豪侠之士，行豪侠之举，无非是觉得分所应当，在所不辞。慕容复也做过一些有气概的事，也对抗过强权恶人，但是他做事之前，心中总有那么一转念——总想此事做了，于我复国有何益。有，则为之；没有，则找借口避开。本应无功利性的义举，成了带有强烈目的性的收买和交换。

第二是善妒。

慕容复本来不用嫉妒别人，毕竟，他自己就是天之骄子，羡慕、佩服、敬重他的人不计其数。譬如段誉就是一直羡慕他，甚至在他身边就自惭形秽。

但慕容复却是嫉妒段誉的，嫉妒他有大理世子的身份，嫉妒他毫不费力就能学得高明武功。慕容复也嫉妒过萧峰。他看到萧峰的武功、气概，深知自己虽然与之齐名，其实远为不及。此时，他不是见贤思齐，心向往之，而是一面自命不凡，一面心生妒火。

第三是不能容人。

包不同等人追随慕容复多年，忠心不二，对慕容复所命无不遵从，只抗命过一次。这次，慕容复剑走偏锋，孤注一掷，制住了段延庆、段正淳、段誉等人，声称欲拜段延庆为义父，改姓氏为段，杀了段正淳父子助段延庆复仇复位，交换的条件是请段延庆登基之后助他复国。段延庆假意答应，其实心中另有盘算。这时，家臣们一反常态，纷纷反对，尤以包不同言辞最为犀利：

> 慕容复心下怒极，大声道："包三哥言重了，我又如何不忠、不孝、不仁、不义？"
>
> 包不同道："你投靠大理，日后再行反叛，那是不忠；你拜段延庆为父，孝于段氏，于慕容氏为不孝，孝于慕容，于段氏为不孝；你日后残杀大理群臣，是为不仁，你……"

包不同所言颇有道理，慕容复不容他说完，便将他毙于掌下。此时，另三人悲愤莫名，决定不再辅佐慕容复：

> 邓百川、公冶乾、风波恶三人同时一揖到地，说道："拜别公子！"风波恶将包不同的尸身扛在肩上。三人出门大步而去，再不回头。
>
> 慕容复干笑数声，向段延庆道："义父明鉴，这四人是孩儿的家臣，随我多年，但孩儿为了忠于大理段氏，不惜亲手杀其一人，逐其三人。孩儿孤身而入大理，足见忠心不贰，绝无异志。"

邓百川等人也曾为复国事业不择手段，但他们毕竟还是有底线的。作为家臣，他们一生事业，俱在助慕容氏复国上，此时割席断交，也是激于义愤而甘愿放弃自己的心血。此举的慷慨、凛然，更映衬出慕容复的虚伪、猥琐。

慕容复为何突然打死包不同？不仅是因为包不同在段延庆面前道出了慕容复的隐秘动机，恐怕还因为包不同将慕容复人性的遮羞布一把扯去，告诉他：你，其实只是个小人罢了——而这恰恰是慕容复万万不愿承认的。

说到这里，我们或许不免产生疑问：既然慕容复武功、人品都不及乔峰，为何江湖上又有南慕容、北乔峰之称呢？慕容复的武功，真的有那么差劲吗？

要回答这个问题，需要了解《天龙八部》的整体理念和人物设置。

书名"天龙八部"来源于佛经，指的是八种形貌似人而非人的众生。金庸在小说正文前撰有《释名》一文，向读者介绍天龙八部的身份和特点。且看其中关于"天"和"阿修罗"的段落：

"天"是指天神。在佛教中，天神的地位并非至高无上，只不过比人能享受到更大、更长久的福报而已。……"阿修罗"这种神道非常特别，男的极丑陋，而女的极美丽。阿修罗王常常率部和帝释战斗，……大战的结果，阿修罗王往往打败，有一次他大败之后，上天下地，无处可逃，于是化身潜入藕的丝孔之中。阿修罗王性子暴躁、执拗而善妒。

虽然金庸在《释名》一文中并未明说这八种形象对应文中哪些人物，但读完全书，我们不难得出结论，"天"对应的是乔峰，而"阿修罗"对应的则是慕容复。阿修罗与帝释天是宿命之敌，但又总是败于帝释天之手，这对应书中慕容复每次都处在与乔峰对立的立场上一事。二人的父亲已经结下了血海深仇，而慕容家的暴躁、执拗和善妒，使得他们总是处于劣势。这种安排，既是金庸对佛教典故的呼应，也是暗示贪、嗔、痴这三种"不善根"，是让人迷失的根源。

从全书人物安排来看，几位重要角色的武学进展之路，也各不相同。段誉是金庸小说常写的"从无到有"型，而虚竹、鸠摩智、乔峰、慕容复是金庸其他小说不常写的类型。

虚竹本来微有武功，却被逍遥子废掉，注入了七十年内力，是"先减再增"。鸠摩智集各种武功之大成，几乎到了无以复加的地步，却因贪多而走火入魔，被段誉的北冥神功吸走全部内力，但也因此治好了内伤，是"从极致到空无"，对他而言，"空无"反而是救赎。乔峰从出场到最后，武功极高且恒定不变，遇强则强，从未真正败过，是"不增不减"。

慕容复则是出场即巅峰，他的武功其实也未真正变差，但越来越捉襟见肘、力不从心。那么，是什么导致了他武功"降低"

呢？按照《般若波罗蜜多心经》的说法，是"无明"，是"挂碍"，是"颠倒梦想"，让他的身心越来越混乱、羸弱。所以，慕容复是"似强实弱"。

在《天龙八部》中，武功是心性的外化，是生命力的表现，是欲望的隐喻，明白了这一点，就能解开慕容复身上的这些谜题了。

03

慕容复是不快乐的。他心心念念的，只是生命中缺失的那样东西：失去的国。

慕容家的国，是南北朝时期由鲜卑慕容氏建立的燕国。迄至慕容复生活的北宋，灭国已经超过了六百年。但是慕容博、慕容复，一生都被复国的任务笼罩着。

为了复国，慕容博可以假传消息，害人性命，只为挑起武林争端，趁机获利；可以假死以遁，为偷学武功潜身少林寺三十余年，失去身份，成为影子。对他而言，家人朋友，仁义道德，在复国一事之前都如粪土。这种执念代代相传，慕容复，同样可以为了复国放弃一切。

美人在侧，他不动心，只想着如何练好武功，把想要跟他有共同话题的王语嫣硬生生逼成了"学霸"。恋人的倾心、家臣的忠心，甚至自己一生的幸福，在他看来都是可以为复国而放弃的筹码。所以他能推王语嫣下井，杀包不同，杀段正淳，向段延庆屈膝，桩桩件件，做起来几乎没有过犹豫。任何时候，做任何事情，慕容复想的都是如何收买人心、积蓄力量，但讽刺的是，最终他或者弄巧成拙，或者为他人作嫁衣。

后来，西夏公主开榜招驸马，闻此讯息，他如久旱逢甘霖，幻想着成为天子女婿，寻机借西夏兵马为自己复国，于是，他出卖了自己的爱情。将王语嫣推下井后，没有一丝愧疚的慕容复站在了招选驸马的场子中。

自谓文采武功无不过人的他，面对宫女提出的问题，竟然愕然了：

> 那宫女道："待婢子先问慕容公子，萧大侠还请稍候，得罪，得罪。"接连说了许多抱歉的言语，才向慕容复问道："请问公子：公子生平在什么地方最是快乐逍遥？"
>
> 这问题慕容复曾听她问过四五十人，但问到自己之时，突然间张口结舌，答不上来，他一生营营役役，不断为兴复燕国而奔走，可说从未有过什么快乐之时。别人瞧他年少英俊，武功高强，名满天下，江湖上对之无不敬畏，自必志得意满，但他内心，实在是从来没感到真正快乐过。他呆了一呆，说道："要我觉得真正快乐，那是将来，不是过去。"
>
> 那宫女还道慕容复与宗赞王子等人是一般的说法，要等招为驸马，与公主成亲，那才真正的喜乐，却不知慕容复所说的快乐，却是将来身登大宝，成为大燕的中兴之主。她微微一笑，又问："公子生平最爱之人叫什么名字？"慕容复一怔，沉吟片刻，叹了口气，说道："我没什么最爱之人。"那宫女道："如此说来，这第三问也不用了。"慕容复道："我盼得见公主之后，能回答姊姊第二、第三个问题。"

这段对话，看得人心酸。本来，读者是不会喜欢慕容复的，因为他既无趣，又虚伪，简直可以说可厌。他孜孜矻矻，使尽移山心力，却总是南辕北辙；他处心积虑，总想以好面目示人，最后却身败名裂，众叛亲离。说起来，他真有点像丑角。

但慕容复不是丑角，而是一个悲剧人物。丑角和悲剧人物的区别是什么？丑角可笑，悲剧人物让人笑了以后却为之黯然；丑角可厌，悲剧人物让人厌弃之时还有同情；丑角们自己往往是快乐的，而悲剧人物自己并不快乐。

慕容复不快乐，他被西夏公主的婢女问得张口结舌、茫然若失。他非但不志得意满，而且内心从未安住。因为他的辉煌和荣耀在过去，在怀念和回忆中；他的理想和使命在"未来"，在复国以后如何如何的想象里。所以他没有现在，没有当下。每一刻，他都不在当下，而在失落的过去带来的痛苦里，在幻想的未来生出的诱惑里。

按照禅宗的说法，明心见性的片刻，即是永恒，"万古长天，一朝风月"，就是人生最理想的境界，而没有当下的人，逡巡于已失去和未得到之中的人，又怎么会快乐呢？

04

慕容复还是一个戴着面具的人。

他的面具是什么？慕容家的身份是他的面具。慕容家曾经立国称帝，虽然后来家道中落了，却依然保持着贵族的心态和做派。什么是贵族？贵族得有底蕴、有财富、有眼界、有气度。慕容复从小读书习武，学识不可谓不丰，武功不可谓不高；慕容家的财力、势力虽然不如往日，但是也衣食无忧，生活丰裕；慕容复江湖阅历颇丰，他为人处世，也处处想要显出世家的风范。

复国的使命是他的面具。复国这一使命，写在了他的名字里、生命里、血液里。慕容复将父亲慕容博视为人生榜样，而慕容博就是一个把复国之念刻入骨子里的人。为了复国，慕容博使尽了一切手段，也几乎放弃了人生中所有其他的东西。"珠玉"在前，被血统和宗族观念束缚的慕容复，又能有什么选择呢？所以，数十年来，他辗转南北，结交各色人物，可以说是未尝一饭忘此。

"南慕容"的"人设"也是他的面具。"北乔峰、南慕容"名震天下，"北乔峰"何等样人？他是丐帮帮主、降龙十八掌传人，武功在武林中数一数二，气度更是超凡入圣。在外人看来，慕容复也能跟他比肩，但慕容复内心深知自己不及乔峰远矣。

在慕容复生命中的某个瞬间，他也曾取下面具，展露真实的自我。

这段故事，依然是以段誉的视角来写的。当时王语嫣中了悲酥清风之毒，身软乏力，无法动弹。段誉百毒不侵，并未中毒，他救出被毒倒的王语嫣，二人一同躲避西夏一品堂武士的追杀，逃到了一个乡村碾坊。段誉虽然武功时灵时不灵，但为了保护王语嫣，也是情急拼命，万死不辞。对方人多势众，他用六脉神剑侥幸打倒数人，似乎逃生有望了。但是，对方有一位高手委实难缠。那人戴着面具，言语刻薄，心气却高：

> 那西夏武士道："有什么不敢？本官行不改姓，坐不改名，西夏李延宗便是。"
>
> 王语嫣问道："嗯，你姓李，那是西夏的国姓。"
>
> 那人道："岂但是国姓而已？精忠报国，吞辽灭宋，西除吐蕃，南并大理。"

当时之世，数强并立。北宋、辽国最强，西夏、吐蕃、大理也不弱。所谓"吞辽灭宋，西除吐蕃，南并大理"，自是想要吞并天下，登基称帝。这个"李延宗"的抱负，当真不小。可是，他武功虽高，心胸却窄，段誉求他杀了自己以后饶了王语嫣的性命，他并不正面应答，而是口出辱慢之言：

> 那西夏武士冷笑道："要饶你性命，那也不难，只须依我一件事。"段誉忙道："什么事？"那人道："自今而后，你一见到我面，便须爬在地下，向我磕三个响头，高叫一声：'大爷饶了小的狗命！'"

在段誉，是"士可杀，不可辱"；在李延宗，却是你的命我想取走，你的人格我也要践踏。其实，金庸小说中豪杰相斗，哪怕是作性命之争，也往往谨守君子之礼，如胡一刀与苗人凤比武、令狐冲与田伯光相斗，都是如此。不尊重对手甚至侮辱对方的人格，并非强大的表现，不过是将自己的傲慢、狭隘、低俗暴露出来而已。

在这段交锋中，李延宗不止一次说出自己的抱负：要登基称帝，做万人之尊。读者应该猜了出来，"李延宗"就是慕容复。"李延宗"自然是个假名字，"李"，是为伪装成西夏武士身份而随手借来的西夏国姓，"延宗"才是正题，指延续宗祚，复兴燕国。

当他是慕容复的时候，他力求表现得谦和、淡然、无争，把无数欲念藏在面具之下；当他是李延宗的时候，他却肆无忌惮，无所掩饰，把对权力的渴望、对他人的轻慢彻底展示出来。

他孜孜于"复国"，难道只是为了遵行"孝道"，为了重振门楣、上答祖先吗？非也非也，看李延宗的言语，要求敌人磕头臣服也好，想要吞并天下、登基称帝也好，无不是炽热的权力欲望在蒸腾。复国的路太苦，他需要给自己一点幻想的"甜头"来自振；被欲望裹侠的路太黑，最后，他注定坠入被异化的深渊。

这次，戴着面具的李延宗，终于取下了身为慕容复时的面具，真实了一回。

05

执念如火，把慕容复人生的可能渐渐烧光。他渐次抛掉男女之情、主臣之义、为人之道，走入歧途。

其实，慕容复和慕容博，走的都是这样一条路。这条路危险而艰难、孤独而无望。最惨的是，在此路上走久了，定会失却心境之清明。燃烧的欲望如缚兽之网，久缠而愈紧。

第三十一回，慕容复刚一出场，金庸就写了这么一段故事来隐喻：苏星河设下了珍珑棋局，引天下英豪前来破解。这个棋局的玄妙之处在于，它能引出各人的心魔。慕容复的心魔，自然是复国艰难带来的困扰：

> （慕容复）眼前渐渐模糊，棋局上的白子黑子似乎都化作了将官士卒，东一团人马，西一块阵营，你围住我，我围住你，互相纠缠不清的厮杀。慕容复眼睁睁见到，己方白旗白甲的兵马被黑旗黑甲的敌人围住了，左冲右突，始终杀不出重围，心中越来越是焦急："我慕容氏天命已尽，一切枉费心机。我一生尽心竭力，终究化作一场春梦！时也命也，夫复何言？"突然间大叫一声，拔剑便往颈中刎去。

"枉费心机""一场春梦"，是慕容复心底明白的事，可是清醒时，他从来不敢这么想，依然勤学苦练，寝食皆忘，南北奔走，机关算尽，既可悲，又可厌。反而是"入魔"时，他才真正敢这么想一想——原来抱着复国的执念，走的其实是一条绝路。

天命已定，后面的十九回，慕容复的左冲右突，都如入网之蝇，不过是徒劳挣扎罢了。那么，他还有没有被救赎的可能呢？依然是有的。比慕容复中毒更深的慕容博，便得到了救赎。

慕容博做过的恶事比慕容复更多，为复国付出的时间和代价也比慕容复更多。《天龙八部》第四十三回"王霸雄图，血海深恨，尽归尘土"，系书中的一次高潮。这一回，写半生死敌萧远山和慕容博相见，萧峰和慕容复也在场，真相揭开，矛盾爆发，这两家生死仇人即将大战一场。

萧远山要报三十年前慕容博假传讯息、害得自己家破人亡之仇，慕容博却提出不用比武死伤，自己甘心就死，只要萧远山能答应让萧峰提辽国之兵，助复国之事。你瞧，在慕容博看来，为了复国，连自己的命都是可以轻易拿出来谈判的筹码。

慕容博放不下复国之执念，萧远山也放不下报仇之执念，最后，如何了局呢？少林高僧扫地僧将二人"打死"，又让他们互相运功疗伤。其目的，是为了让他们从生到死，从死到生那么走一遭，真正体会到幻灭，看清人生的真相。这回，慕容博真正看明白了：

> 那老僧转向慕容博道："你呢？"慕容博微微一笑，说道："庶民如尘土，帝王亦如尘土。大燕不复国是空，复国亦空。"

但是，慕容复的这场春梦，还是做了下去。他为应西夏国招驸马之征，诬王语嫣心仪段誉，并推她与段誉入井；为向段延庆求借大理国兵力相助，杀包不同、杀与自己无甚仇怨的段正淳及其妻子情人。在迈过一切底线，也最终失去一切希望后，他疯了。

金庸依然是用段誉的视角，写出了慕容复的结局：

> 只见慕容复坐在一座土坟之上，头戴高高的纸冠，神色俨然。
>
> 七八名乡下小儿跪在坟前，乱七八糟的嚷道："愿吾皇万岁，万岁，万万岁！"一面乱叫，一面跪拜，有的则伸出手来，叫道："给我糖，给我糕饼！"
>
> 慕容复道："众爱卿平身，朕既兴复大燕，身登大宝，人人皆有封赏。"
>
> 坟边垂首站着一个女子，却是阿碧。她身穿浅绿衣衫，明艳的脸上颇有凄楚憔悴之色，只见她从一只篮中取出糖果糕饼，分给众小儿，说道："大家好乖，明天再来玩，又有糖果糕饼吃！"语音呜咽，一滴滴泪水落入了竹篮之中。
>
> 众小儿拍手欢呼而去，都道："明天又来！"

金庸的安排很有意味：段誉对权力全无渴望，最后却当了大理国的皇帝；慕容复为追求权力费尽心机，却一无所得，最后甚至丢掉了自己。

疯了的慕容复，终于实现了自己"兴复大燕，身登大宝"的夙愿，这时的他，或许比当年更快乐。"纸冠"和他那俨然的神色，映衬着众小儿为糖果、糕饼所诱而拍手欢呼，再加上近处阿碧辛酸的泪滴、远处段誉等人沉重的叹息，构成了一幅绝妙的悲剧图景。

"明天又来！"人类啊，他们因为欲望和野心而导致的迷失，不也这样明日复明日，至今不尽吗？

林平之：
再见，初心

01

福威镖局的少镖头林平之，是《笑傲江湖》中出场的第一个人物。

福威镖局，名字含着"洪福齐天，威震江湖"的好口彩；镖局的排场，也非同寻常：

> 福建省福州府西门大街，青石板路笔直的伸展出去，直通西门。一座建构宏伟的宅第之前，左右两座石坛中各竖一根两丈来高的旗杆，杆顶飘扬青旗。右首旗上黄色丝线绣着一头张牙舞爪、神态威猛的雄狮，旗子随风招展，显得雄狮更奕奕若生。雄狮头顶有一对黑丝线绣的蝙蝠展翅飞翔。左首旗上绣着"福威镖局"四个黑字，银钩铁划，刚劲非凡。

但是我们知道，福威镖局的命运，和"福气"半点也不沾边。自打林平之在小酒馆中为打抱不平而失手杀了青城派掌门余沧海之子，厄运就来了。镖局众人接连惨死，林平之一家如猫爪之下被调弄而无力挣扎的老鼠，被命运的锁套牢牢锁住咽喉，飞速坠入悲剧。

《笑傲江湖》的第一回，就叫作"灭门"。福威镖局数十人被杀，林平之父母被擒，他开始浪迹江湖，千里追凶，屡遭艰险，受尽凌辱，最后也只见到饱受折磨的双亲死在自己面前。

还好，在他险些命丧仇人之手时，有一位德高望重、武功超群的前辈出手相救，而他由此进入威名赫赫的五岳剑派之一的华山派，拜这位恩人岳不群为师。

很久以后，林平之才知道，他出手所救的被调戏的卖酒丑女，既不丑，也不是不会武功之人，其武功还高出自己不少，她便是师父岳不群之女岳灵珊。岳灵珊奉父亲之命假扮卖酒女，不过是岳不群野心之初现。

他也知道了，杀死余人彦不是青城派要灭福威镖局满门的原因，他们来福州，早是怀了抢夺《辟邪剑谱》的歹心，所谓报杀子之仇，不过是为了让自己的强盗行径显得更站得住脚一些。

他还知道了，林家祖传的辟邪剑法曾经是江湖中人人艳羡的绝顶武功，但是从父亲这辈开始，就没有学到其精义。匹夫无罪，怀璧其罪，如今人为刀俎，我为鱼肉，要报仇，必须学会这门剑法。

最后，他更知道了，师父岳不群原来是个伪君子，为了抢夺《辟邪剑谱》，岳不群无所不能为，几番欲置自己于死地。自己的武功万万不能和岳不群相比，何以自保？侥幸拿到《辟邪剑谱》之后，他又发现练习剑法的关窍就是要自宫，此时，如何选择？

林平之面对的人生难题太过残酷，而每一次，他都不得不选。在《笑傲江湖》第二回之中，有这样一个细节：

> （林平之）点了一根火把，四下里一照，只见父亲和自己的长剑、母亲的金刀，都抛在地下。他将父亲长剑拾了起来，包在一块破布之中，插在背后衣内，走出店门，只听得山洞中青蛙阁阁之声隐隐传来，突然间感到一阵凄凉，忍不住便要放声大哭。他举手一掷，火把在黑影中划了一道红弧，嗤的一声，跌入了池塘，登时熄灭，四周又是一片黑暗。

这简直就是关于林平之人生的隐喻。四下无人的山涧中，只有青蛙的"阁阁"之声，钱财没有了，少镖头的身份没有了，安稳的人生也没有了，破布包袱中，只剩下可以砍杀仇人的长剑金刀。他想哭，但是已没有时间可以浪费在脆弱上——他孤立于天地之间，四面无援，强敌窥伺，他放弃了世俗人生中本可拥有和期待的美好，拾起了复仇之刃，没有太多的犹豫，他丢掉火把，一头扎入漆黑的世界。

02

林平之名"平之"，但他的人生路绝对不平坦。从纨绔子弟到落难公子，从恣情放浪到隐忍吞声，他的世界的颠倒，只在一夜之间。

曾经，他也正直、坦诚、善良，既能以仁心待人，也能为信念而九死不悔，为什么后来会变得偏执、阴鸷、残忍？曾经，他也威武不能屈，为了坚持原则宁愿放弃生命，为什么后来会为了利益投靠左冷禅、杀害岳灵珊，又屡次加害令狐冲？

这就要说到金庸对林平之这个人物的定位了。

林平之是金庸小说中非常像主角的非主角。为什么说他像主角？看前两回他的故事，父母双亡，身负血海深仇——父亲缺位，或者身负父母之仇，将复仇视为重要的人生目标，是金庸小说男主角的共同点之一，袁承志、胡斐、郭靖、杨过、张无忌、萧峰等皆如是。再看他身遭大难之后，隐忍顽强，刻苦学艺，百计复仇，又与金庸小说男主角们的人生路径大抵一致。复看他在落入困境之后的举动，贫贱不能移，身无分文，宁愿乞食也不愿偷盗；威武不能屈，面对仇人余沧海，明明怕得要命，可在余沧海要对付受重伤的令狐冲时，却仍敢仗义执言，称得上大丈夫。

但是林平之又注定不是主角，因为他身上有金庸小说主角绝不会有的东西。

第一是纨绔气。林平之做得到贫贱不能移、威武不能屈，却做不到富贵不能淫。遭难前，他是福威镖局的少镖头，前呼后拥，受谀不绝，他习惯了这种排场身份，也自然有了纨绔气。譬如他"率"众镖头打猎时，是这般情形：

> 史镖头心想："这一进山，凭着少镖头的性儿，非到天色全黑决不肯罢手，咱们回去可又得听夫人的埋怨。"便道："天快晚了，山里尖石多，莫要伤了白马的蹄子，赶明儿咱们起个早，再去打大野猪。"他知道不论说什么话，都难劝得动这位任性的少镖头，但这匹白马他却宝爱异常，决不能让它稍有损伤。这匹大宛名驹，是林平之的外婆在洛阳重价觅来，两年前他十七岁生日时送给他的。

> 果然一听说怕伤马蹄，林平之便拍了拍马头，道："我这小雪龙聪明得紧，决不会踏到尖石，不过你们这四匹马却怕不行。好，大伙儿都回去吧，可别摔破了陈七的屁股。"

林平之在福威镖局，是被奉承、被保护的角色。镖头们捧着他，是人情之常；而林平之泰然受之，并因此飘飘然不知自己的斤两，这种欠缺自知、近乎自大的纨绔气，不免让人觉得有些滑稽。纨绔气是什么？表面上是过于依赖财富、身份、地位，骨子里是太把自己当回事。但实际上，金庸小说的男主角，不仅绝大多数幼时困苦，且大多不会把自己太当回事，"平等心"和"平常心"是他们所共有的。

"惟大英雄能本色"，林平之，则不够本色。且看以下片段：

> 自离福州城以来，直至此刻，胸怀方得一畅。眼见前面道旁有家小面店，当下进店去买碗面吃，他仍不敢多有耽搁，吃完面后，立即伸手到包裹中去取银两会钞，摸到一小锭银子付帐。店家将店中所有铜钱拿出来做找头，兀自不足。林平之一路上低声下气，受人欺辱，这时候当即将手一摆，大声道："都收下罢，不用找了！"终于回复了大少爷、少镖头的豪阔气概。

他在身无分文时能够吃苦忍辱，一旦有了钱，就马上阔气高傲起来，这实在是他成为上上人物的大碍。这个特点，概括起来叫作"骄矜"。我们可以举一个不骄矜的例子作对比：

> 郗太傅在京口，遣门生与王丞相书，求女婿。丞相语郗信："君往东厢，任意选之。"门生归，白郗曰："王家诸郎亦皆可嘉。闻来觅婿，咸自矜持。唯有一郎在床上坦腹卧，如不闻。"郗公云："正此好！"访之，乃是逸少，因嫁女与焉。(《世说新语·雅量》)

此即著名的"坦腹东床"的故事，说的是名士郗鉴派门生去当时的世家王家求女婿，"面试"的过程中，人人自矜，唯有一人坦腹卧于东床之上，充耳不闻。这人正是王羲之。而郗鉴慧眼识珠，求之为婿，传为佳话。王羲之的与众不同处是什么？正是不骄矜——宠辱不惊，去留无意，豪贵之青眼，他人之品评，于我何加焉。如此人物，自然雅量非常。若与之相较，林平之的骄矜，自然落了下乘。

第二是对仇恨的过度执念。

林平之所负之仇深吗？自然深。他报仇对吗？绝对无可非议。可是他在报仇的过程中，由于背负太多，遭受的艰危也太多，久而久之，他的性格不可避免地扭曲了。

余沧海灭了他的门，他武功大成之后，也灭了余沧海的门，这算是血亲同态复仇，这种做法，虽然并非倡导放下仇恨和执念的金庸最赞许的，但以世俗观念衡量有其合理性，甚至作为读者，读着还觉颇为痛快。

但另有两件事，则不那么容易让人接受：第一是他对岳灵珊的绝情和狠辣，第二是他对令狐冲看似莫名的忌恨。

纵观金庸小说主角，如胡斐、郭靖、张无忌、萧峰等人，他们所负之仇未必浅过林平之，但除了郭靖之外，他们的仇恨最后都用不同的形式化解了。而另一位复杂的悲剧人物慕容复，则与林平之一样执念甚深、结局悲惨。从这一点，也可以映射出金庸对"执念"的警惕态度。

林平之没有成为"好人"，是因为他的十字架太过沉重，而他没有足够的能力在背负它的同时还保持心灵的纯净，这是他的不幸，而非他的罪过。直到《笑傲江湖》的最后，我也没有痛恨过他。

03

林平之的复仇事业，最后算是成功了。

《笑傲江湖》第三十五回《复仇》专写此事：林平之卧薪尝胆、忍辱负重多时，终于练成辟邪剑法，灭青城派，杀余沧海，成功复仇。

乍听起来，这似乎是件大快人心的事。可是这一回是沉重、阴森的。我们看到的与其说是姗姗来迟的正义，不如说是仇恨毁天灭地的力量。尼采说："与恶龙缠斗过久，自身亦成为恶龙；凝视深渊过久，深渊将回以凝视。"这句话几乎可以概括林平之一生的轨迹。

他本是个鲜衣怒马的少年，有着光明敞亮的未来，过着众星捧月的生活，肤浅、骄傲又不失善良纯真。但一部《辟邪剑谱》改变了他的人生，一夜之间，镖局被毁，父母被擒，自己武功低微，无所依傍，父母最终惨死，报仇难上加难。后来，他入了华山派，苦练武功，师父看起来很君子，师兄弟看起来很和睦，复仇看起来很有希望。

其实，他是才出龙潭，又入虎穴。岳不群狼子野心，虚伪刻毒，林平之定然也是慢慢才看了出来。可怜他一个全无心机的人，被命运逼着有了深沉的城府。

他与岳灵珊好，在岳灵珊看来是两情相悦，幸得同心之人，在他自己看来则是忍辱负重，是在刀锋上演一场生死攸关的戏。最后，他在悬崖边一跃，得到了复仇的唯一指望——《辟邪剑谱》。

《辟邪剑谱》本是林家之物，此番也算物归原主。但欲练此功，必先自宫，练还是不练呢？林平之没有丝毫犹豫，也没有其他选择。长久以来，他在仇恨的浸染下，已经没有办法再保留选择的权利。命运推着他，他就往前走，前面纵然是龙潭虎穴、刀山火海，他也不会停步。

自宫，在书中是一个重要象征。无论是《辟邪剑谱》还是《葵花宝典》，都需要自宫才能练成。练成绝世的武功，需要付出绝世的代价，献祭出人性，得到权力，这种与魔鬼的交易，你会做吗？

《笑傲江湖》中，自宫的人除了林平之，还有东方不败、岳不群——其实，如果左冷禅、劳德诺得到的是真的《辟邪剑谱》，想必他们也会毫不犹豫地自宫。选择自宫的人，都是对权力痴迷的人，林平之本不痴迷权力，但当复仇成为他最大的执念之后，把自己的灵魂献祭给权力，就成了唯一的选择。因为，在江湖之中，武功，就是权力。所以，即使岳灵珊对他一往情深，即使自宫有被岳不群窥破的风险，他还是没有丝毫犹豫。自宫之后，他不仅武功迅速提升，性格也变得畸形、扭曲了——书中自宫的人，个个如此，这是写实，也是隐喻：当权力成为人的最大渴求时，其他所有正常的生命欲望都会让位、褪色、萎缩。

林平之复仇的场面，无疑是一场人格扭曲者的独角戏：

> 令狐冲心想林平之决不能眼睁睁的瞧着妻子为人所辱，定会出手相救，哪知林平之全不理会，从左手衣袖中取出一柄泥金柄折扇，轻轻挥动，一个翡翠扇坠不住晃动。其时三月天时，北方冰雪初销，哪里用得着扇子？他这么装模作样，显然只不过故示闲暇。……林平之不答，目光中满是怒火，脸上却又大有兴奋之色，折扇一拢，交于左手，右手撩起袍角，跨出草棚，直向木高峰走去。熏风过处，人人闻到一阵香气。

恐惧没有了，愤怒还存留着，还另加上了嗜血的兴奋和战栗，读到这里，读者盼望林平之复仇成功的心情，或许已经变成了对执念、对权力的戒惧。

林平之最后复仇成功了，但当年的那个少年已经死去。

04

在《笑傲江湖》之中，林平之没有做成主角，反而做了可悲可悯又可恨的配角。

对令狐冲，林平之内心是痛恨的。林平之为什么恨令狐冲？这个问题很有意思，也很值得深究。

粗看起来，应该是令狐冲恨林平之才对，毕竟，岳灵珊是因为林平之的出现，才会移情别恋。尽管如此，令狐冲也一直对林平之怀有善意，并未对他做过任何不仁之事。而且，林平之父母去世后，令狐冲曾帮他们向林平之转达遗言；林家的《辟邪剑谱》被嵩山派之人抢走时，令狐冲曾舍命试图夺回。

可是，为何林平之非但不感激，还对令狐冲恨之入骨？

最直接的答案，是因为林平之没有读者的"上帝视角"。

令狐冲作为唯一见证了林平之父母弥留之际情状的人，其实也就背负了最大的嫌疑。而令狐冲忽然武功大进，所向披靡，更让林平之疑心是他偷占了《辟邪剑谱》。读者知道令狐冲学的是独孤九剑，林平之却不知道。见多了谎言、抢劫、杀戮的林平之，没有办法相信令狐冲是唯一的善人，他只是用惯性和常识去揣度和判断而已。

但说"林平之没有上帝视角"，明显不是全部的答案，也不是最好的答案。要回答这个问题，可以回顾一下林平之与令狐冲相识的过程。

在第二回《聆秘》中，金庸以林平之视角，引出华山派、衡山派以至五岳剑派，也引出了主角令狐冲。

林平之被灭门，已是大不幸、大悲剧，但是面对千难万险，他心中还是怀着一星希望，以为找到了明师、投对了门派、学好了武功，就能手刃仇人，重振家声。从这个角度来说，令狐冲的人生，正是林平之人生理想的现实形态——令狐冲武功高，可以随意戏弄武功远高于林平之的"青城四秀"；令狐冲师承正，师父是青城派无法比肩的五岳剑派之一华山派的掌门人；而令狐冲所在的华山派，是林震南连送礼巴结都不敢的；令狐冲作为华山派的"大师兄"，受着一众师弟妹的爱戴、崇敬，而林平之自己被镖头们众星捧月的日子，已是昨梦前尘了。

令狐冲的起点，已经是林平之想象中的终点。虽然我们知道，后来金庸也会把令狐冲人生中的幻影戳破——他拼死也打不过淫贼田伯光，他视之如父的师父是个奸诈小人，他爱之重之的华山派内忧外患、岌岌可危——但当林平之初遇华山派，听到令狐冲的故事时，从他的视角来看，令狐冲的人生光辉灿烂，他如此挥洒自如，简直像是上天的宠儿。

这个时候，林平之是羡慕他、佩服他，甚至有些神往的。曾经，成为大侠、威震江湖，也是林平之的愿望。但是落到如今的地步，这些愿望似乎已经是奢望。

05

林平之和令狐冲，甚至还有不少相似的地方。

譬如，他们都会路见不平，拔刀相助。令狐冲曾因为救仪琳与田伯光相斗受重伤，林平之也曾不顾一切为酒家女打抱不平。又譬如，他们都有傲骨。令狐冲在落魄受伤之时，也不愿意受人之怜；在被冤枉陷害之时，也依然挺直腰杆。而林平之，同样面对威逼利诱不肯低头：

> 林平之本来心高气傲，做惯了少镖头，平生只有受人奉承，从未遇过屈辱，此番为了搭救父母，已然决意磕头，但木高峰这么伸手一掀，弄巧反拙，激发了他的倔强本性，大声道："你答应救我父母，我便答应拜你为师，此刻要我磕头，却是万万不能。"

无论是欲救父母而宁愿屈膝，还是被强迫却强项不低头，林平之的心理，既真实，又令人敬佩。

而且，他们都有原则。令狐冲面对任我行的利诱威胁，丝毫不动心、不畏惧，豁出性命也要遵从本心；林平之落难之时，也依然爱惜羽毛：

> 到得午间，腹中已饿得咕咕直叫，见路旁几株龙眼树上生满了青色的龙眼，虽然未熟，也可充饥。走到树下，伸手便要去折，随即心想："这些龙眼是有主之物，不告而取，便是作贼。林家三代干的是保护身家财产的行当，一直和绿林盗贼作对，我怎么能作盗贼勾当？倘若给人见到，当着我爹爹之面骂我一声小贼，教我爹爹如何做人？福威镖局的招牌从此再也立不起来了。"他幼禀庭训，知道大盗都由小贼变来，而小贼最初窃物，往往也不过一瓜一果之微，由小而多，终于积重难返，泥足深陷而不能自拔。想到此处，不由得背上出了一身冷汗，立下念头："终有一日，爹爹和我要重振福威镖局的声威，大丈夫须当立定脚跟做人，宁做乞儿，不作盗贼。"

这段情节写林平之的品性，可以说是以小见大、管中窥豹。他饥寒不改志，算是丈夫；受辱而不辩，算是君子。

在别处，做到这样已经难能可贵了，但可惜，林平之是金庸要拿来和令狐冲做对比的。令狐冲是怎样的？在第二次与田伯光相斗时，令狐冲的武功还是远为不及，为了争取向风清扬学剑的时间，令狐冲对田伯光使起了花招。金庸特地写了他和风清扬对这件事的看法：

> 风清扬微笑道："你用这法子取得了一日一夜，竟不费半

点力气，只不过有点儿卑鄙无耻。"令狐冲笑道："对付卑鄙无耻之徒，说不得，只好用点卑鄙无耻的手段。"风清扬正色道："要是对付正人君子呢？"令狐冲一怔，道："正人君子？"一时答不出话来。

风清扬双目炯炯，瞪视着令狐冲，森然问道："要是对付正人君子，那便怎样？"令狐冲道："就算他真是正人君子，倘若想要杀我，我也不能甘心就戮，到了不得已的时候，卑鄙无耻的手段，也只好用上这么一点半点了。"风清扬大喜，朗声道："好，好！你说这话，便不是假冒为善的伪君子。大丈夫行事，爱怎样便怎样，行云流水，任意所至，什么武林规矩，门派教条，全都是放他妈的狗臭屁！"

《笑傲江湖》是金庸突破自己的一本书，它似乎反道德、反英雄、反君子，这并非因为仁义道德、理想信念已被金庸所弃，而是因为他觉得"圣人不死，大盗不止"，世上太多挟善行恶、阴险狡诈之徒，他们残害仁义、颠倒贤愚。所以金庸在《笑傲江湖》中推崇像令狐冲一样打破教条、去除枷锁，表面上看起来放荡、颓唐但骨子里仍然正直、热忱的真英雄、真君子。

林平之最初当然也是真君子，但他能直不能曲。"峣峣者易折，皎皎者易污"，不给自己留任何余地的他，在高压下反而更容易崩盘。所以，他最终走上了自己厌弃的路。

林平之的另一个问题是缺乏智慧，将仁心滥用于小人身上。最典型的就是他在追寻父母踪迹、遇到青城派诸人时的这一举动：

一回头，猛见一个长长的影子映在窗上，一晃一晃的抖动，他惕然心惊，急忙矮身，见窗格兀自摆动，原来那姓吉的倒了洗脚水后没将窗格闩上。林平之心想："报仇雪恨，正是良机！"……林平之提起长剑，心想："一剑一个，犹如探囊取物一般。"正要向那仰天睡着的汉子颈中砍去，心下又想："我此刻偷偷摸摸的杀此二人，岂是英雄好汉的行径？他日我练成了家传武功，再来诛灭青城群贼，方是大丈夫所为。"当下慢慢将五个包裹提去放在靠窗的桌上，轻轻推开窗格，跨了出来，将长剑插在腰里，取过包裹，将三个负在背上缚好，双手各提一个，一步步走向后院，生恐发出声响，惊醒了二人。

春秋时，宋襄公率领宋军与楚军作战。楚军开始渡泓水，向宋军冲杀过来。宋襄公手下的目夷说："楚兵多，我军少，正好趁他们渡河之机消灭他们。"宋襄公说，"我们号称仁义之师，怎么能趁人家渡河时攻打他们呢？"楚军过了河后在岸边布阵，目夷又劝他发令进攻，宋襄公却说还要等楚军列好阵。楚军布阵完毕后疾冲而上，宋军大惊之下溃散，宋襄公也被楚兵射伤了大腿，宋军最终惨败。

在金庸小说中，宋襄公这类人物并不少。郭靖、萧峰、胡一刀、苗人凤等，都曾对敌人有此君子之仁。单说《笑傲江湖》之中，令狐冲也有过类似举动——令狐冲因欲救仪琳，与田伯光以命相搏，他武功不及田伯光远甚，但当有机会偷袭田伯光之时，却隐忍不发，因为他认为暗算非君子所为。

令狐冲和林平之在这一点上是相似的，他们都有自己的道德感和骄傲；但二人又是不同的，令狐冲面对君子时以君子之道行事，面对小人时嬉笑怒骂，不受拘牵，甚至，对使出"卑鄙无耻的手段"也没有什么心理障碍。而林平之此时面对的，是怀有虎狼之心的小人，对小人能不能行君子风呢？对于这个问题，孔子早就给出了答案："以直报怨，以德报德。"

林平之对令狐冲，又为什么会从信任到怀疑，从佩服到痛恨？

第一，是因为黑暗吞噬了他内心对于美好事物的相信。

在林平之的复仇路上，曾经让他最相信、后来也让他最失望的人，是岳不群。岳不群从余沧海、木高峰的手上救了他，让他绝处逢生，是他的"救命恩人"，而且，岳不群看起来人品端方、和蔼可亲，谁能想到岳不群早就在福州设局，野心和手段不下于余沧海呢？被这样沉重地打击过之后，林平之已经不敢、不愿再相信任何人了，这并不能算是什么过错。

第二，是因为林平之内心那无法宣示于人的阴暗：他深深地嫉妒着令狐冲。是的，他嫉妒失了恋的令狐冲，虽然在恋爱中，他看上去是胜利者。为何嫉妒？因为林平之心中有无数个"为什么"。

为什么同样面对着腥风血雨的江湖，令狐冲可以百折不挠，他林平之就被生活压弯了腰？为什么同样是学武功，令狐冲可以轻松学到独孤九剑（林平之在得到真正的《辟邪剑谱》后，应该能明白令狐冲学的并非辟邪剑法），他林平之就只能学要自宫的辟邪剑法？为什么同样落魄过，令狐冲可以屡遇贵人，他林平之却只遇到虎狼之辈？为什么同样面对着残酷无情的命运，令狐冲可以侥幸翻盘，他林平之就找不到光明之路？

林平之的悲剧在于，他的善良没有盔甲，他的坚持没有余裕，他的旅途没有幸运，他的人生没有选择。

其实，人生总是有选择的，但是林平之的性格和眼界，决定了他看不到，也做不出那些选择。

那么，我们应该苛责林平之吗？大可不必。无论如何，林平之奋勇攀过向上的路，也追过光明。他堕入黑暗的过程，如同暴雨摧花、狂风折翼，是值得同声一哭之事。

戚芳：
我这一生，误入了黑暗森林

01

戚芳这个角色，存在感其实并不强。

作为《连城诀》的女主角，她虽然是武侠世界的人物，可是看起来，却更像一个寻常人。她的名字是寻常的，跟周芷若、木婉清、王语嫣这种古典温婉的名字相比，"戚芳"的辨识度，仅仅也就是比马春花强一点而已。她的武功是寻常的，甚至，在全书中，只有开头和师兄狄云练"躺尸剑法"的时候，才显露出了她江湖女子的身份，余下的时间，她似乎只是个寻常女子而已。她的相貌是美的，但是比起黄蓉的绝世容光、小龙女的冰肌玉骨、赵敏的明艳不可方物，这美以小说标准而言也只是寻常而已。

金庸是这么写她的出场亮相的：

> 那少女十七八岁年纪，圆圆的脸蛋，一双大眼黑溜溜的，这时累得额头见汗，左颊上一条汗水流了下来，直流到颈中。她伸左手衣袖擦了擦，脸上红得像屋檐下挂着的一串串的红辣椒。

戚芳是璞玉。她的美也是青春、健康、明亮的，但这种美，明显是在俗世的范围内。本来，这并没有什么不妥。因为在她看来，自己本就是一个寻常人：父亲是大字不识的农夫，家里有长着空心菜的菜园子，师兄是踏踏实实的乡下青年，或许以后还会成为她的夫君。

这样的生活，虽然平淡了些，但是也够安稳和圆满。可是这样的美好转瞬即逝，错只错在，她是《连城诀》的女主角——在金庸小说里，篇幅不长的《连城诀》是独特的。初读《连城诀》，就感受到了彻骨的寒凉，细细看来，满纸阴云，遍地狼犬。

这里有最纯粹的精神之爱，发生在丁典和凌霜华之间；有最朴素的男女主角——狄云和戚芳。同时，也有最不加遮掩的欲望、最肆无忌惮的罪行、最悲惨而无可救赎的命运。纯白骤然遇上漆黑，只能陷入无尽黑暗。作为主角的狄云和戚芳，在劫难逃。

单说戚芳。她是爱狄云的。这份爱情，不像郭靖黄蓉那样纯美可爱，不像杨过小龙女那样惊心动魄，也不像张无忌赵敏那样百转千回。他们更像俗世的情人，有青春的吸引、陪伴的温情，虽没有炽烈地燃烧，却也相信在彼此的眼中能找到想要的美好。

譬如，他们两人练剑，戚芳打不过狄云，就娇嗔起来："算你厉害，成不成？把我砍死了罢！"狄云怕打伤她，猛地收剑打到自己，她还要再讨个嘴上便宜。譬如，万震山的弟子联手欺辱狄云，狄云与他们相斗，损毁了衣衫、受了伤，被她瞧见了，是这般光景：

> 戚芳哼了一声，见他衣衫破损甚多，心下痛惜，从怀中取出针线包，就在他身上缝补。她头发擦在狄云下巴，狄云只觉得痒痒的，鼻中闻到她少女的淡淡肌肤之香，不由得心神荡漾，低声道："师妹！"戚芳道："空心菜，别说话！别让人冤枉你作贼。"

爱过的人，对这种感觉都会心照不宣。可是，当《连城诀》的江湖真相慢慢揭开，戚芳的寻常幸福，也就都被雨打风吹去了。

她的父亲是恶人，丈夫是恶人，公公是恶人。而唯一爱他的师兄，却被诬陷强奸女子、偷盗财物，下了狱，早已和她陌路。

02

《连城诀》是用狄云的视角来说故事的。

狄云是个老实得近于木讷的人。所以，读者已经看出来的事，狄云往往不知道，被蒙在鼓里的戚芳更不知道。

少年时第一次读《连城诀》，看到狄云无辜被冤、被砍掉手指、被穿琵琶骨，心中十分压抑、万分不平。更不平的，是戚芳不信他。初时，她来看望他，梨花带雨，悲悲切切，对狄云却是"哀其不幸，怒其不争"的神情。后来再来，二人之间的气氛慢慢变了。再后来，她就不来了。她成了万圭的妻子。而读者都知道，万圭，就是因为觊觎戚芳的美色，处心积虑陷害狄云的人啊。

所以一开始，总觉得戚芳是有疵的。她对狄云，没有那种无条件的信任。同样的故事，也曾发生在岳灵珊和令狐冲之间。岳灵珊越过令狐冲，爱上了林平之，这本不算什么，男欢女爱，原是你情我愿的事。可是岳灵珊后来冤枉令狐冲偷了林家的《辟邪剑谱》，才真是让人为令狐冲觉得不值。所以读者——包括我，对于戚芳，或许也会看低几分。

但是，后来再想想，戚芳虽然没有足够的对人性的洞察力，可是旁的事，也并没什么错。父亲失踪，心上人被指为奸邪之徒，绝望无助之时，恰有人"雪中送炭"，嘘寒问暖，难免不动心一二；成了亲，丈夫和婆家人对自己以礼相待，又有了女儿，日子也就这么安稳地过了下去。对于一个已经无家可归的女子而言，这看起来像是一个不错的归宿。

但是，狄云知道这团圆是假的，读者知道这温情是假的，只有戚芳不知道。世间一切，早是镜花水月，她所住的竟非人间，待得数年后她终于知道时，心中是何感想呢？

> 戚芳又是感激，又是伤心，又是委屈，又是怜惜，心中只是说："师哥，是我冤枉了你，我原该知道你对我一片真心，这可真苦了你，可真苦了你！"
>
> ……在伤心和凄凉之中，忽然感到了一阵苦涩的甜蜜。虽然嫁了万圭，但她内心中深深爱着的，始终只是个狄师哥，尽管他临危变心，尽管他无耻卑鄙，尽管他有千般的不是、万般的薄幸，但只有他，仍旧是他，才是戚芳叹息和流泪之时所想念的人。

戚芳与万圭的女儿，小名唤作"空心菜"。

前文已说过，"江南三湘一带民间迷信，穿着衣衫让人缝补或缀钮扣之时，若是说了话，就会给人冤赖偷东西"，戚芳那时的悄悄话中，其实隐含了作者的伏笔：狄云后来，正是因为被人冤枉，后半生的命运才完全改变。

"空心菜"是带着爱和嗔的昵称，是世界还未颠倒时专属于他们的暗号。令人唏嘘的是，在戚芳以为狄云是负心薄幸的卑鄙无耻之徒之后，却仍未忘怀他，她在现实中与狄云断了干系，嫁作他人妇，却在心底最柔软处，给他留了一个位置。

其实何止这些，当年狄云逃狱，意欲到万家报仇，与万圭缠斗之后，二人双双昏迷。后来狄云醒过来，发现自己是在一艘小船上，衣物盘缠齐备。他以为是无名好心人帮了自己，其实，帮他的是故人戚芳。他在江湖颠倒行迹，生死茫茫，为他远祷平安的，也是戚芳。

戚芳和狄云都是寻常人，却不幸有了不寻常的命运。乾坤有定，生死无常。在命运面前，无论是狄云的拼死挣扎，还是戚芳的看似随波逐流，最后都落了个意难平。这时我们才发现，寻常人的悲剧，其实最能打动人。

金庸写戚芳知道真相后"意难平"的心境，曾深深打动过我。

戚芳和狄云少年时在湖南老家，曾经无意中发现一个人迹罕至的山洞。二人曾多次在这方天地中流连。戚芳想起来，她曾经在那个山洞里和狄云并坐着，剪蝴蝶花样。用来夹花样的那本书，是她随手拿的一本《唐诗选辑》。这是《连城诀》最具讽刺意义之处：那不是寻常的书，而是一本藏有藏宝图、引得无数人疯癫的书。

为了它，万震山、戚长发、言达平暗算自己的师父，戚长发疑心并抛弃自己的女儿，万圭杀死自己的妻子，他们在做这些背弃道德、人伦的事情的时候，甚至没有过犹豫。但天意弄人，那些被欲念纠缠的人，无缘获得此书；戚芳和狄云数次与此书相接，却视之如寻常。

在戚芳的心中，这本书唯一珍贵的是它代表的岁月和回忆。我最记得的，是第十一回里面的情节，万家父子原形毕露，死到临头，犹贪暴如野兽，戚芳看着他们，满心鄙夷：

> 一阵风从窗中刮了进来，吹得满地纸屑如蝴蝶般飞舞，纸屑是剑谱撕成的，一片片飞出窗外。忽然，一对彩色蝴蝶飞了起来，正是她当年剪的纸蝶，夹在诗集中的。两只纸蝶在房中蹁跹起舞，跟着从窗中飞了出去。戚芳心中一酸，想起了当日在石洞中与狄云欢乐相聚的情景。那时候的世界可有多么好，

天地间没半点伤心的事。

"那时候的世界可有多么好，天地间没半点伤心的事"，然而，当日的戚芳既不知道岁月有多么静好，今日的戚芳，也无法再回去。人生，大抵如此。

最后，戚芳知道了一切，而狄云已练成了神功。以武功言，万家父子绝非他的敌手。真相揭开，戚芳也断断不可能再与万圭继续下去。误会已解，而情缘还在——读到这里，读者终于找到一丝光亮，也许他们跨过了沧海，就真的能风平浪静了吧。

然而终究事与愿违。狄云以其人之道还治其人之身，将万震山父子砌入了墙中。而戚芳终究不忍，借口要取东西，到底去救了万圭。她一念之仁，竟送了自己的性命。万圭将剑刺向了她，毁掉《连城诀》的最后一丝光亮。

03

《连城诀》是一本什么样的书？

在金庸小说系列中，《连城诀》算是一个异类。

金庸在他的故事里，构建了一个江湖世界。在这个世界中，武功可以练好，主角总有奇遇；公道总是存在，大侠会替天行道，为了公义连命尚且不顾，当然不会为钱财动心；师兄弟之间有深厚情谊，师徒如同父子，可以性命相托、终身不弃；爱情是人生中最高价值之一，一旦目成，两心相知，生死相随。

但金庸有三部小说，从这个江湖世界中跳脱了出来：《连城诀》《笑傲江湖》《鹿鼎记》。抛开金庸自己认定为"历史小说"而非"武侠小说"的《鹿鼎记》不说，《连城诀》和《笑傲江湖》相比，还是

《连城诀》"黑"得更彻底。至少，在《笑傲江湖》之中，令狐冲纵然为岳灵珊所负、为师父所冤、为师门所弃，但他还是有莫大先生的遥祝之谊，有恒山派的知心相托，有任盈盈的知音之爱。在昏乱的世界里，他到底找到了些微光明。

但是《连城诀》却乌云匝地，几无亮色。

这里没有师门情谊。戚长发、万震山、言达平为了"连城诀"，能对师父梅念笙猝然发难，招招狠辣，要将其置于死地。而三人抢夺成功后，又互相猜忌，勾心斗角十余年。他们对师父不孝义，对师兄弟不友悌，满心所想，只有财富和权力。

这里没有公道。梅念笙被徒弟重伤致死，丁典被凌退思欺骗、囚禁、毒杀，狄云被万圭陷害下狱、夺去恋人、砍成残废，水岱被结义兄弟辜负、被血刀老祖残忍杀害，水笙被汪啸风冤枉、抛弃……但最后，他们谁也没有申冤，没有报仇，没有救赎。

这里没有主角光环。金庸小说的主角总是极其"命硬"。如郭靖，在雪地降生也能活命，幼年时就能得到成吉思汗的赏识，谈了完美的恋爱，顺便找到了最强"外挂"黄蓉，并在她的帮助下拜了武林一流高手洪七公为师，学到了绝顶武功，还得到了《武穆遗书》。又如段誉，掉下悬崖还能安然无恙，顺便发现了北冥神功的秘笈，虽然丝毫不想学武功，却无意中修得了"被动技能"北冥神功。技能一发动，别人苦修的功力源源不断地涌入他的体内，使他轻而易举地成为武林高手。

但是在《连城诀》中，主角狄云却没有这种光环。他被万圭冤枉，说下狱就下狱，说被砍手指就被砍手指，说被穿琵琶骨就被穿琵琶骨，还不等读者反应过来，他就已经失去了爱情、名誉、健康、武功和自由了。

后来，狄云有没有绝地反攻，得到拯救？并没有。唯一的朋友丁典跟他患难扶持，是他在狱中的精神支柱，最后，却惨死在他面前；他无日或忘的师妹，最后虽然知道了真相，也愿意跟他一起离开伤心地，却因为一个回转，被万圭刺死；他清清白白，堂堂正正，却屡屡被冤枉、侮辱、攻击，最后相信他的，也只有一个同样为世人的恶意所伤的水笙。

这里没有真实。最恐怖的故事，主角往往不是鬼，而是人。《连城诀》中，虽有光风霁月如丁典、狄云者，但更多的，是戚长发、万震山、万圭这类比魑魅魍魉更可怕的人。

这里，万圭对狄云的污蔑、凌退思给丁典安的罪名是假，戚长发等人和梅念笙的师徒情是假，万圭和戚芳的夫妻情是假，甚至，戚芳、狄云眼中的清平世界、父慈子孝，也通通是假。

为何金庸要把《连城诀》中的世界塑造成这般模样？据金庸在《连城诀》后记中所写，该书主角狄云的原型，是他小时候家中一位为人和善、命运悲惨的长工和生：

> 他（和生）是江苏丹阳人。家里开一家小豆腐店，父母替他跟邻居一个美貌的姑娘对了亲。家里积蓄了几年，就要给他完婚了。这年十二月，一家财主叫他去磨做年糕的米粉。……因为要赶时候，磨米粉的功夫往往做到晚上十点、十一点钟。这天他收了工，已经很晚了，正要回家，财主家里许多人叫了起来："有贼！"有人叫他到花园里去帮同捉贼。他一奔进花园，就给人几棍子打倒，说他是"贼骨头"，好几个人用棍子打得他遍体鳞伤，还打断了几根肋骨，他的半边驼就是这样造成的。他头上吃了几棍，昏晕了过去，醒转来时，身边有许多金银首饰，说是从他身上搜出来的。……他也分辩不清，给打了几十

板，收进了监牢。

……但他给关了两年多才放出来。在这段时期中，他父亲、母亲都气死了，他的未婚妻给财主少爷娶了去做继室。

他从牢里出来之后，知道这一切都是那财主少爷陷害。有一天在街上撞到，他取出一直藏在身边的尖刀，在那财主少爷身上刺了几刀。他也不逃走，任由差役捉了去。那财主少爷只是受了重伤，却没有死。但财主家不断贿赂县官、师爷、狱卒，想将他在狱中害死，以免他出来后再寻仇。

和生的悲惨遭遇让人扼腕，也让人不平。天道昭昭，报应真的存在吗？金庸借着狄云的故事，替一生默默忍受命运摧残的和生向这个世界发出追问。和生在遭遇无穷不公后，还是遇到了一线光明——后来，金庸的祖父来丹阳做县令，为和生平反了冤案。

此外，金庸要在《连城诀》中集中表现的是欲望对人性的扭曲和人的异化。

金庸的大多数小说中，往往都有江湖中人眼热的武功秘笈、藏宝图或宝刀，如《雪山飞狐》之藏宝图，《射雕英雄传》《倚天屠龙记》之《九阴真经》《九阳真经》，《倚天屠龙记》之屠龙刀，《笑傲江湖》之《辟邪剑谱》《葵花宝典》，《鹿鼎记》之《四十二章经》。

但是，没有哪部书中的至宝真经如连城诀一样，让人如此疯狂。《连城诀》的末尾，金庸写了江湖豪客看见宝藏时的荒诞图景：

但一众江湖豪客见了这许多珠宝，哪里还忌惮什么官府？各人只是拼命地抢夺珍宝。

地下滚满了珍珠、宝石、金器、白玉、翡翠、珊瑚、祖母绿、猫儿眼……

……　……

一抢夺，便不免斗殴。于是有人打胜了，有人流血，有人死了。

这些人越斗越厉害，有人突然间扑到金佛上，抱住了佛像狂咬，有的人用头猛撞。

狄云觉得很奇怪："为什么会这样？就算是财迷心窍，也不该这么发疯？"

不错，他们个个都发了疯，红了眼乱打、乱咬、乱撕。狄云见到铃剑双侠中的汪啸风在其中，见到"落花流水"的花铁干也在其中。他们一般地都变成了野兽，在乱咬、乱抢，将珠宝塞到嘴里。

狄云蓦地里明白了："这些珠宝上喂得有极厉害的毒药。……"

《连城诀》里偌大的江湖，几乎人人都在为宝藏疯狂，少数清醒者如戚芳、狄云、水笙，有的死了，有的则逃进了无人的雪谷，他们无力对抗举世皆狂的现实，只能遭受戕害，或者选择退避。狄云以为"这些珠宝上喂得有极厉害的毒药"，他不知道，那毒药就是超过了限度的、能腐心蚀骨的欲望。

04

整部《连城诀》，就是一片黑暗森林。

"黑暗森林"是刘慈欣的《三体》中的概念，意谓广袤的宇宙就像一片黑暗的森林，每个文明都像是一位带枪的猎人，他们潜行林间，呼吸行止间，都在竭力隐藏自己。他们如此小心谨慎，是因为所有的猎人都是如此。他们彼此之间没有信任，都在假定对方是抱有恶意的窥探者，是阻止自己占有更多生存资源的致命竞争者。如果他发现了别的生命，会毫不犹豫地做一件事：开枪消灭它。在这里，他人就是地狱。

《三体》是科幻小说，宇宙未必真的如此，但《连城诀》所描绘的江湖，却真是这种情形。书中有两次典型的"黑暗森林"事件。

第一次，是戚长发师兄弟三人抢夺连城剑法一事。三人抢到剑谱以后，彼此疑心，无法安枕，竟至于以铁链相锁。后来绵延十五年的做局、示弱、隐匿身份、互相迫害，正是猜疑链和黑暗森林的范本。

第二次，是狄云被误认为是血刀老祖传人、被当成武林公敌追杀时。狄云在书中，无止境地被冤枉。他好不容易从冤狱中脱身，又无意中与血刀老祖扯上了关系，所有武林"正派"人士视其为仇雠，狄云百口莫辩，而他的任何善意举动，也都被曲解成恶意的。这似乎成了永远逃不出去的连环套，让人绝望。

《连城诀》的叙述笔法看似平淡，故事内容却惊心动魄。看《连城诀》的章节目录——《乡下人进城》《空心菜》《人淡如菊》《落花流水》《羽衣》等，似乎岁月静好，其实，内里是阴谋、迫害、背叛、杀戮、永诀，戚芳死了，狄云逃了，故事也落幕了。

所以，在这部书中，戚芳最后以悲剧收场，最正常不过。莫怪戚芳与虎谋皮，无谓之仁，毕竟她的一生，本不应这样安排。若照她的想象，她应该是一早就嫁了师兄，膝下有儿女承欢，用"空心菜"做孩子的小名时，不必有一丝寄托和心酸。

她学了武功，虽然低微寻常，好歹也是武功，没料到入了虎狼之地，却一直无还手之力，武功一次都未用过。她第一次救了师兄，却一直被他怨恨变心；第二次救了丈夫，却送了性命。她本应该是寻常的世间儿女，却挡不住命运的捉弄。

在第一回里，万震山以连城剑法之名，派徒弟去引戚长发出来。扮作农人的戚长发要卖了黄牛来做衣服、换盘缠，戚芳不肯，因为这头黄牛是她从小养大的。她再三劝阻无果，最后，她流着泪跟黄牛说："大黄，人家要宰你，你就用角撞他，自己逃回来，不！人家会追来的，你逃得远远的，逃到山里……"

黄牛逃不走，戚芳也是。她误入了黑暗森林，一生只有无可奈何。

第 ③ 章

此心难伏

…

于恩仇中见自己、见天地、见众生

胡斐：
恩仇之际

胡斐的父母去世时，他出生还不足七日。

胡斐的父亲是辽东大侠胡一刀。胡家与苗、范、田三家累世深仇，胡一刀子承父志，要寻三家人复仇，虽然以少对多，却凛然不惧，凭着一门胡家刀法，便与人称"打遍天下无敌手"的苗人凤战成了平手。

苗胡二人，都有光风霁月之襟怀、翻江倒海之手段，几天大战下来，本是生死之敌的他们，竟成了生死之交。但宵小在侧，天不遂人，胡一刀最后还是意外地死在了比武场中，死在了别有用心之人所下的毒上。

胡一刀一死，胡夫人迅即自杀殉情。自杀前，她将襁褓之中的儿子托付给了苗人凤，苗人凤也郑重允诺，但秉性仁厚的他，未曾料到世交田归农意欲害这婴儿的性命。危急之时，却是一个在客栈中打杂的小厮救了胡斐的性命。

这个叫平阿四的小厮为什么甘冒奇险来救胡斐呢？说起来简单，是因为之前胡一刀接济过他，又对他平等相待。二十多年后，平阿四说起当年情形，依然满怀感触：

> 平阿四道："你称我平爷可不敢当。我这一生之中，只有称

别人做爷的份儿，可没福气受人家这么称呼。苗姑娘，当年胡大爷给我银子，救了我一家三口性命，我自是感激万分。可是有一件事我是同样的感激。你道是什么事？人人叫我癞痢头阿四，轻我贱我，胡大爷却叫我'小兄弟'，一定要我叫他大哥。我平阿四一生受人呼来喝去，胡大爷却跟我说，世人并无高低，在老天爷眼中看来，人人都是一般。我听了这番话，就似一个盲了十几年眼的瞎子，忽然间见到了光明。我遇到胡大爷只不过一天，心中就将他当做了亲人，敬他爱他，便如是我亲生爹娘一般。"

"朝闻道，夕死可也"，为着这一声"小兄弟"，平阿四哪怕因救胡斐而被田归农砍断一臂，哪怕自己还是个少年就带着一个婴儿艰难求生，熬过十余年辛苦，都从未曾后悔过。

胡斐的人生，就是在恩与仇、道义与阴谋的交杂中，绚烂而沉重地开始了。

01

报恩与报仇，贯穿着胡斐的人生历程。

侠客历来崇尚恩怨分明，恩，自然是要报的，不过，需要报到何种地步为止呢？金庸写胡斐，特意把他的"滴水之恩，涌泉相报"写到极致。胡斐要向谁报恩？是要向马春花，报她的"一言之恩"。

马春花是《飞狐外传》中的一位配角，系天马镖局总镖头马行空的独生女儿。刚出场时，她"十八九岁年纪，一张圆圆的鹅蛋脸，眼珠子黑漆漆的，两颊晕红，周身透着一股青春活泼的气息"，放在常人中，也算是个出挑的女子。

但是很明显，在金庸的江湖世界中，马春花不算什么出众的人才：她的名字有点俗，出身有点俗，人生经历也有点俗。她被父亲许配给了青梅竹马的师兄徐铮，而徐铮貌不惊人，性情粗豪，甚至可以说是个浑人。他不懂马春花的少女心事，也没半点怜香惜玉的心思，看到比自己出众的商宝震也心仪马春花，他妒火上来，脖子一挺，不分青红皂白，对她怀疑、辱骂起来。

在马春花看来，徐铮自非良配。而定亲的第二天，她就遇到了命中的魔星——来自北京的"福公子"福康安。福康安和马春花的这段故事，是"有女怀春，吉士诱之"，福康安一个眼波、一曲箫声，就搅乱了一池春水，让她欣然委身。

于福康安，这只是露水姻缘，随意留情，转头即忘；于马春花，却是一见钟情，刻骨铭心，至死不悔。马春花的故事和悲剧，也是从这一天开始的。

说起来，马春花只是一个有着寻常爱欲、寻常功过的普通人。但是这样一个普通人的"一言之恩"，胡斐也终身不忘。

胡斐在《飞狐外传》中初出场时，还是十三四岁的少年，年纪虽小，气概却大，武功也颇有根基，不逊于江湖上一般好手。胡斐、平阿四在商家堡躲雨，经过一系列惊心动魄的变故后，堡主遗孀商老太发现了胡斐的过人之处，将他与平阿四留在商家堡做杂役。

不巧，堡主商剑鸣当年正是被胡一刀所杀——此前，商剑鸣因不服苗人凤"天下第一"的名头，上门去向他挑战。苗人凤外出未归，商剑鸣不顾道义、规矩，动手杀了苗人凤不会武功的家人，与苗人凤结下了深仇。后来苗人凤与胡一刀相斗，二人在比武中惺惺相惜，视彼此为知己。因此战必有一人丧命，于是他们对"敌"托孤，互诉此生未了之事。苗人凤所说的，正是未向商剑鸣报仇一事。胡一刀听后并未多言，却连夜驱马数百里，杀了商剑鸣，提了他的首级回来。

当胡斐来到商家堡时，商剑鸣已经死去了十余年。在读者看来，商剑鸣并非好人，且胡一刀斩杀他的情状，颇似《三国演义》中关羽温酒斩华雄的情节——读此段，大家看到的都是关羽举重若轻、挥洒自如的英姿，有谁会想到华雄的悲欢离合、生死荣辱？但是，商剑鸣的身后，却有悠长的回响。其妻商老太对丈夫敬若天神、爱逾性命，丈夫死后，她心念所系唯在复仇，多年来，她日夜督促儿子商宝震苦练武功，以图向胡一刀、苗人凤复仇。这功如何练呢？

　　"胡一刀，曲池，天枢！"

　　"苗人凤，地仓，合谷！"

　　一个嘶哑的嗓子低沉地叫着。叫声中充满着怨毒和愤怒，语声从牙齿缝中迸出来，似是千年万年、永恒地诅咒，每一个字音上涂着血和仇恨。

　　突突突突四声响，四道金光闪动，四枝金镖连珠发出，射向两块木牌。

　　每块木牌的正面反面都绘着一个全身人形，一块上绘的是个浓髯粗豪的大汉，旁注"胡一刀"三字；另一块上绘的是个瘦长汉子，旁注"苗人凤"三字，人形上书明人体周身穴道。木牌下面接有一柄，两个身手矫捷的壮汉各持一牌，在练武厅中满厅游走。

对敌人，她有刻骨的怨毒，而这怨毒背后，则是对丈夫刻骨的爱。当然，在旁观者看来，这种练功方式自然小器偏狭，而胡斐身为胡一刀之子，更看不过眼。所以，轻身功夫极佳的他，暗中偷天换日，将木牌上的名字改成了商剑鸣，商家母子懵然不觉，于是商宝震的钢镖，便扎到了写着父亲名字的木牌上。商老太发现后怒发如狂，她忽施狡计，擒住了胡斐，命儿子将他拷打得遍体鳞伤，犹觉气未稍舒，又将他吊在梁上，准备再磋磨他一番。

马春花此时随父亲在商家堡做客，她生性心软，见胡斐这样一个十三四岁的孩子，落得如此惨境，更是于心不忍。在商宝震把胡斐鞭打得鲜血淋漓之后，她再也隐忍不住，出言阻止。这是胡斐心中牢记的第一番恩德。第二番恩德，是马春花后来又欲向商宝震求情，请他放了胡斐。当夜，马春花想到胡斐还被吊着，于心不忍，便出去找商宝震求情。话刚说了两句，两人却互相会错了意：马春花只是说胡斐之事，而商宝震数月来对马春花钟情已深，极盼她也对自己有情，见马行空将她许配给了徐铮，满心希望化为泡影，这时见她趁夜来访，又燃起了希望，以为她对婚配之事不满，想要和自己私奔：

> 商宝震携着她手，走到一排大槐树下并肩坐下。马春花轻轻将手缩回，道："商少爷，那你是肯答允我了？"商宝震伸出手去握住她手，道："你说便是，何必问我？"马春花又将手从他手中缩回，说道："我请你去放了阿斐，别再难为他了。"
>
> ……（商宝震）黯然不语。马春花道："怎么？你不肯答允么？"商宝震道："你既喜欢，我总答允的，拼着给妈责骂便是了。"马春花大喜，道："谢谢你，谢谢你！"站起身来，道："那么咱们去放他吧。"商宝震求道："再在这儿多坐一会。"马春花觉他既然答允放人，不便拂他之意，重又坐回。商宝震道："你的手让我握一会儿。"马春花想到他情痴一片，也甚可怜，

于是嫣然一笑，伸手让他握着。

话一说穿，商宝震满心失望。马春花此前并不知道商宝震之心，此时乍明其意，自知对他无情，故而心头也有怜意，又因有事相求，所以对他提出的"你的手让我握一会儿"的要求，倒是默然应允。

此时，其实胡斐已经脱身，他伏在二人身后的树上，听了个明明白白。下得树来，想起日间商宝震的鞭笞之仇，不禁怒生胸臆，要回报于他。他武功远高于商宝震，但当着马春花的面，却不好直接出手，于是将商宝震引到远处，这才动手：

> 胡斐折下七八根柳条，当作鞭子，一鞭鞭往他头上抽去，商宝震又惊又怒，知他一报还一报，只得咬紧牙关忍受。堪堪打了三四十鞭，马春花急奔赶到，一见二人情景，大是惊诧，一时说不出话来。

> 胡斐笑道："马姑娘，我不用你求告，就饶了他！"说着哈哈大笑，虽是一个十余岁的少年，但言语举止，竟然豪气逼人。他随手将柳枝远远抛出，大踏步便走。马春花叫："小朋友，你到底是谁？"

> 胡斐转过头来，朗声答道："姑娘见问，不得不说。我是大侠胡一刀的儿子胡斐便是。"说罢纵声长笑，片刻间背影已在柳树后隐没。

马春花赶来，不等她开口，胡斐马上停手；马春花问他身份，他恭恭敬敬，坦然作答；马春花当时在树下求商宝震放了他，虽然他已自己脱身，却终身承她之情。

为了这一句"我请你去放了阿斐，别再难为他了"，为了那一刻她为救人而甘愿让追求者握她的手，胡斐后来做了什么事情来报这份恩呢？

五年后，胡斐长大成人，已成了武功卓绝的侠客，在广水客店重遇马春花，见她和丈夫镖局生意惨淡，满面风尘之色，立时便起了赠金之意。而后，在道中见到几十名武艺高强、行事怪异的"大盗"劫掠镖银、戏弄徐铮，又出手将马春花救了下来。

对方有二十五人，而胡斐只有程灵素一个帮手，明知是以卵击石，但胡斐心中，转的只是这样一个念头：

> 为了报答当年那两句求情之言，他便是要送了自己性命，也所甘愿。今日身处险地，心中反而高兴，因为当年受苦最深之时，曾有一位姑娘出言为他求情，到这时候，自己竟能在这位姑娘危难之际来尽心报答。

他竭尽所能，凭着天生的侠气、高超的武艺、过人的智计，虽以少敌多，却处处占了上风，又谦冲礼让，处处给人留下余地，使得"群盗"尽皆折服。

后来他方知道，这群"盗党"其实是福康安手下的武官，他们远道而来，是为将马春花接到福康安身边。胡斐秉性正直，嫉恶如仇，对马春花背弃丈夫的行为大是不以为然。且这次他为了帮马春花，连性命都险些交了出去，这恩，应该是报够了。

可是胡斐为马春花做的还远不止此。马春花到了福康安府中，为其母所忌，在不知情的情形下饮下了其母命人送来的毒酒，命在顷刻。胡斐见了，又冒着生命危险，将马春花从福康安府救出，请程灵素救治。

福康安派人缉捕胡斐，而救治又需要安宁之地，胡斐便闯入华拳门的选掌门之处参与比武，最终他技压群雄，当了华拳门掌门，安顿了马春花。

马春花毒解之后，因思念孩儿，心情震荡，犹有性命之忧，胡斐不顾程灵素劝阻，再入福康安府，将她的两个孩儿救了出来。

最后，马春花的孩子复被福康安手下夺去，她七情紊乱，毒气攻心，命在顷刻，却还念着那个将她害得如此凄惨的情郎。见此情状，胡斐"想起商家堡中她昔日相待之情，不禁怔怔地流下泪来"。此时，他恰巧遇到了与福康安相貌酷似的红花会总舵主陈家洛，明知冒昧，还是开口相求，请陈家洛冒充福康安与马春花一会，使她死而无憾。

马春花的一言之恩，胡斐不但铭记于心，终身不忘，还倾其所有，性命相酬。哪怕这位报恩的对象已经和自己"道不同"，可见到她遭逢危难，依然心生恻隐，舍身相救——这种对待恩情的态度，既见赤子之心，又有豪侠之义，真是令人心折。

02

胡斐的"杀父仇人"苗人凤、钟情对象袁紫衣、属意他者程灵素，都是超群拔萃之人，那么，金庸为何要将他的施恩者马春花，写得如此平凡呢？

说到受恩与报恩，我们可以联想到中国古代的两个有名的报恩故事。

第一个故事的主人公是韩信。

韩信年轻时有过一段浪荡的岁月，那时他生计无着，常常打秋风。久而久之，旁人都开始嫌弃他，他也常忍饥挨饿。有一次，他在水边钓鱼，一位漂洗棉絮的老妪见他面有菜色，便将自己的饭食给他吃。韩信受惯了白眼，乍然被人善待，心中激动，忍不住发愿道："我以后功成名就，定然要好好报答你。"老妪却生起气来，说："你一个男子汉，竟然养不活自己，我是瞧着不忍才把饭给你吃，难道是图你的报答吗？"而后来，韩信功成名就、裂地封王，故地重游之时，还是以千金来还报老妪。

胡斐报"一言之恩"之事，与韩信报"一饭之恩"之事，颇有相似之处：施恩者不图报偿，事过即忘；而受恩者却感恩戴德，终生不忘。

从这个角度来说，胡斐、韩信这类气魄不凡又极重情义的人，看重的都是在落魄之时所受的这份善意的重量，与施恩者的身份、名位并无关系。

第二个故事的主人公是豫让。

豫让是春秋时晋国人，系晋国正卿智伯的家臣。韩、赵、魏三家分晋之时，智伯兵败而亡，豫让为此要寻杀智伯的主使赵襄子报仇。赵襄子权势熏天，而豫让孤身一人，报仇并非易事。豫让初次动手便露了行藏，被赵襄子的随从拿住，本来死罪难免，但赵襄子见他忠肝义胆，倒也钦佩，放了他一条生路，命他不得再图谋不轨。

虽然如此，豫让并未放弃复仇，为了改易形状，他吞炭使自己变哑，又用生漆涂身，使得浑身生满癞痢，形同乞丐。第二次行动，他伏在桥下准备行刺，但赵襄子还未上桥，其骑乘之马忽然惊起，赵襄子再一次发觉了豫让的图谋。

这次，死亡对豫让而言在所难免，而赵襄子也在杀他之前把心中的疑惑问了出来：智伯并不是你的第一个主公，你以前还当过范氏、中行氏的家臣，二氏皆为智伯所灭。那么，为何你当时不替他们报仇，如今却反而要替智伯报仇呢？豫让回答道：我给范氏、中行氏当家臣的时候，他们就把我当个寻常的家臣，那么我就以寻常家臣的标准来回报他们；而我遇到智伯，他把我当国士，那么我就要以国士的标准来回报他。

豫让的故事让人动容：士为知己者死，为了报知遇之恩，名位、前途、健康乃至生命，都可毅然放弃；哪怕最后报仇未成，他也并不觉得自己是"白死"，能尽其心力，不愧于心，便觉值得。对豫让而言，智伯的"国士"之遇重于泰山，因为那既是恩遇非常、青眼有加，又是气味相投、灵犀一点，所以，为此，他毅然决然，万死不辞。

豫让是国士，而胡斐则是另一种国士。他与马春花并无高山流水的共鸣，也无男女之间的情愫，甚至后来，他对她的人生选择也极不认同。但恩就是恩，在胡斐，报恩不仅是报他人，更是报己心，甚至最后，他的报恩都与施恩者本人已经没有了太大关系，他是要在这番报恩里，履行自己做人的信条，为了"此心光明"而已。这种做法，和豫让的重报恩对象截然不同，却同样感人。

03

胡斐的施恩者是平凡的，而他路见不平，为他人报仇，这受害者更是平凡。

胡斐武功大成，初入江湖，到了岭南名镇佛山，便遭遇到一件大不平之事。

佛山有一乡霸名凤天南，系五虎门掌门人，他的势力在当地盘根错节，做事强凶霸道，乡人敢怒不敢言。他看中了钟阿四家的菜地，提出以五两银子的贱价来"买"地。他势在必得，钟阿四却断然拒绝。于是，他先诬陷钟小三偷了他的鹅吃，又以纵容孩子偷盗的罪名将钟阿四抓入牢中，严刑拷打。

钟小三年方四岁，口齿不清，钟四嫂虽力陈自己的儿子绝不会偷人东西吃，但当旁人问起钟小三当天吃了什么时，他却说道"吃我，吃我"——"我"听起来像"鹅"的谐音，这话似乎坐实了凤天南的指控。钟四嫂被逼到了绝处，她性情又极刚烈，当下拖着儿子，带着菜刀，偕同街坊四邻，到了祖庙，要让北帝爷来分辨是非黑白。如何分辨呢？

> "钟四嫂在北帝爷爷座前磕了几个响头，说道：'北帝爷爷，我孩子决不能偷人家的鹅。他今年还只四岁，刁嘴拗舌，说不清楚，在财主爷面前说什么吃我，吃我！小妇人一家横遭不白，赃官受了贿，断事不明，只有请北帝爷爷伸冤！'说着提起刀来，一刀便将小三子的肚子剖了。"

含冤莫白又无力对抗之时，她只能用鲜血、用生命去对抗，这种如困兽死前哀鸣挣扎的疯狂举动里，蕴含着几多绝望！而实际上，钟小三的腹中并无鹅肉，只有一颗颗未曾消化的螺肉，那是他和哥哥在田里摸到的田螺，他所说的"吃我"，其实是"吃螺"之讹。

别说是胡斐，就连读者看到此处，也心中刺痛。更让人感慨的是，佛山祖庙破儿腹鸣冤一事，并非金庸的杜撰，而是实有其事。据金庸所言，"北帝神像之前有血印石一方，尚有隐隐血迹，即为此千古奇冤之见证"。所以，金庸要借胡斐，去为无名的人讨一回世间的公道。

胡斐听当地人说了这件惨事，又目睹凤天南的家丁放狗追钟四嫂、钟小二，怙恶不悛，当即出手。他大闹凤天南的英雄酒馆、英雄当铺、英雄赌场等产业，将凤天南逼了出来。他艺高人胆大，单枪匹马便把凤天南及其身边高手打得落花流水。在制住凤天南后，他本欲一掌将其打死，但见凤天南对其子舐犊情深，心中一软，又犹豫起来。此时，凤天南的手下差人将他引开，趁机害死了钟阿四、钟四嫂、钟小二三人。钟阿四是与他素昧平生的乡民，而凤天南则是鱼肉一方的掌门人，旁人见了这惨事，自也扼腕叹息，但未见得要将自己的全副身心都投入进去。但胡斐一见之下义愤难平，发下毒誓：

> "北帝爷爷，今日要你作个见证，我胡斐若不杀凤天南父子给钟家满门报仇，我回来在你座前自刎。"说着砰的一掌，将神案一角打得粉碎，案上供奉的香炉烛台都震在地下。

凤天南为人狠毒果决，知道不敌胡斐，便一把火将家宅产业烧得干干净净，举家远走，让胡斐难以找寻。胡斐循着踪迹，直追到湖南境内，才侥幸在一座古庙之中，遇到凤天南一行。

其实，直到这里，金庸给他的历练才刚刚开始。

04

金庸笔下的男主角，个性各不相同，而不同的个性，又有不同的价值指向。比如郭靖正直端方，是克服现实困难、自我成就的典型，而杨过敏感激烈，是反对礼法束缚、自我超越的典型。那么金庸写胡斐，用意和落脚点何在呢？

在《飞狐外传》的后记中，金庸这样说："我企图在本书中写一个急人之难、行侠仗义的侠士。武侠小说中真正写侠士的其实并不很多，大多数主角的所作所为，主要是武而不是侠。""急人之难、行侠仗义"是金庸对胡斐的侠义精神的注脚，要怎么样，才算得上真正的"侠"呢？

为了给出一反窠臼的回答，金庸为侠客设置了三条标准：

> 孟子说："富贵不能淫，贫贱不能移，威武不能屈，此之谓大丈夫。"武侠人物对富贵贫贱并不放在心上，更加不屈于威武，这大丈夫的三条标准，他们都不难做到。在本书之中，我想给胡斐增加一些要求，要他"不为美色所动，不为哀恳所动，不为面子所动"。

孟子所说的"大丈夫"是顶天立地的人，富贵不能迷乱他的思想，贫贱不能改变他的操守，强权不能屈服他的意志，而金庸在《飞狐外传》中写的胡斐为代表的侠客，"不为美色所动，不为哀恳所动，不为面子所动"，则境界更高，更难做到。

"不为美色所动，不为哀恳所动，不为面子所动"这三条难不难做到？且看胡斐报仇记，答案自在其中。

胡斐在湖南，对一位紫衣女郎一见倾心。她武功高强，只略逊胡斐半筹；她相貌秀美，让胡斐一见难忘；她性子争强好胜，"竟是有一味掌门人癖"，到处与人比武，抢别人的掌门人做。见了几次面，胡斐才知道这姑娘名叫袁紫衣。

袁紫衣与胡斐有相似的地方：都是初入江湖、性子倔强、要强好胜，也都是站在塔尖的强者，从不对他人服软。再加上袁紫衣对胡斐若即若离，若有意若无意，时而近时而远，甚至时而敌时而友，更是弄得他心痒难搔，钟情日甚。

那日，袁紫衣和胡斐斗了一番以后，双方忽而解开了此前结下的小梁子，同乘一骑到了湘妃庙中。深宵古庙，夜雨淅沥，与心上人共处一室，这是何等佳境！正当此时，凤天南一行正好也到庙中歇宿，胡斐立时便要杀他报仇。本来志在必得，却没料到袁紫衣忽然出手格挡，又出言恳求：

> 胡斐听她言辞恳切，确是真心相求，自与她相识以来，从未听过她以这般语气说话，不由得心中一动，但随即想起钟阿四夫妇父子死亡枕藉的惨状，想起北帝神像座前石上小儿剖腹的血迹，想起佛山街头恶犬扑咬钟小二的狠态，一股热血涌上心头，大声道："袁姑娘，这儿的事你只当没碰上，请你先行一步，咱们到长沙再见。"
>
> 袁紫衣脸色一沉，愠道："我生平从未如此低声下气地求过别人，你却定是不依。这人与你又无深仇大怨，你也不过是为了旁人之事，路见不平而已。他毁家逃亡，昼宿夜行，也算是怕得你厉害了。胡大哥，为人不可赶尽杀绝，须留三分余地。"
>
> 胡斐朗声说道："袁姑娘，这人我是非杀不可。我先跟你赔个不是，日后尊师若是怪责，我甘愿独自领罪。"说着一揖到地。

二十岁的少年，第一次落入情网，又是郎有情妾有意，那层窗户纸刚要捅开——这时心中真如蚂蚁骚爬，又痒又快活。而那种期待，是最易令少年人醉去的醇酒。且袁紫衣性子要强，从没服过软低过头，这时却温言软语，此情此境，一般人恐怕都抵受不住。但胡斐却把钟阿四一家的仇恨放在心上最要紧的位置，哪怕曾有过一瞬间的动摇，还是宁定心境，矢志不移，并不动心。

后来，他邂逅了程灵素，与她一路北上时又遇怪事。在义堂镇，胡斐蒙神秘人馈赠了良田美宅：

胡斐好生奇怪，接过锦簿，翻开一看，只见第一页写道："上等水田四百一十五亩七分"，下面详细注明田亩的四至和坐落，又注明佃户为谁，每年缴租谷若干等等。

胡斐大奇，心想："我要这四百多亩水田干什么？"再翻过第二页，见写道："庄子一座，五进，计楼房十二间，平房七十三间。"下面也以小字详注庄子东南西北的四至，以及每间房子的名称，花园、厅堂、厢房，以至灶披、柴房、马厩等等，无不书写明白。再翻下去，则是庄子中婢仆的名字，日用金银、粮食、牲口、车轿、家具、衣着等等，无不具备。

胡斐自小孤零，跟着平阿四飘泊江湖，并未过过什么安稳日子，更未曾身处富贵中过，此时骤得巨产，却心境平静，既然猜不透来者何人，就安然在宅中过了一夜。次日起来，下人又是奉上参汤燕窝，又是送来状元红美酒，而胡斐一念萦回，只在报仇一事：

蓦地转念："那姓凤的恶霸杀了钟阿四全家，我不伸此冤，有何面目立于天地之间？"想到此处，胸间热血沸腾，便向程灵素说道："咱们这就动身了吧？"程灵素也不问他要到何处，答道："好，是该动身了。"

虽然金庸说"武侠人物对富贵贫贱并不放在心上"，但能如这般不骄不躁、不卑不亢，拿得起，放得下，却未必真么容易。

胡斐报仇过程中最大的一关，是面对"面子和义气"与报仇的两难选择。

其实，义堂镇的房子，就是凤天南安排人置办了送给胡斐的。等胡斐到了北京，凤天南又托鹰爪雁行门的周铁鹪等人做局，在赌桌上故意输给了胡斐一座价值万金的宅子。继而，又布了一个迷局，让胡斐先撂下"原谅那个不知轻重的莽汉"的话来。这时，凤天南方才现身。

如此连环锁套、裹蜜钩饵，一般人委实钻不出、挣不开了。但胡斐当着众多的"好朋友"，偏能立刻从"其乐融融""不打不相识""化干戈为玉帛"的氛围中拔出，直斥凤天南：

> 只听胡斐朗声道："这里是京师重地，天子脚底下的地方，这姓凤的又不知有多少好朋好友，但我胡斐今晚豁出了性命，定要动一动他。是姓胡的好朋友便不要拦阻，是姓凤的好朋友，大伙儿一齐上吧！"说罢双手叉腰一站。他明知北京城中高手如云，这凤天南既敢露面，自然是有备而来，别说另有帮手，单是王氏兄弟、周曾二人，那便极不好斗，但他心中愤慨已极，早将生死置之度外。

金庸的小说主角中，能在这种情境中做出和胡斐一样选择的有谁呢？郭靖、乔峰定然可以，令狐冲、杨过或许也能做到，陈家洛、袁承志却定然做不到。而恰巧，金庸这么说过："只是在我所写的这许多男性人物中，胡斐、乔峰、杨过、郭靖、令狐冲这几个是我比较特别喜欢的。"

金庸喜欢的这种特质是什么呢？是心性刚强，不为外物所动；是心性纯洁，千难万险，不改初心；是心性坚韧，软硬不吃，只凭心中信念行事。这，也是胡斐最让人欣赏之处。

05

在《飞狐外传》中，金庸还特地设置了三个与"庙"有关的重要场景。

第一个是北帝庙。北帝庙，是胡斐的主场。

北帝又称玄天大帝、玄武大帝、真武帝君，是道教和民间信仰中的镇守北方天界之神。他除有北方之神、水神、司命之神的身份之外，还被奉为学武之人的护法。

北帝的形象，常常是"披发黑衣，金甲玉带，仗剑怒目，足踏龟蛇，顶罩圆光"[1]。胡斐押着凤天南之子来到北帝庙，所见正是"那北帝庙建构宏伟，好大一座神祠，进门院子中一个大水塘，塘中石龟石蛇，昂然盘踞"，威仪棣棣，令人一望而生敬畏。

这里是钟四嫂在丈夫含冤莫白时，剖儿腹鸣冤之地，也是胡斐一人独挑五虎门时，为钟小三雪冤之地，还是凤天南辣手灭钟氏满门后，胡斐立誓为其报仇之地。

这正呼应了北帝的传说，据《元始天尊说北方真武妙经》说，真武帝君原是净乐国太子，天赋异禀，洞明世事，长大后为人勇猛，有修行之志。他不愿继承王位，立志要斩妖除魔，后来遇到紫虚元君，蒙他传授道家真秘，又蒙天神赐以宝剑，后来在武当上修行四十余年，功成飞升，受玉帝之命，镇守北方，摄位玄武。

胡斐的经历，与真武帝君的经历似有相似之处。他的父亲胡一刀是武林中数一数二的侠客，而他亦和父亲一样，是练武的奇才，十三四岁之时，便已气概过人，豪迈重义。他还结识了红花会三当家赵半山，赵半山的门派，便是道家的太极门。赵半山见胡斐奇气纵横、心地善良，对他大为喜爱，虽无师徒之名，也曾指点过他功夫，又与他结拜为兄弟，赐金赠马。而后来，胡斐也是武功大成，

---

1 朱越利：《中国道教宫观文化》，北京：宗教文化出版社，1996 年，第 173 页。

侠名远播。

在北帝庙，胡斐正是要斩妖除魔，正是要在昏乱的世间追寻正义，守护无力自保的人们。这，也正是胡斐与北帝的相通之处。

第二个是湘妃庙。湘妃庙，是袁紫衣的主场。

袁紫衣与胡斐几番交手，武功智计，差相仿佛，二人又都是争强好胜的性子，虽然心中情丝牵萦，表面上却彼此针锋相对，直到这次相会，关系才稍见缓和。路上，二人共乘袁紫衣的白马，肌肤相接，心中柔情顿生：

> 袁紫衣微微闻到背后胡斐身上的男子气息，脸上一热，待要说话，却又住口。奔驰了一阵，猛听得半空中一个霹雳，抬头一望，乌云已将半边天遮没。此时正当盛暑，阵雨说来便来，她一提马缰，白马奔得更加快了。
>
> 不到一盏茶时分，西风转劲，黄豆大的雨点已洒将下来。一眼望去，大路旁并无房屋，只左边山坳中露出一角黄墙，袁紫衣纵马驰近，原来是一座古庙，破匾上写着"湘妃神祠"四个大字，泥金剥落，显已日久失修。

湘妃，指娥皇、女英二人，她们是尧帝的女儿、舜帝的妃子。相传舜帝晚年巡视南方，病故于苍梧，她们恸而殉身于湘水，因此被后人奉为湘水之神，"湘妃"也成为后世文学中的常用典故。这一典故的内核主要有二：其一，悲剧性的爱情；其二，二女共事一夫。

在《飞狐外传》中，程灵素心仪胡斐，而胡斐对袁紫衣情有独钟，袁紫衣也对胡斐心生情愫。但是，袁紫衣作为尼姑，其实无法踏足世间情爱，前期她的真实身份虽然并未揭破，她自己却明白与胡斐注定难谐鸳侣；至于程灵素，她一场相思、一腔真情，也自知无谓。所以三人之间，是能始而难终、有情而无缘。

袁紫衣在初遇胡斐之时曾送他一只玉凤凰，而后来程灵素见胡斐对包袱里的玉凤凰珍而重之，立刻猜到这是他的心上人所赠。其间，袁紫衣对程灵素固然有敌意，程灵素对袁紫衣也难有平常心。后来，二人初解心结，有这样一段对话：

> 袁紫衣搂着她娇怯怯的肩头，说道："程家妹子，快别这么说。你的本事胜我十倍。我只敢讨好你，不敢得罪你。"
>
> 程灵素从怀中取出那只玉凤，说道："袁姊姊，你和我大哥之间的误会也说明白啦，这只玉凤还是你拿着。要不然，两只凤凰都给了我大哥。"
>
> 袁紫衣一怔，低声道："要不然，两只凤凰都给了我大哥！"
>
> 程灵素说这两句话时原无别意，但觉袁紫衣品貌武功，都是头挑人才，一路上听胡斐言下之意，早已情不自禁地对她十分倾心，只是为了她数度相救凤天南，这才心存芥蒂，今日不但前嫌尽释，而且双方说来更是大有渊源，那还有什么阻碍？但听袁紫衣将自己这句话重说了一遍，倒似是自己语带双关，有"二女共事一夫"之意，不由得红晕双颊，忙道："不，不，我不是这个意思。"

程灵素本意就是说玉凤凰，可话一出口，好像有了言外之意，她一时间难以解释，窘得几乎下泪。而袁紫衣既知道自己与胡斐不会有结局，听了此语，心中想必也不是滋味，所以袁紫衣后来才有"你放心，终不能两只凤凰都给了他"的话。

在《紫罗衫动红烛移》一回中，还有这样一个细节：

> 当下三人走到书房之中，书童点了蜡烛，送上香茗细点，

退了出去。这书房陈设甚是精雅。东壁两列书架，放满了图书。西边一排长窗，茜纱窗间绿竹掩映，隐隐送来桂花香气。南边墙上挂着一幅董其昌的仕女图；一幅对联，是祝枝山的行书，写着白乐天的两句诗："红蜡烛移桃叶起，紫罗衫动柘枝来。"……程灵素却在心中默默念了两遍，瞧了一眼桌上的红烛，又望了一眼袁紫衣身上的紫罗衫，暗想："对联上这两句话，倒似为此情此景而设。可是我混在这中间，却又算什么？"

茜窗绿竹，桂香红烛，本是春闺丽景，但三人各怀心事。程灵素看了"红蜡烛移桃叶起，紫罗衫动柘枝来"的诗句，心中伤感，觉得此句是为袁紫衣而设。其实，金庸在这里还暗设了另一个伏笔：诗中的"桃叶"也是用典，桃根、桃叶系姐妹，又皆是东晋文人王献之之妾，此处再次暗切湘妃之典，暗示程灵素、袁紫衣与胡斐的三角恋情。

此二句诗，出自白居易的《柘枝妓》，其诗末二句云："看即曲终留不住，云飘雨送向阳台。"曲终人散，一场春梦，自然也是一种隐喻。胡斐的爱情悲剧其实在风情旖旎的湘妃庙已经埋下了伏笔。

第三个是药王庙。药王庙，是程灵素的主场。

程灵素是毒手药王无嗔大师之徒。"毒手"是说他用毒之技出神入化，当世不做第二人想；"药王"是说他宅心仁厚，不仅严令弟子不得用毒杀人，还用解毒之技救了无数性命。

毒手药王的弟子、七心海棠的主人程灵素到了药王庙，自然有一番故事。金庸特地点出药王庙是程灵素的"老家"：

那座庙宇远离大路，残瓦颓垣，十分破败，大殿上的神像青面凹首，腰围树叶，手里拿了一束青草放在口中做咀嚼之状，原来是尝百草的神农氏。圆性道："程家妹子，到了你老家来啦，这是座药王庙。"

但发生在这里的故事，却悲伤得催人心肝。胡斐与程灵素在药王庙遭遇了无嗔的师弟石万嗔。石万嗔心狠手辣，多年来与无嗔为敌，但用毒之技始终逊了一筹。石万嗔听闻无嗔去世，便冒毒手药王之名招摇撞骗，本以为这次终于能扬眉吐气，再不受钳制，不料却被程灵素捉弄得灰头土脸、狼狈不堪。

石万嗔人如其名，嗔念颇重，他视程灵素为劲敌，潜藏行迹，躲在药王庙中，并在马春花的尸首上下了碧蚕毒蛊。虽然程灵素及时惊觉，且与石万嗔一番斗智斗力，处处占上风，但胡斐最终还是遭了石万嗔的毒手，中了碧蚕毒蛊、鹤顶红、孔雀胆三大剧毒。按照《药王神篇》所言，本来无法可解，但程灵素以口吮吸，帮胡斐疗毒，救了他的性命，自己却中毒而死。

药王庙供奉神农氏，其像"手里拿了一束青草放在口中作咀嚼之状"。传说神农氏之时，人民以草木、螺肉、蚌肉为食，常受疾病、毒伤所困，不堪其苦，于是神农氏教民播种五谷，又遍尝百草，以识物性，为此，还曾一日中毒数回。

神农氏有救世济民之心，而程灵素作为医者，医治姜小铁、苗人凤、马春花，都是秉着医者的仁心。但医治胡斐则又不同，她是用自己的性命来换他的性命，把自己的一腔悲苦、失意，都换作了对他的慈悲救度。

爱欲，既可伤人——如商老太，为了替丈夫报仇而如痴如狂，恨不得将不能遂她此愿的人都作为陪葬者；也可度人——如程灵素，哪怕自己不能拥有，也愿倾其所有守护所爱之人。

药王何谓？不仅指回春之妙手，也指度人之慈悲。

06

《飞狐外传》写恩仇，其实写了两种对恩仇的截然不同的态度：恩仇分明和恩仇难明。

恩仇分明，是通过写胡斐的报马春花之恩和报钟阿四之仇来表现。

恩仇难明，则是通过胡斐与苗人凤的关系来表现。

苗人凤与胡一刀意气相投，倾盖如故，而胡一刀却最终死在二人的决斗中，可谓造化弄人。胡斐长大后，一方面听到世人都说胡一刀是苗人凤所杀，一方面又听平四叔说真相并非三言两语说得清，心中便一直存了个疑团。

他初见苗人凤是十三四岁时在商家堡中，再见苗人凤是五年之后在苗人凤家中，两次相见，都觉苗人凤有仁侠之气、天人之姿。在他心中，苗人凤不是仇人，而是"偶像"，"生平遇到的人物之中，真正令他心折的，也只赵半山与苗人凤两人而已。赵半山和他拜了把子，苗人凤却是没跟他说过一句话，甚至连眼角也没瞥过他一下，然而每次想到此人，总觉为人该当如此，才算是英雄豪杰"。

尤其是第二次，苗人凤被田归农设计毒瞎了眼睛，胡斐见苗人凤虽受人暗算后身受重伤，依然意气风发，神威凛凛，顿时把父母之仇抛在一边，情不自禁地想要帮他御敌：

> 胡斐回过头来，见苗人凤双手按住眼睛，脸上神情痛楚，待要上前救助，又怕他突然发掌，于是朗声说道："苗大侠，我虽不是你朋友，可也决计不会加害，你信也不信？"
>
> 这几句话说得极是诚恳。苗人凤虽未见到他面目，自己又刚中了奸人暗算，双目痛如刀剜，但一听此言，自然而然觉得

这少年绝非坏人，真所谓英雄识英雄，片言之间，已是意气相投，于是说道："你给我挡住门外的奸人。"他不答胡斐"信也不信"的问话，但叫他挡住外敌，那便是当他至交好友一般。

胡斐见过苗人凤，知道他是何许人，而苗人凤虽然一直牵挂胡一刀之子，却根本不知道眼前这个少年人是什么身份，可苗人凤一听胡斐这句话，便把他当成至交好友，和他联手御敌，这种识人之能、容人之量，真是令人叹服。

后来，由胡斐显露的胡家刀法，引到胡一刀当年如何死去的话题，苗人凤坦然承认胡一刀之死系他误伤。

胡斐从幼时开始习武，目的就是为了给父母亲报仇，但是当这个"仇人"站在自己面前时，却并没有下手。（读过《雪山飞狐》的读者都知道苗人凤不是胡斐的真正仇人，可惜胡斐一直不知道。）因为这"仇人"慷慨豪迈、义薄云天，又将自己父母视为平生至交，还对他们的死至今耿耿——这教他如何下得了手？

甚至后来，胡斐为了救马春花，与程灵素一起共抗强敌、身陷重围之时，他心中也想到了苗人凤：

> 胡斐心中大是感激，自忖一生之中，甘愿和自己同死的，平四叔是会的，赵半山也会的。（奇怪得很，一瞬之间，心中忽地掠过一个古怪的念头：苗人凤也会的。）

他想到苗人凤，不是遗憾还有大仇未报，而是觉得这位"仇人"，在危急情境下定然会跟自己同生共死。

《飞狐外传》一书中，写了很多这样爱恨纠缠、恩仇难明之事。

譬如商老太。她对丈夫商剑鸣至爱至敬，但这份爱，却化成了对胡一刀、苗人凤、胡斐乃至所有阻碍她报仇之人的刻骨仇恨，最后她报仇不成，葬身烈火之中。商老太偏执阴沉，自然不算好人，甚至她所深爱的丈夫，也不算好人，但她对丈夫的那份忠贞和深情，难道没有让人动容之处吗？

譬如马春花。商宝震爱慕马春花，混入"盗党"将马春花的丈夫徐铮杀死，而马春花转头便将商宝震刺死。说是马春花爱恋徐铮，所以痛恨商宝震，为丈夫报仇吧，倒也不像，因为她在丈夫死后，转头就去了福康安府，且她一生所爱，自然是福康安；但要说她对丈夫无情无义吧，她在死前却嘱咐胡斐将自己与丈夫合葬。

譬如南兰。这个人物，与马春花是非常相似的。她们名字相似，"春花""兰"都是花卉，柔而无骨，脆弱易折；相貌相似，都是出色的美人，身边也有不少爱慕她们容颜的人；命运相似，都是已有婚约或婚姻，又忽然爱上了他人，最终因为这不伦不智的爱情，走上了一条不归路。

南兰背弃了丈夫苗人凤，抛弃了孩子，跟了田归农，而田归农阴险狡诈，是个十足的小人。如此说来，南兰的人品眼光一无足取，但是，多年以后，她也心生悔意、痛苦煎熬。后来，当胡斐在父母的墓前被田归农请来的好手包围，性命危在旦夕时，竟是南兰悄悄告诉胡斐墓前的地下埋有一把宝刀。

而后，胡斐借着这把宝刀，得以与敌人抗衡，逃出生天。这把救命的宝刀是谁埋的呢？就是他的"仇人"苗人凤当年来祭扫胡一刀夫妇时，心痛英雄已殁、宝刀寂寞而埋的。

又譬如袁紫衣处处与胡斐作对，却成了他心尖上的人；程灵素时时为胡斐着想，却只能跟他有兄妹之分。袁紫衣明明对胡斐有情，却前后三次阻挠胡斐杀凤天南，令人费解气闷，最后金庸揭开谜底，原来，凤天南是袁紫衣的生身父亲，而袁紫衣的母亲却是被他强奸的。

在《飞狐外传》的末尾，金庸这么写道：

> 胡斐弹刀清啸，心中感慨，还刀入鞘，将宝刀放回土坑之中，使它长伴父亲于地下，再将程灵素的骨灰坛也轻轻放入土坑，拨土掩好。
>
> 圆性双手合十，轻念佛偈："一切恩爱会，无常难得久。生世多畏惧，命危于晨露。由爱故生忧，由爱故生怖。若离于爱者，无忧亦无怖。"
>
> 念毕，悄然上马，缓步西去。

胡斐英雄年少，武功卓绝，待人接物处处周全，他爱憎强烈，恩仇分明，进退有节，俯仰不愧，但最后，还是不得不在"无常"面前低头。而世事本是如此，恩怨无常，爱恨无常，离合无常，生死无常。

那么，金庸想借胡斐的故事说些什么呢？借用《论语》的一句话，就是"毋意，毋必，毋固，毋我"，即不凭空臆测，不绝对肯定，不固执己见，不自以为是。

恩仇之际，只有快意挥洒，才是最好的态度吗？也许，理解人性的幽深复杂，体谅命运的离奇莫测，原宥人生中的说不出和不得已，才更高明、更难能可贵。

杨过：
无物之阵

01

杨过一生中最紧张的时刻，应该是那晚在襄阳城中，把匕首贴肉藏着准备刺死郭靖的时候。

郭靖人品端方，行事光明磊落，又是国之砥柱、民之寄望，杨过为何要做此恶事？郭靖对杨过一直视如己出、慈爱有加，杨过又如何能狠心下得了手？

这事还得从头说起。

郭、杨两家三世恩怨纠缠、渊源深厚。郭靖黄蓉初见杨过时，他还是襁褓之中的婴儿；再次见到他时，他是流落江湖的少年。此时，郭靖一家三口态度迥然：郭靖念他是义弟之子，怜他江湖漂泊，意欲收他为徒、传他武功，眷眷之意溢于言表；黄蓉见他面容神情无一不似杨康，想起杨康的种种旧恶，对他不无嫌恶；郭芙虽年幼，却自恃父母名高，嫌弃杨过身份低贱，给他心头留下了深深的伤痕。

这种态度，已经昭示了以后发生的故事，以及杨过一生的挣扎。

郭靖、黄蓉、郭芙三人，可以说是对杨过一生影响最大的人。此三人，分别指向杨过生命中的三大心结。

先说郭靖。

郭靖指向的，是杨过关于身世、自我的心结。

郭靖与杨过性格天差地别。郭靖重道德，杨过重感情；郭靖以理性来行事，杨过凭感性做选择；郭靖奉仁义为圭臬，以救民水火、解民倒悬为终生使命，杨过在自我的世界中兜兜转转，国家、天下在他的心中，远没有自我、尊严、爱情等事重要。

总之，郭靖是完美的侠客，壁立千仞，无欲则刚；杨过是有疵的凡人，颠倒梦想，难得如意。

郭靖对杨过自然是极好的。尽管杨过总是违忤他的观念，看起来很不受教，可是郭靖不仅总是体谅他、宽宥他，还对他有近似于父亲对儿子的关爱。譬如有一次，杨过在与郭芙、大小武争执时被他们以多欺少，一怒之下推石下山，险些闯下大祸。他怕被郭靖责罚，也怕郭芙等人颠倒黑白，自己难以辩白，索性离家出走：

> 他（杨过）挨着饥饿，躲在石缝中动也不动，眼见暮色苍茫，大海上渐渐昏黑，四下里更无人声。又过一阵，天空星星闪烁，凉风吹来，身上大有寒意，他走出石缝，向山下张望，但见精舍的窗子中透出灯光，想像郭靖夫妇、柯镇恶、郭芙、武氏兄弟六人正在围坐吃饭，鸡鸭鱼肉摆了满桌，不由咽了几口唾沫。但随即想到，他们必在背后数说责骂自己，不禁气愤难当。黑夜中站在山崖上的海风之中，只想着一生如何受人欺辱，但觉尘世间个个对他冷眼相待，思潮起伏，满胸孤苦怨愤，难以自己。
>
> ……　……
>
> 他独立山崖，望着茫茫大海，孤寂之心更甚，忽听海上一声长啸隐隐传来，叫着："过儿，过儿。"他不由自主的奔下峰去，叫道："我在这儿，我在这儿。"他奔上沙滩，郭靖远远望见，大喜之下，急忙划艇近岸，跃上滩来。星光下两人互相奔

近。郭靖一把将杨过搂在怀里，只道："快回去吃饭。"他心情激动，语音竟有些哽咽。

此处写杨过出走后的心境、处境，细节熨帖入微。暮色四合，海风猎猎，天高地广，无处容身——杨过本就是敏感偏激的性子，当此境况，情何以堪！他以为自己出走后，郭靖一家围炉夜话，在背后谈论指责自己。这虽是少年的幼稚想象，却十分贴合他的年纪和个性。这两三天中，他虽然风餐露宿，孤寂无依，但气不曾稍屈，并未决定要回去，可一听到郭靖的呼喊，却"不由自主的奔下峰去"，投向他温暖的怀抱。星光下两人互相奔近的画面，是杨过一生中少有的温馨图景。

杨过既是重情之人，又怎会不知道郭靖对他的一番真情？即使郭靖诸事皆不好宣之于口，杨过也自是了然。

后来，世事乖舛，因欧阳锋的关系，杨过无法继续留在桃花岛，郭靖只好送他去终南山学艺。路上，杨过一方面满腹委屈愤懑，一方面又遗憾不甘，好几次差点把"我不跟臭道士学武艺，我要跟你学"的话说出口，但凭着一股傲气，终于忍住了。

数年后再相见，杨过已经成年，他遍尝生活的酸辛，几番在生死边缘挣扎。好在他遇到了真心待他的小龙女并与之相恋。意外的是，这份恋情又遭到郭靖的强烈反对，以致后来生出无数波澜。

郭靖真心待杨过，杨过也并非不念他的好。可是造化弄人，他们的选择、价值观似乎总是乖忤的。这，只是巧合吗？

当然不是。金庸正是要通过郭靖和杨过的不同甚至对立，来写侠客、英雄的不同类型，写江湖的不同面貌，写人生的不同道路。

02

杨过的人生道路，前半段与郭靖截然不同。

郭靖幼承庭训，以忠义为一生的信念。他身在蒙古，心系南宋，后来学成武功、兵法，自然要用一身本领报效国家。

郭靖这一生，说报父仇便去报父仇，说抗金便去抗金，说守襄阳便去守襄阳，纵然也曾经历万般艰险，但很少有挣扎和犹疑。别人觉得他好像有点呆憨，却不知他心中有绝大多数人没有的平安喜乐，能"远离颠倒梦想，究竟涅槃"。这样的人，阳光、开阔、坚毅、刚强。

杨过却正好与他相反。

杨过最大的心结，就是父亲的身份和死亡原因。幼时，母亲对父亲的事讳莫如深，他抱着孩子气的念头设想父亲是英雄豪杰，是为人陷害而死。长大后，他又得知郭靖黄蓉与此事有关，在真相难明之时，一时受到有心人的挑拨，一时又忍不住武断地猜测，渐渐将郭靖黄蓉认定为"杀父仇人"。但若是要找他们报仇，一则力所不能及，二则心犹有不忍。多年以来，他心中萦绕着如此沉重之事，心境自然不可能开阔。

杨过从未见过父亲，又幼年丧母，世情冷暖、人心翻覆，他看得多了。他本就性格敏感，容易自怜自伤，而幼年时漂泊江湖的经历、多年来不被人接纳的困境，似乎更让他确证了心中"我不被世界所欢迎"的认知。

所以，他的前半生，都在自我的天地里跌跌撞撞，找不到方向。

他希望父亲是豪杰，又隐隐觉得他似乎是个小人——如果父亲是个小人，自己又算什么呢？他感觉到郭靖对自己真心怜爱，后来又误以为郭靖是杀父仇人——如果一个看起来如此慈爱的长辈竟是披着人皮的狼，那他还怎么再相信人心呢？他曾经的师母黄蓉、师公柯镇恶、师父赵志敬，对他或提防，或嫌弃，或憎恶——如果人人都这么讨厌自己，是否真的证明他不配得到爱，一生都要坎壈下去呢？

杨过找不到自己存在的意义，也长久得不到让他心安之爱，而越是得不到，越是想要。他的心灵已被诸般阴霾填塞，又怎么会有多余的爱和力量来施予他人呢？

所以，当他遇到黄药师昔年的弟子冯默风之后，曾有过这样一段对话：

> 冯默风道："杨公子正当英年，何不回南投军，以御外侮？"
> 杨过一呆，道："不，我要北上去寻我姑姑。蒙古军声势如此浩大，以我一人之力，有什么用？"冯默风摇头道："一人之力虽微，众人之力就强了。倘若人人都如公子这等想法，还有谁肯出力以抗异族入侵？"
> 杨过觉得他话是不错，可是世上决没有比寻找小龙女更要紧之事。

显而易见，二人的价值观截然不同。冯默风的心思和郭靖是一路，他认为天下兴亡匹夫有责，大丈夫须死得其所；而杨过觉得现世的人生、自我的需求，才是真正重要的。

他们有分歧，但无对错。其实，郭靖选择的是儒家的人生道路，要修身、齐家、治国、平天下；而杨过的人生态度更近于道家，认为找到自我在天地之中的位置，是最重要的事情。

所以，杨过的前半生，与其说在与人斗，不如说是与自己斗。

他最激烈的一次挣扎，正与郭靖有关。那日，杨过受了忽必烈

之托，又因误认为郭靖是自己的杀父仇人，再兼身中情花之毒，解
药的所有者裘千尺勒令他去杀郭靖黄蓉，所以他终于狠下了心，要
对郭靖下手。

杨过到了襄阳，郭靖很是欢喜，不疑有他，与杨过同榻而眠，
杨过却心潮起伏，不能自己：

> 心想："我此刻刺杀郭靖，原是举手之事。但他一死，襄阳
> 难守，这城中成千成万婴儿，岂非尽被蒙古兵卒残杀为乐？我
> 为了报一己之仇，却害了无数百姓性命，岂非大大不该？"
>
> 转念又想："我如不杀他，裘千尺如何肯将那半枚绝情丹给
> 我？我若死了，姑姑也决不能活。"他对小龙女相爱之忱，世间
> 无事可及，不由得把心横了："罢了，罢了，管他什么襄阳城的
> 百姓，什么大宋的江山，我受苦之时，除了姑姑之外，有谁真
> 心怜我？世人从不爱我，我又何必去爱世人？"

杨过心中明白，如若郭靖死去，不仅襄阳不保，大宋河山也岌
岌可危，而一旦铁骑临城，生灵涂炭、流血漂橹也就难以避免。想
到这些，他自然犹豫踌躇，但他转念又想，自己受苦之时，"有谁真
心怜我？世人从不爱我，我又何必去爱世人？"

凡是在人生的十字路口站过的人都明白，做抉择不是一件容易
的事，何况杨过的这个抉择，不仅关乎自身幸福，还关乎万民福祉。
是"自己"重要，还是"他人"重要呢？真的要为了"我"的私欲，
去牺牲千万人的幸福吗？而千万人的幸福纵然重于泰山，"我"自己
最真实的喜怒哀乐，就可以弃之不顾吗？

明眼人不难看出，这里其实并不是"人""我"之争，而是杨过
的理性与感性、道德与情感、良知与欲望的激烈冲突。杨过一生中

的大事，又有哪一件不是充斥着这些冲突呢？

书中，金庸借一灯点化裘千仞之言，点化了杨过：

> 一灯柔声道："我何必还手？我打胜你有什么用，你打胜我有什么用？须得胜过自己、克制自己！"慈恩一楞，喃喃地道："要胜过自己，克制自己！"
>
> 一灯大师这几句话，便如雷震一般，轰到了杨过心里，暗想："要胜过自己的任性，要克制自己的妄念，确比胜过强敌难得多。这位高僧的话真是至理名言。"

为何一灯这简单的一句话，"便如雷震一般，轰到了杨过心里"呢？因为杨过早就感觉到，他的痛苦是源自内心激烈的冲突，源自那些解不开的心结。《道德经》云："知人者智，自知者明；胜人者有力，自胜者强。"杨过的成长，就在他自知、自胜的过程中。

所以那次，他不仅没有杀郭靖，反而在千万乱军中救下了他。不久之后，金轮法王在黄蓉即将生产、郭靖受伤之际，到襄阳城趁火打劫，郭靖刚要将黄蓉护在身后，黄蓉忽然问了一句："靖哥哥，襄阳城要紧，还是你我的情爱要紧？是你身子要紧，还是我的身子要紧？"

简简单单两句话，"听在杨过耳中，却宛如轰天霹雳般惊心动魄"，此刻，他做出了抉择：将个人的情爱恩仇放在一边，以救民护城为首务。金轮法王见杨过又与他为敌，讽刺他是反复小人。听闻此语，往日易受人激的他，却并未动怒：

> 此时他思路澄澈，心境清明，暗道："你这话说得不错，时至今日，我心意方坚。此后活到一百岁也好，再活一个时辰也好，我是永远不会反复的了。"

所以此时，他并不是在"个人"和"国家"之间做出了选择，而是与自我鏖战后，终于将一颗凌乱跳脱的心收归胸膛，看清楚"我"是何人。这时，他"思路澄澈，心境清明"，颇有"朝闻道，夕死可矣"的意味。这内心平安、天地明澈的一刻，何尝不是杨过一生中极幸福的一刻呢！

真正认识了自我以后，杨过的天地终于开阔了起来。所以，十六年后归来的神雕侠，已经和当年那个孤僻纠结的少年大不相同。他与小龙女重会后再上沙场，心里想的是，"此生得与龙儿重会，老天爷实在待我至厚，今日便是死了，也已无憾。男儿汉大丈夫为国战死沙场，正是最好的归宿"——此时，他真是和少年时判若两人了。

襄阳围解，杨过居功至伟：

> 二人携手入城，但听得军民夹道欢呼，声若轰雷。杨过忽然想起："二十余年之前，郭伯伯也这般携着我的手，送我上终南山重阳宫去投师学艺。他对我一片至诚，从没半分差异。可是我狂妄胡闹，叛师反教，闯下了多大的祸事！倘若我终于误入歧路，哪有今天和他携手入城的一日？"想到此处，不由得汗流浃背，暗自心惊。

其实，这时的杨过，完全不必去后悔少年时的事。我之为我，正是由所有我走过的路构成，那些吃过的苦、跌过的跤、流过的泪，最终铸成了今日的千帆过尽、云淡风轻。

对杨过而言，郭靖是什么人呢？他如父，如师；如偶像，也如乌云。郭靖那样心底无私天地宽的大侠，杨过做不了。可是谁说人生只有一种样子？似杨过一般，抓了一手烂牌，却总也不服输，化险为夷，屡蹶屡振，最后登至高峰，不也令人景仰吗？

03

杨过与黄蓉的关系，更是复杂。

其实杨过和黄蓉是有不少相似之处的。他们都是一等一的聪明人，善于察言观色、揣度人心，又机灵多智，甚至有点狡黠。

对于对方的智计，他们也彼此认可。英雄宴之前，武三通的师兄弟等远道而来，郭芙赶来向黄蓉通报，她只出一语，黄蓉便猜到下文，郭芙懵然不知缘由，杨过却心领神会。

杨过看到黄蓉料事如神，是真心"骇服"，而黄蓉对杨过的聪明也十分赞许。黄蓉与郭芙虽是母女，但由于哲愚有别，说起话来总是隔了一层；反而是黄蓉一直不喜欢的杨过，倒像是她的知音。

"高处不胜寒"，黄蓉和杨过，都是站在高处的人。既然如此，他们本应互相体惜，却为何总是对彼此心存嫌隙呢？

黄蓉不喜欢杨过有多重原因。最显而易见的原因，是因为杨康给她留下了"心理阴影"。《射雕英雄传》中，杨康心术不正，又诡计多端。他深知郭靖因看重结义之情而十分信任自己，便口蜜腹剑，多次谋害郭靖黄蓉。对这些过往的阴影，心胸开阔而粗线条的郭靖，可以因为杨康最后的凄惨下场而既往不咎，甚至对杨过更加怜爱，但心细如发又兼洞明人性的黄蓉，却不能不对杨过生出提防之意。

当年杨康想要害黄蓉，反误了卿卿性命，在黄蓉看来，是"我不杀伯仁，伯仁因我而死"，如今他的儿子就在眼前，心中自然百感交集；而杨过的长相又颇肖杨康，口舌还带着三分油滑，这很难不让黄蓉想起昔年之事。

再深一层的原因是黄蓉和杨过都是聪明人。聪明人往往能看到人性犄角旮旯处，能了然于事情的前因后果。由于聪明惯了，他们也便习惯了这种对于世态人心的掌控感——这是他们感受和把握世界的重要途径。可是，杨过猜不透黄蓉，黄蓉也猜不透杨过。黄蓉曾对郭襄说，"许多人的心思我都猜得到，可是你杨大哥，他从小我就不明白他心中在打什么主意"，习惯性的揣测和揣测不得而生的疑虑，让黄蓉与杨过的关系蒙上了一层烟幕。

杨过与黄蓉说话，也很有意思：

> 黄蓉道："我师父授你的打狗棒法仅是招式，而你在树上听到我说的只是口诀大意。现下我将棒法中的精微变化一并传你。"杨过大喜，却以退为进，说道："这个只怕使不得，打狗棒法除了丐帮帮主，历来不传外人。"黄蓉白了他一眼，道："在我面前，你又使什么狡狯？这棒法我师父传了你三成，你自个儿偷听了二成，今日我再传你二成。余下三成，就得凭你自己才智去体会领悟，旁人可传授不来。这一来并非有人全套传你，二来今日事急，也只好从权。"

> 杨过跪倒在地，拜了几拜，笑道："郭伯母，我幼小之时，你曾答应传我功夫，今日才传，也还不迟。"黄蓉微微一笑，道："你心中一直记恨，是不是？"杨过笑道："我哪里敢？"

你看，杨过对黄蓉，是"以退为进"，暗藏机锋；而黄蓉则一语点破，连消带打，让他无处着力。他们既亲近，又疏远；既云山雾罩，又两心了然。好一对针锋相对的知音，好一对命中注定的对手！

04

其实，杨过和黄蓉的关系也曾经有过高光时刻。襄阳城外，黄蓉遭厄，杨过出手相救，黄蓉传他奇门遁甲之术，以共同御敌。"杨过听了，胸中暖烘烘地极是舒畅，此时黄蓉不论教他干什么，他当真是百死不悔。"

在《神雕侠侣》之中，杨过救过不少人。救陆无双、完颜萍，表面上看，是因为觉得她们蹙眉薄怒神似小龙女，其实是少年人的情窦初开，借着救人，作些不越轨的试探和荷尔蒙驱动下的炫示；救大小武，是因为看到武三通为其二子手足相残伤心欲绝，又想到自己命不久矣，何不舍数日之命，"让这位老伯终身记得我的好处"；救郭靖，是被他的人格风度折服，所以不问前代恩仇、自身生死，也要救了再说；救郭芙，往往是"热血一冲，管不住自己"，不知为何就救了。

但是除了小龙女，何曾有人让杨过觉得"不论教他干什么，他当真是百死无悔"！为何黄蓉只是传了他奇门遁甲之术，他就如痴如醉，生死以之？

这是因为，杨过一生所望，不是声名、武功、地位，甚至也不是爱情，而是被看见、被接受、被认可。而黄蓉的"看见"，一直是他最期盼、最在意之事。对此，因过于在乎和总是失望，他还要时时装作不曾在意。

《神雕侠侣》中，杨过出场时已是父母双亡的孤儿，他寄身破窑，偷鸡摸狗，饥一顿饱一顿也就罢了，更让他难以忍受的，是旁人不经意的冷眼。慢慢地，他变得油滑和俏皮起来——这是他为了自我保护而形成的防御机制，他意欲以此来对世人宣示：你们的冷眼伤不到我。其实，他的内心是热情、单纯、炽热的，但炽热的火总遇到冰冷的雨，热切也就往往化为自怜，甚至成为刺，伤人，亦伤己。

得遇郭靖黄蓉，被他们带到桃花岛，本应是杨过人生的转折点。可惜的是，他没有从此"走上人生巅峰"，而是步步在意，处处别扭，时时都有意外。

郭靖对他一片赤诚，掏心掏肺；黄蓉则对他多方提防，甚至有些嫌恶。那么杨过心中，更在乎的是郭靖还是黄蓉呢？表面上看，应该是更在乎对他推心置腹、真诚关怀的郭靖。但是，答案实际上不是这么简单。

杨过对黄蓉，最开始自然是有怨的。在心理层面，他感受到了黄蓉的排斥、提防；在现实层面，他也因为黄蓉使了"巧计"教他诗文而非武功，屡屡被郭芙、大小武霸凌。长大之后，再见黄蓉，他几度发现黄蓉身上有他不曾看到的一面，譬如这次：

> 两人之后又是一对夫妇，杨过眼见之下心中一凛，不禁脸上发热，那正是郭靖黄蓉夫妇。数年不见，郭靖气度更是沉着，黄蓉脸露微笑，浑不减昔日端丽。杨过心想："原来郭伯母竟是这般美貌，小时候我却不觉得。"

小时候，杨过只觉得黄蓉是一位不喜欢他的长辈，直到长大，才看到黄蓉身上的多面性。黄蓉是美貌的，亦是多才多智的。杨过见她为金轮法王所困时摆的阵法，不禁真心佩服，说道："郭伯母，如你这般聪明才智，并世再无第二个了。"这时，杨过开始用接近平视的眼光，重新来认识黄蓉了。

那一年，他武功初成，机缘巧合之下来到丐帮的英雄宴，既想去见郭靖黄蓉，又心有顾忌，所以便有了这番怪诞举动：

> 杨过听到郭靖与黄蓉的名字，微微一惊，随即心下冷笑："从前我在你家吃闲饭，给你们轻贱戏弄，那时我年幼无能，吃

了不少苦头。此刻我以天下为家，还倚靠你们什么？"心念一转："我不如装作潦倒不堪，前去投靠，且瞧他们如何待我。"

于是寻了一个僻静所在，将头发扯得稀乱，在左眼上重重打了一拳，面颊上抓了几把，左眼登时青肿，脸上多了几条血痕。他本就衣衫不整，这时更把衣裤再撕得七零八落，在泥尘中打了几个滚，配上这匹满身癞疮的丑马，果然是一副穷途末路、奄奄欲毙的模样。

他为何心说自己已对郭靖黄蓉不抱期望，却又自轻自贱、乔装落魄，要"瞧他们如何待我"？恐怕，连他自己都不知道，成年以后、有了自我保护能力的他，表面上是想证明他们会"轻贱我、拒绝我、侮辱我"，其实恰恰相反，他想证明的，是无论自己如何肮脏、如何落魄、如何荒唐，都还是能够被接受。

十余年后，杨过已成为盖世大侠，武功、声名都不逊于郭靖黄蓉，但哪怕到了这时节，他还是做了一件颇类当年乔装落魄行为的事，那便是在郭襄十六岁生日那年，送了她三件大礼。常有读者将送礼一事作为杨过也心仪郭襄的证据，殊不知，这礼物与其说是送给郭襄的，不如说是送给郭靖黄蓉的。

这三件礼物是什么呢？一是剿灭了蒙古军的前锋队伍；二是戳穿了杀害丐帮帮主鲁有脚的真凶霍都的伪装，并让达尔巴杀了霍都；三是烧了蒙古大军的粮草。这三件礼物，哪一件都不像是为十几岁的小姑娘准备的，而且，蒙古军情、丐帮大仇、敌军粮草，不正是身为襄阳督守的郭靖、丐帮前帮主的黄蓉最在意的事情吗？

成为神雕侠的杨过，早就独当一面。可他在年近中年时，却还在重复少年时做过的事，抚舐着多年来没愈合的伤痕。

黄蓉对杨过，意味着什么呢？是一个他不敢想望自己能够有福拥有的母亲，是一个和他心智同样高超、能惺惺相惜的朋友，又是一个与之如高手过招、各有胜负的对手。

所以，金庸特地如此安排：杨过与小龙女的数次分离，都有黄蓉好心办坏事的搅局之"功"，黄杨二人，既是宿命之敌，又是冰释前嫌之后，不交一言便能心领神会的一对"有缘人"。

以上是从人物性格、心理而言。如果我们再跳出一层，从小说技法的层面来考虑，还会有新的领会。

金庸小说写主角的成长，最常采用的一种模式，叫作"英雄之旅"。所谓"英雄之旅"，是一种超越时间、空间和文化的故事讲述模式。"英雄之旅"的结构，往往是一个怀有使命的主人公遇到意料之外的障碍，陷入了危机，在纷繁的纠葛后踏上了征途，虽然困境重重，但他通过自己的努力，最终克服挑战，浴火重生。

在"英雄之旅"模式中，会有各种常规要素，如冒险的召唤、导师、挑战、试炼者、盟友、敌人、苦难折磨等。回顾《神雕侠侣》中杨过的经历，会发现这是典型的"英雄之旅"故事。而黄蓉，就是他的"试炼者"。

其实在《射雕英雄传》之中，黄蓉不也碰到过这种最开始对她提防、质疑，多次给她苦头吃，让她屡历风雨，但最终对她真心相信，从此终生不疑的人吗？这人便是柯镇恶。

《射雕英雄传》的第三十五回《铁枪庙中》，黄蓉为保护柯镇恶，也为自证清白，挺身而出，冒死与欧阳锋、杨康等人周旋，不正和杨过屡救黄蓉、最终让她看清自己一样，是顶顶让人感慨的情节吗？

这种复杂的人物关系，有压抑后的爆发，有情节的起伏，也有感情的升华，最撩动读者的心弦。所以，这也就解释了，为什么黄蓉总是能够最深地影响杨过的命运，为什么他们似乎互相理解，又似乎总有嫌隙，为什么黄蓉一旦对杨过温言软语、推心置腹，杨过就能刀山火海、百死不悔。

黄蓉，其实是杨过心中极在意的人啊。

05

杨过与郭芙的关系，则是《神雕侠侣》中最有意味的。

先问一个问题：杨过救过次数最多的人是谁？答案竟然是郭芙，是那个小时候鄙薄他、欺负他，长大后又害得他肢体残疾、夫妇别离、半生漂泊的人。

杨过救过郭芙几次呢？让我们细细数来。

襄阳城外，金轮法王欲擒黄蓉和郭芙母女，黄蓉以家传奇门遁甲之术拒敌，虽暂时形成僵持的局面，但力有不支，即将落败。杨过孤身一人，难敌金轮法王，强行出手恐怕难保性命，尽管如此，他还是挺身而出，最后自己身受重伤，救了黄蓉郭芙母女。

终南山下，郭芙莽撞地用冰魄银针刺伤了小龙女，使得正在逆运经脉疗伤的小龙女毒入肺腑、无药可救。因此，杨过对郭芙恨之入骨，直欲杀之而后快。但旋即，杨过看到郭芙被李莫愁点住穴道、困于火中将被烧死，还是于心不忍，最终救了她。

绝情谷中，裘千尺对郭靖、黄蓉满心怨毒，见到他们的女儿郭芙，口吐枣核，忽施暗算，旁人均未及时发觉，只有杨过此前一直提防，间不容发之际，他出手救了郭芙。后来郭芙被带刀的渔网阵所困，又是杨过出手相救。

十六年后，万兽山庄之中，郭芙困于野兽群中，命在顷刻，杨过再次出手救了她。

羊太傅庙中，尼摩星暗夜突袭，欲擒住郭芙和郭襄，情势危急之际，杨过并未现身，而是借郭襄之手，轻轻巧巧结果了尼摩星，救了郭芙姐妹二人。

丐帮推选帮主，假扮成何师我的霍都被达尔巴打伤后假死，意欲偷袭近前查看的郭芙，杨过与黄药师同时以弹指神通石击霍都，再一次救了郭芙。

这一系列情节，可谓金庸小说中最让人"无力吐槽"，也最让人难以索解的情节。因为郭芙是杨过数十年来大部分困境、噩运的缔造者，且杨过对她也确实有怨。既然如此，他又何必屡次出手相救？

金庸写这些情节，是为了表现杨过胸怀超拔、不念旧恶吗？是为了倡导放下仇恨、以德报怨吗？其实都不是。要读懂这些情节，有一个关键，就是怎么理解郭芙这个人物。在《神雕侠侣》之中，郭芙不仅是情节的"发动机"，也是具有隐喻意义的人物。

郭芙对杨过所作的恶——折辱他、轻贱他、欺负他、冤枉他，毁掉他的肢体、爱情和希望——往往是推动故事发展的动力，这是显而易见的。更重要的是：她是杨过的情结的具象化，是他的心魔的诱动者。

什么情结呢？作为遗腹子的他，从小不知道父亲的身份事迹，兼之幼年丧母，没有得到足够的关爱，所以心性敏感，既自卑，又自傲。他是这个世界的"局外人"，表面上与世情格格不入，对世人不屑一顾，实际上他很想融入，也想要被理解、被关怀、被尊重。

为何杨过每次见到郭芙，都会愤愤不平、心情抑郁？因为郭芙的眼光，集中代表了他感受过的、想象中的世人的眼光。那眼光里面，有冷漠、不屑、鄙夷和评判。而杨过对郭芙，真的只是厌憎和记恨吗？其实，在厌憎和记恨之下，还隐藏着羡慕和亲近之意。杨过长到了十八岁，已有自立的能力，武功不错，长相不俗。可是一见到郭芙，他好像又变回了那个缺爱的孩子：

> 杨过自幼与她不睦，此番重逢，见她仍是憎恶自己，自卑自伤之心更加强了，心道："你瞧我不起，难道我就非要你瞧得起不可？你爹爹是当世大侠、你妈妈是丐帮帮主、你外公是武学大宗师，普天下武学之士，无一人不敬重你郭家。可是我父母呢？我妈是个乡下女子，我爹不知是谁，又死得不明不白……哼，我自然不能跟你比，我生来命苦，受人侮辱。你再来侮辱，我也不在乎。"他站在一旁暗暗伤心，但觉天地之间无人看重自己，活在世上了无意味。

郭芙瞧不起人，是她的个性使然，并非只针对杨过——对李莫愁，郭芙曾直斥她为"恶女人"；对陆无双，郭芙曾直斥她为"跛子"；对程英，郭芙曾直斥她"来路不正"。程陆等诸人，都未被郭芙所伤，为何偏偏杨过被伤得那么厉害呢？

因为她所挑破的，正是杨过最深的伤口，是他永难弥补的伤痛；也因为杨过在内心深处，其实万分羡慕她父母俱全、集万千宠爱于一身。当年第一次会面时，杨过见她雪肤花貌，心生仰慕，有亲近之意，没想到却受到她的鄙视：

> （郭芙）向那少年招手，说道："你去摘些花儿，编了花冠给我戴！"
>
> 那少年跟了她过去。郭芙瞥见他手掌漆黑，便道："你手这么脏，我不跟你玩。你摘的花儿也给你弄臭啦。"那少年冷然道："谁爱跟你玩了？"大踏步便走。

　　杨过的手掌漆黑，是因为中了冰魄银针之毒，郭芙并不知此内情，她说出嫌弃的话，虽然失了家教，也并非过分得不可原谅。杨过不屑解释，却把她的无礼之言深深记在了心里。

　　还有一次，杨过与郭芙、大小武斗蟋蟀。他找到了一只其貌不扬但生机勃勃的蟋蟀，珍而重之地让它上场，不出意料，又被郭芙嘲笑轻视。郭芙称此蟋蟀为"小黑鬼"，又在它斗胜之后愤而将其踩死。这种蔑视和影射的态度，让杨过十分愤激，他冲动之下，闹出不小的风波。后来，杨过离开桃花岛，谈到郭芙、大小武等人时，总是一副不屑一顾的口吻，但在他心中，这些人并非可有可无，这段令他刺痛的回忆也一直没有淡去。

　　所以长大后，当小龙女和他说起古墓之外的世界时，他的回答是："姑姑，你和我一起出去，我采花儿给你戴，捉蟋蟀给你玩，好不好？"与其说这是对郭芙难以忘怀，不如说这是对当年那个骄傲又自卑、敏感又无助的自己难以忘怀。

　　杨过与郭芙势成水火，与郭襄却一见如故，原因在于郭芙总是轻贱人，而郭襄惯于尊重人。尤其是郭襄在知道杨过的经历后说出的话，深深地打动了他：

　　　　郭襄从不知相思之深，竟有若斯苦法，不由得怔怔的流下两行清泪，握住杨过的手，柔声道："老天爷保佑，你终能再和她相见。"

　　　　杨过自和小龙女分别以来，今日第一次听到别人这般真心诚意的安慰，心中大是感激，一言之恩，自此终身不忘。

　　为何这"一言之恩"，杨过"终身不忘"呢？不仅因为这一言，是被相思苦熬的他所需要的暖心之语，也因为他在知道郭襄的身份后，自不免把她与郭芙相比较。在郭芙身上，他何曾感受过这种善意和温存？

自幼及长，杨过与郭芙嫌隙渐深，终至成仇——郭芙砍去了杨过的右臂，又害得他与小龙女分离十六年，这种仇恨，如何能解？

可是，杨过不仅多次救了郭芙，最后也轻易地原谅了郭芙：

> 郭芙走到杨过身前，盈盈下拜，道："杨大哥，我一生对你不住，但你大仁大义，以德报怨，救了……"说到此处，声音竟自哽咽了。……

> 杨过急忙还礼，说道："芙妹，咱俩从小一起长大，虽然常闹别扭，其实情若兄妹。只要你此后不再讨厌我、恨我，我就心满意足了。"

杨过救了郭芙多次，郭芙并不感激，总觉得他在炫示己能，直到这一次杨过在乱军之中救了郭芙的丈夫耶律齐，她方才悔悟过恶，真心感激。

郭襄一言之恩，杨过终身不忘；郭芙一言之悔，杨过既往不咎。

为何对郭芙，杨过曾恨得这么彻底，又原谅得这么轻易？因为郭芙指向的，就是杨过害怕自己不被接受、不被认可的心结。郭芙固然可恶，但她的言行之所以对杨过有这么大的杀伤力，是因为"不是风动，不是幡动，仁者心动"。

所以，当十六年后的杨过艰难地完成了自我的救赎之后，突然发现，当他内心坚如磐石之后，再烈的罡风也不会让他心动了。

而郭芙的道歉，恰恰弥补了他心中最后一个空洞，让他的人生从千疮百孔，到雨霁天开。

06

杨过是个性格奇特的人。

他有很多戏剧性的经历，也一直是个"叛逆者"：拜西毒欧阳锋为义父，并因此对郭靖的师父柯镇恶口出忤逆之言，不容于桃花岛；在终南山学艺，因为不甘当赵志敬的出气筒，反出师门，进入古墓派；入了古墓派，与小龙女朝夕相处，日久生情，不顾礼教之桎梏、天下之物议，自行其是；因误认郭靖为杀父仇人，被忽必烈招致麾下，决心杀郭靖来报仇，又因看到郭靖的一片丹心、一腔忠义，终于把自己的"父仇"和心魔放下。

杨过一生大起大落、剑走偏锋。任何选择，总是往难了选；种种处境，都比旁人所遇艰危数倍。

他也总是面临极端的好恶：爱他者众，恶他者亦复不少。世人因他在英雄宴上打败了金轮法王而敬重他，旋即又因他与自己师父相恋而鄙薄他。

怜爱他者如孙婆婆，初一识面，即怜他孤苦、待他热忱，甚至为他付出了生命；知赏他者如黄药师，虽然比他年龄大了数十岁、辈分高了两辈，名望也如日赫然，但见他性情行事颇类于己，竟与他平辈论交，一生引为知音；爱重他者如公孙绿萼，明知他心有所属、不暇他顾，依然情深一往，为帮他解情花之毒，一往无悔地牺牲了自己的生命；鄙薄他者如郭芙，从幼时初逢到少年重遇，总是对他冷嘲热讽、百般刁难；嫉恨他者如大小武、赵志敬，丝毫见不得他好，总是想让他登高跌重、身败名裂；提防他者如黄蓉，纵然得他多次舍身相救，依然心存疑虑，其情多次反复。

发现了吗？喜欢杨过的人，初见就能与他相知相惜、高山流水，甚至终生不疑、生死以之；不喜欢杨过的人，无论时间过了多久、他做了多少，往往还是对他抱有成见，真可谓"白头如新，倾盖如故"。

为何如此？金庸已在书中给出答案：

> 他却想不到自己际遇特异，所逢之人不是待他极好，便是极恶，乃是他天性偏激使然，心性相投者他赤诚相待，言语不合便视若仇敌，他待别人如是，别人自然也便如是以报了。

显然，金庸一直笃信事随缘起、境由心生。具体到杨过的身上，他特殊的遭际，亦是由他特殊的个性决定的。那么，杨过的个性是怎样的呢？用三个关键词来概括，就是敏感、孤傲、自恋。

因为敏感，所以容易自卑。譬如杨过成年后与郭芙、大小武等重逢的这一次：

> 原来杨过见武氏兄弟赶到，与郭芙三人合攻李莫愁，三人神情亲密，所施展的剑法又是极为精妙，数招之间竟将李莫愁赶跑。他不知李莫愁是忌惮郭靖夫妇这才离去，还道三人的剑招之中暗藏极厉害的内力，逼得她非逃不可。……他越看越是不忿，想起幼时在桃花岛上被武氏兄弟两番殴打，郭芙则在旁大叫："打得好，用力打！"又想起黄蓉故意不教自己武功，郭靖武功如此高强，却不肯传授，将自己送到重阳宫去受一群恶道折磨，只觉满腔怨愤，不能自已，眼见完颜萍、陆无双、青衣少女、耶律燕四女都是眼望自己，脸有诧异之色，心想："李莫愁污言骂我姑姑，你们便都信了。你们瞧不起我，那也罢了，怎敢轻视我姑姑？我此刻脸色难看，那是我气不过武氏兄弟和郭芙，气不过郭伯伯、郭伯母，你们便当我跟姑姑有了苟且因而内心有

愧吗？"突然发足狂奔，也不依循道路，只在荒野中乱走。

杨过此时的武功已远胜郭芙、大小武，但他多年来不平于自己的遭际，先入为主，自惭形秽；李莫愁诬陷他与小龙女不清不白，他便觉得程英、陆无双等红颜知己听了，也会信以为真，轻贱于他，故而不告而别，落魄癫狂。其实，所谓"瞧不起我""轻视我姑姑"云云，全是他因自卑而胡乱揣度所生的误解。

因为敏感，所以容易冲动。《孟子》云："人皆有不忍人之心……无恻隐之心，非人也。"孟子认为恻隐之心是人所共有之心，也是仁之起始。换句话说，人因有恻隐之心，故而能对他人遭受的苦难感同身受。杨过便是因为敏感而具有极强的同理心，因此，他遇事往往不能冷眼旁观、置身事外：

> 杨过在树后瞧得明白，眼见黄蓉竹棒一摆，就要奔出乱石堆抢救爱女，这一出去可是凶险之极，当下不及细想，猛地跃出，抓住郭芙后心，向乱石堆扑去。……金轮法王见功败垂成，又是杨过这小子作怪，心中不怒反喜，微微冷笑，说道："好，你乖乖的自投罗网，却省得日后再来找你了。"
>
> 杨过这一下奋身救人，实是激于义愤，进了石阵之后，才想起这一出手，瞧来自己性命也得饶上了，此生再难见小龙女之面，不由得暗暗懊悔。……黄蓉叹了口气，说道："过儿，你又何必多此一举？"杨过只有苦笑，摇头道："郭伯母，我傻里傻气，心头热血一涌，这就管不住自己了。"

在此之前，由于郭靖对杨龙二人相恋之事震怒阻挠，杨过已与郭黄二人再生嫌隙；而黄蓉自忖"为杨过好"，去规劝小龙女离开杨过，又致使她不告而别。杨过正心急如焚地追寻小龙女，却偶遇黄蓉、郭芙被金轮法王所困。杨过本就不敌金轮法王，此时稳妥明智的做法是回去向郭靖报信，请郭靖出马。但他"激于义愤""心头热血一涌"，还是舍命出手。这并非"傻里傻气"，而是恻隐之心和同理心盖过了对得失的功利性考量，实是深具仁心者方所能为。

孤傲，是杨过性子里有点病态、又极其吸引人的成分。

何谓孤傲？孤傲的人孤独而愤懑，但同时，他有清晰的自我认知，对"自我"也有近乎顽固的坚持。如屈原《渔父》所说，是绝不"以身之察察，受物之汶汶"，绝不以"皓皓之白，而蒙世俗之尘埃"。

其实，金庸常常在小说中写主角的孤寂与傲岸，写他们在面对生活的苦难、命运的挑战、世人的误解时，如何明心见性，坚持自我。

《飞狐外传》中，胡斐面对袁紫衣、周铁鹪等人的恳求，依然冲冠一怒，绝不肯饶恕凤天南；《倚天屠龙记》中，张无忌被朱元璋设计，得知他的野心，在杀他易如反掌的情形下，依然不肯违了自己做人的原则，宁愿挂冠远走；《笑傲江湖》中，令狐冲面对任我行的威逼利诱，不卑不亢，一笑而去。

孤傲之人，深深地感受到坚持自我的孤独感，但是无论如何孤独、如何沉重，他们还是要守住那个"我"。旁人或许为他叹息不值，他自己却是九死不悔。

但是，没有哪个金庸小说主角，有杨过这般孤傲。

那日，杨过因伤心世人皆不知我，姑姑亦不告而去，自暴自弃，上了华山，偶遇云游四方的洪七公。二人饱餐一顿之后，洪七公说连日奔波辛苦，正拟大睡三天三夜，叮嘱杨过为他守护，杨过应允之后，变故突生——被洪七公追击的藏边五丑正巧路过。他们见洪七公仰卧雪地，初时畏惧不已，后见杨过亦唤不醒他，以为他已死去，便要趁火打劫，毁他"遗体"。

其实，洪七公早就醒来，只是为了试杨过的心性，所以闭气装死。杨过此时的武功自然不敌藏边五丑，但他一诺之下，以死相报：

> 杨过慢慢退到窄道的最狭隘处，使个"魁星踢斗势"，左足立地，右足朝天踢起，身子在晓风中轻轻晃动。瞬时之间，只觉英雄之气充塞胸臆，敌人纵有千军万马冲来，我便也是这般一夫当关。

这一守，就是三天。三天之中饥寒交迫，强敌在侧，且洪七公看起来并无醒转之兆，对一个"死人"，还需要为守诺而送命吗？对一般人来说，答案自然是否定的，但杨过心想：

> "我对父母不能尽孝，对姑姑不起，又无兄弟姊妹，连好朋友也无一个，'义气'二字，休要提起。这个'信'字，好歹要守他一守。"又想："郭伯母当年和我讲书，说道古时尾生与女子相约，候于桥下，女子未至而洪水大涨，尾生不肯失约，抱桥柱而死，自后此人名扬百世。我杨过遭受世人轻贱，若不守此约，更加不齿于人，纵然由此而死，也要守足三日。"

在他看来，说三日就是三日，少一分一秒，都不算守信全节。重诺，本是"侠"的题中之义；而杨过的重诺，除了侠客的重义重信、不顾其身外，还有一种另外的意味。在他的认知中，他是孤立无援地与全世界对抗的，而在这种孤独感中，他似乎又体会到一种骄傲，找寻到了自己的价值，那种"敌人纵有千军万马冲来，我便也是这般一夫当关"的状态，不正是杨过一生与外物、与内心对抗的写照吗？

杨过的性格中，还有极强的自恋成分。且看这段对话：

（杨过）于是笑道："公孙姑娘，今日你我一齐死了，你来世想转生变作什么东西？似这般难看的鳄鱼，我是说什么也不变的。"

公孙绿萼微微一笑，道："那你还是变一朵水仙花儿罢，又美又香，人人见了都爱。"

在全书中，水仙花就出现了这么一次。它既与当下情境无涉，也与前后情节无关，骤然提起，看起来有点没头没尾。其实，金庸是暗用了古希腊神话故事，来寓示杨过的性格：河神刻菲索斯娶了水泽神女利里俄珀为妻，生下一个儿子，取名那喀索斯。孩子出世后，其父母去求神，想要知道孩子命运如何。神说了这样一句话："不可使他认识自己。"后来，那喀索斯竟然爱上了自己在水中的倒影，神魂颠倒，茶饭不思，憔悴而死，死后成为水仙花神。而"那喀索斯症"，后来也就成了文学作品中自恋症的专称。

杨过的自恋体现在有时容易自怜自伤，有时又风流自赏，好去招惹异性。为何他已经与小龙女倾心相爱，又先后对陆无双、完颜萍、程英、公孙绿萼等诸多女子似有情、似无情？其实，倒不是因为他轻薄花心，而是他往往在这些女子的眼中看到了自己的美好。这种自我投射后的满足感，让他欲罢不能。

敏感又多情，孤傲又热烈，自恋又自怜，杨过就是这般矛盾、激烈。

07

　　第一次看《神雕侠侣》时，十五岁的我以为杨过和令狐冲很像——一样内心赤诚而偶尔口舌轻薄；一样的放荡不羁，视礼法如无物；一样的命途多舛，不为人所理解。后来年岁渐长、阅历渐多后再重读二书，不禁哑然失笑：杨过和令狐冲，其实真真不同。最本质的区别是：令狐冲自由，而杨过不自由。

　　无论是被罚在思过崖思过，还是因岳灵珊移情别恋而失恋；无论是被师父以"结交奸邪"之名逐出师门，还是为向问天所骗、困于西湖地牢，令狐冲也许有过失落、惶恐、忧伤、愤懑、焦躁、无助，但是，他从来没有过自我怀疑。

　　令狐冲是谁？是天地间堂堂一男儿，是华山派中散淡的人，是经历过江湖上腥风血雨也未曾改变初心的真君子，是看过了兄弟阋墙、同门相残、师徒反目，还能笑傲江湖的人。最重要的是，令狐冲从头到尾，都知道自己是谁。他的人格之确立、自我之存在，不以门派之起落、武功之高低、爱情之得失、世人之毁誉为转移。

　　何谓自由？拥有真实的自我、内心的自洽和对自我的接受，就拥有了自由。

　　但杨过是不自由的。他的不自由，来源于三个因素：第一是身世的疑团，第二是缺爱的遗憾，第三是不被尊重的痛苦。那么这是不是说，杨过比不上令狐冲呢？当然不是。

　　明人张岱曾说："人无癖不可与交，以其无深情也。人无疵不可与交，以其无真气也。"（张岱《陶庵梦忆·祁止祥癖》）杨过既有癖，又有疵，甚至还有"病"。他的一生，都在疗愈童年；他带着一身的癖、疵和病，不仅自度，还能度人。

其实杨过身上最动人的，就是他的别扭和挣扎。

《神雕侠侣》中有一个不能草草放过的"角色"——黄马。这匹黄马是杨过葬了欧阳锋和洪七公，从华山下来后偶遇的。当时，它只是乡民鞭下一匹又瘦又癞的马，看起来要终老于苦役。杨过看到它被主人虐待的情形，想到自己长期被人辱慢欺负的经历，不禁心生同情，救下了它。

此举本是冲动之举，杨过对这匹马也没抱任何期待。没想到将养几天，这马却展露出"千里马"的气质：

> 饭后上马，癞马乘着酒意，洒开大步，驰得犹如癫了一般。道旁树木纷纷倒退，委实是迅捷无比。只是寻常骏马奔驰时又稳又快，这癞马快是快了，身躯却是忽高忽低，颠簸起伏，若非杨过一身极高的轻功，却也骑它不得。这马更有一般怪处，只要见到道上有牲口在前，非发足超越不可，不论牛马骡驴，总是要赶过了头方肯罢休，这一副逞强好胜的脾气，似因生平受尽欺辱而来。杨过心想这匹千里良驹屈于村夫之手，风尘困顿，郁郁半生，此时忽得一展骏足，自是要飞扬奔腾了。

郭靖有汗血宝马（红马），杨过则有黄马；郭靖有双雕，杨过则遇到了神雕。

红马和黄马都是宝驹，但红马还是胜了一筹；双雕会飞，神雕却不会飞。看起来，郭靖的际遇比杨过强。但实际上，红马和双雕虽然多次发挥重要作用，却主要只有"工具性"；而黄马和神雕，可以说是杨过生命中至关重要的师友。

神雕是杨过之师，在他伤残落魄时救助他、鼓励他、引导他，助他练成神功、找到自我，其重要性自不待言。黄马呢？看它的个性，"只要见到道上有牲口在前，非发足超越不可，不论牛马骡驴，总是要赶过了头方肯罢休"，这种别扭而好强的性子，不正和杨过一模一样吗？杨过当年遇到耶律齐——耶律齐人品武功样样出众，又心地善良，为人谦和，对杨过也颇为尊重——这样一个人，杨过应该对他不存一丝敌意才是，但其实，他把耶律齐当成了假想敌：

> 杨过踏上一步，距她（完颜萍）已不过尺许，正想抛去刀子，把嘴唇凑到她眼皮上去亲一个吻，猛地想起："她好生感激那耶律齐以礼相待，难道我就不如他了？哼，我偏要处处都胜过他。"于是低下头来，下颚一摆，将刀柄在她腰间一撞，解开她的穴道，将刀柄递了过去。

耶律齐并无和杨过争锋之意，杨过却"偏要处处都胜过他"。他和黄马一样，"这一副逞强好胜的脾气，似因生平受尽欺辱而来"。不难看出，黄马就是金庸对杨过气质、个性的一种隐喻。

所以，后来黄马葬身于襄阳城外的蒙古军中，黄马殒身的那一刻，正是杨过灵台清明，超越了恩仇束缚、心灵困境的时刻——从前种种，譬如昨日死；从后种种，譬如今日生。这种别扭、倔强、不服输的挣扎，可悲、可叹、可敬。

还有一个问题，也是《神雕侠侣》和《笑傲江湖》的读者们常常关注的：杨过和令狐冲，最后都选择了隐退。他们的选择，是不是不如选择"鞠躬尽瘁死而后已"，且最终真的殉了襄阳的郭靖高明呢？答案并非如此。

何谓"侠之大者"？虽然《射雕英雄传》给出了"为国为民"的"官方"解释，但是侠之大者，真的只有这一种形态吗？

令狐冲在江湖的血雨腥风之中，无论付出多少代价，都始终保持着自己的初心，算不算侠之大者呢？杨过在人生的歧路彷徨中，一次次战胜自己，救人亦救己，最终找到光明的方向，算不算侠之大者呢？

1926 年，鲁迅出版《彷徨》，自题诗曰"寂寞新文苑，平安旧战场。两间余一卒，荷戟独彷徨"，以描述自己在面对无物之阵时那种寂寞彷徨的心境。我很喜欢这首诗，因为在鲁迅的脆弱里，我看到了他没有宣之于口的对抗黑暗的决心。正因他没有想过要退，所以才有痛苦、有脆弱、有孤独、有倔强。

战士也有脆弱，英雄也可以失败——回到侠之大者的问题，在武侠的世界里，我们纵然能够去想象凡人能修炼到神仙一般有容而无求的境界，但在真实的人生中，哪有那么多轻易的超然？在无物之阵中左冲右突、头破血流，却始终追着微光、循着良知，最终找到出路的杨过，不正是一位因不完美而可爱的英雄吗？

张无忌：

你看他是软弱，我看他是慈悲

金庸小说中诸多的男主人公，除了韦小宝之外，大多是豪杰侠士、倜傥男儿。这些主角中，最不受读者欢迎的是哪一位呢？恐怕是金庸第一部武侠小说《书剑恩仇录》的主角陈家洛。这位红花会总舵主虽然出身名门，武功高强，文才卓越，风度翩翩，可惜作为政治领袖却没有政治眼光，得到了举世钦羡的爱情却亲手把它弄丢了。最后虽然也落得孤家寡人、惨惨戚戚，却难以引起读者的同理心，像我这种委实看不上他的读者，还要在心里暗骂一句：活该！

而排名倒数第二的是谁呢？恐怕是《倚天屠龙记》的主角张无忌。

张无忌已被读者贴上了不少标签："软弱""花心""渣"——条条都是现代社会对模范男性期许的反面。由于主人公不受待见，《倚天屠龙记》这部书似乎也受了连累，难以进入读者心中最受欢迎的金庸小说之列。

其实，《倚天屠龙记》是一本很"好看"的书，无论是玄之又玄的情节、性格反差极大的人物，还是置于悲剧境地而愈加深笃的人情，都是这部书的动人之处。张无忌，也不是一个软弱的人，他少孤早熟，闯荡江湖，武功高强，心地仁善，是个极正面的人物。

后来，我在《倚天屠龙记》的后记里找到了这个现象的答案。金庸说：

> 《倚天屠龙记》是"射雕"三部曲的第三部。
>
> 这三部书的男主角性格完全不同。郭靖诚朴质实，杨过深情狂放，张无忌的个性却比较复杂，也是比较软弱。他较少英雄气概，个性中固然颇有优点，缺点也很多，或许，和我们普通人更加相似些。杨过是绝对主动性的。郭靖在大关节上把持得很定，小事要黄蓉来推动一下。张无忌的一生却总是受到别人的影响，被环境所支配，无法解脱束缚。

既然作者发了话，张无忌的个性似乎就被盖棺论定了。金庸所用的词是"软弱"，软弱之人，在现实世界中本已不受欢迎，在崇尚杀伐决断、快意恩仇的武侠世界，自然更加不受待见。而金庸的这一评语，也成为很多读者谈论自己对张无忌的看法时常用的论据。

01

张无忌软弱吗？我从来不觉得。但要给一个作者都已经定性了的人"翻案"，不是一件容易的事。

首先，我们来看看《倚天屠龙记》这本书。它是一部明线写武林正邪教派之争，暗线状父子师徒夫妇之情的小说。书名取自书中引发江湖风云变动的倚天剑、屠龙刀。其实，数十年的江湖腥风血雨虽然起自这一刀一剑，罪责却不能归咎于它们。毕竟，有人的地方就有江湖，而人性之中的贪嗔痴才是罪魁祸首。所以，归根到底，《倚天屠龙记》是一本写人性的书。

从金庸的写作历程来看，《书剑恩仇录》只写善恶，且善自为善，恶自为恶，二元对立，壁垒分明。《碧血剑》大体上还是这种写法，但是书中已经出现游离于善恶之间的人物——金蛇郎君夏雪宜。因他人之贪欲恶念，他一夜之间家破人亡，从此走上复仇的不归路。他在复仇时狠辣如蛇，在爱情里却温软若绵羊。"夏"炎热，"雪"冰凉，冰炭并置，亦正亦邪——通过这样的人物，已经能看出金庸思想的变化了。不过，后来的《射雕英雄传》《雪山飞狐》《飞狐外传》大略还是善恶分明的路子，只有《神雕侠侣》主角杨过因其不寻常的身世经历带点邪气，才稍微另类一些。

到了《倚天屠龙记》，金庸往另一个更广阔的方向迈了一大步。《倚天屠龙记》里面的"名门正派"弟子，有恃强凌弱如何太冲者，有促狭狠辣如丁敏君者，有欺师灭祖如宋青书者，更有甚者，因为一把屠龙刀，"正派"中人大多以替天行道之名，行巧取豪夺之实，群魔乱舞，丑态毕露。而"邪派"中的人物，有慷慨壮烈如殷天正者，有风流潇洒如杨逍者，有视死如归如五行旗教众者。他们的人格未必毫无瑕疵，但他们活得更真实，更有"人味"。所以，在金庸有意的对比下，后者远比前者更可亲可爱。

正邪之争只是"表"，对复杂人性的反思才是"里"。为何人们常常借善之名为恶？老子早就给出过答案了："天下皆知美之为美，斯恶已。皆知善之为善，斯不善已。"天地浑成，太初有道，此时无善无恶，其实最近自然。而自从有了善恶，问题便产生了。谁能够界定善恶？你认为的善，会不会是我认为的恶？善恶又能永远不变吗？善的道德价值，会不会被恶人利用，成为为恶的工具呢？

人们总想占据对立的阵营里代表正义的那一方，殊不知，那阵营却常常是被自称正义的人占领着，有时候，那些看起来美好的概念，与其说其作用在匡扶世道，不如说更多是在迷惑人心。

所以，到了《倚天屠龙记》，金庸开始从反面着笔，解构"善恶"。张无忌便是在这种情况下产生的人物。他的身世，正是《倚天屠龙记》主题的隐喻。

02

张无忌的父亲是武当七侠之中排行第五的铁画银钩张翠山，张翠山兼通文武，天资聪颖，谦逊有礼，是武当掌门张三丰心目中的最佳传人。

这样一位本来拥有美好前途的武林佳公子，却因为陷入了争夺屠龙刀的风波，竟阴差阳错地和天鹰教教主之女殷素素暗生情愫。张翠山是个道德感、门派观很强的人，本来，在正常的秩序中，他不大可能冲破世俗的桎梏，可是造化弄人，他与殷素素被谢逊挟持，继而又漂流冰火岛，众缘和合，他们终于在这个世俗规范鞭长莫及的地方成了眷属。

金庸小说中，颇有几段不为世俗所祝福的感情，最有名的，恐怕就是《神雕侠侣》中的杨过小龙女之恋和《倚天屠龙记》中的张翠山殷素素之恋了。

且看：张翠山与殷素素在中原时，过不了的是自己内心的那一关。但当他们漂流冰火岛时，又受困于外物。初到此岛，环境恶劣，强敌窥伺，万事艰难，不久，殷素素怀有身孕，而谢逊却看起来又要发狂，夫妻俩一筹莫展，只觉来日大难，前途难测。转机发生在张无忌出生的那一刻：

蓦地里"哇"的一声，内洞中传出一响婴儿的哭声。谢逊大吃一惊，立时停步。

……只听得婴儿不住大声哭嚷，突然之间，谢逊良知激发，狂性登去，头脑清醒过来，想起自己全家被害之时，妻子刚正生了孩子不久，那婴儿终于也难逃敌人毒手。这几声婴儿的啼哭，使他回忆起许许多多往事：夫妻的恩爱，敌人的凶残，无辜婴儿被敌人摔在地上成为一团血肉模糊，自己苦心孤诣、竭尽全力，还是无法报仇，虽然得了屠龙刀，刀中的秘密却总是不能查明……他站着呆呆出神，一时温颜欢笑，一时咬牙切齿。

张无忌出生时，谢逊正好狂性大发，他制住了张翠山，欲将张翠山扼死。而张无忌的啼哭，恰好解开了谢逊因丧子而生的心结，唤醒了他狂性中的人性。

婴孩是柔弱的，但正如老子所说，"天下之至柔，驰骋天下之至坚"，婴孩之纯净、无争独具力量，一声啼哭，如风拂尘埃，将谢逊心中的恶念、迷雾倏然吹散。"无忌"这一名字，也是昔日惨死的谢逊孩儿的名字。灭门之仇，是谢逊后半生的遭际和双手沾染的鲜血的由来，而张无忌，就是谢逊的救赎。从此，冰火岛成了世外桃源。

这"不知有汉，无论魏晋"的海岛生活，对张殷夫妇而言自然是极好的选择。但有了张无忌，他们便不能永远留在这个桃源，以免他年留张无忌孤立天地间，与野兽为伍。所以十年后，他们一家三口扬帆破浪，历尽艰险回到了中原。可惜，亲友重聚的喜悦，回归故土的欢愉，只有短短的一瞬间。其后，因为屠龙刀和十年前未了结的往事，他们陷入了人欲的苦海——在张三丰的百岁寿宴之上，张无忌身中玄冥神掌，目睹父母先后身亡，从此，桃源再也回不去。

一般的孩子，经历了这样的血雨腥风，哪怕不仇恨社会，恐怕也会三观大变，内心一片荒凉。而张无忌是不一样的：

> 无忌扑在母亲怀里，哭道："妈，他们为什么逼死爹爹？是谁逼死爹爹的？"殷素素道："这里许许多多人，一齐上山来逼死了你爹爹。"无忌一对小眼从左至右缓缓的横扫一遍，他年纪虽小，但每人眼光和他目光相触，心中都不由得一震。

> 殷素素道："无忌，你答应妈一句话。"无忌道："妈，你说。"殷素素道："你别心急报仇，要慢慢的等着，只是一个也别放过。"众人听了她这冷冰冰的言语，背上都不自禁的感到一阵寒意，只听无忌叫道，"妈！我不要报仇，我要爹爹活转来。"

李萍让郭靖报仇，郭靖便将报仇作为毕生事业；杨过以为郭靖黄蓉是自己的仇人，明知自己武功不及他们，明知郭靖是国之干城，也还是决定要"报仇"；而殷素素自杀之前，嘱咐张无忌记住在场的一干人等的面目，让他长大之后找他们报仇，张无忌却说："我不要报仇，我要爹爹活转来。"

此后，江湖诡谲，纵然有武当派的庇佑，张无忌还是见尽了江湖风波和人心鬼蜮。虽然所有金庸小说主角的"成长史"都满是奇遇，但在我看来，张无忌是遭际最奇特的一个。

张无忌遇到过传统意义上的坏人胡青牛。之所以说胡青牛是传统意义上的坏人，是因为生在崇尚利他主义时代的他，却是一个绝对的自我主义者。他的医术高超至极，但行事奇特，不近人情。张无忌从被其拒之门外、生命垂危，到成为他的忘年之交、入室弟子，得他倾囊相授，在这一转变中起到关键作用的，正是张无忌的慷慨之气和宽厚心肠。

　　张无忌遇到过纯粹的小人何太冲。何太冲身为昆仑派掌门人，先是参与五大派围攻武当派图谋屠龙刀之事，后又因其中毒的美妾蒙张无忌所救，与张无忌相识。这么说来，何太冲有负于张无忌，张无忌却不计前嫌，施恩于他，何太冲亏欠张无忌的不可谓不多。可是顷刻之间，当局势转变、危难陡生时，何太冲便立马忘恩负义起来。

　　张无忌遇到过工于心计的伪君子朱长龄。张无忌来到朱家时本是无名小厮的身份，可是当朱长龄得知他即是武当派的那个张无忌——天下唯一一个知道屠龙刀所有者谢逊下落的人时，便苦心孤诣地设局，惺惺作态，贾义市恩，为此，朱长龄命令其女以色相诱，甚至将数年家业付之一炬，其用心之狠、城府之深，令人心惊。

　　"魍魉搏人应见惯，总输他，覆雨翻云手"。张无忌的江湖经历，大抵如此。他无日不可以死，却回回都没死成。数次陷他于死境的，其一是他与谢逊的牵连，"匹夫无罪，怀璧其罪"，所有觊觎屠龙刀的人，都想撬开他的口，寻得谢逊的下落；其二，则是他的慈悲心肠。

　　至于为什么数遭艰险，却又往往能绝处逢生，其一，是因为主角光环，其二，则是因金庸是通过张无忌来表明他所信奉的中国传统精神：天道循环，报应不爽；天缘人运，非所能计；积善之家，必有余庆。

03

　　如果说，杨过每每行侠义之事是出于情感和冲动，那么张无忌则是出于天性和慈悲心。这天性，既是天成，也有教养之功。张无忌在"世外桃源"冰火岛长大，冰火岛远离江湖，没有门派之别、贪欲之毒、权谋之局。张无忌的出生，能让双手沾满鲜血的谢逊瞬间内心光明，转恶为善，其实，这已然是一种象征——张无忌似乎是怜悯众生的佛陀、点化世人的先知的化身。

张无忌八岁时，谢逊向他讲述自己的平生憾事——受成昆诱骗、打死少林高僧空见一事。故事讲到空见为劝谢逊放下屠刀，提出以身受谢逊十三拳，而谢逊打了十拳尚未伤到对方分毫，正欲以诡计取之时：

> 无忌忽道："义父，下面还有三拳，你就不要打了罢。"谢逊道："为什么？"无忌道："这老和尚为人很好，你打伤了他，心中过意不去。倘若伤了自己，那也不好。"

张无忌的仁善心肠，可见一斑。值得一提的是，这段情节除交代谢逊的经历、丰富谢逊和张无忌的形象之外，其实还大有深意。空见意欲化解成昆和谢逊的不共戴天之仇，以身受谢逊之拳，与后来张无忌意欲化解六大派和明教的恩怨，以身受灭绝师太之掌一事，实在如出一辙。

空见是何等样人？金庸写这位只在这一章现身的、存在于谢逊回忆里的人物，也是笔力通神：

> "我（谢逊）心灰意懒之下，恶念陡生，说道：'罢了，罢了！此仇难报，我谢逊又何必活于天地之间？'提起手来，一掌便往自己天灵盖拍下。"
>
> ……谢逊惨然叹道："我便是要利用他宅心仁善，你们料得不错，我挥掌自击天灵盖，虽是暗伏诡计，却也是行险侥幸。倘若这一掌击得不重，他看出了破绽，便不会过来阻止。十三拳中只剩下最后一拳，七伤拳的拳劲虽然厉害，怎破得了他的

护身神功？那时要找我师父报仇之事，再也休提。当时我孤注一掷，这一掌实是用足了全力，他若不来救，我便自行击碎天灵盖而死，反正报不了仇，原本不想活了。空见大师眼见事出非常，大叫：'使不得，你何苦……'立即跃将过来，伸手架开我右掌，我左手发拳击出，砰的一声，打在他胸腹之间。这一下他确是全无提防，连运神功的念头也没生。他血肉之躯，如何挡得住这一拳？登时内脏震裂，摔倒在地。我击了这一拳，眼见他不能再活，陡然间天良发现，伏在他身上大哭起来，叫道：'空见大师，我谢逊忘恩负义，猪狗不如！'"

……"哪知隔了良久，始终不见我师父到来。我心下诧异，望着空见大师。这时他已气息微弱，断断续续的道：'想……想不到他……他言而无信……难道……难道什么人忽然绊住他么？'我大怒起来，喝道：'你骗人，你骗我打死了你，我师父还是不出来见我。'他摇头道：'我不骗你，真是对你不起。'我狂怒之下，还想骂他，忽然想起：'他骗我来打死他自己，于他有什么好处？我打死他，他反而来向我道歉。'不由得万分惭愧，跪在他的身前说道：'大师，你有什么心愿，我一定给你了结？'他又是微微一笑，说道：'但愿你今后杀人之际，有时想起老衲。'这位高僧不但武功精湛，而且大智大慧，洞悉我的为人。他知道要我绝了报仇之心，改做好人，那是决计办不到的，他说了也不过是白说，可是他叫我杀人之际有时想起他。五弟，那日在船中你跟我比拼掌力，我所以没伤你性命，就是因为忽然间想起了空见大师。"

传说中的割肉饲鹰、舍身饲虎，也不过是如此了。最让人喟叹的是空见死前的表现。他本是受人之托，前来斡旋说和，意图化解这场血海深仇。谢逊满心仇恨，无法轻易放下，也是他意料之中的事，但出乎他意料的是，谢逊竟然会使诈，利用他的慈悲之心，反过来害他。

常人遇此情境，愤怒怨怼，皆无可非议。而空见哪怕已当弥留之际，还能保持本心之澄澈、气度之闲雅。尤其是他所说的这句"但愿你今后杀人之际，有时想起老衲"，实在是兼具慈悲心和智慧：虽然我已经为你付出生命的代价，但我知道复仇之事，对你也重逾生命，你哪怕对我有愧、有悔，也不可能为此放下屠刀。如此，我不怪你。但是，我希望你以后举起屠刀之时，回想此情此景，想想这世上曾经有人希望你走向救赎的光明之路，并且为之付出生命，无怨无悔。但同时，你也不必把我的死当成负担，我不是为你死去，而是为我心中的道死去；你不需要承我的情，只需要有时候还能相信这个世界还有救赎，我愿已足。

空见有如此心胸，更有如此见识，真是天人一般。可是天人是不适合在凡间生存的。要度人，怎么度？慈悲到极处，就是用自己的血肉去度了。空见如此人物，和他互为镜像的张无忌，会是凡人庸人吗？自然不是，不过是慈悲到了极处，你以为他是软弱罢了。

后来，张无忌见到明教锐金旗诸人英勇无畏，又见灭绝师太欲屠之而后快，不禁心生怜悯，开口恳求：

> 以张无忌的身分年纪，说出"罢斗"的话来原是大大不配，他听得各人讥笑，登时面红耳赤，但忍不住说道："你为什么要杀死这许多人？每个人都有父母妻儿，你杀死了他们，他们家中孩儿便要伶仃孤苦，受人欺辱。你老人家是出家人，请大发慈悲罢。"他原本不擅词令，但想到自己身世，出言便即真挚。这几句话情辞恳切，众人听了都是心中一动。

为何张无忌想求灭绝刀下留人，而灭绝又嗤之以鼻呢？因为在灭绝的眼中，他们是死有余辜的"魔教"教众，而张无忌则将他们视为有至爱亲朋挂念珍视的有血有肉之人。后来，灭绝同意如若张无忌能受得住她三掌，便网开一面，就此罢手。张无忌受了两掌以后，已是受伤不轻：

> 这时天已大明，阳光灿烂，过了片刻，只见张无忌背脊一动，挣扎着慢慢坐起，但手肘撑高尺许，突然支持不住，一大口鲜血喷出，重新跌下，他昏昏沉沉，只盼一动也不动的躺着，但仍是记着尚有一掌未挨，救不得锐金旗众人的性命。
>
> 他深深吸一口气，终于硬生生坐起，但见他身子发颤，随时都能再度跌下，各人屏住了呼吸注视，四周虽有数百众人，但静得连一针落地都能听见。

张无忌此时只是一个籍籍无名的后辈小子，他不明前因后果，不知天高地厚，竟然想在煞星灭绝师太面前给明教出头。当他此前口出"狂言"之时，除明教诸人外，余人都觉得荒唐可笑。但是，他的善良和坚韧却让众人的眼光改变了。哪怕受了伤，坚持接掌有可能丧命，他"仍是记着尚有一掌未挨，救不得锐金旗众人的性命"，此时，旁人看他的眼神，不再是睥睨不知好歹的狂人，而是仰视慈悲救度的勇者。

《大智度论》云："大慈与一切众生乐，大悲拔一切众生苦。"所谓慈悲，就是予乐拔苦。佛教中的慈悲者为了拔除众生之苦，有时候甘愿以身代之，先入地狱。张无忌的一生中，屡屡欲为他人代死，为杨不悔，为谢逊，为明教诸人，虽然每次都绝处逢生，但这发心却都是真用了自己的命的。

张无忌比空见幸运的是，他遇到了常遇春，遇到了杨逍，遇到了赵敏，善良的小鹿有狡猾的狐狸保护，可以继续着他的善良，而不至于失去生命；他比空见不幸的是，空见的慈悲，被谢逊看见了，而他的善良，他的不忍，他的慈悲，到了不懂得的人眼中，却成了软弱。

04

张无忌还是一个极有气概的人。

少年时的张无忌，就干过不少慷慨豪迈之事。十岁时，他父母双亡，自己身中玄冥神掌，药石无灵，危在旦夕。张三丰师徒等一流高手竭尽全力救治了两年，却还是回天乏术。好不容易在机缘巧合之下，他被新结识的忘年交常遇春带到了蝶谷医仙胡青牛的家中，却因不愿答应胡青牛提出的"加入明教"的条件，被拒之门外。

他之所以不愿意加入明教，是为了守"信义"：

> 张无忌知道自己体内阴毒散入五脏六腑，连太师父这等深厚的功力，也是束手无策，自己能否活命，全看这位神医肯不肯施救，但太师父临行时曾谆谆叮嘱，决不可陷身魔教，致沦于万劫不复的境地。……心道："宁可他不肯施救，我毒发身死，也不能违背太师父的教诲。"于是朗声说道："胡先生，我妈妈是天鹰教的堂主，我想天鹰教也是好的。但太师父曾跟我言道，决计不可身入魔教，我既答允了他，岂可言而无信？你不肯给我治伤，那也无法。要是我贪生怕死，勉强听从了你，那么你治好了我，也不过让世上多一个不信不义之徒，又有何益？"

这种态度，不就是孟子所说的"生，亦我所欲也，义，亦我所欲也，二者不可得兼，舍生而取义者也"吗？

无奈之下，常遇春提出，既然胡青牛本是打算医治自己的，那就一命换一命，请他改为医治张无忌而不必医治自己，听到这一提议，张无忌的反应是：

> "我不要你救，不要你救！"转头向常遇春道："常大哥，你当我张无忌是卑鄙小人么？你拿自己的性命来换我一命，我便活着，也是无味之极！"

张无忌虽然年纪幼小、阅历尚浅，可是他却有着不逊于常遇春的情智水平和同样高贵的灵魂。胡青牛见他们你推我让，仿佛拿准了自己一定会救其中一人，犟劲发作，冷笑连连，放话说二人他一个都不救了。既然恳求无用，张无忌也不再开口，反而一派的乐天知命、不以为意，当夜与常遇春同甘共苦、露天而宿，连胡青牛心中都觉得"这小子果是和常儿大不相同。"

后来，胡青牛见张无忌所受之伤颇为棘手，忽然技痒起来，又开始给他医治，反而将常遇春置之不理。张无忌忧心如焚，便自己翻看医书，准备给常遇春医治：

> 当下从胡青牛的药柜中取了八根金针，走到常遇春身畔，说道："常大哥，这几日中小弟竭尽心力，研读胡先生的医书，虽是不能通晓，但时日紧迫，不能再行拖延。小弟只有冒险给常大哥下针，若是不幸出了岔子，小弟也不独活便是。"

我读到这里，真不禁为张无忌的智、勇、义而击节。面临绝境，依然努力找寻出路，虽然前路茫茫，还是勇敢地踏下去。如果不幸下面是悬崖，你死了，我绝不独活——虽然此时张无忌年纪尚幼，但如此胸襟，真是君子中的君子，丈夫中的丈夫。

张无忌还有一件义举，值得浓墨重彩地写出来。那便是他受纪晓芙遗托，奋不顾身，护送杨不悔万里寻父之事：

> 张无忌心中本已悲痛，再想起自己父母惨亡之时，自己也是这么伏尸号哭，忍不住泪如泉涌。两人哭了一阵，张无忌心想："纪姑姑临死之时，求我将不悔妹子送到她爹爹那里。嗯，她爹爹名叫杨逍，是明教中的光明左使者，住在昆仑山的什么坐忘峰中。我务必要将她送去。"他可不知昆仑山在极西数万里外，他两个孩子如何去得？
>
> ……到茅舍中取过一柄铁铲，挖了个坑将纪晓芙的尸身埋了。这时杨不悔已哭得筋疲力尽，沉沉睡去。待得醒来，张无忌费尽唇舌，才骗得她相信妈妈已飞了上天，要过很久很久，才从天上下来跟她相会。

此段描写，真是让人唏嘘，张无忌再智勇双全，此时毕竟还是个孩子，杨不悔更是年幼不谙世事。张无忌既答允了纪晓芙，又见到纪晓芙死前惨状，想到杨不悔幼年丧母，再联想起自己父母去世的伤心事，不禁激发了恻隐之心，刀山火海也要送杨不悔去坐忘峰。这一路艰险重重，一开始就出师不利：

> 两人走了大半日，方出蝴蝶谷，杨不悔脚小步短，已走不动了。歇了好一会，才又赶路，行行歇歇，第一晚便找不到客店人家，一直行到天黑，还是在荒山野岭中乱闯，四下里狼嗥枭啼，只吓得杨不悔不住惊哭。
>
> 张无忌心下也是十分害怕，见路旁有个山洞，便拉着杨不悔躲在洞里，将她搂在怀里，伸手按住她耳朵，令她听不见饿

兽吼叫之声。

此段情节让人动容。昆仑山远在万里之外，路上的万千艰难，两个苦命而弱小的孩子只能一步步捱过去。

时当乱世，出发不久，他们先遇饥荒，再逢恶人。这几人系正派弟子，不久前还被金花婆婆调弄得个个重伤，蒙张无忌妙手医治方才转危为安。但此时他们饥饿之下，见张无忌、杨不悔年幼可欺，竟想吃人。不过他们在兽性大发之时还存着一丝"廉耻"，不好意思吃张无忌，便准备吃杨不悔。

后来，张无忌险中求胜，化险为夷，从一干恶人手中逃脱。但旅途万里，两个孩子无钱、无衣、无食，时时困窘难行，张无忌一直用自己的一切，去护着杨不悔。

此时的张无忌自己也还年幼，却被生活逼得要捐起黑暗的闸门。再苦、再累，他总是平和以对，坦然处之。风波迭起、几经生死之后，才将杨不悔送到了杨逍的手中，杨逍询问张无忌有何心愿，直说以己之能，定能好好酬答他：

> 张无忌哈哈一笑，说道："杨伯伯，你忒也把纪姑姑瞧得低了，枉自叫她为你送了性命。"杨逍脸色大变，喝道："你说什么？"

> 张无忌道："纪姑姑没将我瞧低，才托我送她女儿来给你。若是我有所求而来，我这人还值得托什么？"他心中在想："一路上不悔妹妹遭遇了多少危难，我多少次以身相代？倘若我是贪利无义的不肖之徒，今日你父女焉得团圆？"只是他不喜自伐功劳，一句也没提途中的诸般困厄，说了那几句话，躬身一揖，转身便走。

在《倚天屠龙记》之中，杨逍本已算个妙人了——虽然身有邪气，性子又傲娇，但不失为豪侠，可与张无忌一比，顿时落了下乘。张无忌受了嘱托，便一诺千金，间关万里，生死无违；施恩于人，只是义之所在、心之所向，不仅不求报偿，甚至不愿提起。这真是古仁人君子之风。

05

另一个让张无忌不受待见的原因，是他在感情上的摇摆不定。

金庸小说中多痴情者，如程英、程灵素、仪琳、郭襄，都是动人的。如果痴情而又长情，那便更让人感叹，譬如杨过。要是那个痴情且长情的人还是大英雄，简直让人无法抗拒。所以，萧峰可谓金庸小说中最受好评的男主角。而张无忌，自然不算痴情者，他与四个女子几乎同时发生了情感纠葛，甚至一度弄不清谁才是自己最心仪的对象。如此说来，张无忌的感情线，似乎真是给他的侠客形象"抹黑"——"侠客"，似乎必然是果敢、决然、知道自己想要什么的人。

张无忌敬重殷离，因为跟她患难相交，又得她青眼相看，与她有生死之约；他怜爱小昭，被她的温柔、不争俘获；他对周芷若又敬又怕，却与她有汉水舟中宿缘，承她光明顶相救之恩，与她在灵蛇岛许下终身之约；对赵敏又恨又爱，和她身处敌对阵营，纵然势不两立，还是念念不忘，难以放下。

而这四个女子，都对他有情，所以似乎他"选"谁都可以，又"选"谁都不可以。他徘徊、犹疑，甚至还做过享齐人之福的美梦：

张无忌惕然心惊，只吓得面青唇白。原来他适才间刚做了一个好梦，梦见自己娶了赵敏，又娶了周芷若。殷离浮肿的相貌也变得美了，和小昭一起也都嫁了自己。在白天从来不敢转的念头，在睡梦中忽然都成为事实，只觉得四个姑娘人人都好，自己都舍不得和她们分离。他安慰殷离之时，脑海中依稀还存留着梦中带来的温馨甜意。

他最后的选择，也是被命运推着做出来的：命运的考验一次次给他提示，他才最终确定，他最在乎的其实是赵敏。

可是我还是愿意理解张无忌，不认为这是软弱。因为他遇到的每一个女子，都比他强势得多。不是张无忌不知道自己要什么，而是她们太知道自己要什么了。殷离执着到偏执的程度；小昭外柔内刚，又颇有谋略；周芷若简直是个阴谋家；而赵敏则是个出色的政治家。

张无忌呢，从来不想也不会算计，所以就只能被算计了。他想要的也不多。身份、权位对他来说不算什么，作为武林最大门派之一的正经传人，他难道是没见过世面的人吗？名利对他来说不算什么，哪怕被人用阴谋夺去教主之位，他也并不失落。武功对他来说不算什么，他并不想报仇，而他人生中最快乐的时光，其实是对武功、江湖、人心懵然无知的冰火岛那十年。

作为一个有着完美童年和悲惨少年的人，作为一个得到过无条件的爱，又在瞬息之间失去一切的人，张无忌想要的，不过是真心而已。所以最后他选了赵敏，一个愿意为了他放弃所有的人，一个帮他洞察一切的人。

有人说：爱上一个人的感觉好像突然有了软肋，又像突然有了铠甲。张无忌就是一个以慈悲心为软肋、以慈悲心为铠甲的人。他不是传统概念里的"大英雄"，但绝非平凡人。我为世人对他的误会感到遗憾。不过，假设张无忌知道世人对他的误解，他虽然不会全不挂意，但也并不会因此改变自己的行径。

06

对于张无忌的爱情，读者往往好奇，赵敏和张无忌，一个果决到有点毒辣，一个善良到看似软弱；一个是蒙古郡主、朝廷重要人物，一个是明教教主、"反贼"首领——这样的两个人，怎么会相爱呢？

其实，这种反差，正是推动二人爱情的关键。

首先，张无忌的父母，不就是身在正邪两派，且性情迥不相侔吗？赵敏的性格、行事方式，那种果决、坚毅、执着、狠辣和殷素素十分相似，从心理学的角度，也颇合"恋爱是找寻与自己理想父母相似的人"的理论。

其次，张无忌曾与杨不悔、朱九真、周芷若、殷离、小昭、赵敏等女子各有情缘。但这些女子中，只有朱九真和赵敏让他动过情欲之念。张无忌与朱九真的故事，是傻小子与蛇蝎美人的故事，流水有意，落花无情，我这厢情深一往，你那厢阴谋算计，不说也罢。而张无忌与赵敏，本来也是不共戴天的敌人，张无忌在光明顶为明教和六大派排纷解难，名扬天下，也因此被推举为明教教主，雄心勃勃，正欲大展拳脚，不料甫一出山，就在赵敏手上栽了个大跟头。赵敏手下精兵强将，而她自己的谋略心计，更令人悚然惊惧。赵敏的奇计让明教诸人身中奇毒，一时三刻之间，如若没有解药，中毒者势必武功尽废、性命难保。张无忌心急如焚，赵敏撒娇作痴，装傻充愣，既是好整以暇的戏弄，也是别有意味的调情。而张无忌制住她后，见她油盐不进，忽然灵机一动，出了奇招：

> （张无忌）抓起她左脚，扯脱了她的鞋袜。赵敏又惊又怒，叫道："臭小子，你干什么？"张无忌不答，又扯脱了她右脚鞋袜，伸双手食指点在她两足掌心的"涌泉穴"上，运起九阳神功，一股暖气便即在"涌泉穴"上来回游走。

此前，赵敏面对张无忌，是三分惫懒、七分调笑，让张无忌有力无处使。而此时，张无忌抓住了她的脚，她却是三分愤怒、失色，七分害羞、嗔怪。氛围已经悄然改变：

> 赵敏喘了一口长气，骂道："贼小子，给我着好鞋袜！"张无忌拿起罗袜，一手便握住她左足，刚才一心脱困，意无别念，这时一碰到她温腻柔软的足踝，心中不禁一荡。赵敏将脚一缩，羞得满面通红，幸好黑暗中张无忌也没瞧见，她一声不响的自行穿好鞋袜，在这一霎时之间，心中起了异样的感觉，似乎只想他再来摸一摸自己的脚。却听张无忌厉声喝道："快些，快些！快放我出去。"

一个"心中不禁一荡"，一个是"羞得满面通红""心中起了异样的感觉"，这不就是郎有情、妾有意吗？不止这次，后来张无忌为救被赵敏囚禁的六大派诸人，夜探万安寺，也有过类似情形：

> （张无忌）再向前看，只见一张铺着锦缎的矮几之上踏着一双脚，脚上穿一对鹅黄缎鞋，鞋头上各缀一颗明珠。张无忌心中一动，眼见这对脚脚掌纤美，踝骨浑圆，依稀认得，正是当日绿柳庄中自己曾经捉过在手的赵敏的双足。他在武当山和她相见，全以敌人相待，但此时见到了这一对踏在锦凳上的纤足，

不知如何，竟然忍不住面红耳赤，心跳加剧。

不是冤家不聚头，张无忌在绿柳山庄、武当山、万安寺见到赵敏，都与她势如水火，但此时心中忽然有了另外的念头。尤其"依稀认得，正是当日绿柳庄中自己曾经捉过在手的赵敏的双足"一句，可见当时绿柳山庄那一握，后来也让他辗转颠倒。这种青春的悸动发自本能，原是超越门派、立场、阵营的。

其实，金庸小说写青年男女的爱情，大多时候是将重点落在目成心许之乐上，很少写肌肤相亲之欲。如杨过与小龙女生死相许，共宿一房，是一人床上，一人绳上；令狐冲爱岳灵珊，虽然相思无极，却对她敬若天神，秋毫无犯；张翠山和殷素素夜会定情，也是一言之诺，心意相通，便觉情浓心悦。而张无忌和赵敏之间却多了情欲的因素——须知，在中国古代的语境里面，"足"是女子秘不示人的部分，而在历史传统中，女性之"足"与男性的性心理更有千丝万缕的联系。

在《射雕英雄传》中，金庸也曾用"足"来写情欲：

> 那少女急了，飞脚向他太阳穴踢去，要叫他不能不放开了手。那公子右臂松脱，举手一挡，反腕钩出，又已拿住了她踢过来的右脚。他这擒拿功夫竟是得心应手，擒腕得腕，拿足得足。那少女更急，奋力抽足，脚上那只绣着红花的绣鞋竟然离足而去，但总算挣脱了他的怀抱，坐在地下，含羞低头，摸着白布的袜子。那公子嘻嘻而笑，把绣鞋放在鼻边作势一闻。

穆念慈比武招亲，杨康抱着戏弄的心情上台打擂。本来他自恃身份高贵，看不上这种"江湖女子"，但是拳脚来往时，看着穆念慈轻嗔薄怒，衣香鬓影间，忽然动了些情。不过，他生性油滑轻薄，所以这动情方式，也是轻薄的：拿住右脚，抱住身子，取下鞋子，"作势一闻"。这"作势一闻"四字，把一个纨绔公子七分假、三分真的情欲写了出来，也预示正直深情的穆念慈与狡狯薄情的杨康最终难成善果。

那么，何以张无忌和赵敏之间，金庸也以"足"来写情呢？

其实，张无忌的成长历程极其特殊。他在冰火岛十年，在武当山两年，在蝴蝶谷三年，在雪谷中困了五年，这二十年的人生历程中，除了送杨不悔万里寻父的日子，张无忌竟然从来没有和一个年龄相仿的异性相处过，而且，严格来说，与杨不悔相处时，他情窦未开，杨不悔更是年纪幼小，他也是一直把杨不悔当妹妹看的。

冰火岛十年，他享尽父母之怜爱；中原十年，他看尽人心之丑陋。虽然见过光明，也堕入过黑暗，张无忌依然心境澄明，期待着，相信着，一遇有人对他热情看重，则推心置腹，死而不悔。对他而言，赵敏给他带来的青春的悸动是真真切切的。二十出头的他血气方刚，又心思细腻，感情丰沛，这时候遇到一个心性活泼、明艳动人的女子，很难不动心。这个女子虽然初时与他为敌，看起来可恨、可恶，但张无忌每次与她对峙，表面愤怒，实际上都是往那温柔乡又多坠入了一分。因为他能感觉到，赵敏虽然行事果决，甚至有些毒辣，对自己却是格外留情。后来，赵敏对他倾心相爱、付出一切，多次为救他而拼命。

最让人感慨的，是那次张无忌为周芷若所骗，以为赵敏杀了殷离，盗了倚天剑、屠龙刀，对她又是恨之入骨，又是犹有爱意，并不忍心下手杀她。赵敏含冤不白，百口莫辩，心中万分委屈，正没分教处，忽然张无忌又无意间发现了师叔莫声谷的尸体，继而被武当五侠冤枉弑杀师长，自己也陷入了无法自辩的境地。这时，竟是赵敏主动为他解围：

> 赵敏的心思可比他转得快得多了，纵身而出，舞动长剑，
> 直闯了出去，刷刷刷刷四剑，俱是峨嵋派拼命的招数，分向武
> 当四侠刺去。四侠举剑挡架，赵敏早已闯出洞口，飞身跃上四
> 侠乘来的一匹坐骑，反手剑格开宋远桥刺来的一剑，伸足在马
> 腹上猛踢，那马吃痛，疾驰而去。

> 赵敏方庆脱险，突然背上一痛，眼前金星乱舞，气也透不
> 过来，却是吃了俞莲舟一招飞掌。只听得武当四侠展开轻功，
> 急追而来。她心中只想："我逃得越远，他越能出洞脱身。否则
> 这不白之冤，如何能够洗脱？好在这四人都追了来，没想到洞
> 中尚有别人。"

赵敏虽然被张无忌冤枉，怨愤欲死，但当情境倒置，张无忌也
被冤时，她却顾不得自己心头的委屈，挺身而出，不顾性命，自污
名声，去拯救张无忌的名声。

张无忌的母亲，本就不是什么贤良淑女，而他自己的性格又是
格外能容人的，与郭靖的嫉恶如仇、杨过的心性敏感绝不相同。那
么，他需要的是什么样的人呢？是在这个波诡云谲的世界，能对他
温柔相待，能让他全心相信的人。所以，他爱不爱一个人，不是看
这个人的禀性多么纯真善良，而是看她能不能给出真纯的爱情。

其实，朱九真、杨不悔、赵敏、周芷若、小昭、蛛儿，都是擅
长作伪的女子，也都曾对张无忌作伪。这又呼应了张无忌人生中的
一个重要事件——张无忌十岁时，母亲自杀之前，曾经戏耍了对屠龙
刀满心觊觎的江湖众豪士一把。她给张无忌留下的话，是"你长大
了之后，要提防女人骗你，越是好看的女人越会骗人"，结果，张无

忌长大，却处处遇到"好看"的女人，又时时被她们骗，似乎是一语成谶，又似乎是宿命的循环。

但是，只有蛛儿、小昭、赵敏三人，对张无忌的骗，是假中有真、骗时有情。其中，又数赵敏对张无忌的情最真、最纯、最深、最奋不顾身，可以说，她给了张无忌接近于无条件的爱。这么说来，张无忌爱她，不是很顺理成章吗？

07

回到开头的问题，金庸曾在《倚天屠龙记》的后记里面说张无忌性格"软弱"，那么，他是不喜欢张无忌吗？

恰恰相反，金庸不仅十分欣赏张无忌，还觉得自己与张无忌颇为相似。金庸对张无忌的评价是：张无忌一生只重视别人的好处，宽恕（甚至根本忘了）别人的缺点。曾经在两次媒体采访中，对方两次问他，他的书中与他本人性格最接近的主人公是谁，金庸都答是张无忌。2005年，金庸获剑桥大学荣誉博士后时接受采访说："'谦谦君子，温润如玉'……像张无忌，人家侵犯他，一笑了之，不放在心上，这种人我很羡慕，自己做不到。这才是所谓的'谦谦君子'。"

金庸的父亲，也是在时代的洪流中无辜冤死，数十年后方得平反。这么深重的痛苦，该如何超越，如何放下？金庸曾在其小说中多次引用《金刚经》中的句子："一切有为法，如梦幻泡影。如露亦如电，应作如是观。"意谓世事难测，造化弄人，美好的追求也好，癫狂的欲念也罢，越是执着，越是容易在无常的世间幻灭。

《倚天屠龙记》展现了这种观念，而《天龙八部》更是典型——《天龙八部》是金庸笔下的一部大悲剧，"有情皆孽，无人不苦"，无论是大英雄还是小丫鬟，无论是世外高人还是野心家，人人都在"求不得"的苦海中挣扎。那么，怎样才能解脱呢？金庸特意用这样的情节点出他想表达的意思——打开藏放少林寺秘笈《易筋经》的机关，就在菩提院铜镜上镌刻的《金刚经》经文的"一""梦""如""是"四字之中。

再回到《倚天屠龙记》，虽然书中并没有直接回答这个问题，但我们可以在以下情节中找到端倪：

> 便在这万籁俱寂的一刹那间，张无忌突然间记起了《九阳真经》中的几句话："他强由他强，清风拂山冈。他横任他横，明月照大江。"他在幽谷中诵读这几句经文之时，始终不明其中之理，这时候猛地里想起，以灭绝师太之强横狠恶，自己决非其敌，照着《九阳真经》中要义，似乎不论敌人如何强猛、如何凶恶，尽可当他是清风拂山，明月映江，虽能加于我身，却不能有丝毫损伤。然则如何方能不损我身？经文下面说道："他自狠来他自恶，我自一口真气足。"他想到此处，心下豁然有悟，盘膝坐下，依照经中所示的法门调息，只觉丹田中暖烘烘地、活泼泼地，真气流动，顷刻间便遍于四肢百骸。

此系张无忌为救锐金旗诸人受灭绝师太三掌时的情形。张无忌虽已内功深厚，但全无对敌经验，而灭绝武功高强，内功深厚，前面的两掌已经让张无忌受伤不轻，还有一掌，如何受得？此时，张无忌忽然想起来《九阳真经》中"他强由他强，清风拂山冈。他横任他横，明月照大江"的话语，突然领悟其妙，便依此运功，熬过了这场危机。

此处是写武功的境界，但其实也可以看作对人生态度的隐喻。

世事无常，人生良苦，面对江湖的血雨腥风、人生的百转千回，是咬紧牙关去硬碰硬，还是放下执念随缘而化呢？我们同样可以用武功作譬喻来回答这个问题。整部《倚天屠龙记》之中，最高明的功夫，如太极拳、乾坤大挪移，都体现了金庸对人生的看法。

太极拳，讲究的是圆转如意、以柔克刚、后发制人；乾坤大挪移，则是借力打力、巧妙化解、四两拨千斤。

此处，我们同样可以用《天龙八部》来作比较。《天龙八部》的主角萧峰，最擅长的武功是降龙十八掌，他与敌人相斗，是这般情形：

> （萧峰）当即大步迈出，左手一划，右手呼的一掌，便向丁春秋击去，正是降龙十八掌的一招"亢龙有悔"，他出掌之时，与丁春秋相距尚有十五六丈，但说到便到，力自掌生之际，两人相距已不过七八丈。

> 　天下武术之中，任你掌力再强，也决无一掌可击到五丈以外的。丁春秋素闻"北乔峰，南慕容"的大名，对他决无半点小觑之心，然见他在十五六丈之外出掌，万料不到此掌是针对自己而发。殊不料萧峰一掌既出，身子已抢到离他三四丈处，又是一招"亢龙有悔"，后掌推前掌，双掌力道并在一起，排山倒海的压将过来。

萧峰对敌，从未有过一招输与他人，且遇强则强，有无穷胆气。他的武功，是硬碰硬、强对强，是排山倒海、惊天动地。与武功对应的，是他的心性、选择、命运——他遇到困境，是挣扎、奋斗、永不服输，哪怕玉石俱焚，也要和命运斗到底。

而张无忌虽然学了九阳神功、乾坤大挪移、圣火令武功、太极拳等高明武功，看起来"实战"能力却并不比萧峰强，因为他天生是"和平主义者"，无论命运如何面目可怖、用心险恶，他总是愿意与它和解。父母惨死，他不愿报仇，只希望他们能不遭罹这种厄运；救过的人害他，只要对方示弱或悔悟，他就尽弃前嫌，既往不咎，正如被周芷若如此欺骗、背叛、残害，最后他也原宥了。

萧峰是永不服输的英雄，而张无忌，则是悲天悯人的仁者。

金庸想要借张无忌的仁善，告诉我们什么呢？那便是"放下"二字。放下苦痛，放下执念，放下仇恨，放下贪欲。

写萧峰，金庸是写他做了什么、抗争了多少；而写张无忌，是写他没有做什么，放下了多少。所以，即使张无忌一直有能力、有机会，但他没有报仇，没有做政治领袖。金庸想借张无忌说的是：欲念纠缠，徒增苦恨；慈悲喜舍，方得自由。

这么说来，那个被误会为软弱的张无忌，其实，真是个慈悲、慷慨、善良而自由的人啊。

谢逊：

无语问苍天

01

谢逊人生的分水岭，出现在他二十八岁那年的一个晚上。

当时，他已是明教四法王之一，人称金毛狮王，深得教主阳顶天信任，在教中颇受敬重，还新得麟儿，正是春风得意时。不料一夜之间，惨祸突生：自己万分信任、尊敬的师父成昆来家中做客时，竟然酒后乱性，意欲强奸自己的妻子。随后，成昆还杀害了包括谢逊父母、妻儿在内的十三个家人，连襁褓中的孩子也被摔得血肉模糊，死状凄惨。

谢逊的信念崩塌了，世界也混乱了——当最信任的人展示最大的恶意和残忍时，还能相信些什么呢？从这天起，谢逊的心中只剩两个字：报仇。从此，金毛狮王谢逊成了孤家寡人、游魂野鬼。

他武功高，成昆的武功更高；他智谋强，成昆的智谋更强。数年间，他两次去寻成昆报仇未果，还受了不轻的伤。好不容易，他得了一本《七伤拳》拳谱，潜心苦练，自谓武功大进，想要再去报仇，却寻不到对方了。这时，理智已失的谢逊，在江湖上兴风作浪，滥杀武林中的成名人士，栽赃给成昆，意图以此引他现身。

少林寺高僧空见前去斡旋，对他十分退让、百般劝解、万分悲悯，却被他使诈打死。

其间，谢逊又得知：原来成昆一直知道自己的计划，他在暗，自己在明，那么，用七伤拳出其不意伤他的计策，已经没法奏效了。

几乎绝望的时候，他忽然看到了一线光明：号称"武林至尊"的屠龙刀被天鹰教所得，其中的秘密也许能助自己成功报仇。思量既定，谢逊说抢就抢，阻拦的人，一概杀了。那么，如愿拥有了屠龙刀的他，真的找到生路了吗？

02

想知道这个问题的答案，让我们从谢逊在王盘山石破天惊的登场说起。

谢逊的前半生，可以用八个字来评价：情有可原，罪无可恕。听他的"生平简介"，我们或许会觉得他可怜、可恨，而令人意外的是，看他真正登场，却发现他还有可爱、可敬的一面。

金庸写谢逊出场的这回，用的是张翠山视角。金庸在谢逊出场前，先铺垫了一番天鹰教的能耐。天鹰教在王盘山扬刀立威，坐镇的是坛主白龟寿。白龟寿虽然行事邪气，但极具眼光、智谋，武功也颇强，算是一位枭雄，连极重正邪之分的张翠山，亦对他不敢小觑。

可是，谢逊一登场即横扫王盘山，当者披靡。论武功、学识、胆色、气魄，又比白龟寿、张翠山等人高出不少。

谢逊这个人，事事都是冰火相兼：他名"逊"，表字"退思"，却是事事进取，敢作敢当。他要抢屠龙刀，本是豪强行径——一般人要抢什么东西，难免是既想要那东西，又不愿承担"强盗"的恶名，如黄药师、鸠摩智等，都是如此。但是谢逊在王盘山这么一站，睥睨四方：

他目光自左而右，向群豪瞧了一遍，说道："在下要取这柄屠龙刀，各位有何异议？"他连问两声，谁都不敢答话。

虽然是抢，也是大大方方、堂堂正正，既不粉饰遮掩，又有志在必得的气概。

他抢刀的方式更是别出心裁。本来他技压群雄，直接夺了便是，但他偏要让所有人心服口服。他与海沙派总舵主比拼吃毒盐，与巨鲸帮帮主比拼闭气，都是从对方的长处着落，还真的胜过了他们。他不仅硬碰硬，还当面揭露出他们做过的亏心丧德之事：

> 谢逊喝道："胡说八道！谅你也配跟我比武？今日我是索债讨命来着。咱们学武的，手上岂能不沾鲜血？可是谢某生平只杀身有武功之人，最恨的是欺凌弱小，杀害从未练过武功的妇孺良善。凡是干过这种事的人，谢某今日一个也不能放过。"

> ……只听谢逊又道："只是怕你们死得不服，这才叫你们一个个施展平生绝艺，只要有一技之长能胜过我的，便饶了你的性命。"

他虽然揭露对方滥杀不会武功之人、奸淫妇女的罪行，却并不去占据道德制高点，坦言这样做只是为了让其死而无怨，"临死时心中舒服些"。

他一副煞神模样，海沙派总舵主元广波心生畏惧，奉承说他"德高望重，名扬四海"，他并不领受这高帽：

> 谢逊道："你可知我师父是谁？是何门何派？我做过什么好事？"元广波嗫嚅道："这个……谢前辈……"他实是一点也不知道。谢逊冷冷的道，"我的事你什么也不知，怎说我德高望重，名扬四海？你这人谄媚趋奉，满口胡言。我生平最瞧不起

的，便是你这般无耻小人。给我站出来！"最后这几句话每一字便似打一个轰雷。元广波为他威势所慑，不敢违抗，低着头走到他面前，身子不由自主的不停打战。

金刚怒目，霹雳手段——他虽然行劫掠之事，却有豪杰之风。

王盘山上诸人，他一一挑战，到了张翠山，他依然是让对方指定比拼名目。张翠山灵机一动，将师父张三丰所创的寓于书法中的武功施展出来，由于酝酿在前，且是宗师所创，自然无比高明。

其实，此时岛上，无人是谢逊对手，认不认输只在他一念之间。但自负骄傲如谢逊，微一迟疑，还是信守承诺，坦然认输。

由于遭遇过人生大不幸，他待人接物的态度不同常人。表面上看，他是要反一切道德规则：不信朋友之义、不听君子之诺、不行仁侠之事，且不仅不做，还要追问为什么世人要将仁、义、信奉为圭臬，似乎离经叛道，逆反一切。

嘴上质疑一切的谢逊，其实是重情重义之人。他初时将张殷二人视为眼中钉，双方多次生死相抗，可等到彼此间解开心结，谢逊主动提出义结金兰：

> 张翠山道："你是前辈高人，我夫妇跟你身分相差太远，如何高攀得上？"谢逊道："呸，你是学武之人，却也这般迂腐起来？五弟、五妹，你们叫我大哥不叫？"殷素素笑道："我先叫你大哥，咱们是拜把子的兄妹。他若再叫你前辈，我也成了他的前辈啦！"张翠山道："既是如此，小弟惟大哥之命是从。"殷素素道："咱们先就这么说定，过几天等我起得身了，再来祭告天地，行拜义父、拜义兄之礼。"
>
> 谢逊哈哈大笑，说道："大丈夫一言既出，终身不渝，又何

必祭天拜地？……"

好一个"大丈夫一言既出，终身不渝"！而他们三人，也确实对彼此终生不渝。谢逊对张无忌爱逾骨肉，张无忌对他也万般依恋。冰火岛十年的义父子之乐，是谢逊生命中的温情岁月。但谢逊为深远计，主动扎船作筏，逼张翠山夫妇带张无忌离开冰火岛，回归中土。张翠山一家以为此行是四人同归，谢逊也不说破，但临行前，他忽然提出要留在此处，不与他们同归：

> 谢逊心中实在舍不得和他三人分别，三人此一去，自然永无再会之期，他孤零零的独处荒岛，实是生不如死，但他既与张翠山、殷素素义结金兰，对他二人的爱护，实已胜过待己。而对义子无忌之爱，更是逾于亲儿。他思之已久，自知背负一身血债，江湖上不论是名门正派还是绿林黑道，不知有多少人处心积虑的要置己于死地，何况屠龙刀落入己手，此事难免泄露出去。若在从前，自是坦然不惧，但这时眼目已盲，决不能抵挡大批仇家的围攻，料知张殷二人也决不致袖手不顾，任由自己死于非命，争端一起，四人势必同归于尽。一回归大陆，只怕四人都活不上一年半载。但这番计较也不必跟二人说明，事到临头，方说自己决意留下。

好一个"这番计较也不必跟二人说明"！肝胆相照，桃李不言，谢逊的铁汉柔情、冷面热肠，非细看不能解。

03

谢逊是金庸小说之中极特别的人物形象。

用尼采的话说，他是富有"酒神精神"的人物。

何谓"酒神精神"呢？它指的是从个人的痛苦和毁灭中，获得与生命本体相融合的悲剧性陶醉，获得超越现实得失、人生悲喜的生命升华。具有"酒神精神"的人是痛苦的，又是痛快的；是可悲的，又是可敬的。

金庸小说中最具有酒神精神的人，莫过于谢逊、萧远山、萧峰三人。

谢逊的出现早于萧远山父子，他虽非主角，但金庸对他的表现力度，丝毫不逊于后二者。

谢逊的身上，有三点非常突出的特性。

一是张力。

谢逊极文雅，又极狂暴。他出现在王盘山，明明是来抢刀杀人的，一开口，却文绉绉的：

> 白龟寿上前数步，说道："请问尊驾高姓大名？"那人道："不敢，在下姓谢，单名一个逊字，表字退思，有一个外号，叫作'金毛狮王'。"张翠山和殷素素对望了一眼，均想："这人神态如此威猛，取的名字却斯文得紧，外号倒适如其人。"白龟寿听他言语有礼，说道："原来是谢先生。尊驾跟我们素不相识，何以一至岛上，便即毁船杀人？"
>
> 谢逊微微一笑，露出一口白牙，闪闪发光，说道："各位聚在此处，所为何来？"

牙极白而发极黄，语极谦而态极狂——谢逊第一次亮相，身上就充满张力和矛盾。后来，读者还得知，他身有狂疾，不时发作，但发作起来，并非一味地打闹伤人：

　　　　但听得谢逊不住口的咒骂，从老天骂起，直骂到西方佛祖，东海观音，天上玉皇，地下阎罗，再自三皇五帝骂起，尧舜禹汤，秦皇唐宗，文则孔孟，武则关岳，不论哪一个大圣贤大英雄，全给他骂了个狗血淋头。谢逊胸中颇有才学，这一番咒骂，张翠山倒也听得甚有趣味。

　　　　突然之间，谢逊骂起武林人物来，自华佗创设五禽之戏起，少林派达摩老祖，岳武穆神拳散手，全给他骂得一文不值。可是他倒也非一味谩骂，于每家每派的缺点所在却也确有真知灼见，贬斥之际，往往一针见血。

　　这是他在冰火岛上于殷素素临盆之时狂疾发作的情形。谢逊文采武功皆为当世一流，但因小半生潜心报仇，行迹颠倒，一身抱负，尽付东流。本来被阳顶天目为下一任教主人选的他，多年来一心苦练武功、找寻仇人，还因练功躁进而伤了心脉、患了狂疾。天意弄人，豪杰坎壈，本就令人心酸，而他发起狂来，偏还带着文采、藏着见识，这既有喜剧因素，又有悲剧色彩。

　　金庸还早埋伏笔，用横贯二十多年的一处细节，来写谢逊的心境。谢逊因觉上天不公、人世无伦，所以最恨"老天"，发起狂来，"贼老天""强盗老天"的骂声，不绝于口。什么鬼神之灵、天道报应，他都不放在心上，还说"这贼老天自己管不了自己的事，我谢逊最是恨他不过"。但是二十多年后，他与阔别多年的义子张无忌重逢于灵蛇岛时，却骤然改了声口：

　　　　张无忌站起身来，搂住了他，将别来情由，拣要紧的说了一些，自己已任明教教主之事却暂且不说，以免义父叙教中尊卑，反向自己行礼。谢逊如在梦中，此时不由得他不信，只是翻来覆去的说道："老天爷开眼，老天爷开眼！"

从"老天无眼"的咒骂，到"老天爷开眼"的感叹，让这个桀骜不驯的汉子前后大变的，是他看似冷酷的外表下潜藏的深情。

二是悲剧性。

谢逊可不可恶？答案是肯定的。他杀人毫不留情，处事偏激狠毒，实在不算好人。

但这个"恶人"，可不可怜呢？答案也是肯定的。读者见谢逊行事奇特，自然好奇原因，随着故事的推进，金庸缓缓揭开谜底——原来他曾经遭遇灭门之惨，又报仇未果：

> 谢逊缓缓说道："在那一年上，我生平最崇仰、最敬爱的一个人欺辱了我，害得我家破人亡，父母妻儿，一夕之间尽数死去。因此我断指立誓，姓谢的有生之日，决不再相信任何一个人。今年我四十一岁，十三年来，我只和禽兽为伍，我相信禽兽，不相信人。十三年来我少杀禽兽多杀人。"

被敬爱的人欺辱，失去亲人爱人；人还活着，但心中对光明的向往已经死去，这不是最大的悲剧吗？

谢逊的十分刚强中，偶然也露出一分脆弱，即使是当时与他敌对的张殷二人，见之也不免动容：

> 张翠山见了他的神色，忍不住想说几句安慰的话。哪知谢逊噗的一声，吹熄了蜡烛，说道："睡罢！"跟着长长的叹了一口气，叹声之中充满着无穷无尽的痛苦、无边无际的绝望，竟然不似人声，更像受了重伤的野兽临死时悲嗥一般。这声音混在船外的波涛声中，张殷二人听来，都是暗暗心惊。

谢逊夺屠龙刀、战天鹰教、制张翠山，事事争强，处处刚硬，几曾落过下风、示过弱呢？但是，对命运、对生死、对世间的不公、对心中的痛苦，他再强硬，再刚烈，也无法可想。

而谢逊又不是一味粗犷之人，他豪气干云、胸襟开阔，同时又心思细腻、情感深沉，这种复杂的性格，就让他的痛苦更加深重，也更加触动旁观者。

那"无穷无尽的痛苦、无边无际的绝望"，不就是谢逊身上最打动人的悲剧性吗？

三是生命强力。

在张无忌出生前，谢逊常发狂。对张殷二人而言，这个武功高强的敌人发起狂来可惊可怖。当他们的座船在海上往北漂流时，谢逊发过这样一回狂：

> 这一天血红的太阳停在西边海面，良久良久，始终不沉下海去。谢逊突然跃起，指着太阳大声骂道："连你太阳也来欺侮我，贼太阳，鬼太阳，我若是有张硬弓，一枝长箭，嘿嘿，一箭射你个对穿。"突然伸手在冰上一击，拍下拳头大的一块冰，用力向太阳掷了过去。冰块远远飞出二十来丈，落入海中。张翠山和殷素素心下骇然，均想："这人好大的膂力，倘若是我，只怕一半的路程也掷不到。"
>
> 谢逊掷了一块，又是一块，直掷到七十余块，劲力始终不衰，他见掷来掷去，跟太阳总是不知相距多远，暴跳如雷，伸足在冰山上乱踢，只踢得冰屑纷飞。

中国古代的神话中，有"夸父追日"和"后羿射日"的神话，前者说夸父追赶太阳，但始终追不上，最后疲劳饥渴而死，所执的手杖化为了一片桃林；后者说天有十日，为害苍生，后羿手执弓箭力射九日，重使天地澄明、人民安居。

不难看出，这段情节融合了"夸父追日"和"后羿射日"这两个神话。谢逊以冰掷日，既有"夸父追日"与天比肩的不自量力和执着热忱，又有"后羿射日"与天相斗的过人勇气和能力。

这种特质，类似于尼采所说的"强力意志"。所谓"强力意志"，是指一种本能的、非理性的力量，拥有强力意志的人具有远超常人的旺盛生命力，在这种生命力的驱策下，他能钻山填海、铺桥架路，热烈地燃烧、不屈地斗争，并在此中找到自己生命的价值。

谢逊之复仇，不正是如此吗？

04

让我们说回屠龙刀——谢逊后半生的命运，与屠龙刀息息相关。

屠龙刀是江湖中千万人馋羡觊觎的宝刀，"武林至尊，宝刀屠龙。号令天下，莫敢不从。倚天不出，谁与争锋"，故老相传的句子，早就燃起了枭雄们的心头之火。在《倚天屠龙记》之中，这几句话多次出现，当人们提到它，总是风声鹤唳、血雨腥风之时。

其实，《倚天屠龙记》中的屠龙刀，与《射雕英雄传》中的《九阴真经》、《笑傲江湖》中的《辟邪剑谱》、《连城诀》中的《唐诗选辑》、《鹿鼎记》中的《四十二章经》等物一样，都是惹人内心欲念、搅动江湖风云的秘笈、至宝。秘笈，能让人武功大进；至宝，能让人或富可敌国，或武林称雄，但是，它们真是好东西吗？

在《倚天屠龙记》中，天鹰教抢到了屠龙刀，可尚未把它焐热，就有数十人死在前来夺刀的谢逊手上；谢逊夺到屠龙刀后的数十年间，其下落成为江湖头号秘闻，张无忌一家作为唯一知道他下落的几个人，被威逼利诱，承受了家破人亡的深重悲剧，而谢逊自己也流落海外，亲故离散。

在《射雕英雄传》中，黄药师眼红《九阴真经》，但又不好放下身份前去抢夺，其妻冯衡巧施计谋，在周伯通手中骗到了半部真经，但后来此经又被陈玄风、梅超风盗走，冯衡孕中殚精竭虑重录，体不堪劳，早产之后英年早逝。此事成为黄药师的心结，致使他半生郁郁。

在《笑傲江湖》中，《辟邪剑谱》引得多少"正派"人士野心毕露：余沧海以报仇为名，血洗福威镖局，其实他的真实目的是抢剑谱，不过他不仅没有抢到，最后还死在了武功大成的林平之剑下；左冷禅偷了假剑谱，被岳不群刺瞎了双眼；抢到真剑谱的岳不群，也并没有实现他的图谋。

那么，有没有得到秘笈、至宝，依然能不动心、不异化的人呢？也是有的。且看《射雕英雄传》：

> 郭靖笑道："你讲到你师哥得到了《九阴真经》。"周伯通道："不错。他得到经书之后，却不练其中功夫，把经书放入了一只石匣，压在他打坐的蒲团下面的石板之下。我奇怪得很，问是什么原因，他微笑不答。我问得急了，他叫我自己想去。你倒猜猜看，那是为了什么？"郭靖道："他是怕人来偷来抢？"周伯通连连摇头，道："不是，不是！谁敢来偷来抢全真教主的东西？他是活得不耐烦了？"

> 郭靖沉思半晌，忽地跳起，叫道："对啊！正该好好的藏起来，其实烧了更好。"

> 周伯通一惊，双眼盯住郭靖，说道："我师哥当年也这么

说，只是他说几次要想毁去，总是下不了手，兄弟，你傻头傻脑的，怎么居然猜得到？"

王重阳得了连东邪、西毒等一流高手都眼馋的《九阴真经》，不仅自己不练，甚至还生过将之毁去的念头。他为什么会有此一念呢？此正如《道德经》中所说："五色令人目盲，五音令人耳聋，五味令人口爽，驰骋畋猎令人心发狂，难得之货，令人行妨。"意谓缤纷的色彩、嘈杂的声音、浓厚的滋味、纵情的畋猎等过度的享受，会损害人清静的心性，而稀有贵重的物品，则会激起人的欲念，使人行止失常。王重阳作为有道之士，能够不为外物所惑，迷失本心，实属难能。但是，他"几次要想毁去，总是下不了手"，又逊于郭靖不假思索的"烧了更好"的想法——那才是彻底的不滞于物。

对于那些孜孜矻矻、费尽心机去夺取秘笈、至宝的人，金庸除了嘲讽、戏谑、批判，偶尔，也会扼腕叹息，如对《笑傲江湖》中的林平之。

林平之遭遇灭门惨祸，正是因为林家家传的辟邪剑法威名在外，而林家子孙未得剑法真传，武功低微，福威镖局上上下下几十口人，竟被青城派余沧海一人打得全军覆没。从此，林平之日夜以复仇为念，而复仇的唯一途径，是找见真正的《辟邪剑谱》。

想当初，林震南夫妇重伤弥留之际只有令狐冲在侧，所以他们委托令狐冲传一句遗言给儿子：福州向阳巷老宅中的物事，千万不可翻看。

令狐冲如实传达，林平之却一时疑心这是反话，一时又疑心此语系令狐冲编造——此等家传至宝，怎会"不可翻看"？他却不知，这"至宝"最能引人落入欲望之壑，留下这一祖训的先人，是真的不欲子孙再堕壑中。

后来，林平之在岳不群的五指山下艰难求生，又几乎拼了性命，才在万不可能中，得到了剑谱。金庸没有直述这一过程，而是把它放入了林平之与岳灵珊的对谈中，又由任盈盈听到耳中，如此安排，好让读者可以远远地看这个故事：

> 林平之道："你猜错了，你爹爹当时说道：'很好，我立即毁去剑谱！'我大吃一惊，便想出声阻止，剑谱是我林家之物，管他有益有害，你爹爹可无权毁去。便在此时，只听得窗子呀的一声打开，我急忙缩头，眼前红光一闪，那件袈裟飘将下来，跟着窗子又即关上。眼看那袈裟从我身旁飘过，我伸手一抓，差了数尺，没能抓到。其时我只知父母之仇是否能报，系于是否能抓到袈裟，全将生死置之度外，我右手搭在崖上，左脚拼命向外一勾，只觉脚尖似乎碰到了袈裟，立即缩将回来，当真幸运得紧，竟将那袈裟勾到了，没落入天声峡下的万仞深渊中。"
>
> 盈盈听他说得惊险，心想："你若没能将袈裟勾到，那才真是幸运得紧呢。"

在林平之看来，他舍生忘死地捞住袈裟，是历尽千劫、苦心人终不为天所负，而在任盈盈和读者看来，他其实是放弃最后一个机会，纵身跳下了悬崖。

而对谢逊，金庸更是偏爱，除有叹惋、有反思、有悲悯，金庸对他还有敬佩。

屠龙刀，是全书关窍，也是谢逊的命运之锁。《倚天屠龙记》一开篇，就以武当派俞岱岩的视角引出了这把神秘的宝刀。俞岱岩在江湖上行走时，偶然见到几个有些不正道的江湖帮派使着腌臜手段，对屠龙刀你争我夺。俞岱岩为平息争端，以超群之技夺得屠龙刀，他秉持公心，欲将此刀带回武当山，由师父张三丰处置，但旋即遭到天鹰教的暗算。后来，屠龙刀再次易主，归属于谢逊。但很明显，这对谢逊是祸而非福，是孽而非缘。

为了屠龙刀，谢逊失去了什么呢？健康的双目、二十年的光阴和来去自如的权利；得到屠龙刀，谢逊又面临着什么呢？群豪的觊觎、小人的诡计和天下人的逼迫。这一切，在他远离中原的时候，都转嫁到了他最在乎的张翠山、殷素素、张无忌三人身上。

可是，金庸对谢逊不舍得批判，也不舍得嘲讽。因为谢逊已经是个十足的悲剧人物，他已承受了命运给他的极致的痛苦，他已经用尽他生命的能量去与天地抗争，他已经在末路的绝望中发出困兽的嗥叫，他也已经在生而为人的悲剧里，保住了人类的尊严。

05

在《倚天屠龙记》中，谢逊拥有屠龙刀的时间最长，有二十余年。他既聪慧，又机敏；既有阅历，又不乏洞察力。那么，他为什么多年勘不破屠龙刀的秘密？

这其实和他对屠龙刀的态度有关。

对眼红屠龙刀的江湖豪客而言，它是名望，是地位，是权力，也是登天之阶、青云之路。而谢逊虽非被贪念锁住的人，但桎梏住他的心的另有一事：复仇。

仇人成昆武功比他强，智计比他高，心肠比他狠，名声比他好，靠勤学苦练、走寻常路，注定是复不了仇了。所以，对他而言，屠龙刀是砍杀仇人、击破心魔、打破命运诅咒的宝物，也是在苦海中挣扎了多年的他，唯一能抓住的救命稻草。

谢逊在王盘山抢到屠龙刀后，想要驾船远去，寻一个不为人知的所在，去探寻刀中之秘。但天意弄人，他刚得意，又失意：座船在海上的风浪中险些沉没，后来，这艘没有了桅杆的船，只能在大海中漂泊，前路无定，生死茫茫：

> 次日上午，海上冰块已有碗口大小，撞在船上，拍拍作响。谢逊苦笑道："我痴心妄想，要研究这屠龙宝刀中所藏的秘密，想不到来冰海，作冰人，当真是名副其实，作了你俩位的冰人。"殷素素脸上一红，伸手去握住了张翠山的手。
>
> 谢逊提起屠龙刀，恨恨的道："还是让你到龙宫中去，屠你妈的龙去罢！"扬手便要将刀投入大海，但甫要脱手之际，叹了口长气，终于又把宝刀放入船舱。

船漂流到极北之境，处处都是冰山，撞山而沉是早晚的事，当此之时，纵然是武功秘笈、宝刀宝剑也换不了人一时三刻之命。谢逊想到自己半生挣扎、满腹智计，在自然的伟力和命运的拨弄之下尽皆无用，不禁起了自暴自弃之心，想要把屠龙刀丢到海中——其实，这自暴自弃之心，何尝不是顿悟呢？屠龙刀哪怕屠得了世上之龙，也屠不了心中之魔，也许，反而是丢掉的好。但是，哪怕在此生死绝境下，谢逊还是"叹了口长气，终于又把宝刀放入船舱"。

接下来的二十年，屠龙刀没有离过谢逊的身，但屠龙刀的秘密，他却始终找不出来。后来，金庸借灭绝师太之口，把这秘密说了出来：

> 灭绝师太抓住她（周芷若）手腕，低声道："你取到屠龙刀和倚天剑后，找个隐秘的所在，一手执刀，一手持剑，运起内

力，以刀剑互斫，宝刀宝剑便即同时断折，即可取出藏在刀身和剑刃中的秘笈。这是取出秘笈的唯一法门，那宝刀宝剑可也从此毁了。你记住了么？……想那屠龙刀和倚天剑都是锋锐绝伦的利器，就算有人同时得到此宝刀宝剑，有谁敢冒险以刀剑互斫，无端端的同时毁了这两件宝刃？"

屠龙刀和倚天剑中，所藏的分别是兵书和武功秘笈。此处，金庸其实又代上天戏弄了谢逊一番：要得到屠龙刀中的宝物，就必须把它毁掉。而谢逊对屠龙刀珍视如性命，哪怕是到了绝境，也不忍将这害他浮槎北冥的"祸根"丢掉，又怎么可能无端将之损毁呢？

屠龙刀中固然有秘笈，却是一部兵书，于谢逊无用。而屠龙刀是摧金断玉的宝刀，哪怕他得知刀中的秘密，除非拥有倚天剑，也无法将之折断。但他因屠龙刀已离了中原，又从何得知这一秘闻，从何获得倚天剑呢？

如此说来，谢逊拥有屠龙刀的这二十年，真是南辕北辙、缘木求鱼，空费心力。

值得注意的是，金庸小说中，秘笈、至宝，最后往往不会归属于对它心心念念、为它上天入地的人，反而常常会被无机心、无欲念、无目的之人获得。

且看，《神雕侠侣》末尾，尹克西与潇湘子在少林寺窃得了《九阳真经》，为防觉远、张三丰追捕，别出心裁地将真经用油布包起来，缝入了华山之中的一只苍猿腹中，本拟待风头一过，就取出来修习。孰料他们逃亡到华山时，遇到了黄蓉、杨过等人，最终败在受了杨过指点的少年张三丰手下，被废去了武功，铁链加身，结局悲惨。

而八九十年后，对《九阳真经》懵然不知的张无忌，因被朱长龄所害掉落悬崖，无意中碰到了这只苍猿，为帮它疗疾，为其开腹手术，凑巧寻到了《九阳真经》，练成神功。

再看《连城诀》中，万震山、戚长发、言达平三人，为了《连城诀》，杀师父、杀师兄弟。戚长发为避人耳目而隐姓埋名多年，后来又对女儿的生死漠然不理。厚黑学的招数，三人用了个遍，却始终没有摸到连城剑法的边。

连城剑法的秘密，到底是什么呢？说来讽刺——机关其实很简单，那本戚长发早就抢到的《唐诗选辑》，只要滴上水，指引宝藏所在的文字便会出现。但是，他又怎么想得到要将这宝贵的书册打湿呢？

这个秘密，最后是她的女儿戚芳无意中发现的，当时，狄云假扮郎中，来到万圭、戚芳家中，留下了那本《唐诗选辑》。戚长发等人为之痴狂的宝书，戚芳没有正眼瞧过一眼。当年，她用它来夹剪好的绣花样儿，那是两只蝴蝶，藏着她和师兄狄云比翼连理的心愿。如今，物是人非，天各一方，她乍地重见这本书，悟到刚才所见的郎中也许就是师兄所扮，一时悲从中来，泪洒书页，而被泪水打湿的地方，恰好显出字来。但她此时眼中所见的只是当年的那对蝴蝶。而身中剧毒、命在旦夕的万圭见到这个情景，看不到她的泪，也忘了自己凶多吉少，只看到那书册上的《连城诀》。

价值连城的是什么呢？是至宝，还是素心呢？

说回谢逊。谢逊如此执着于屠龙刀，其实最重要的原因，是因为屠龙刀一物，是他极其敬重的空见在临死前说与他知的：

> 谢逊叹道："他气息愈来愈弱，我手掌按住他灵台穴，拼命想以内力延续他的性命。他忽然深深吸了口气，问道：'你师父

还没来么？'我道：'没来。'他道：'那是不会来的了。'我道：
'大师，你放心，我不会再胡乱杀人，激他出来。但我走遍天涯
海角，定要找到他。'他道：'嗯，不过，你武功不及他……除
非……除非……'说到这里，声音越来越低，我把耳朵凑到他
的嘴边，只听他道：'除非……能找到屠龙刀，找到……找到刀
中的秘……'他说到这个'秘'字，一口气接不上来，便此死
了。"

为何空见最后一句话未曾说完？如此安排，不是为了表现空见
身受重伤，语不成句，而是有意埋下了伏笔。谢逊听到"除非……
能找到屠龙刀，找到……找到刀中的秘……"一语，想当然地认为
"秘"字之后，是个"密"字，后来张殷二人在听到谢逊转述此事
时，也以为空见要说的是"刀中的秘密"。

正因犯了思维定势的错误，所以谢逊苦思多年也不得其解。
在《倚天屠龙记》第二十七章《百尺高塔任回翔》中，有这样一
段叙述：

> 灭绝师太又道："黄女侠在铸刀铸剑之前，和郭大侠两人穷
> 一月心力，缮写了兵法和武功的精要，分别藏在刀剑之中。屠龙
> 刀中藏的乃是兵法，此刀名为'屠龙'，意为日后有人得到刀中
> 兵书，当可驱除鞑子，杀了鞑子皇帝。倚天剑中藏的则是武学秘
> 笈，其中最为宝贵的，乃是一部《九阴真经》，一部《降龙十八
> 掌掌法精义》，盼望后人习得剑中武功，替天行道，为民除害。"

根据灭绝师太的话来推断，空见想要说的，恐怕是"屠龙刀中
的秘笈"，而非"秘密"。虽然也许空见所闻稍有讹误：屠龙刀中所
藏的是兵书秘笈，倚天剑中才是武功秘笈——但如果空见多说了那

一个"筴"字，以谢逊的聪明才智，或许可以想出秘笈是藏于刀中，要取那"倚天不出，谁与争锋"中提到的倚天剑相斫，方能获得；以他的武功智谋，或许也有可能从灭绝手中抢到倚天剑，在刀剑互斫之后，得到《九阴真经》和《降龙十八掌》的秘笈。

但是，金庸偏让谢逊缘木求鱼，一场空悲喜——不是因为他对谢逊太残忍，而是因为，他对人类的炽热的欲望，对他们因欲望而挣扎癫狂的样子既警惕，又悲悯。所以，他便拿谢逊与屠龙刀真相的失之交臂作筴，来写一个寓言。

06

在《倚天屠龙记》中，关于谢逊，读者往往还会有一个疑问，那就是在灵蛇岛上，周芷若盗了赵敏的十香软筋散，迷倒张无忌、谢逊等人，砍杀殷离，放逐赵敏又嫁祸于她——周芷若做这些事时，谢逊虽然中了十香软筋散之毒，功力已失，但他并未晕去，始终神志清醒，知悉全过程。既如此，为何他并不寻个机会，跟张无忌说明呢？

对于这个"漏洞"，作者在后文中其实已有解释：

> 在这幅图的左下角，又画着两个男子，一个睡得甚沉，另一个满头长发，侧耳倾听。张无忌暗暗心惊："原来芷若干这伤天害理之事，义父一一听在耳中。他老人家好大的涵养，在岛上竟不露半点声色。是了，那时我和义父服了十香软筋散后功力尽失，性命皆在芷若掌握之中。无怪义父当时一口咬定是敏妹所为，显得愤慨无比。他知我胡涂老实，若是跟我说了，我

言语举止之中定会泄漏机密。"但见图上溅满了鲜血，正是日间谢逊与成昆在此血战时所遗下一滩滩血渍，更显得图中的情景凄厉可怖。

金庸让全书将结时才让谢逊道出真相，读者自然觉得太晚了。其实，读者在全知视角、持中立立场，看到了赵敏的无辜，也为她对张无忌的真情深深感动，但是，在赵、周二人中，谢逊其实对赵敏并无偏爱。

赵敏作为明教曾经的敌人，在绿柳庄几乎将明教一举覆灭，继而血洗少林寺、栽赃明教，还在武当山与明教正面对敌。虽然后来赵敏因对张无忌情根深种而放弃了自己的政治立场和社会身份，但明教诸人依然对她怀有旧怨。哪怕是卧底汝阳王府十年之久，曾与赵敏有师徒之名的范遥，在面对孤身闯婚宴的她时，也只是劝解一句："郡主，世上不如意事十居八九，既已如此，也是勉强不来了。"

范遥对她毫无旧日情分，只是不便直接出手而已。虽然在赵敏与明教有"前嫌"时，谢逊还远在冰火岛，并未参与其事，后来恐怕也未耳闻详情，但从明教诸人的态度大致也可以推知谢逊的态度。

像谢逊这种重功业而轻道德、重大局而轻小节的枭雄，看待一个"对手"时，并不会因为她对感情的态度就骤然改变对她的评价，影响他们判断的依然是整体局势。具体到谢逊对赵敏的判断一事，整体局势便是明教大业，是如何反元，而赵敏，毕竟是蒙古人。明教中人，范遥如此，杨道如此，谢逊当然也如此。其实，谢逊自己早在二十多年前，就表达过对蒙古人的反感：

> 谢逊哈哈大笑，说道："难道世上真有分辨是非之事？当今蒙古人做皇帝，爱杀多少汉人便杀多少，他跟你讲是非么？蒙

古人要汉人的子女玉帛，伸手便拿，汉人若是不服，他提刀便杀，他跟你讲是非么？"

这是愤激之言，言下之意，是对蒙古人欺压汉人、杀人无算痛恨不满。所以，谢逊虽然对赵敏的个性能力不无欣赏，却对她的身份和由之可能带来的麻烦不无疑虑。

更重要的是，谢逊是个认同"丛林法则"的人。譬如，天鹰教抢了屠龙刀，谢逊再去抢，天鹰教之人责他违反"游戏规则"，他却说："这刀是你们铸的？是你们买的？……你们从别人手上夺来，我便从你们手上夺去，天公地道，有什么使不得？"他连毙天鹰教、海沙派、巨鲸帮数名好手，张翠山责怪他残暴嗜血，质问他如若不分青红皂白就杀人，与他所杀的恶徒有何分别，他却说："有什么分别？我武功高，他们武功低，强者胜而弱者败，便是分别。"他对紫衫龙王讲结义之情，紫衫龙王却转眼就阴谋加害于他，赵敏指斥紫衫龙王忘恩负义，他却说："世人以怨报德，原是寻常得紧，岂足深怪？"

不错，谢逊是个直爽人、痛快人、真人，但他本就不是心地仁善之人，后来又因遭遇惨酷而信念崩塌，并因久欲报仇而不得，又变得心态偏激、愤世嫉俗。他在灵蛇岛与阔别多年的张无忌重逢后，二人偕同周芷若共返中原。他虽与张无忌感情深挚，但从道德观和处事方式上来看，周芷若更像是他的同路人：

> 尚未走到岸旁，忽听得一声惨呼，声音极是凄厉，正是从船上发出。他吃了一惊，飞奔而回，扑上船头。只见满船横七竖八，尽是蒙古官兵的尸首，自拨速台以下，个个尸横船中，谢逊和周芷若好端端的站着，却不见敌人的踪影。

张无忌惊问："义父，芷若，你们没事罢？敌人到哪里去了？"谢逊道："什么敌人？你见到敌踪么？"张无忌道："不！这些蒙古人……"谢逊道："是我和芷若杀的。"张无忌更是惊奇道："想不到这些鞑子一回中土，便胆敢起意害人。"

谢逊道："他们没敢起意害人，是我杀了灭口。这些人一死，赵敏便不知咱们已回中土。从此她在明里，咱们在暗里，找她报仇便容易多了。"

张无忌倒抽了口凉气，半晌说不出话来。谢逊淡淡的道："怎么？你怪我手段太辣么？鞑子官兵是咱们敌人，用得着以菩萨心肠相待么？"

赵敏派了船队，在海上搜寻张无忌等人，军官拔速台及其麾下士兵来到了张无忌等人滞留的荒岛，双方相遇后，拔速台等恭谨地迎奉张无忌等人回返中原。但因受周芷若蒙蔽，张无忌此时尚以为赵敏是杀人夺刀的凶手，谢逊虽知真相，但认为情势复杂，决定不向张无忌言明。到了岸上，谢逊、周芷若称为防行踪泄露，将拔速台等人辣手灭口。

这段对话很直观地展现了张无忌和谢、周二人心性之别。张无忌看到蒙古官兵的尸首，第一反应是来了敌人，认为这一干人是被敌人害死的。谢逊说并无敌人，这些人是他和周芷若所杀，张无忌的反应又是："想不到这些鞑子一回中土，便胆敢起意害人。"

很明显，张无忌习惯以最大的善意去对待身边的人，所以总是"慢了一拍"，及至得知下手的就是谢、周二人，"倒抽了口凉气，半晌说不出话来"。而谢逊的反应是"淡淡的道"，为何是"淡淡的"？一是他已经对张无忌的态度心生不悦，但因自有一股傲气、一派威严，所以也并不以言语深责；二是对于不相干的人的生死，他从来就不放在心上。

而且，此时谢逊、张无忌功力已复，又已回归中原，谢逊何须再杀掉赵敏所派之人，向她掩盖自己的行踪？又何须再替周芷若遮掩，再继续作戏？实际上，在灵蛇岛上，推动张、周二人缔结婚约的便是谢逊；后来，他有多次机会澄清灵蛇岛之变的祸首并非赵敏，却始终没有开口。这些恐怕都说明，谢逊本就更属意周芷若，而非赵敏。

赵敏之敢作敢当、敢爱敢恨，与谢逊相类；而周芷若之谋略深沉，能忍常人所不能忍，能为常人所不能为，也与谢逊相类。若从"条件"上来比较，二人最大的不同，是身份以及随之而生的立场。

不难想象，未来儿媳的身份、立场对身为明教教主的张无忌有益还是有损，自然是疼惜义子、深谋远虑的谢逊十分看重的事。张无忌若是与赵敏这位蒙古郡主在一起，再当明教领袖，走政治道路，会有名不正言不顺之隐患；而与峨嵋派掌门周芷若在一起，则名正言顺，并无后顾之忧。

此外，周芷若之所以得谢逊之心，或许还和屠龙刀有关。谢逊心系屠龙刀的"秘密"，但苦参了二十年都徒劳无功，灵蛇岛之变后，谢逊冷眼旁观周芷若的一番做作，亲眼见她功力大进。以其见识，不难推知周芷若业已参破了屠龙刀的秘密并因之受益，那么此时，他又怎会不想一睹屠龙刀的真相呢？

在谢逊看来，周芷若"戏假情真"，虽然又下毒、又杀人、又做戏，但"底线"还是守住了，毕竟，她对张无忌是一腔真情——而这也是谢逊的底线。周芷若既然知晓屠龙刀的秘密，那么以后她如与张无忌结姻，自己便也是她的义父，何愁来日？

至于周芷若做的下毒、杀人、做戏这等事，谢逊自己不是做得多了吗？读者觉得这是天大的事，但在谢逊看来，这些都非大节。所以，直到他了悟之后心境大变，才一反此前态度，在所囚居的地洞中留下了揭示灵蛇岛之变真相的图画，这一情节，正解释了读者读到前文时可能的疑惑。一个人只有在重新审定自身的善恶、了悟因果之后，才会对周遭人事的善恶、是非有新的认识。所以当谢逊决定承担自己的罪孽时，便也觉得周芷若应该去承担她的罪孽。

而承担罪孽，才是救赎的开始。

07

谢逊一生，曾两次落入魔障，三次面临救赎的机会。

第一次入障，是他抢到《七伤拳》拳谱的时候。七伤拳本是崆峒派绝技，因其拳劲或阴柔或刚猛，威力既强，发力法又有类似于成昆所授的混元功之处，故而谢逊本拟习得此技后去找成昆比武，让成昆以为他用的是混元功而不加防备，乘隙一举将之击败。

正因如此，虽然当时功力未到，也明知此举于自身有害，他还是不顾一切地强练此功。多年之后，他在给张殷二人演示此功时，自陈其关窍：

> 谢逊摇头道："这'七伤拳'不练也罢！每人体内，均有阴阳二气，金木水火土五行。心属火、肺属金、肾属水、脾属土、肝属木，一练七伤，七者皆伤。这七伤拳的拳功每练一次，自身内脏便受一次损害，所谓七伤，实则是先伤己，再伤敌。我若不是在练七伤拳时伤了心脉，也不致有时狂性大发、无法抑制了。"

张翠山和殷素素此时方知，为何才识过人、武功高强的谢逊会常常狂性发作，且发作时还会心智尽失。读者读到这里，或许会觉得奇怪——不是奇怪谢逊为何不惜自身，而是奇怪天下为何有此种伤敌一千、自伤八百的武功。

其实，七伤拳，是金庸给谢逊"量身定做"的巧妙隐喻。在《倚天屠龙记》中，共有三人使过七伤拳：谢逊、张无忌和崆峒派的宗维侠。使得最飘逸潇洒的，是张无忌；但使得风雷震动、撼人心魂的，是谢逊。

七伤拳在谢逊的人生中有过怎样的影响呢？一是他强练此功损伤了心脉，导致自己成了"狂人"；二是他用此功打死了少林寺高僧空见大师，致贻终身之憾。

金庸写谢逊打死空见大师一事，在叙述中已暗藏玄机：谢逊按约定共打了十三拳。最开始他因钦佩空见的人品，不欲真正伤他，前三拳用的是其他拳法，而后见空见功力深厚，打败他找成昆复仇的欲念便盖过了对他的相敬相惜之心，使出七伤拳来。而最后他利用空见善心，假装自杀引空见来救，趁他来不及用金刚不坏体神功，打出开碑裂石的一拳。这一招七伤拳打出，空见重伤死去，谢逊遗恨终生。

所以，七伤拳那"一练七伤，七者皆伤""先伤己，再伤敌"的拳理，实际上是人的心中恶念勃发，最后会反噬自身的隐喻，金庸在张无忌和宗维侠的对话中，也给出了相关的暗示：

> 宗维侠强道："七伤拳是我崆峒绝技，怎能说有害无益？当年我掌门师祖木灵子以七伤拳威震天下，名扬四海，寿至九十一岁，怎么说会伤害自身？你这不是胡说八道么？"
>
> 张无忌道："木灵子前辈想必内功深湛，自然能练，不但无

害，反而强壮脏腑，依晚辈之见，宗前辈的内功如不到那个境界，若要强练，只怕终归无用。"

若是功力不到，七伤拳练了有害，但如果内功深湛，"不但无害，反而强壮脏腑"。也就是说，如能调和恩怨、不系于心，那么便能不为欲念所缚，化恶缘为善缘了。

谢逊第二次入障，是抢到屠龙刀。屠龙刀之隐喻已明，此不赘述。其实，这两次入障，都是谢逊主动抢夺他人之物所致。他辛苦筹谋，结果非但无益自身，反而付出沉重代价。

即便谢逊有满身的毛病、深重的罪孽，金庸却未曾批判过、嘲讽过他，反而给了他三次救赎的机会。

第一次，是空见以大智慧、大定力、大慈悲身受谢逊一十三拳，意图以此消除他心中对复仇的执念，也希望他从此弃恶从善，不因复仇而再造恶业。但谢逊中心如沸，不能勘破，最终以怨报德，打死了空见。

空见之死，虽然在当时看来徒劳无益，实际上还是在谢逊心中种下了一颗种子。谢逊后来在意欲杀人之时，偶尔想起空见，也曾不止一次手下留情，譬如对张翠山，他就曾收敛杀心，留其性命。而且，他因空见之死，多年来心中深藏悔恨——知耻，方有改过迁善的勇气。

谢逊的第二次救赎机会，是在张无忌出生时。当时谢逊狂性发作，张翠山、殷素素无力对抗，只求多瞧一眼刚出生的孩儿再死。没想到懵懂无知的赤子忽然发出的啼哭，竟然让谢逊想起当年伤心事，甚至涤荡了他的灵台。他忽然清醒，狂态尽去，不仅恢复了正常人的举止，还温雅有礼起来。张殷二人见他喜爱孩子，提出让孩儿认他为义父，谢逊听闻提议后的反应，真是令人心酸：

　　谢逊伸出双手，将孩子抱在臂中，不由得喜极而泣，双臂发颤，说道："你……你快抱回去，我这模样别吓坏了他。"其实初生一天的婴儿懂得什么，但他这般说，显是爱极了孩子。殷素素微笑道："只要你喜欢，便多抱一会，将来孩子大了，你带着他到处玩儿罢。"

　　谢逊道："好极，好极……"听得孩儿哭得极响，道："孩子饿了，你喂他吃奶罢！我到外边去。"实则他双目已盲，殷素素便当着他哺乳也没什么，但他发狂时粗暴已极，这时却文质彬彬，竟成了个儒雅君子。

　　自此，谢逊再未发过一次狂，而他对张无忌的疼爱，也丝毫不逊于其亲生父母。也正是张无忌，让他压抑在复仇欲念下的深情和人性得以真正舒展开来。

　　谢逊的第三次救赎机会，是被关在少林寺时。他在被擒之后自知无幸，但刚开始，抱定的是"大丈夫敢作敢当"的念头，愿赌服输，死则死耳，犹如入笼的困兽，只欲与世界拼个你死我活，不惮血尽力竭、身死魂灭。后来，暮鼓晨钟、梵呗经唱，其中的佛理禅意忽然令他心有所感。他细思前事，忽然悚然若惊：自己为了报仇，杀了这许多人，这罪孽如何了结？自己本是受害者，又如何成了施害者？那屠龙刀，是屠龙，还是让自己变成恶龙？

　　心中了悟之后，他终于有了面对成昆的机会。这时，他并没有因为心有所感而放弃复仇：

　　谢逊指着成昆说道："成昆，你杀我全家，我今日毁你双目，废去了你的武功，以此相报。师父，我一身武功是你所授，今日我自行尽数毁了，还了给你。从此我和你无恩无怨，你永远瞧不见我，我也永远瞧不见你。"

成昆工于心计、城府极深，他杀谢逊全家，其实并非酒后乱性所致，而是为了激怒谢逊，搅弄风云，意欲倾覆明教，其用心之毒、手段之辣，令人侧目。而为报仇尽抛一切的谢逊，面对这个恶毒而强大的敌人，最终是如何报仇的呢？

他毁了成昆之目，让他成为和自己一样的盲人，二人死生不复相见；他废去成昆的武功，又散去自己的武功，你教我的，我尽数还你，恩恩怨怨，再无瓜葛。

这一次，谢逊终于了结了他一生的心结，在尽受自己所害之人的亲友的唾骂之后，了无牵挂地遁入空门：

> 谢逊走到空闻身前，跪下说道："弟子罪孽深重，盼方丈收留，赐予剃度。"空闻尚未回答，渡厄道："你过来，老僧收你为徒。"谢逊道："弟子不敢望此福缘。"他拜空闻为师，乃"圆"字辈弟子，若拜渡厄为师，叙"空"字辈排行，和空闻、空智便是师兄弟称呼了。渡厄喝道："咄！空固是空，圆亦是空，我相人相，好不懵懂！"谢逊一怔，登即领悟，什么师父弟子、辈份法名，于佛家尽属虚幻，便说偈道："师父是空，弟子是空，无罪无业，无德无功！"

谢逊挣扎了大半生，把风霜历尽，悲欢尝遍，恩仇看透，终于寻到了"无罪无业，无德无功"的平和圆融。

"一生负气成今日，四海无人对夕阳"，逆着风，踽踽独行三十余年的他，这一次，退而思之，终于跟"老天"和解了。

萧峰：
命运不配做我的对手

01

萧峰，曾经叫作乔峰。

那时，他是丐帮帮主，"北乔峰、南慕容"的名号威震江湖。三十出头的年纪，武功已经当世罕有其匹。他领袖群雄，待人仁义，处事公平，使得丐帮声望蒸蒸日上。人生至此，似乎一无遗憾。

乔峰能有这样的名望地位，一不靠祖荫，二不是命好，一分一毫，都是他自己辛苦挣来。他七岁拜少林寺玄苦大师为师，后来武功练成，识得丐帮汪帮主，汪帮主试了他三大难题，命他为丐帮立了七大功劳，这才以帮主之位相授。

乔峰不知道，命运的惊涛骇浪，就要来了。

《天龙八部》第十五回，叫作《杏子林中，商略平生义》，所谓"商略平生义"，不是一同把酒言欢、指点江山，而是丐帮诸人揭出他的身世秘密，指控他狼子野心，认为他是谋害马副帮主的凶手。

乔峰的世界被颠覆了。

他发现，自己不是宋人，而是契丹人。在《天龙八部》的故事语境中，在宋辽对立的情形之下，宋人对契丹人敌意甚强。哪怕是乔峰自己，也觉得契丹人"是猪，是狗，是畜生"。自己仰不愧天，俯不怍地，堂堂正正，清清白白，怎么会是契丹人？

他自从知道自己的身世以后，就回归了"萧"之本姓，但是，他对"萧峰"这一身份的心理认同，却迟迟没有完成。

在杏子林中，他面对赵钱孙、智光大师、单正等人讲述的故事和拿出的书信，理智上信了五成，但还是觉得有若干谜团未解，因此决定自己寻找"带头大哥"和当年的知情人，哪怕软硬兼施，也要让他们说出"真相"。

什么是"真相"呢？其实在读者看来，在第十五回中，各人讲述的当年之事情节完整、逻辑合理，已经颇近"真相"了。

但是萧峰并不愿意接受。这当然情有可原。他担心是敌人有心夺权，所以编造故事；也觉得即使自己是契丹人，那也是造化所定，曲不在己。而且，他心头存了一个指望：万一事有蹊跷，自己其实不是契丹人呢？

按照心理学的理论，人在面对噩耗时，依次会有以下五个情绪反应阶段：否认、愤怒、妥协、抑郁、接受。[1]萧峰面对自己的身世变故，心路历程正是如此。他的第一反应是拒绝接受现实，而当他在雁门关边看到父亲的"遗刻"时，情绪便转为悲愤，后来，他踏上了寻找罪魁祸首的道路，心中则总是低沉抑郁，这一路上，他都被一个问题困扰着：如果我不是乔峰，不是宋人，那么我是谁？

这种身份认知的困境，让他英雄失路、徘徊无地。但是寻找真相的途中，有件事对他产生了极大的震撼。雁门关边，他见到宋军"打草谷"。所谓打草谷，是指边境的小股军队，恃力对敌国边境的平民骚扰、劫掠。此前，萧峰及广大宋人都认为"打草谷"只是辽军对宋民所为，是辽人贪婪、凶残的证据。但这次在雁门关，他却

1　该理论由美国心理学家伊丽莎白·罗斯在其《论死亡和濒临死亡》一书中提出。

见到了令人惊异的一幕：

> 跟着岭道上又来了三十余名官兵，驱赶着数百头牛羊和十余名契丹妇女，只听得一名军官道："这一次打草谷，收成不怎么好，大帅会不会发脾气？"另一名军官道："辽狗的牛羊虽抢得不多，但抢来的女子中，有两三个相貌不差，陪大帅快活快活，他脾气就好了。"第一个军官道："三十几个女人，大伙儿不够分的，明儿辛苦一天，再去抢些来。"一个士兵笑道："辽狗得到风声，早就逃得清光啦，再要打草谷，须得等两三个月。"

两国对峙，本来难以用简单的善恶标准来界定对错；一个群体之中，自然也是有善有恶、有贤有不肖，怎么可能一国一族尽是善人，而另一国一族尽是恶人呢？这个道理看似浅显，可是古往今来，有多少困于局中之人，闭目塞听，始终不明呢？

其实，金庸就是想借萧峰的故事告诉世人，正与邪，善与恶，对与错，不因国家、民族、种群来划定，"我欲仁，斯仁至矣"，善恶只在心与行，岂在身与名？

所以，在《天龙八部》一书中，别说丐帮诸人、武林群豪，就是萧峰自己，也曾存有偏见，认为汉人善、契丹人恶。而当他看到这残忍的一幕之后，终于发现，让他堕入不幸命运的，不是契丹人的身份，而是世人包括自己所抱持的偏见：

> 过了一会，乔峰缓缓的道："我一向只道契丹人凶恶残暴，虐害汉人，但今日亲眼见到大宋官兵残杀契丹的老弱妇孺，我……我……阿朱，我是契丹人，从今而后，不再以契丹人为耻，也不以大宋为荣。"

从这一刻开始，他才真正从"乔峰"，成为"萧峰"。

02

萧峰的生命底色是悲凉的。这种悲凉，有来自身世的，还有来自爱情的。

萧峰和阿朱的爱情故事，是金庸小说中的经典悲剧。

萧峰本是胸怀天下，并不留心莺莺燕燕的男子，说起来，他好好地当着丐帮帮主，受众人崇敬，却一夕之间遭逢杏子林之变，起因就是他在人群中，少看了马夫人一眼：

> 萧峰渐明端倪，道："是了，我记起来了，那日芍药花旁，好像确有几个女子，那时我只管顾着喝酒，没功夫去瞧什么牡丹芍药、男人女人。倘若是前辈的女流英侠，我当然会上前拜见。但你是我嫂子，我没瞧见你，又有什么大不了的失礼？你何必记这么大的恨？"

这段"夫子自道"，颇能看出萧峰的个性。人格、事业、声名等，在他心中远比爱情更重要。当命运的波涛劈头打来时，他尚是孑然一身。孰料，在他跌向人生谷底的过程中，竟然有一个人愿意和他悲欢与共，对他穷达不弃。

这个人就是阿朱。

阿朱的年龄、身份、性情等，都与萧峰差距颇大。阿朱是慕容复的婢女，而萧峰是丐帮帮主；阿朱古怪精灵、天真娇憨，而萧峰成熟稳重、阅人无数。

恰好，两人的出场画面，都是以段誉的视角来描绘的。阿朱是江南女儿，情怀如水：

> 段誉从松木梯级走上"听雨居"门口，只见阿碧站着候客，一身淡绿衣衫。她身旁站着个身穿淡绛纱衫的女郎，也是盈盈十六七年纪，向着段誉似笑非笑，一脸精灵顽皮的神气。阿碧是瓜子脸，清雅秀丽，这女郎是鹅蛋脸，眼珠灵动，另有一股动人气韵。

萧峰是北方大汉，慷慨豪迈：

> 西首座上一条大汉回过头来，两道冷电似的目光霍地在他脸上转了两转。段誉见这人身材甚是魁伟，三十来岁年纪，身穿灰色旧布袍，已微有破烂，浓眉大眼，高鼻阔口，一张四方的国字脸，颇有风霜之色，顾盼之际，极有威势。

三十出头的萧峰久历风霜，十六七岁的阿朱未经世事。说起来，如果此二人是在寻常情境下相识，定然难有故事，阿朱纵然仍有可能对萧峰心生仰慕，但萧峰未必会属意于她。

二人的相识相知，正好颇具戏剧性：他们的情缘，有三件偶然事件的推动。

第一次，是在杏子林初见。其时，萧峰处变不惊，既有雷霆手段，又有菩萨心肠，让阿朱心生崇敬。丐帮帮众将慕容家视为杀马副帮主的仇人，而萧峰因见到慕容家家臣的胸怀，便一力陈说慕容复定非蝇营狗苟之辈，这等胸襟见识，自然也让阿朱既觉佩服，又感亲近。所以稍后，阿朱邀段誉扮作慕容复、自己扮作萧峰去给丐帮帮众送解药。虽然她嘴上说此举全是为了主人慕容复，但实际上，背后未尝没有女儿家的恋慕心思。

第二次，是在少林寺偶遇。其时，阿朱扮作少林寺和尚止清，偷到了《易筋经》。萧峰恰于此时夜入少林寺探寻自己身世真相，不意被少林寺僧人误认为杀害玄苦大师的凶手。高手过招之时，掌力意外伤及阿朱，致使她性命垂危。

此事萧峰本来无尤，但他竟将阿朱的治伤之事揽了下来，凭着一时豪气，独闯聚贤庄、血战群豪，奋力替阿朱求得薛神医的救命允诺。这时，萧峰对阿朱，还是只有朋友之义，并无男女之情。

甚至准确地说，他在聚贤庄把性命都豁了出去，更大程度上，不是为了救阿朱的性命，而是想要发舒自己被压抑的生命力，想要不顾一切地把上天加诸他的一切屈辱、不公还回去。这一战，是萧峰和自己的一战，也让阿朱对他情根深种。以前，阿朱看到的是萧峰处变不惊、风雷不动的一面，而这一次，她看到了他的伤痕、他的痛苦、他的困兽之斗和誓死不屈。

第三次，是在雁门关重逢。此时，萧峰还未从得知身世真相的打击中恢复过来，雁门关前，他神思飘飞，想象三十年前旧事，感喟交加，长吟长啸。世人冤枉他、误解他、陷害他、鄙弃他，这自然不公——可哪怕是怜悯，他也不愿领受。只有阿朱，在雁门关前等了他五天五夜，她看他的眼神，不因他是汉人或契丹人而有丝毫改易，她愿与他千里相偕，水里水里去，火里火里去：

> 萧峰哈哈大笑，说道："是了！从今而后，萧某不再是孤孤单单、给人轻蔑鄙视的胡虏贱种，这世上至少有一个人……有一个人……"一时不知如何说才是。
>
> 阿朱接口道："有一个人敬重你、钦佩你、感激你，愿意永永远远、生生世世、陪在你身边，和你一同抵受患难屈辱、艰险困苦。"说得诚挚无比。
>
> 萧峰纵声长笑，四周山谷鸣响，他想到阿朱说"一同抵受

患难屈辱、艰险困苦"，她明知前途满是荆棘，却也甘受无悔，心中感激，虽满脸笑容，腮边却滚下了两行泪水。

萧峰和阿朱，就是这样在无情的命运中意外相遇，在无常的世间携手共抗雨雪风霜。他们的爱情，不因身份而改，不因际遇而改，不因安危而改，亦不因生死而改。

阿朱对萧峰的情话，是定情时那句"便跟着你杀人放火，打家劫舍，也永不后悔。跟着你吃尽千般苦楚，万种熬煎，也是欢欢喜喜"；萧峰对阿朱的情话，是她去世数年后他说的那句"阿朱就是阿朱，四海列国，千秋万载，就只一个阿朱"。

生死不渝，此之谓也。

03

可惜，萧峰与阿朱的故事，不仅以悲剧收场，而且还收得格外戏剧化。

当时，萧峰追查的知情人一一离奇亡故，只剩马副帮主夫人还在世。萧峰与阿朱心知她视萧峰为仇人，定然不肯吐露真相，所以商定由妙擅易容的阿朱扮作丐帮长老白世镜，引诱马夫人说出内情。

此计听来甚妙，可是千算万算，萧峰没算到白世镜竟然与马夫人有私情，而马夫人又对萧峰、段正淳怀恨已久。马夫人在察觉到此"白世镜"非彼"白世镜"后，索性将计就计，谎称萧峰追查的"带头大哥"是大理镇南王段正淳。

巧中之巧，紧接着阿朱又发现了自己的身世真相：她正是段正淳的女儿。一边是父母，一边是恋人：萧峰之仇，不得不报，而血脉至亲，又怎忍不顾？除了眼前这个难题，她还有远忧。她担心萧峰不敌段正淳，又担心若是敌过了他，反遭段氏追杀。芳心百结、彷徨无计之下，她竟然假扮段正淳，去赴与萧峰的约会。最后，被萧峰掌力加身，重伤而亡。

这个结局太戏剧也太悲剧，"若说没奇缘，今生偏又遇着他。若说有奇缘，如何心事终虚化？"而读者也往往心存遗憾：金庸给了杨过小龙女团圆，给了狄云水笙一线希望，给了胡斐苗若兰一种可能，为何却对萧峰阿朱如此绝情？

要回答这个问题，需要弄清楚《天龙八部》是一本写什么的书。

"天龙八部"这个名称本是佛教概念。《天龙八部》一书中，贯注了深厚的佛教意蕴。

佛教认为，人生有八苦：生、老、病、死、怨憎会、爱别离、求不得、五阴炽盛。《天龙八部》集中要写的，是"求不得"之苦。慕容博、慕容复求复国而不得，萧远山求复仇而不得，虚竹求与父母团圆、在少林寺安心修炼而不得，段延庆求复位报仇而不得，木婉清求与心上人相守而不得……整部《天龙八部》，就是一部渺小的人类被命运无情嘲弄的悲剧。

而萧峰是《天龙八部》的男主角，他是侠客中的侠客、英雄中的英雄。但是豪纵如他，也逃不过命运，走不出无常。所以他的故事，是悲剧中的悲剧。

由此我们可以联想到古希腊神话。古希腊神话有一种所谓命运悲剧者，其主要的情节就围绕着人与命运的对抗来展开。在这种悲剧中，主人公几乎趋近完美，他们的每一步抉择也似乎都是正确的，但是他们的抉择把自身推向了悲剧的命运，且这种悲剧往往不可避免。如索福克勒斯的《俄狄浦斯王》，就是典型的命运悲剧。一面是完美的主人公、充沛的生命力、坚持不懈的抗争，一面是注定的、不可挽回的坠落和毁灭时的玉石俱焚，绝望感、悲剧性由此而生。

萧峰的悲剧也是命运悲剧。他奋力追寻自己的身世真相，四处查问知情者，却总是被"大恶人"抢先一步，眼睁睁看着知情者一一死于非命。最后他得知，杀死养父母乔三槐夫妇、谭公谭婆，打伤师父玄苦的所谓"大恶人"，正是自己的父亲萧远山。

萧远山"恶"吗？最开始，他明明只是一个无辜受难而家破人亡的受害者；萧峰追寻真相不够努力吗？他一直千里奔波，使出了自己全部的才智；阿朱相助萧峰不够尽心尽力吗？她已倾心相许、风雨相随、尽其所有。但令人扼腕的是，提出假扮白世镜这条计策、致使她和萧峰堕入马夫人彀中的，正是她自己。

命运啊！何曾因为人类的勤勉、乐观、坚强、善良、忠贞，就对人类稍加怜悯？

可是，正是这种最终无望却依然一直坚持的抗争，正是这类光风霁月又为无常所困的人物，会引起我们最深的同情，让我们内心为之战栗不已。悲剧之动人，不正在这种痛感之中涤荡人心的力量吗？

04

萧峰还是一个让人觉得"痛快"的英雄。

金庸小说的主角，绝大多数都是侠义为怀的英雄，不贪财、不好色、不惜身、不居功，急人之难，生死无违，让人景仰。但是作为读者，有时也有"不痛快"处：有的主角，他们的"仁心仁德"似乎过了度。

譬如袁承志，对二师兄归辛树及师嫂十分恭谨，屡次被他们寻衅还依然谨守师兄弟之礼，以致多次误事，且贻害他人；譬如郭靖，对欧阳锋行君子之则，不止一次手下留情，却多次被他欺骗、谋害，以致后来五位师父都被欧阳锋所杀；譬如杨过，多次被郭芙伤害，却又多次在她遭遇危难时奋力相救；譬如张无忌对何太冲、朱长龄等小人以德报怨，却数次被反噬，命悬一线——这类情节读来让人气闷，读者难免会想，难道英雄必须吃尽天下之亏、忍受无穷折辱？忍辱含垢，纵然守了小义，于大道又有何补呢？

而萧峰却不是这样的英雄。他虽不以小人之心度人，也不以君子之道屈己。对仁人志士，他可以肝胆相照，将性命相托；对魑魅魍魉，他也有雷霆手段，能金刚怒目。

杏子林之变，全冠清伙同四大长老骤然发难，萧峰处变不惊，瞬息之间，已将敌我之形势洞然于胸：

> 原来乔峰察言辨色，料知此次叛乱，全冠清必是主谋，若不将他一举制住，祸乱非小，纵然平服叛徒，但一场自相残杀势所难免。丐帮强敌当前，如何能自伤元气？眼见四周帮众除了大义分舵诸人之外，其余似乎都已受了全冠清的煽惑，争斗一起，那便难以收拾。因此故意转身向四长老问话，乘着全冠清绝不防备之时，倒退扣他经脉。这几下兔起鹘落，一气呵成……这么迫得他下跪，旁人都道全冠清自行投降，自是谁都不敢再有异动。
>
> 乔峰转过身来，左手在他肩头轻拍两下，说道："你既已知错，跪下倒也不必。生事犯上之罪，却决不可免，慢慢再行议处不迟。"右肘轻挺，已撞中了他的哑穴。

他知道全冠清狼子野心，是此事的主谋，所以当机立断将其制住，下手绝不容情。但四大长老既对丐帮忠心耿耿、功劳赫赫，此次又是受人挑拨，罪不当诛，所以他代他们受了法刀插胸之刑，既全了他们的晚节，又收了中间派的心，同时还不违帮规。这既非市恩，又不乡愿，也不失仁义，如此果决、通达，实属难能。

至于聚贤庄为救阿朱而与群雄大战一事，也颇能见出萧峰的个性。薛神医广撒英雄帖，让江湖豪杰齐聚聚贤庄，正是为了对付萧峰，但萧峰明知山有虎，偏向虎山行：

> 乔峰自踏入江湖以来，只有为友所敬、为敌所惧，哪有像这几日中如此受人轻贱卑视，他听阿朱这般询问，不由得傲心登起，大声道："没有。那些无知小人对我乔某造谣诬蔑，倒是不难，要出手伤我，未必有这么容易。"突然之间，将心一横，激发了英雄气概，说道："阿朱，明日我去给你找一个天下最好的大夫治伤，你放心安睡罢。"

他揽下此事，一是因为觉得阿朱是受自己牵连而受伤，自己虽有要事在身，又在江湖上处于嫌疑之地，但她的性命，也不能不管。二是因为阿朱是慕容复之婢，他虽未见过慕容复，却将其引为神交已久的友人。为神交之友人的婢女，即能慨然赴生死莫测之地，大有古人之风。三是因为"将心一横，激发了英雄气概"——他越是身临绝境，越是有一股悍勇之气、不屈之怒。

去得庄中，他软硬兼施，先礼后兵。众人不念旧日情谊，刀剑相见，情势紧急之时，他也并不是只有匹夫之勇：

> 乔峰心念一动："不错，这些人都是行侠仗义之辈，决不会无故加害于她。我还是及早离开这是非之地为妙。"但随即又

想："大丈夫救人当救彻。薛神医尚未答允治伤，不知她死活如何，我乔峰岂能贪生怕死，一走了之？"

纵目四顾，一瞥间便见到不少武学高手，这些人倒有一半相识，俱是身怀绝艺之辈。他一见之下，登时激发了雄心豪气，心道："乔峰便是血溅聚贤庄，给人乱刀分尸，那又算得什么？大丈夫生而何欢，死而何惧？"

这段心理描写细腻而真实。萧峰有血气，却不逞血气之勇；有智慧，却不因洞明世事而变得圆滑。他既能始终坚持为人的信念，又不因一时意气而放弃有为之身；而一旦真的到了生死存亡的关头，则坦然无惧、知命不忧。

当他追查自己的身世，想要逼问谭公谭婆当年真相时，也是同样"豁得出去"，毫无道德包袱。因为视对方为敌人，所以拿住把柄后，想要挟就要挟，但是要挟过了，见对方英勇不屈、谨守信用，又肃然起敬：

谭公手足微微一抖，这时他兀自被乔峰提着，身子凌空，乔峰只须掌心内力一吐，立时便送了他的性命。但他竟是凛然不惧，说道："此人是你的杀父大仇，我决计不能泄露他的姓名，否则你去找他报仇，岂不是我害了他性命。"乔峰道："你若不说，你自己性命就先送了。"谭公哈哈一笑，道："你当谭某是何等样人？我岂能贪生怕死，出卖朋友？"

乔峰听他顾全义气，心下倒也颇为佩服，倘若换作别事，早就不再向他逼问，但父母之仇，岂同寻常，便道："你不爱惜自己性命，连妻子的性命也不爱惜？谭公谭婆声名扫地，贻羞天下，难道你也不怕？"

即使肃然起敬，但想起兹事体大，也不能滥施仁义，所以他还是硬起心肠，继续施为。后来谭婆为人所杀，谭公悲愤之下毅然自尽，萧峰明知自己如不遮掩此事，必然会被误认为凶手，后患无穷，但还是坦然任之。

萧峰的出色，在于他不矫情、不迂腐、不黏滞、不虚伪。尤其是他对于敌对者或仇人的态度，颇近于孔子所说的"以直报怨"的态度。萧峰的善良，没有成为他的软肋。

比起郭靖，萧峰更真实；比起杨过，萧峰更理性；比起张无忌，萧峰更果敢；比起令狐冲，萧峰更有兼济天下之心。

05

或者，不用跟任何人比，萧峰就是萧峰。

在金庸的笔下，萧峰绝对是独特的一个：他一出场，武功就是"满级"；他身经百战，曾经负伤受困，却从未有一招输与他人；他没有学过像北冥神功那样神奇的武功，却能遇强则强，不逊于当世任何高手；他行事光明磊落，为人真诚坦率，却从没有因人屈己、因己负人。

天下人尽负萧峰，萧峰仍然不负天下人。

《天龙八部》共五册，其目录正是五首词。关于萧峰的那首，叫作《苏幕遮》，其下片云："昔时因，今日意。胡汉恩仇，须倾英雄泪。虽万千人吾往矣。悄立雁门，绝壁无余字。"萧峰对抗的，岂止是"万千人"，还有时代的桎梏、世人的偏见和无常的命运。但那又如何呢？没有哪一刻，他低过头、认过输、泄过气、服过软。

从丐帮帮主，到天下共弃的所谓"弑父、弑母、弑师"的"恶人"，再到辽国的南院大王，他的人生起落之大、际遇之奇，令人感叹。

最后，他因为不愿领军征宋而为辽帝所囚，听闻此讯的宋朝江湖豪杰间关万里赶来，成功将他救出囚所。萧峰和这些业已割席断交、恩仇难言的旧识们重会，此中滋味，自难一言尽之。一行人逃到辽宋边界，却无法入关。后有铁骑追缉，前方关门紧锁，在此绝境下，萧峰挟持了辽帝，迫使他退军。

辽帝耶律洪基此时固然是萧峰的敌人，但他们曾义结金兰，对天盟誓。萧峰为救宋朝旧友，背弃了义兄、国君。至此，辽宋之间、天地之中、忠义之际，更没有了萧峰的立足之地。英雄岂能苟且，丈夫不受人怜，所以，萧峰选择了自尽：

> 萧峰大声道："陛下，萧峰是契丹人，今日威迫陛下，成为契丹的大罪人，此后有何面目立于天地之间？"拾起地下的两截断箭，内功运处，双臂一回，噗的一声，插入了自己的心口。
>
> 耶律洪基"啊"的一声惊呼，纵马上前几步，但随即又勒马停步。
>
> 段誉和虚竹只吓得魂飞魄散，双双抢近，齐叫："大哥，大哥！"却见两截断箭插正了心脏，萧峰双目紧闭，已然气绝。

更精彩的，是萧峰死后的那段描写：

> 中原群豪一个个围拢，许多人低声论议："乔帮主果真是契丹人吗？那么他为什么反而来帮助大宋？看来契丹人中也有英雄豪杰。"
>
> "他自幼在咱们汉人中间长大，学到了汉人大仁大义。"
>
> "两国罢兵，他成了排难解纷的大功臣，却用不着自寻短见

啊。"

"他虽于大宋有功，在辽国却成了叛国助敌的卖国贼。他这是畏罪自杀。"

"什么畏不畏的？乔帮主这样的大英雄，天下还有什么事要畏惧？"

耶律洪基见萧峰自尽，心下一片茫然，寻思："他到底与我大辽是有功还是有过？他苦苦劝我不可伐宋，到底是为了宋人还是为了契丹？他和我结义为兄弟，始终对我忠心耿耿，今日自尽于雁门关前，自然决不是贪图南朝的功名富贵，那……那却又为了什么？"他摇了摇头，微微苦笑，拉转马头，从辽军阵中穿了过去。

蹄声响处，辽军千乘万骑又向北行。众将士不住回头，望向地下萧峰的尸体。

萧峰之死，与项羽之死颇为相似。当时，项羽本可以东渡乌江，但他叹喟："纵江东父兄怜而王我，我何面目见之？纵彼不言，籍独不愧于心乎？"他死时的情形，尤其慷慨悲壮。他鏖战至最后，忽见敌人中有故人吕马童，笑言："我听说汉王刘邦用千金悬赏我的头，那我就送你个人情吧！"就此自刎而死。

司马迁是这样写项羽死后的情形：

王翳取其头，余骑相蹂践争项王，相杀者数十人。最其后，郎中骑杨喜，骑司马吕马童，郎中吕胜、杨武各得其一体。五人共会其体，皆是。故分其地为五：封吕马童为中水侯，封王翳为杜衍侯，封杨喜为赤泉侯，封杨武为吴防侯，封吕胜为涅阳侯。

英雄杀身，鸡犬升天。项羽生前如此慷慨了得，死后，却成了"鬣狗"的猎物，成了他们封侯求赏的进身之阶，这不是绝妙的黑色幽默吗？在真实的历史之中，英雄经常堕入悲剧的命运。宋之文天祥、明之于谦，莫不如此。又或者说，正是悲剧的命运，使得英雄成为英雄？

作为小说家，金庸最老辣之处在于：他让书外的人看到了萧峰的一切，却让书中的人始终看不懂萧峰。他们看不懂萧峰在刀锋上的行走，看不懂他在暗夜中的挣扎，更看不懂他在冰冷的世间为守护心中灼热的火光而做的一切。

最后，萧峰一箭透胸，命丧雁门。世人的喋喋不休、冥顽不灵，便交给匝地黄云、一天风沙吧。

至于命运，萧峰最后输给了它，却从未向它屈服。

拔海移山易，心无挂碍难：
金庸小说中的复仇故事

01

人生在世，"不如意事常八九"，受委屈、被冤枉、遭侵害，就是这"不如意事"中的重要部分。只是在现实的人生之中，争端常常是生于双方的误会、出于立场的不同、源于利益的冲突，而未必来自某个"恶人"有意的谋划、打压、陷害；且当人们遭遇这些不如意事时，往往并不能随心所欲地行事，而是常要受迫不得已的委屈，吞下五味杂陈的苦楚。

但是在武侠小说这种情节高度密集、戏剧性强烈的文学类型中，情况则有不同。武侠小说是以"江湖"为天地的小说。既有江湖，便有了刀光剑影、恩怨情仇。为了让情节精彩、冲突激烈、故事好看，武侠小说中常有集众恶于一身的恶人，他们力强而心狠，欲盛而情淡，所以他们一旦与他人发生冲突，总是辣手无情、造恶无算。受他们侵害的人大多无力与之相抗，但天道不爽，千百人中总会有几个雄豪磊落、百折不摧之士，会在疾风骤雨中傲然挺立、迅速成长，护自己周全，也为苍生寻公道、为天地求正义，更让读者在"被虐"之后心胸一畅，让他们觉得自己在生活中无奈藏纳的委屈和怨气也借此发抒了一些。

这就是武侠小说中"复仇"故事的内核。源自生活，利于代入，便于投射，也是复仇故事为何成为作者爱写、读者爱看的原因。

在金庸小说中，复仇是一个极其重要的主题。金庸有十三篇长篇、一篇中篇、一篇短篇，共计十五篇武侠作品，它们的主题，绝大多数与"复仇"有关。这些复仇故事，大致可以分为三类：欲复国仇；欲复家仇；因自身被冤、被害，欲为自己复仇。

先说欲复国仇者。金庸小说本有将故事置于民族纷争、朝代更迭的动荡历史时期的传统，在这些小说中，也常有爱国之士痛心于国家危难、国土沦亡，立志尽其心智为国讨敌或复国中兴，如以宋金之争为背景的《射雕英雄传》和《神雕侠侣》，写郭靖如何以武功、兵法守卫南宋江山，抗击金军和蒙古军。而最典型的复国仇故事，在金庸的第一部小说《书剑恩仇录》和最后一部小说《鹿鼎记》中。此二书的故事背景设定为清朝前中期，均写到了以反清复明为第一要务的江湖帮会，因力图推翻清朝而发生的纠葛和故事。

再说欲复家仇者。金庸小说以被害甚至灭门情节来开篇的不在少数。如《碧血剑》开篇，袁崇焕一家罹难，唯有其子袁承志为其旧部所救；《射雕英雄传》开篇，郭啸天被害而死，其妻李萍以有孕之身艰难逃生；《神雕侠侣》开篇，陆立鼎一家除陆无双外均被杀；《笑傲江湖》开篇，福威镖局除林平之外满门被灭。

这些故事中人物遭际、情节展开各不相同，但又有相似点：故事中人都是被命运拖入深渊，从此在其生命中，为家人报仇成为人生的主要目标，之后他们的安危荣辱也往往与此有关。金庸小说中更有一类悲剧人物，他们被旧日的仇恨牵系住心魂，漫天的血影把他们所有的情绪氤氲得模糊，报仇甚至成为他们人生中唯一的价值所在，他们在这条不归路上孤独地前行，慢慢心魂失守，性情大变，前述之林平之即是如此。此外，《倚天屠龙记》中的谢逊，《天龙八部》中的萧远山，也是类似情况。

另有身负奇冤、欲一雪其耻者，如《天龙八部》之萧峰、《连城诀》之狄云，他们都遭遇了人生的巨变，而此变故又是由他人肇祸，还谜团重重。所以他们一直想要揭开真相，为自己申冤报仇。

以上三种，是金庸小说复仇故事的主要类型。

02

既然武侠小说是人生的寓言，"寓言"中的这些人物，也比现实中的人更潇洒、更恣意，那么他们应该会过更挥洒自如的生活吧？现实中人遭受冤屈、面临侵害时，或许也想以牙还牙，但常常是有心无力，那么，受约束更少、能力更强、性情更通达的侠客们，应该能快意恩仇了吧？

可是在金庸小说中，情况真是如此简单吗？我们不妨先思考这样一个问题：金庸小说是以"快意恩仇"为基本态度吗？关于这个问题，我们很容易认为答案是肯定的。因为在我们的印象中，"侠客"就是具备极强的个人能力、以维护公义为第一原则、快意恩仇的人物。"侠"在现代是一个非常正面的词，但是如果细细考究、追本溯源，会发现"侠"的概念，有一个从开始的中性甚至偏贬义性，变成后来的褒义性的过程。在先秦时期，至少以法家的眼光看来，"侠客"不是什么值得称道的人物。《韩非子·五蠹篇》说"儒以文乱法，侠以武犯禁"，意思是儒生、侠士都是社会的不安定分子，只是他们干扰社会秩序的方式不同，一个是用文章，一个是用武力。此时的游侠也和游士一样待价而沽，愿将一身本领售于识者。到了汉代，司马迁开始大力褒赞游侠：

今游侠，其行虽不轨于正义，然其言必信，其行必果，已诺必诚，不爱其躯，赴士之厄困，既已存亡死生矣，而不矜其能，羞伐其德。盖亦有足多者焉。(《史记·游侠列传》)

司马迁也承认游侠常游离于社会规范之外，但他对这类人物的欣赏远多于批评。他欣赏他们一诺千金、重义轻利，赞许他们有能力而不自夸、施恩而不望报。司马迁的褒扬，对"侠客"形象的正面化非常重要。他在《游侠列传》《刺客列传》等文中描绘的各色人物，以其纵横的奇气打动了古今之人，让人心驰神往。这些人走的都不是寻常路，过的都不是被规定的人生，最后的结局也并非多么华彩耀目，但他们的人格魅力常能超越他们有限的生命，在无常的世间留痕。正是在这样的基础上，李白创作了《侠客行》一诗：

赵客缦胡缨，吴钩霜雪明。银鞍照白马，飒沓如流星。十步杀一人，千里不留行。事了拂衣去，深藏身与名。闲过信陵饮，脱剑膝前横。将炙啖朱亥，持觞劝侯嬴。三杯吐然诺，五岳倒为轻。眼花耳热后，意气素霓生。救赵挥金槌，邯郸先震惊。千秋二壮士，烜赫大梁城。纵死侠骨香，不惭世上英。谁能书阁下，白首太玄经。

他赞颂侠客"十步杀一人，千里不留行"的高超能力，想望他们"事了拂衣去，深藏身与名"的洒脱态度，描绘他们"三杯吐然诺，五岳倒为轻"的豪迈情怀，在他的笔下，侠客已经成为完全正面化的人物了。

有趣的是，在这一过程中，侠客的面貌并未发生根本性的变化，论者之所以对他们褒贬不一，是因为采用了不同的标准。韩非贬斥的蠹虫、司马迁心仪的义士、李白讴歌的侠客，其实是同一种人——

他们有炽热的生命热情、旺盛的生命力、强大的生命能量，梦想着过纵情燃烧、照亮这个世界的一生。

所以，一般而言，武侠小说中的侠客，自然是会快意恩仇的。但在金庸小说中，情况却并不那么简单。在他的笔下，所有复仇者在最开始也执意要复仇——或者想要克敌、复国，或者想要仇人血债血偿。但是，金庸作为这个虚构世界的造物主，常常代天行事，让复仇者们铩羽而归。

譬如，意欲反清复明的红花会，在与老于权谋的乾隆的较量中落败，无奈中远走南疆，隐居避世；总舵主陈家洛失却了所爱，"短歌终，明月缺"，全书在香冢悼亡的忧伤气氛中落幕。同样想要反清复明的天地会，面对明主康熙已得民心的局面，已无力回天。

一生执念纠缠于丧子之痛的瑛姑，将罪孽归咎于不愿救其儿子的一灯，而一灯也自觉难辞其咎，欲引刀就戮，可当偏狭的执念面对真诚的忏悔，复仇一事竟也不了了之了。

自幼丧父的杨过，在想象中将自己的父亲塑造成英雄豪杰，并认为父亲是为宵小所害而英年早逝，当杨过误认郭靖为自己的杀父仇人时，复仇之剑三发三止，最终他为郭靖的胸怀所动，让私仇于公义。

袁承志乃明季名将袁崇焕之子，袁崇焕镇守辽东，拒清兵于关外，最终却因皇太极的反间计见疑于崇祯而被杀。袁承志自小被袁崇焕旧部抚养，日夜以报父仇为念。可当他练成了绝世武功，却两次与报仇失之交臂。他进宫刺杀皇太极时，于暗处窥伺，听到皇太极谈吐豪迈，见识过人，心底暗生敬佩之情。他与皇太极座下护卫交手后暂时退去，拟待日后寻机再来刺杀，结果很快就得到了皇太极驾崩的消息；他进宫刺杀崇祯时，又阴差阳错由刺杀他变成了从闯军手中救下他，而很快，崇祯也自杀而死。

萧峰是金庸笔下几近完美的大英雄，一笑能靖风烟，一怒能动风雷，既有豪侠之气，又有仁者之心，然而他却深陷命运的悲剧之中。他的身世真相被揭开后，竟无端为世人所弃。他一心想追查铸成自己身世悲剧的"大恶人"，可又蒙上弑养父母、弑师的恶名。何曾想，这让他千里追击的使自己蒙冤的"恶人"，竟是自己三十年未曾谋面的亲生父亲。造化弄人，夫复何言！

此类例子，不胜枚举。我们由此可以发现一条规律：金庸的小说常从"复仇"的故事出发，但最终的主旨是反复仇的。

03

金庸为何常让报仇者们有始难终、事与愿违？其实他的首要目的，不是为了设置不落窠臼的情节、写出别出心裁的故事，而是为了用这些人物的遭遇来回答这个重要问题：当人面对刻骨蚀心的伤痛时，怎样的态度才是最好的？

马赛尔·普鲁斯特曾说过："事实上，每个读者只能读到已然存在于他内心的东西。书籍只不过是一种光学仪器，作者将其提供给读者，以便于他发现如果没有这本书的帮助他就发现不了的东西。"我非常赞同他的看法。同理，每个作者在创作的时候，也总是在写他生命里最重要的故事，作为读者，透过书籍这样一种光学仪器，也能看到作者心中的某种"核心故事"和"情结"。

金庸生命中的"核心故事"之一，就是他曾遭遇的两次巨大伤痛。

金庸原名查良镛，是浙江海宁人。海宁查氏乃世代簪缨的名门望族，数百年来以诗书传家，人才辈出。明末名士查继佐、清代著名诗人查慎行，都是金庸的先祖。明清二代，查家共有数十人中进士，康熙年间更是出现了"一门十进士，叔侄五翰林"的盛况，康熙曾赐查家御笔亲题的数幅匾额及对联"唐宋以来巨族，江南有数人家"，使其更加名著一方。

金庸的父亲查枢卿出生于清光绪二十三年（1897），是个承受新旧时代变革阵痛的人。他从小饱读诗书，也受过西式教育，毕业于震旦大学。毕业后回乡经营家中的大来钱庄，后来该钱庄一度毁于日军侵华的战火中，他也离乡避难，带着妻儿颠沛流离。待到日军投降后，他才回乡重整家业。查枢卿家有良田数千亩，数年间兴办教育，赈济宗亲，乐善好施，受人景仰。然而，1951年，他却在"镇反"运动中卷入一起冤案，被安上"窝藏土匪""图谋杀害干部"等罪名[1]，被判处死刑，于当年4月被枪决。而金庸于1948年开始，已经到了香港工作生活。此事发生时，莫说他天遥地远，鞭长莫及，就算他是身在大陆，在时代的洪流下也一样无能为力，只能等待噩运将自己与父亲天人永隔。

这种事在那个时代不是孤例，表面看查枢卿是意外被冤，实际上他被视为敌人，与当时以阶级定善恶，而他又属"大地主"阶层有关。某个历史的大变革写入史书也许只是寥寥几句话，但横向剖开，或许是千万人的涕泪，是个人面对命运的海啸时欲挣扎而无力的绝境。数十年后，金庸写了一篇自传体小说《月云》，描绘宜官和

---

1 查枢卿的发妻、金庸的生母徐禄在抗战时病逝，查枢卿后来续娶了比他小十七岁的本为查家用人的顾秀英为妻。1949年前后，顾秀英的弟弟曾在姐姐、姐夫不知情的情况下，藏了一支手枪在查家的粮库中。后来顾秀英的弟弟自己将此事告知他人，导致查枢卿被人告发图谋不轨，最终陷入冤案。

他的丫头月云的一段情缘。不难看出，宜官的原型就是金庸自己，所以小说有很多与现实重叠的地方。其中有这样一段：

> 从山东来的军队打进了宜官的家乡，宜官的爸爸被判定是地主，欺压农民，处了死刑。宜官在香港哭了三天三晚，伤心了大半年，但他没有痛恨杀了他爸爸的军队。因为全中国处死的地主有上千上万，这是天翻地覆的大变乱。在宜官心底，他常常想到全嫂与月云在井栏边分别的那晚情景，全中国的地主几千年来不断迫得穷人家骨肉分离、妻离子散，千千万万的月云偶然吃到一条糖年糕就感激不尽，她常常吃不饱饭，挨饿挨得面黄肌瘦，在地主家里战战兢兢，经常担惊受怕，那时她还只十岁不到，她说宁可不吃饭，也要睡在爸爸妈妈脚边，然而没有可能。宜官想到时常常会掉眼泪，这样的生活必须改变。他爸爸的田地是祖上传下来的，他爸爸、妈妈自己没有做坏事，没有欺压旁人，然而不自觉的依照祖上传下来的制度和方式做事，自己过得很舒服，忍令别人挨饿吃苦，而无动于衷。

这是已在暮年的金庸，在风云看尽、时过境迁之后的追思之作，里面还有当年血泪的印痕，但那痕迹毕竟已随时光淡去。金庸作为旧时代中世家的公子、新时代中读了书后深明普世价值的人，不安于享受建立在他人骨肉离散、担惊受怕的基础上的富贵。人要跳出自己本来的世界真切体会他人的难处并非易事，千百年来处在社会上层的幸运儿们，更多的自然是为自己的出身感到幸运甚至觉得天经地义，为什么金庸能够推己及人，思考社会的痼疾呢？除了他有"大同""平等"的追求外，还有"月云"产生的影响——她让"下位者"这个模糊的概念具体成活生生的、有血有肉又堪怜堪惜的人，让金庸反过来对发生在自己家人身上的时代悲剧，能跳开一些观照，在七分悲痛之外还存有三分反思。

但值得注意的是，虽然金庸说的是真话，但他并没有说出全部的真话。月云对他来说是具体的人，并非只是所谓的"丫鬟"；父亲查枢卿对他来说也是具体的人，并非只是所谓的"地主"。通达世事、洞察人心如他，知道铸成的悲剧已经铸成了，是号呼哭泣、愤怒控诉也无力回天的。所以，在公共生活的领域，他力图放下这一切。1981 年，在父亲去世三十年后，已是享誉华人世界的著名作家的金庸，终于重回故乡。他是得改革开放之后国门重开之便，也是受到了邓小平的邀约。

金庸和邓小平此前可谓神交已久。邓小平在金庸小说还未正式在大陆出版的时候，就曾托人在大陆之外购得一套，读得爱不释手；金庸则曾在邓小平遭遇政治风波时，在《明报》撰文表达对他的支持和钦佩。金庸还曾说："我一直很钦佩他的风骨。这样刚强不屈的性格，就像是我武侠小说中描写的英雄人物。"在他们的会晤中，邓小平谈到了金庸父亲的悲剧，说应该"团结起来向前看"，而金庸也表示人死不能复生，自己早已放下了。在邓小平的指示下，海宁县县委等部门对查枢卿一案进行复查，并于 1985 年 7 月由海宁县人民法院撤销原判决，宣告查枢卿无罪，三十四年的沉冤终于昭雪。金庸得此消息后致信海宁县委，信中写道："大时代中变乱激烈，情况复杂，多承各位善意，审查三十余年旧案，判决家父无罪，存殁俱感，谨此奉书，着重致谢。"这信写得不卑不亢，很有风度。至此，这件积年的悲剧终于在现实层面尘埃落定了。

但是，金庸真的是早早就与命运和解，化解伤痛，心境宁和了吗？人的感情真的可以完全用理智来统率、收放随意吗？在隐秘的文学世界中，金庸有没有用自己的方式，对磋磨人类的命运，表达过不解、不甘、委屈和愤怒呢？

这些问题自然是没有标准答案的。但是明眼人不难发现，在金庸的多部小说中，主角往往有与他相似的父亲意外身亡的经历。严格说来，这类主角又可分为两类：其一，幼年丧父，甚至是遗腹子，如袁承志、郭靖；其二，幼年父母双亡，如杨过、张无忌、胡斐。饶有意味的是，哪怕是父母双亡的主角，金庸若安排他们报仇，重点也总是报"父仇"，而不是报"父母之仇"。如杨过从未与父亲谋面，与母亲倒是共历了十年风雨，可他最大的心结是与父亲有关，而非母亲；又如胡斐的父母当他在襁褓之中时就同时去世，金庸的安排是胡一刀被害死、胡夫人殉情而死，而胡斐后来找寻真相和仇人时，情感的重点也总是要"为父亲讨公道"。

另外，金庸自己是青年时期父亲意外去世，而在小说中，其主角的父亲往往是在主角幼年时去世。他将人物遭遇命运悲剧的时间从青年提早至幼年，这自然会让悲剧的感情浓度更高，冲击力更强，也更能表现出人物在自己的人生路上颠踬后挣扎时的质感。除以上提到的主角外，还有一些主角的身世情况也很复杂，如韦小宝只知有母，不知有父；萧峰自以为父母双全，可"父母"并非他的亲生父母，实际上他母亲已死，父亲因家破人亡一直致力于复仇；狄云、令狐冲系孤儿，自幼由师父抚养，而他们视为精神之父的师父，人品却都甚为不堪。他们的具体情况或有差异，但共同点是，他们都有"父亲缺位"这一人生缺憾。

如果说丧父之痛极大地影响了金庸在创作时的题材选择、人物设置，也极大地加深了他对人生之无常、人力之有尽的理解的话，另一大伤痛丧子之痛，则让他更深入地思考人怎么面对无法承受的痛苦，找寻内心的宁静这一人类共同面对的问题。

金庸有四个子女：查传侠、查传倜、查传诗、查传讷。从他对子女的命名，也能看出他心中的理想人格，是既有侠气，又娴诗书；既洒脱倜傥，又刚毅木讷。1976 年 10 月的一天，正在报馆上班的金庸突然接到了噩耗：他正在美国哥伦比亚大学读书的长子查传侠自缢身亡。金庸后来回忆当时情形说："我记得接到大儿子在美国过身的消息后，好灰心，好难过。但那天还要继续在报馆写社评，一面写就一面流泪，一直都很伤心，还是要写。"

查传侠的去世让金庸伤痛欲绝，他说："这对我真如晴天霹雳，我伤心得几乎自己也想跟着自杀。当时有一强烈的疑问：'为什么要自杀？为什么忽然厌弃了生命？我想到阴世去和传侠会面，要他向我解释这个疑问。'"这样的疑问，是人在此境下自然会有的，遗憾的是，它也是永远无法被解答的。因为死亡带来的隔绝，绝不会给生者留一丝安放希望的缝隙，留下来的人只能久久地怀念，慢慢地放下。

1977 年 3 月，当金庸修改十余年前所作的《倚天屠龙记》并为之撰写后记时，他点出该书"情感的重点不在男女之间的爱情，而是男子与男子间的情义，武当七侠兄弟般的感情，张三丰对张翠山、谢逊对张无忌父子般的挚爱"，由此，他发出了一句深长的叹息："然而，张三丰见到张翠山自刎时的悲痛，谢逊听到张无忌死讯时的伤心，书中写得太也肤浅了，真实人生中不是这样的。因为那时候我还不明白。"

事实上，《倚天屠龙记》的师徒父子之情写得并不肤浅，读来颇觉情真意深。但是，用妙笔勾勒出的纸上悲欢，毕竟还是不如切肤之痛来得鲜明真切，这是只有过来人才懂的伤心事。在儿子去世后的数年内，金庸一直在苦苦追问生死问题，苦苦挣扎，想从痛苦中解脱出来。在这种情况下，佛教哲学对他重寻内心的平静起到了很大的作用。金庸的祖母信佛，他小时候就听祖母念诵过《般若波罗蜜多心经》《金刚经》《妙法莲华经》等经书，少年、青年时代也阅读过不少佛教书籍，对佛经佛理有相当的了解。在他的小说之中，出现了不少佛教元素，如他塑造的江湖体系中，少林寺是武林大派，不少小说中的正、反面人物如空见、方证、玄慈、金轮法王、鸠摩智等人均是僧人身份；《射雕英雄传》《倚天屠龙记》中出现的《九阴真经》源自《楞严经》，《天龙八部》中多次提到《金刚经》，《鹿鼎记》中，藏宝图就藏于一套《四十二章经》之中。

查传侠去世于 1976 年，而金庸其实已于 1972 年创作完《鹿鼎记》之后封笔。在 1970 年到 1980 年的十年间，他主要致力于小说的修改工作。虽然严格来说长子自杀一事发生在他的创作完成之后，但一直以来，佛教对他人生观、创作心态的影响是深刻的，使得他用独特的视角看待人生、观照世界。不难发现，金庸善写人情、人性，他着力于表现人性的幽微，对人欲有深沉的思考，对人类的困境深切关注，更对他笔下的人物有深刻的同情和理解，这些都和他受佛经濡染有关。但他又绝非生搬经文，也不是借小说传播教义，而是借先哲的智慧，用悲悯的眼光来凝视人间诸事诸物。虽然他早已与佛教有缘，但后来他回顾生平时总结，他是在初次接触佛经的"整整六十年之后，才通过痛苦的探索和追寻，进入了佛法的境界"。他说他本是为了摆脱痛苦而进一步学习佛理，最终却暂忘痛苦，沉浸于佛法的世界，"这就像手指月亮，原本是为了要看月亮，才看手指的，但有时候看多了手指，只记住了手指，反倒忘了月亮的存在了"。将此语移诸金庸的创作，如果说放下伤痛、求得内心的平静是"月"，那么借由佛法而走过的救赎之路就是"手指"了。人生的圆满很难求得，甚至内心的平静也绝非易致，但有时候，救赎之路是否存在，比能否真正获得救赎更加重要。

04

正是因为金庸在创作中有这样一个"以手指月"的过程，所以会出现这样一个有趣的现象：在金庸小说之中，那些以报仇为目的学武功、修心性、寻仇家的人物，能成功报仇的人很少，譬如书中重要角色报仇成功者，只有《射雕英雄传》中的郭靖、《倚天屠龙记》中的谢逊、《笑傲江湖》中的林平之。最终未复仇者则不胜枚举。简单来说，未复仇者的情况可以分为两类：第一类，因造化弄人而无法复仇或复仇失败，如《书剑恩仇录》中红花会、《鹿鼎记》中天地会反清复明失败；萧峰无法向杀了自己养父母、师父的生父复仇；胡斐后来发现自己的"仇人"是与父亲倾心相交的苗人凤，苗人凤也是被人用了借刀杀人之计，才伤了他父亲，而他自己对苗人凤也万分敬佩，金庸更是把《雪山飞狐》设置为开放性结局，让读者至最末处也不知胡斐那一刀有没有砍下去；瑛姑多年来对杀死自己儿子的凶手恨意不减，可是她数十年后才得知凶手是裘千仞，而她得知真相时，裘千仞已在弥留之际；另外，段延庆、石清、闵柔等人也因各自的情况最终都未复仇。如果说第一类情况是被动地放弃复仇或想复仇而不能，第二类情况则是主动放弃复仇，如杨过[1]、张无忌。

---

1 杨过欲向郭靖黄蓉复仇，是误认无辜者为仇人。但是当时以他的视角和立场而言，他确实是在激烈的情理冲突下放弃了复仇。

那么，是否复仇成功的人比没有复仇的人更幸运一些呢？从常理而言，确实应该是求仁得仁的人更自由、更畅快，但金庸小说在这方面依旧是"反常理"的——他要写的不是复仇的"爽文"，而是想在复仇的故事外壳中，纳入自己对无常、对执念、对救赎的看法。所以在他的笔下，那些复仇成功的人往往是更可悲的。

譬如谢逊，他在穷半生之力向成昆复仇的过程中，几乎失去了作为人的一切。他背弃了社会伦理和道德，成为江湖上的众矢之的，更做出了让自己愧疚终生的事。二十多年来，他发了狂、瞎了眼，手上也沾满了血，最终，他以标准的同态复仇的方式达成了自己的志愿，继而大彻大悟皈依佛门，终于为自己的心找到了安放之所。谢逊的一生十分悲惨，但相对来说，他仍然是受到金庸的垂怜和庇护的，因为金庸既让他做成了执着之事，也没有让他在完成此事后陷入空虚、迷茫和痛苦，毕竟，谢逊和萧峰一样，都是金庸小说中难得的悲剧英雄。

另一个被突如其来的灾祸改变了人生轨迹，和谢逊一样矢志复仇的人——林平之，则悲惨得多。林平之与谢逊有不少相似之处，如同样被灭门，同样为报仇忍辱负重放弃一切，同样最终目盲，同样报仇成功。但是，林平之付出了比谢逊更多的代价。他自宫、心性大变，在复仇之后，他不仅再也回不去，甚至也失去了正常地活着、正常地认知世界的能力。最初的"林平之"或许已经死去了，死在不愿相信世上还有像岳灵珊这样的人真心爱自己、还要亲手把她杀死的那一刻，或许更早，死在他冒险从悬崖边接住《辟邪剑谱》后毫不犹豫地自宫练剑的那一刻。

谢逊和林平之都是悲剧人物，读者可以不喜欢他们，但绝不会嗤笑他们。而金庸小说中另一对复仇"成功"的人物，则是带有喜剧色彩的丑角，他们便是《神雕侠侣》中的裘千尺和公孙止。他们本是夫妻，裘千尺嫁给公孙止时似乎是"下嫁"，她的哥哥是铁掌帮帮主裘千仞，她比公孙止年龄略大、武功更强。在裘千尺看来，她不嫌弃对方在武林中籍籍无名，还为他完善了家传武功，与他生育孩儿，他应该对自己感恩戴德才是。而在公孙止看来，裘千尺喜怒无常、颐指气使，让他既觉不受尊重，又无自由，所以他与侍女柔儿生情，两人秘密谋划如何逃出绝情谷，从此比翼双飞。不巧裘千尺听到了他们的密谈，狂怒之下，她先是将二人推入情花丛中，又将解药绝情丹都泡入砒霜水中，只剩下一颗，让二人自行决定谁死谁生。公孙止对柔儿说让她先行一步，自己会与她一同就死。但他在一剑将柔儿刺死后，又对裘千尺软语求饶，痛斥自己鬼迷心窍。裘千尺以为公孙止真心改悔，把绝情丹给他，又吃了他一顿"赔罪"饭，谁知醒来时，手筋、脚筋已被挑断，身处地底深潭，自此被困十余年。裘千尺满心怨毒，日夜盼望逃出生天，找公孙止报仇。而公孙止对她又怕又恨，怕是来自她的积威，恨是因为她折辱自己，还逼迫自己杀死柔儿。他不杀裘千尺，是想要她活着零碎受罪；他在潭里饲养鳄鱼来防裘千尺逃走，也是他内心畏惧和怨恨的体现。

裘千尺和公孙止都是见识短浅、气量狭窄、睚眦必报的人。裘千尺被杨过救出时，见女儿对他神情亲热，一厢情愿地认为杨过和女儿是情侣，竟然不顾杨过在场，就开始训诫女儿：

> 裘千尺哼了一声，道："妈跟你说，上去之后，你须得牢牢钉住他，寸步不离。丈夫，丈夫，只是一丈，一丈之外，便不是丈夫了，知道么？你爷爷给你妈取名为千尺，千尺便是百丈，嘿嘿，百丈之外，还有什么丈夫？"

这十多年的悲惨遭遇，并没有让裘千尺有任何有益的领悟，相反，她反思前事，还觉得自己是输在手段不够高、控制不够严。她重见天日后，与公孙止都是欲杀对方而后快。几番争斗纠缠，两败俱伤，最后，金庸给他们安排了一个特殊的结局。其时，裘千尺坐在山顶纵声大笑，将公孙止引来：

> 原来裘千尺在地底山洞中受尽了折磨，心中怨毒极深，先是一把火将绝情庄烧成了白地，再命婢女将自己抬到这山巅之上。当日杨过和绿萼从地洞中救她出来，便由这山巅的孔穴中脱身。她命四名婢女攀折树枝，拔了枯草，将孔穴掩没，然后击毙婢女，纵声发笑，至于她发钉、吃惊，全是假装，好使公孙止不起疑心。

> 公孙止不知这荒山之巅有此孔穴，飞步奔来时终于踏上了陷阱。但他垂死尚要挣扎，挥出长袍想拉住裘千尺的坐椅，以便翻身而上，岂知一拉之下，两人一起摔落。想不到两人生时切齿为仇，到头来却同刻而死，同穴而葬。

这个结局安排得非常巧妙：这对彼此恨之入骨的生死冤家，最后的结局竟然是"同刻而死，同穴而葬"，再也拆解不开。很明显，金庸对他们有讽刺、有批判、有嘲弄，他这样安排，是让世人对争斗心、控制欲和充满恶意的执念引以为戒。

05

在金庸小说所有的复仇故事中，最值得注意的，是那些主动放弃了复仇的人的故事。在这些故事里，金庸写出了人性通往至善的可能性，为人类的心灵世界拓宽了边界。

我们来看四个这样的故事，它们的主角分别是杨过、张无忌、萧远山、石破天。

杨过曾认为郭靖黄蓉和自己有杀父之仇，但后来他主动放弃复仇，也弄清了事实真相，此事前文已论及，兹不赘述。其实，杨过还与郭芙有断臂之仇，也一度想要砍下她一只胳膊来为自己讨公道。不承想此恨未除，又添新怨——郭芙乱发毒针，致使小龙女伤上加毒，性命危殆。但就在此后不久，郭芙被李莫愁点了穴道，困于火中，即将被火焰吞噬，竟是杨过冒险救了她。金庸是这样描写他救完郭芙之后的情形：

> 他回到小龙女身边，头发衣衫都已烧焦，裤子着火，虽即扑熄，但腿上已烧起了无数大泡。
>
> 小龙女抱着郭襄，退到草木烧尽之处，伸手给杨过整理头发衣衫，只觉嫁了这样一位英雄丈夫，心中不自禁的得意，俏立劲风烈焰之间，倚着杨过，脸上露出平安喜乐的神色。杨过凝目望着她，但见大火逼得她脸颊红红的倍增娇艳，伸臂环着她的腰间。在这一刹那时，两人浑忘了世间的一切愁苦和哀伤。

杨过的前半生何其凄苦，他总是被误解、被冤枉、被嫌弃、被驱逐，他也总是误解、钻牛角尖、冲突、逃离。我们不能怪他剑走偏锋、与世相违，因为当他还是个孩子时，他那颗敏感、真诚、善良的心，就没有被细细呵护、好好对待过。直到遇到小龙女，他才有了真正的安全感、归属感，才能从多年的想要证明自己值得被爱的情结中解脱出来，才有能力放下误解、偏见、执念重看世界。此时，当他和小龙女痴情凝视、心中平安喜乐的刹那，那曾经的辛酸过往、漫漫来路，似乎都被抚慰了。

杨过，是通过"自见"来超脱出仇恨。

张无忌放下仇恨的故事，我们也已经细细说过。如果说杨过是踏过万水千山才走到终点，张无忌则好像一开始就在终点了。他在母亲让他长大后为父亲报仇的那一刻，就喊出了"我不要报仇"——这还可以说只是孩子的情急之语，但是等他长大，学到了高明的医术和武功后重遇仇人时，哪怕不杀武功低于自己的仇人，也至少可以对求医的仇人置之不理，但张无忌偏偏做出了以德报怨的事。而金庸的高明之处在于，他写出的是张无忌的慈悲，而非是非不分、滥作好人。

张无忌，是用悲悯心来化解仇恨。

至于萧远山的故事，就更值得一说。萧远山和谢逊、林平之一样，都是被他人的恶意毁掉正常生活的苦命人。他在雁门关跳崖未死，死志全化为恨意，立志要将致他家破人亡的作恶者千刀万剐，但苦于不知假传讯息的仇人是谁，只能先行隐忍，寻查真相。他本是偕妻儿探亲，却被中原武人冤枉要偷少林寺武功秘籍，以致遭此大难。所以，他索性真的潜入少林寺藏经阁，开始偷学七十二绝技，数十年过去，武功进境不小。

萧远山已是绝顶高手，这数十年来，他又多次遇到另一位常来少林寺偷学武功的神秘人。他当时不知，这人就是他想要寻找的仇人慕容博。萧远山和慕容博都是世人眼中的已逝之人，是把少林武僧弄得摸不着头脑的神秘高手，谁知他们从一开始偷学武功时，少林寺藏经阁就有一位做杂役的扫地僧人发现了他们的行迹，并多次在他们偷学的经书旁边放置佛经，想要化解他们心中的戾气，但是二人一个想要复仇，一个想要复国，此外诸念皆空，迷津难返，对秘笈视若珍宝，对佛经视而不见。

后来，真相揭开，萧远山面对仇人恨意难抑。在他想来，自然是只有看到慕容博殒命才甘心：

> 萧远山咬牙切齿的道："慕容老匹夫杀我爱妻，毁了我一生，我恨不得千刀万剐，将他斩成肉酱。"那老僧道："你如不见慕容老施主死于非命，难消心头之恨？"萧远山道："正是。老夫三十年来，心头日思夜想，便只这一桩血海深仇。"

扫地僧待确定了萧远山的心意后，竟然立即出手，将慕容博毙于掌下。萧远山瞠目结舌，当扫地僧问他心中的气是否平了，他的感受却与之前设想的不同：

> 这三十年来，他处心积虑，便是要报这杀妻之仇、夺子之恨。这一年中真相显现，他将当年参与雁门关之役的中原豪杰一个个打死，连玄苦大师与乔三槐夫妇也死在他手中。其后得悉那"带头大哥"便是少林方丈玄慈，更在天下英雄之前揭破他与叶二娘的奸情，令他身败名裂，这才逼他自杀，这仇可算报得到家之至。待见玄慈死得光明磊落，不失英雄气概，萧远山内心深处，隐隐已觉此事做得未免过了份，而叶二娘之死，更令他良心渐感不安。只是其时得悉假传音讯、酿成惨变的奸徒，便是那同在寺中隐伏、与自己三次交手不分高下的灰衣僧慕容博，萧远山满腔怒气，便都倾注在此人身上，恨不得食其肉而寝其皮，抽其筋而炊其骨。哪知道平白无端的出来一个无名老僧，行若无事的一掌便将自己的大仇人打死了。他霎时之间，犹如身在云端，飘飘荡荡，在这世间更无立足之地。

雁门关惨剧之前的萧远山，是有事业、有家庭，有江湖豪杰气、人间烟火味的普通人；而雁门关惨剧之后的他，是浸染着仇恨、藏身于阴影中的复仇者。多年来支撑他在暗夜中前行的，只有胸中的恨意和对仇人身败名裂、悲惨而死的想象。但是他的仇人之一——当年的"带头大哥"玄慈固然真的被他整治得身败名裂，却死得极有气概，倒衬得萧远山自己像个卑鄙小人；另一个仇人慕容博又被扫地僧突然打死，至此，他的事业似乎"完成"了，但一时间，他所造的孽、所失去的时光、所面临的虚无和空茫，从那突然消散的仇恨后浮现出来，似乎在提醒他，他的生命已经失去了意义。到了这时，萧远山虽然还谈不上后悔自己方才"定要慕容老匹夫毙命当场"的话，却已发现这条路并非如他所想那般能解决他人生的所有问题。霎时间，他心如死灰：

> 数十年来恨之切齿的大仇人，一个个死在自己面前，按理说该当十分快意，但内心中却实是说不出的寂寞凄凉，只觉在这世上再也没什么事情可干，活着也是白活。

令读者意外的是，金庸奇想通神——扫地僧打死慕容博后并未停手，而是以彻底结束仇怨为名，再度出手：

> 那老僧道："慕容少侠倘若打死了你，你儿子势必又要杀慕容少侠为你报仇，如此怨怨相报，何时方了？不如天下的罪业都归我罢！"说着踏上一步，提手一掌，往萧远山头顶拍将下去。

扫地僧神功无敌，又轻易地打死了萧远山，随即他提着两人的尸体跃出藏经阁，直入后山。待到萧峰追到后山，又见老僧举止奇异：

那老僧在荒山中东一转，西一拐，到了林间一处平旷之地，将两具尸身放在一株树下，都摆成了盘膝而坐的姿势，自己坐在二尸之后，双掌分别抵住二尸的背心。

原来，他并未真的打死慕容博和萧远山，而是让二人作"龟息之眠"，再让二人双掌相抵，为对方化解因多年来心性扭曲、强练武功而积郁的内伤：

渐渐听得萧远山和慕容博二人呼吸由低而响，愈来愈是粗重，跟着萧远山脸色渐红，到后来便如要滴出血来，慕容博的脸色却越来越青，碧油油的甚是怕人。旁观众人均知，一个是阳气过旺，虚火上冲，另一个却是阴气太盛，风寒内塞。

……突然间只听得那老僧喝道："咄！四手互握，内息相应，以阴济阳，以阳化阴。王霸雄图，血海深恨，尽归尘土，消于无形！"

萧远山和慕容博的四手本来交互握住，听那老僧一喝，不由得手掌一紧，各人体内的内息向对方涌了过去，融会贯通，以有余补不足，两人脸色渐渐分别消红退青，变得苍白；又过一会，两人同时睁开眼来，相对一笑。

萧远山积怒如海，阳气过盛；慕容博阴鸷残忍，阴气袭人。萧远山的悲剧是由慕容博一手造成，无论是从萧远山本人的视角看，还是从世人的视角看，慕容博都是作恶多端、罪无可恕。可是若从超脱人欲、慈悲渡世的佛陀视角看，慕容博也和萧远山一样，是被情欲所困，挣扎在苦海中的可怜人。世人由一恶因造另一恶因，循环往复，至于无穷，跳出局外者自能轻松评说，而困于局内者又如何能无动于衷？所以，金庸造出这样一个跳出困局的局外人扫地僧，他如天神般神秘、超脱、全能，但他并非具体的神祇，而是一个理念的人格化。这个理念是：人若是能跳出自己所在的天地，俯视这情天恨海，看清前因后果，自然能够解开心结，获得真正的解脱。

萧远山，是通过化解执念放下仇恨。

萧远山的故事已经足够精彩，他放下仇恨的过程也让人惊叹，但这依然不是金庸小说中最高妙的一条路。《侠客行》的主角石破天，才是这类型的故事里金庸最欣赏的一个人——石破天被冤枉过，被谋算过，被伤害过，可是他从来都是以善意度人，他甚至不是像张无忌那样"不把别人对自己的亏欠、伤害放在心上"，而是因性情之朴拙、待人之赤诚，往往全未意识到旁人对自己有图谋、有恶意，所以如山不受风、海不兴波，能始终保持自己的纯真情怀、开阔心境。

石破天遭遇的武林人士中，无论是谢烟客、贝海石，还是张三李四，都是城府深沉的武林高手，他们武功虽高，气量却未必多么宏阔。他们与石破天相处时，初时总有算计之意，也并不相信石破天对自己毫不设防、全心信任。直到多番试探之后，见他仍然坦诚相待，才相信他真是表里如一。久而久之，他们粗砺如砂石的心竟然变得柔软起来，破天荒地自觉惭愧，开始试着向他袒露一二分真心。

譬如石破天和张三李四意外结识时，并不知对方就是江湖上令人闻风丧胆的"赏善罚恶"使者。他全无机心的话语，在他们听来句句都是反语讽刺；他毫无恶意的举动，在他们看来都是假意做作。他们把石破天当成大敌，请他喝自己葫芦中练功用的毒酒，石破天以为他们是好意，自然喝了。

石破天喝了酒后，觉得和他们投契，要结拜兄弟。他们只待他毒发身亡，也便随口答应，有意敷衍，胡乱说几句誓言，誓言中连名字都是用的假名。谁知石破天没听出他们言语中的机关，立誓时还语出至诚："胖瘦二人听他说得十分至诚，不由得微感内愧。"

能让张三李四这样的老江湖"微感内愧"，真不是易事。石破天这次的遭遇跌宕起伏，步步出人意料。最后，张三李四为他的坦诚所感，与他真心相待，而他也因无意中服下"毒酒""毒药"而武功大进。

无疑，《侠客行》像是一个童话、一个寓言。世上有几人能胸无尘滓、心无杂念？又有几人能不问他人是善意恶意、有心无心，就毫不设防、一片赤诚？这个故事更近似于童话或寓言的地方在于，石破天的善意、纯真、坦荡，每次都能春风化雨，让他在各种鬼蜮伎俩间化险为夷，有时还能让他人自惭形秽、反思自省；而且，他自己也常有种种奇遇，这些奇遇总能让他的善意受到回报，让他自己变得更加强大。最关键的是，金庸让这个世界的阴影折射成光辉的色彩映入他的眼中，让他自始至终都能保持初始时不争、无羁、无怨的自我。

当然，面对寓言，我们不应该追问它发生的概率有多高，而应该体会其中的意蕴。禅宗经典《坛经》记载了一桩著名的公案，说六祖惠能当年从五祖弘忍学法，尚未受其衣钵时，曾应师父对门人"各作一偈"的要求，作过一个偈子。当时，另一位受弘忍器重的弟子神秀作的是"身如菩提树，心如明镜台。时时勤拂拭，勿使惹尘埃"，而惠能作的则是"菩提本无树，明镜亦非台。本来无一物，何处惹尘埃"。两相对比，惠能领悟到的佛理无疑高了一筹，此后他也果然得了弘忍衣钵，成了禅宗发展史上的重要人物。

如果将这个故事作镜子，我们也能照出金庸对人生伤痛、对执念、对复仇的态度。世间的尘埃被风吹起，会落在所有人的心上，让初始纯真无瑕的灵魂有了痛苦、羁绊、挂碍。如果能事事留意、时时拂拭，让自己尽量不要被执念所困扰、被仇恨所异化，其实已经难能可贵，值得褒扬；但是如果能最开始就"心无挂碍"，虚不受风、空不染尘，自然就不用担心人世间是晴空万里，还是暴风骤雨。金庸时时用故事告诉我们，在这世间，最难、最了不起、最值得崇敬的事，不是拔海移山、回天倒日，而是无论在怎样艰危的情境下，都能守住自己的心。

深读系列

如何读懂《笑傲江湖》：
关于"初心"的寓言

　　《笑傲江湖》是金庸小说中的一个"异类"。

　　一方面，文学研究者对它的评价很高——如北京大学教授严家炎认为，《笑傲江湖》是金庸小说中运用象征寓意最纯熟的一部作品；评论家陈墨说，《笑傲江湖》是一部"真正的、纯粹的、十足的"武侠小说。

　　一方面，读者对它的第一观感是惊愕甚至"嫌弃"的。

　　因为，这里有最憋屈的主角。

　　金庸小说的男主角，大多命运多舛。不过，其人生经历往往可以用《孟子》的"故天将降大任于是人也，必先苦其心志，劳其筋骨，饿其体肤，空乏其身，行拂乱其所为，所以动心忍性，增益其所不能"来概括——他们经历奇特，浮沉世路，屡历艰险，终成大家。而像令狐冲这样长时间处在"宕机"状态，要么内力全失，要么身受重伤，要么性命堪虞的，实在罕见。

　　这里有最痛苦的"成长"。

　　令狐冲的出场，似乎就是他的"巅峰"：甜蜜的恋情刚刚萌芽，深受师父的器重、师娘的关爱、同门的敬重、江湖人士的青眼，岁月静好，前途光明。

　　可是后来，他一直在失去，失去武功，失去爱情，失去社会身份，每况愈下，越挣扎越无望。在这种境遇下，他唯独没有失去的，是信念和自我；在这样痛苦的煎熬中，令狐冲从当年优游华山、一无心事的江湖子弟，成了看惯波澜、了悟生死的武林"边缘人"。得失之间，轻重几何呢？

　　这里有最"黑暗"的江湖。

　　《笑傲江湖》开篇第一回，就是"灭门"，林平之见义勇为之举似乎成了林家被灭门的因由；林家的祖传剑法，成了林平之命运悲剧的导火索；林平之所有的奋斗、努力，最后都徒劳无功。而悲剧还不仅仅发生在他的身上，在刘正风、令狐冲的身上，误解、冤枉、污名化一直发生着。有时，他们甚至是越挣扎越深陷罗网。黑夜茫茫，不知何时方能重见光明。

　　金庸为何如此"辣手"呢？其实，正是为了以"黑"衬"白"，以"浊"见"清"。"疾风知劲草，板荡识诚臣"，沧海横流，方显英雄本色。令狐冲命运多舛，遭遇数奇，但无论沉浮风雨，始终不改初心，实在是金庸小说中一个出彩的人物形象。而且，比起金庸此前塑造的人物，他更有烟火气，更可亲可感。

01　增减

　　首先看"增与减"。按照世俗的观念，人生的理想状态好似爬山，譬若知识、阅历、财富、朋友，都是越多越好，"增"比"减"好。

　　金庸前期的小说，其主角的人生历程也常常是"增"的过程。如在《射雕英雄传》里，金庸写郭靖，是从他出生写起。郭靖从呱呱坠地的小婴儿，到救世济民的大侠，其武功、见识、江湖声望皆与日俱增。又如《倚天屠龙记》的主角张无忌，他学武功、学医术，从飘零江湖的病儿，到名震天下的明教教主，成长的脉络十分清晰。再如《飞狐外传》的主角胡斐，他从十三四岁开始，就孤身闯荡江湖，苦练家传武功，事事侠义为怀，恩怨分明，德才俱进，最终成为不逊于父亲胡一刀的大侠。

此为"增"。

但是在《笑傲江湖》中，令狐冲的人生道路与他们迥然不同。刚开始，他顺风顺水，武功、爱情、事业皆小有所成，但上扬的曲线戛然而止，厄运到来后，他失了恋，内力全失，蒙冤不白，被逐出华山派，放浪形骸，成了江湖人士眼中的无行浪子。

与令狐冲经历类似的，还有虚竹和杨过。杨过自小命运悲惨，孤苦无依，遇到郭靖黄蓉夫妇后，被他们收留，来到桃花岛，又被黄蓉收为徒弟，似乎将要"逆天改命"，走上人生巅峰。但与读者设想不同的是，这只是他被命运摧残的开始。桃花岛的日子并不快乐，杨过因与欧阳锋的义父子关系，冲撞了柯镇恶，后来被送到全真派学艺。桀骜不驯的他，与心胸狭窄的师父赵志敬势如水火，在饱受排挤欺辱后逃出全真教，投身古墓派，才有了后面的故事。

虚竹本是少林派弟子，二十多岁才第一次出少林寺门，下山来到红尘中。虽然他发心笃定，立身端正，但命运的无常却容不下他的执着。无崖子和天山童姥对他，一个强捧、一个强压——前者给了他七十年内力，后者教给他高明武功，可是，得到高深内力的前提，是被化去少林派内力，学会高明武功的代价，是为救天山童姥而被她诓骗，以致杀了人、破了戒——得到的前提，是失去。虚竹失去了他粗浅的少林派内力，失去了少林弟子的身份，失去了单纯无争的生活。纵使旁人大都觉得他"得"比"失"多，但很久以后，他还在怅惘着他的失去。

杨过、虚竹与令狐冲一样，都有改换门派、重新建立身份认同的经历，而虚竹和令狐冲又同有内力丧失、重新获得武功的过程，这自然也是"身份重建"的一种隐喻。

此为"减"。

还有一种不同的类型，曰"不增不减"，其代表就是萧峰、韦小宝和石破天。

萧峰一出场，就是丐帮帮主，江湖高人，武功大成，才德兼备。后来，马夫人借着他的身世秘密，鼓动全冠清等人发起了一场针对他的"政变"，彻底改变了他的人生路径。他从受人景仰到遭人唾弃，以至于几乎失去自我，怀疑自己的存在价值，"觌闵既多，受侮不少"。但无论命运如何残酷，他始终站得稳、立得直。在此过程中，他虽然民族"变"了、身份变了、在世人眼中的形象变了，但其为人的内核始终没有变。

韦小宝也是如此。刚出场的韦小宝，是扬州妓院中妓女的拖油瓶，面貌平庸，言语粗鄙，既无武功，也无文化。大结局时的韦小宝，是皇帝的总角之交、朝堂上炙手可热的人物、一等鹿鼎公、赐穿黄马褂的韦爵爷。但是，他依然武功全无、大字不识，"初心"不改，油滑如故。

韦小宝虽然市侩狡狯，浑身上下毫无"美感"，却绝非一无是处。曾经有人将金庸小说人物分为上上、上中至下中、下下等九品，一一品鉴评级。韦小宝在哪一品呢？是在品鉴者为某些人物设置的，比上上还高的"绝顶"一级，对这一定位，我深以为然。

因为，韦小宝是一个完全可以跳脱出世人眼光、评价，只遵循内心欲望和秩序的人物。他的逻辑完全自洽，世事变化，人生浮沉，他的内心却始终无风无浪。但在这种优游有余的情况下，这个欲望满身、油滑世故的家伙，又始终守着一个"义"字——"小流氓"讲起义气来，便有了青楼女子从良、浪子回头一般奇特的动人感。

《侠客行》的主角石破天，是金庸小说中最"混沌"的一个人。混沌，不是糊里糊涂、随波逐流，而是自然浑成、无欲无求，正因为一无所求、一无所依，所以绝对自由、绝对自主。石破天的人生信条是头可断，血可流，但无论如何"不求人"。为何不求呢？他认为，别人想干的事，你不求他，他也会干；别人不想干的事，你万般恳求也是无用。

这观念看似笨拙，其实十分高明。石破天看似时时被人欺骗、被人利用，但是对他有机心的人，要么弄巧成拙，要么被他征服，最后，什么也不求、什么也没主动做的他，却成了江湖中武功最高的人。

此为"不增不减"。

增，是金庸小说中最常见的写法，亦即"英雄之旅"的故事模式。金庸写"英雄之旅"故事，除了突出主角的个人成长外，还注重刻画其性格的层次感，将困境挑战写得奇特而艰难，设置多种两难抉择来表现人物个性，着力表现主角在困境中生命力的迸发。

减，则是变格。《道德经》说："为学日益，为道日损，损之又损，以至于无为。"意谓求学的目标是希望知识增加；而求道的目标，则是希望欲望、障碍减少，久而久之，最终达到"无为"的境界。

说到"为道日损"，我们不难联想到《倚天屠龙记》中张无忌学太极剑，以"忘"而成的情节——忘记招数，领会精义，随意挥洒，为我所用，这不就是"无为而无不为"的实体化吗？

在令狐冲的身上，也有类似的情况。令狐冲本来是华山派首徒，武功本来远高于侪辈，如他与岳灵珊过招，哪怕空手，也是远胜。他与同辈人比剑，似乎潇洒随意，游刃有余，但是遇到风清扬之后，他才发现自己竟然如此拘泥不化、胶柱鼓瑟：

> 那三十招招式令狐冲都曾学过，但出剑和脚步方位，却无论如何连不在一起。那老者道："你迟疑什么？嗯，三十招一气呵成，凭你眼下的修为，的确有些不易，你倒先试演一遍看。"他嗓音低沉，神情萧索，似是含有无限伤心，但语气之中自有一股威严。令狐冲心想："便依言一试，却也无妨。"当即使一招"白虹贯日"，剑尖朝天，第二招"有凤来仪"便使不下去，不由得一呆。

> 那老者道："唉，蠢才，蠢才！无怪你是岳不群的弟子，拘泥不化，不知变通。剑术之道，讲究如行云流水，任意所至。你使完那招'白虹贯日'，剑尖向上，难道不会顺势拖下来吗？剑招中虽没这等姿式，难道你不会别出心裁，随手配合么？"

> 这一言登时将令狐冲提醒，他长剑一勒，自然而然的便使出"有凤来仪"，不等剑招变老，已转"金雁横空"。长剑在头顶划过，一勾一挑，轻轻巧巧的变为"截手式"，转折之际，天衣无缝，心下甚是舒畅。当下依着那老者所说，一招一式的使将下去，使到"钟鼓齐鸣"收剑，堪堪正是三十招，突然之间，只感到说不出的欢喜。

学独孤九剑，是令狐冲人生中的一件大事，不仅他以后的际遇都与此有关，而且，此事还有"寓言"的意义：他的学剑过程，就是脱离思维的牢笼，去除刻板观念的影响，获得真正的自由的过程。

独孤九剑只有九招，却能尽破天下的拳、掌、刀、剑、枪、暗器，这不是神话，而是隐喻只有由多而少、从繁入简，脱离思维、概念、认知带来的束缚，方能到达更高的人生境界。

令狐冲的人生虽然"减"，但不是变，相反，他沧桑看尽，初心不改。我们不妨参以明末学者李贽提出的"童心说"，以此来理解令狐冲的人生路。李贽说：

> 夫童心者，绝假纯真，最初一念之本心也。若夫失却童心，便失却真心。失却真心，便失却真人。人而非真，全不复有初矣。

李贽说"童心"就是"绝假纯真，最初一念之本心"，这种"本心"是最纯洁的、未受任何污染的，因而它也是最具美好的可能性的。"童子者，人之初也；童心者，心之初也"，所谓"童心"，实则是人的个性和主体价值的自觉。人如果丧失了这种自觉的"本心"，那么，他就失去了个体价值，就不再能以一个真实的主体而存在。童心的重要，正在于此。

其实，李贽讲"童心"，就是强调人要做"真人"，而"童心"，不就是我们今天经常讲的"初心"吗？说起"初心"，陶渊明的《归园田居》是个很好的例子：

> 种豆南山下，草盛豆苗稀。
> 晨兴理荒秽，带月荷锄归。
> 道狭草木长，夕露沾我衣。
> 衣沾不足惜，但使愿无违。

因为不喜作态逢迎、官场周旋，陶渊明从彭泽县令任上挂冠而去，过起了田园躬耕的日子。田园生活不仅仅只是"悦亲戚之情话，乐琴书以消忧"的优游，还有"晨兴理荒秽，带月荷锄归"的辛苦。但是，哪怕生活清贫，耕作劳苦，陶渊明还是觉得"衣沾不足惜，但使愿无违"——满足自己的精神需求对他而言是最重要的，为此，付出相应的代价，他在所不惜。

而在《笑傲江湖》之中，令狐冲面对过太多的矛盾抉择。在这些抉择中，他为了维护自己的初心，曾付出过极大的代价。在此过程中，有一个问题值得关注：在人生的选择里面，那个无论世事怎么改变，你也不能放弃的东西是什么呢？令狐冲用他的选择告诉我们：是信念，是原则，是道义。这些是他在一路失去、一路被剥夺的过程中，一直守住的东西，是他最真实的自我。

《笑傲江湖》，就是一本写如何在寂寞中、在黑暗中、在困惑中坚持自我、守护初心的书。

02　狂狷

金庸在令狐冲的身上，寄寓了关于原则、信念、人格、人生道路的理想。

《论语》说"狂者进取，狷者有所不为"，《笑傲江湖》，就是一部写"有所不为"的书。

先说"有所为"。电影《蜘蛛侠》有一句有名的台词："能力越大，责任也就越大。"这句话和金庸推崇的侠义精神颇为相似，郭靖、杨过、萧峰，都是能力大，也主动肩负大任的代表，这是"有所为"。

而"有所不为"的代表，就是令狐冲。简单来说，"有所不为"就是不做，是拒绝。在金庸笔下的侠客中，郭靖是"为国为民"的侠之大者，杨过是初时专注自我、后来关心国事的"神雕侠"，张无忌是心系苍生的明教教主，萧峰是为了反对战争甘愿付出自己性命的大英雄，而令狐冲与他们相比，"侠义"事迹好像就逊色得多了。他救的人不多，对国事、天下事也并不太关注，但他的闪光点，正在于他的"不做"。

令狐冲在思过崖面壁，偶然发现了日月教十长老大破五岳剑法的壁画图谱，他本来心中不以为然，但仔细研读，才知道这些图谱十分高明，自己心中奉若神明的五岳剑法，竟完全无法与之匹敌。

此时世上知道这些壁画存在的，只有令狐冲一人，而此处又属华山地界，将敌人所留壁画毁去，既神不知鬼不觉，又能保住华山派的江湖地位。在本派的地盘做此等有益本派之事，本也无可厚非。但令狐冲动念之后，旋即想到"大丈夫光明磊落，输便是输，赢便是赢"，就此作罢。此等"慎独"功夫，自非常人所能及。

后来，岳不群也发现了这些图谱，他如何作为呢？他先是隐忍不言，假装同意左冷禅的并派倡议，后来又在并派之会上用上这些当年敌人所创的招数，大败泰山、衡山等派。金庸没有评判他和令狐冲的选择的高下，但褒贬自见。

令狐冲阴差阳错，在被成不忧打伤后，又被桃谷六仙、不戒和尚所伤，命在顷刻，唯有紫霞功或能救其性命。岳不群并无相传之意，反而率领华山派诸人下山避敌，将令狐冲、陆大有留在山上。岳灵珊不忍见令狐冲毙命，偷了《紫霞秘笈》，一夜奔波送回华山，严嘱陆大有必须督促令狐冲习练。陆大有向来敬重令狐冲，自然遵嘱而行。可令狐冲宁死也不练岳灵珊偷来的《紫霞秘笈》，是因为不愿受岳灵珊之怜，也是因为未蒙师父首肯，哪怕失去性命，也不愿偷练，做那贪生怕死、背信弃义之徒。

后来，令狐冲又受了极重的内伤，任盈盈不忍见其伤重而死，以自身为质，请求少林派方证大师以《易筋经》相授，治好令狐冲的内伤。此节令狐冲并不知晓，当他从昏迷中醒转时，得到的是一喜一悲的两个消息：其一，方证大师愿将他收为辈分极高的"国"字派弟子，并将《易筋经》传与他，治好他的伤势。其二，师父岳不群晓谕武林，以"结交奸邪"之由将他逐出了华山派。

若是在别本小说中，这简直是触底反弹、"虐后开挂"的最佳转折点，答应，不是最好的选择吗？但是令狐冲不愿如此：

> 令狐冲心想："此时我已无路可走，倘若托庇于少林派门下，不但能学到神妙内功，救得性命，而且以少林派的威名，江湖上确是无人敢向方证大师的弟子生事。"

> 但便在此时，胸中一股倔强之气，勃然而兴，心道："大丈夫不能自立于天地之间，腼颜向别派托庇求生，算什么英雄好汉？江湖上千千万万人要杀我，就让他们来杀好了。师父不要我，将我逐出了华山派，我便独来独往，却又怎地？"言念及此，不由得热血上涌，口中干渴，只想喝他几十碗烈酒，什么生死门派，尽数置之脑后，霎时之间，连心中一直念念不忘的岳灵珊，也变得如同陌路人一般。

对令狐冲而言，《易筋经》不只是武功秘籍，还是救命灵符；入少林派，不只能获得更高的武林地位，还是全身远祸、东山再起的最好机会。他在刚得知方证大师愿以《易筋经》相授时，也是"惊喜交集，心中怦怦乱跳"，但最后，还是"一股倔强之气，勃然而兴"，此时，生死荣辱抛诸脑后，连岳灵珊都抛在脑后，这就是金庸在后记中说的令狐冲穷其一生所追求的那种自由感——这个让读者觉得意气用事的决定，于令狐冲而言是正确的，是予以他无穷自由的。

其实，《笑傲江湖》一直是在用故事来回答这些问题：一个人怎样在面对误解时八风不动？怎样在最难的时候依然坚持自我？怎样百折千回、不改初心？人生之中，又有哪些比名誉、爱情甚至生命更重要的东西，值得去坚守？令狐冲的独特、《笑傲江湖》的独特，正在于此。

03　正邪

江湖，是黑白分明、二元对立的世界，还是复杂人性的舞台呢？善恶，是以一个人的自我标榜来界定，还是该听其言、观其行呢？正邪，是截然有判的两个阵营，还是难以一言概之的复杂问题呢？

这，是金庸小说一直在思考、在回答的问题。在《笑傲江湖》中，对"正邪"问题的思考一直贯穿始终，其中，又有三回十分突出。

其一是第六回《洗手》。

这一回，写衡山派成名人物刘正风举办金盆洗手会。刘正风宣称要退出江湖，以五岳剑派为主的江湖人物纷纷来贺。正日子到了，气氛本是一派祥和，突然嵩山派十多名使者不告而来，风波陡生。

我们都知道，这一回的结局，是刘正风的家人弟子惨遭屠戮，血溅当场。

恒山派反对嵩山派的辣手，但孤掌难鸣，定逸师太负伤而去；泰山派坚决站在嵩山派的这边，而华山派掌门岳不群，实际上也对左冷禅的做法并无异议。这时，读者也许有疑问：刘正风的师兄、衡山派掌门人莫大先生，为何不现身救人呢？这么重要的场合，主角令狐冲为什么不在场呢？

这要从书名《笑傲江湖》说起。明明是黑沉沉、乌漆漆一片，又是灭门，又是自宫，又是火并，又是污蔑，又是武功尽废，又是逐出门派，为何书名听起来这么轻松快意？

江湖者何物？有人的地方，就有江湖。本书的江湖，暗流汹涌，欲海扬波。这里，有意中人移情别恋、朋友反目、师徒决裂种种不如意事，有杀徒、杀友、杀同门、杀无辜之人种种恶行，江湖之凶险，令人望而生畏。如此江湖，如何笑傲？何人可以笑傲？须得是有胸怀、有胆力、有担当、有操守之人，须得是不从人、不屈己之人。如此人物，舍令狐冲其谁？

而"笑傲"之前，就是要将江湖的惨酷写到极致。《洗手》一回的意旨，就是要细画这种惨酷，从这个角度看，可以说它是《笑傲江湖》最重要的回目之一。此回中，嵩山派假道德之名，将刀剑砍向了刘正风和他的家人。刘正风为人正直宽和、精明强干，人缘极好，也无争心，只因与日月教曲洋结成至交好友，所以为世人所不容。纵使他百计自辩，万分退让，还是无法让自己和家人从厄运中挣脱出来。

且看此回所写，有胁迫、有挟持、有威逼断绝关系；也有宁死不屈、至死不辱、同生共死、肝胆相照。卑鄙是卑鄙者的通行证，但高尚未必是高尚者的墓志铭。

此回最让人震动的，还不是嵩山派的滔天之恶，而是嵩山派行恶时众人的反应。恒山派欲维持公道，但力不能敌。泰山派站在所谓道义的一边，任由杀戮进行。华山派岳不群满嘴仁义道德，其实对左冷禅之举深以为然，甚至是暗喜得了渔翁之利。而其他在场者，大多因刘正风与曲洋结交一事，在心中先判了刘正风的死刑，做了惨剧的帮凶。

刘正风曲洋之相知光风霁月，但无人理解，正邪之际，他们身上只有标签和被揣度。何者为善？何者为恶？该被审判的，是刘正风，是日月教，还是剑上沾满鲜血的嵩山派，抑或是千百年来未改其麻木的看客们？

所以，金庸就是要让刘正风孤掌难鸣，就是要让刘正风悲惨收场。而且，在此之前，他还把刘正风及其弟子都描写得极正面。

先看刘正风的弟子：

> 便在此时，街头有两个人张着油纸雨伞，提着灯笼，快步奔来，叫道："这位是恒山派的神尼么？"
>
> 定逸道："不敢，恒山定逸在此。尊驾是谁？"
>
> 那二人奔到临近，只见他们手中所提灯笼上都写着"刘府"两个红字。当先一人道："晚辈奉敝业师之命，邀请定逸师伯和众位师姊，同到敝处奉斋。晚辈未得众位来到衡山的讯息，不曾出城远迎，恕罪，恕罪！"说着便躬身行礼。

这是明写刘正风之徒，暗写刘正风。刘正风的徒弟为人谦和、见识广博、言语有礼、举动有节，徒儿如此，师父又怎会是平庸之辈！可惜，一日之内，刘氏师徒便将伏尸庭中，流血五步。金庸先展现其卓尔不群，再将之彻底摧毁，这正是悲剧的题中之义。

后来，刘正风在金盆洗手会上，一人独当嵩山派十四高手。嵩山派初至，刘正风勃然变色，"气得身子微微发抖"；大幕揭开，他反而"不起半分波动"，在紧急关头"仍能丝毫不动声色"，是因为此时他怀了必死之心，意欲一搏。"抖"与"不抖"的对比，是大家手笔。虽然刘正风武功高强、智勇双全，突出奇招制住了费彬，嵩山派其他人却使出了挟持刘正风家人弟子的毒招，最终，刘氏满门被嵩山派血洗。嵩山派固然是小人做派，华山派、泰山派也并不君子。恶人行凶，看客帮凶之罪，从某种角度上说不减主凶。

所以，回到题目，在这场惨剧中，恒山三定的不敌而走虽然让人气沮，但到底未丧其节。而莫大先生和令狐冲，是金庸特意不让他们在场。因为，金庸需要写一场彻底的惨剧，来展现恶人可以假正义之名，犯下怎样的滔天罪行，所以，他不能让莫大和令狐冲在场。他们若在场，如果袖手旁观，坐视不理，不仅"人设"会崩，整本书的价值结构都会崩塌；如果他们在场，且挺身而出，那么顶多是多死二人罢了。但是莫大先生和令狐冲此时绝不能死，因为，他们就是浊世中的不合作者，是乌云的银边，是这个修罗场的救赎者。而只有救赎者存在，银边存在，这个江湖才值得"笑傲"。因此，后来莫大在幽林杀费彬，还不让令狐冲说出去；令狐冲救恒山派，还扮作粗俗的武将，不想让恒山派诸人得知他的身份。

所以，什么是"笑傲江湖"呢？不是让江湖中所有的人都争说我的名字、传颂我的故事，而是不管生死得失、他人知与不知，都守住我的本心、践行我的道义。

后文中，金庸还写了一个与刘正风类似的人物——日月教的童百熊。童百熊是东方不败的生死之交，曾数次救过东方不败的性命。但后来杨莲亭把持教务，弄权作恶，童百熊已成杨氏的眼中钉。

东方不败自宫练剑，多年不出，厅堂上形同傀儡的假东方不败，早已让童百熊起疑。他并不知道其中的内情，只担心东方不败是受了伤或被毒害，全不念自己处境艰危：

> 但见他白发披散，银髯戟张，脸上肌肉牵动，圆睁双眼，

脸上鲜血已然凝结，神情甚是可怖。他双手双足都铐在铁铐之中，拖着极长的铁链，说到愤怒处，双手摆动，铁链发出铮铮之声。

童百熊，日月教之刘正风是也。后来，童百熊虽然凛然不屈，也是血溅当场。金庸把他写得神威凛凛、铁骨铮铮、重情重义而下场凄惨，正与刘正风相对照。

害死刘正风的是什么？表面看是正邪两派的壁垒，是嵩山派的暴行，是其他门派的漠然，其实归根到底，就是野心家的权力欲和看客的愚蠢麻木。

害死童百熊的是什么呢？表面看是杨莲亭的狐假虎威，是东方不败的性情大变。其实，归根到底，是独裁者对权力的玩弄，是其帮凶对强者的卑躬屈膝、对弱者的狐假虎威，也是被奴役者的愚昧和麻木。

其二是第九回《邀客》。此回写田伯光上华山强邀令狐冲。

田伯光是金庸小说中一个很成功的反面人物。

首先，以常规观念而言，田伯光自然是一个"坏人"，但是，他并不讨厌，甚至让人觉得有点可爱。田伯光的首次出场，是在仪琳的转述中，转述的是田伯光与令狐冲比武的过程。当时，田伯光贪图仪琳的美貌，意图强奸她，而令狐冲路见不平，拔刀相助，与之斗智斗勇。这场搏斗几番波折起落，以令狐冲受重伤但终于用智计救了仪琳结束。

虽然田伯光在这场搏斗中刺伤了令狐冲，但总是习惯站在主角立场的读者，却并不痛恨他。因为二人的搏斗是君子之争，他们虽是敌人，立场针锋相对，却始终尊重彼此的人格，谨守自己的诺言。田伯光与令狐冲打赌谁输了便做仪琳的徒弟，令狐冲使诈取胜后全身脱力，此时，田伯光加一指之力就可杀了令狐冲，但他仍直承失败、遵守诺言。类似的情节，还在《天龙八部》一书中出现过，《天龙八部》中的"四大恶人"之一南海鳄神，就曾因打赌失败而拜武功远不如他的段誉为师。

金庸小说中还有一场最经典的君子之争，就是胡一刀和苗人凤的比武。二人虽然生死相搏，但都光明磊落，甚至惺惺相惜、肝胆相照。田伯光和令狐冲的比武，也有一点苗胡比武的影子，棋逢对手，将遇良才，所以我们看二人比武，不觉得憋屈，而觉得痛快，绝不像我们读余沧海杀林家、嵩山派杀刘家的故事，看得气填胸臆，悲愤莫名。

令狐冲和田伯光还有一次比武，发生在《邀客》一回。令狐冲在思过崖思过，田伯光带着酒来找他，表面相邀，其实他是受了不戒和尚的威逼，被点了死穴，并被要求在某个期限内把令狐冲"请"到仪琳跟前。

田伯光的武功本来远胜令狐冲，但此次令狐冲得风清扬传授，再加上用了一些诡计，故而比武的结果还是令狐冲获胜。在此过程中，金庸有意通过田伯光的映衬，来表现令狐冲此时对于正邪一事的偏见。

田伯光有"采花"的过恶，但他身上，未必没有光明磊落的一面。观其与令狐冲数次交锋，坦诚豪迈，颇重然诺，对令狐冲亦颇有"英雄"相惜之心。此等人物，比"正派"之余沧海何如？比岳不群何如？比左冷禅何如？

此次，他虽身受不戒和尚的"死亡威胁"，但在比武过程中仍展现了非常的涵养；而令狐冲对田伯光这种外小人内君子的人，却囿于正邪的定见，自认高他一筹。在《邀客》《传剑》两回中，读者不难发现，令狐冲更加机智，而田伯光更有风度。

其三是第十回《传剑》。此回写令狐冲得遇风清扬，因机缘巧合，得其传授独孤九剑，剑法初成。

《笑傲江湖》的武林，其武功整体水平明显远远低于"射雕三部曲"和《天龙八部》。《笑傲江湖》前九回中，哪怕是五岳剑派的一流人物，在使用武功时，都对"招数"二字念念不忘、食古不化。令狐冲虽然聪敏机灵，但久在华山派气宗浸淫，也脱不出这一牢笼。遇到风清扬之后，他如盲人重见光明，得窥武学中一大天地：

> 风清扬道："活学活使，只是第一步。要做到出手无招，那才真是踏入了高手的境界。你说'各招浑成，敌人便无法可破'，这句话还只说对了一小半。不是'浑成'，而是根本无招。你的剑招使得再浑成，只要有迹可寻，敌人便有隙可乘。但如你根本并无招式，敌人如何来破你的招式？"
>
> 令狐冲一颗心怦怦乱跳，手心发热，喃喃的道："根本无招，如何可破？根本无招，如何可破？"斗然之间，眼前出现了一个生平从所未见、连做梦也想不到的新天地。

金庸写风清扬的武学观，颇有道家意味。岳不群要求弟子将招数练到一丝不差，手势、方位、力度，都要依葫芦画瓢，风清扬却讲"根本无招，如何可破"。所谓"无招"，是摆脱教条、成见、概念的牢笼，融会贯通，不拘一格，达到浑成的境界，自然能够随境而化、随心所欲。

令狐冲第一次与田伯光比武时，哪怕用尽了计谋，也不过是苦苦支撑，还落得身受重伤的结局。此时醍醐灌顶之后，忽然一日千里，可见岳不群和风清扬秉持的两种武学观的境界高下，别若天渊。

以这种武学观推广到善恶观，也是合用的。善恶不在门派，而在其心、在其行。佛家认为积恶如山之人，放下屠刀也能成佛，而现实生活中，自诩圣人者，却有可能心怀不轨。《笑傲江湖》中，青城派灭林家之门、嵩山派杀刘正风、岳不群皮里阳秋、左冷禅狼子野心，这些作恶者，哪一个不是扯着正义之旗、逞其虎狼之心呢？而这些故事，都是金庸为了助世人打破对于善恶的定见，更深刻地认识人性所写的。

令狐冲平生有三幸，第一是结识仪琳，第二是结识任盈盈，第三是结识风清扬。仪琳给了他无条件的爱和信赖，任盈盈是可以和他灵魂共振的人，而风清扬，则是让令狐冲看到更大的世界、获得更多的自由的人。

金庸前期的作品，常写正和邪的对峙，而最终以正义一方的获胜为结局，《射雕英雄传》便是采用了这种写法。但到了后期，金庸不再对善恶作如此简单、判然的表现，此时，正派未必皆正，邪派未必皆邪。

而《笑傲江湖》则更进一步。书中以名门正派自居的五岳剑派，有多少心术不正之人，做出了多少令人发指之事？其中，自然又以嵩山派掌门左冷禅为首恶。左冷禅命嵩山派门人灭刘正风之门，挑起华山派剑宗气宗之争，命人伪装偷袭华山派一行人，又伪装日月教偷袭恒山派，欲胁迫她们同意并派之事——其用心之险恶，手段之毒辣，野心之蓬勃，令人叹为观止。

左冷禅的恶，并非五岳剑派中的孤例，与他"双峰并峙"的，还有华山派的岳不群。

岳不群是主角令狐冲的师父，作为"主角光环"的辐射范围内的人物，读者自然会把他当成"好人"，丝毫不设防。但随着情节的发展，端倪越来越明显，证据也越来越多，读者这才疑心起来：也许岳不群并不是个真君子？（这种悬念，当然是故意设置的。）

直到岳不群在令狐冲身负重伤之后将其扔下不顾，读者终于开始怀疑他的品行。此后的情节，更将其面目展露无遗。但是令狐冲觉悟得比读者晚得多。他之所以久久不悟，是因为岳不群在他的心中分量太重，他即使渐渐地对其品行有所感知，却一直有意无意地自我欺骗。

在五岳剑派并派的大战中，岳不群苦心经营多年的"事业"终于成功，而令狐冲也终于第一次直面自己的内心：

> 他（岳不群）又向冲虚道人、丐帮解帮主等说了几句话，快步走到令狐冲跟前，问道："冲儿，你的伤不碍事么？"自从他将令狐冲逐出华山以来，这是第一次如此和颜悦色叫他"冲儿"。令狐冲却心中一寒，颤声道："不……不打紧。"岳不群道："你便随我同去华山养伤，和你师娘聚聚如何？"岳不群如在几个时辰前提出此事，令狐冲自是大喜若狂，答应之不暇，但此刻竟大为踌躇，颇有些怕上华山。岳不群道："怎么样？"令狐冲道："恒山派的金创药好，弟子……弟子养好了伤，再来拜见师父师娘。"
>
> 岳不群侧头凝视他脸，似要查察他真正的心意，过了好一会，才道："那也好！你安心养伤，盼你早来华山。"令狐冲道："是！"挣扎着想站起来行礼。岳不群伸手扶住他右臂，温言道："不用啦！"令狐冲身子一缩，脸上不自禁的露出了惧意。

令狐冲看到岳不群取胜，不是欢喜，而是战栗，因为这一刻，他才真正从自我欺骗中醒来，看到了岳不群剥开仁义道德外衣后的真身。

　　一部《笑傲江湖》，写了真小人，也写了伪君子，写了正派中的恶人、邪派中的豪杰，也写了正中有邪、邪中有正的人物。其实，善与恶，正与邪，真的跟门派、名声、江湖地位有直接关联吗？恐怕未必。金庸正是通过一再地"打破"来提醒人们：成见、定见、偏见，可能正是助纣为虐、为虎作伥的"平庸之恶"。

04　自由

　　《笑傲江湖》是一本关于正邪的书，也是一本关于自由的书。

　　在华山派，令狐冲作为大师兄，要给众师弟师妹当个榜样，武功要练到最好，招式要练到最准。有时他喝酒赌钱，满嘴跑火车，或者凭本事踢出来一个"屁股向后平沙落雁式"，都会被师父责罚。在华山派，他是不自由的。

　　在岳灵珊面前，两情相悦时，他快乐无比，但处处要迎合岳灵珊的性子，满足她的需求，捉它一千只萤火虫，陪她练剑要故意输给她。岳灵珊移情别恋后，他心心念念的就是如何能再使她回心转意，哪怕付出生命也在所不惜。在岳灵珊面前，他也是不自由的。

　　在任盈盈面前，当然比在岳灵珊面前要自由些。但是盈盈矜持面薄，为人端庄凝重，令狐冲的嘴皮子功夫，少不得要收起来，且当他对岳灵珊犹有余情之时，未免对任盈盈心有愧疚，自然不能任情任性。

　　那么，他在何处、何人面前最自由？

　　一是风清扬。

　　令狐冲从风清扬学独孤九剑，彻底摆脱了招数、套路、方法的桎梏，随心所欲，随物赋形，得窥武学新天地——所以令狐冲一学到独孤九剑，哪怕内力全失时，对战各派高手，也可以轻松取胜，与其说这是武林硬实力的体现，不如说是金庸欲借此隐喻自由的力量有多么强大。

二是仪琳。

仪琳对令狐冲的挚爱深情，令狐冲似乎一直懵懂不觉。这一方面给了仪琳深情注视的空间，一方面也体现出"被偏爱的总是有恃无恐"。

令狐冲在仪琳面前，可以说笑话，耍嘴皮子，他的一切举动在仪琳看来，都是可包容的，甚至是可爱的，而他自己，因为没有得失心，也因仪琳纯净的个性，没有受到羁绊。

令狐冲后来在恒山派，也是自由的，甚至可以说，在遭遇了污蔑、误解、抛弃之后，恒山派的日子，是他生命中最好的岁月。因为，在乔装成武将吴天德，在嵩山派剑下救出恒山派的时候，令狐冲的武功终于有了用武之地，他行的善终于有人看见，也因为这一战，令狐冲是快乐的、自在的。他扮成一个满口官腔、大字不识、武功低劣的参将，插科打诨间大败嵩山派伪装成日月教的一众好手。嵩山派乔装身份，令狐冲也乔装身份；嵩山派装神弄鬼，令狐冲则调笑戏谑。他在这个假身份下，做了一次最真的自己。

但是，自由不是全无束缚、全无负担，相反，更多的时候，自由是要付出极大的代价的。在《笑傲江湖》中，令狐冲为了他想要的自由，一再抵御诱惑、抗争强权。

整本《笑傲江湖》，充满了权力斗争。日月教内，任我行和东方不败相斗；五岳剑派内，左冷禅和岳不群相斗。青城派灭了林家，林平之又灭了青城派。书中代表权力的，一是武功秘籍，二是掌门或教主的权位。任我行和东方不败抢教主的位子，岳不群和左冷禅又争五岳派掌门的位子，你来我往，好不热闹。为了《辟邪剑谱》，木高峰、余沧海、岳不群或巧取，或豪夺，使尽了手段。为了《葵花宝典》，华山派剑气二宗互相杀戮，任我行东方不败勾心斗角，面厚心黑，无以复加。

在权力斗争的过程中，任何与人性、真情相关的东西，都是最先泯灭的。为了权力，岳不群嫉妒、诬陷、说谎、杀戮；为了权力，左冷禅杀刘正风，意欲灭恒山派，摆下鸿门宴。但《笑傲江湖》一书中，痴迷权力的人下场都不太好。君不见，《辟邪剑谱》和《葵花宝典》的练功窍门，第一就是要自宫。这自然是隐喻——在追逐权力的路上，人无可避免地变得畸形、异化。

但在权力的扩张面前，不合作者永远存在。他们往往有两种态度：第一是儒家的，知其不可而为之，如少林派方证大师，可谓砥柱中流；第二是道家的，独善其身——我虽然治不了洪水滔天，但绝不同流合污。

金庸在《射雕英雄传》《神雕侠侣》中，大力刻画兼济天下的儒家侠客，而在《笑傲江湖》中，则予独善其身的道家侠客以浓墨重彩。

令狐冲最令人心折的不合作，是他面对任我行的时候。

任我行绝不是个正派人物，观其行事，授东方不败《葵花宝典》，谋算深远，城府极深；十二年后仍有向问天这等人物为他千里效命，自有过人之处；脱困之后与向问天一起整治日月教人众，可谓心狠手辣、杀伐决断；与令狐冲谈论天下事，虽然"三观不正"，但又极有眼光见识。

金庸笔下，有不少英雄枭雄奸雄，如《射雕英雄传》之成吉思汗、《天龙八部》之耶律洪基、《笑傲江湖》之任我行与东方不败、《鹿鼎记》之洪安通。你不一定赞成他们的所思所想、所作所为，但总会觉得他们身上有让人折服之处；纵有让人折服之处，他们的某些行为，始终让人至死不能赞同。

面对枭雄们的千钧之威，雷霆之怒，常人不免会胆寒，但郭靖敢对成吉思汗说不，萧峰敢对耶律洪基说不，令狐冲也敢对任我行说不。他们并不是自恃权谋武功可以更胜其一筹，而是义之所在，有死而已。

令狐冲欣赏任我行的气度，尊敬他的武林前辈身份，却并不赞同这个枭雄、奸雄的做派和手段。

而对令狐冲而言，任我行本来有三不可拒：第一，任我行是他的爱侣任盈盈的父亲，如若拒绝，与任盈盈的爱情自将成为悲剧。第二，任我行自称掌握了解决《吸星大法》反噬后果的法子，而这是令狐冲活命的希望。第三，以恒山派之弱，对日月教之强，本是有死无生之事。

何况，任我行曾三番五次邀令狐冲入教，许以重利，迫以严威。那么，令狐冲是如何应对的呢？

> 任我行心中大怒，冷冷的道："如此说来，你是决计不入神教了？"令狐冲道："正是！"这两字说得斩钉截铁，绝无半分转圜余地。
>
> 一时朝阳峰上，群豪尽皆失色。
>
> 任我行道："你体内积贮的异种真气，今日已发作过了。此后多则半年，少则三月，又将发作，从此一次比一次厉害，化解之法，天下只我一人知道。"
>
> 令狐冲道："当日在杭州梅庄，以及在少室山脚下雪地之

中，教主曾言及此事。晚辈适才尝过这异种真气发作为患的滋味，确是犹如身历万死。但大丈夫涉足江湖，生死苦乐，原也计较不了这许多。"

任我行哼了一声，道："你倒说得嘴硬。今日你恒山派都在我掌握之中，我便一个也不放你们活着下山，那也易如反掌。"

令狐冲道："恒山派虽然大都是女流之辈，却也无所畏惧。教主要杀，我们誓死周旋便是。"

"生命诚可贵，爱情价更高，若为自由故，二者皆可抛"，裴多菲的这首诗，用在令狐冲的身上，最恰当不过。面对任我行的威逼利诱，他不顾面子、不顾荣辱、不顾生死，断然拒绝。在任我行看来，这是萤烛之辉，妄图与日月争光；在令狐冲看来，这是精神的自由胜过一切。而恒山派诸人毫不犹豫的响应，其声虽微，响震天地。

但令狐冲的态度，止于拒绝。看到任我行的野心，他的想法只是不合作，而不是与他为敌（虽然在独裁者看来，不合作就是与他为敌），做救世主，拯救天下苍生。

金庸小说早期的主角，都是不仅不合作，还要断然反抗的。如郭靖对蒙古之南征，是半生死守襄阳，鞠躬尽瘁，死而后已；张无忌看到六大派对无力还手的明教诸人大开杀戒，不顾性命，挺身而出。但是令狐冲，只能做到不合作了。

那么，需要苛责令狐冲不够侠义、不够勇敢吗？完全不必。能做到在诱惑面前不动心，生死之前放得下，权力面前不颤抖，令狐冲已经凛然立于天地间了，太完美，反而不真实。而且，在一部充满反思和寓言、以苍凉为底色的小说里面，宣扬个人的救世能力，恐怕也是幼稚的。

从这个角度来说，任我行在恒山突然发病，既而死亡，这场危机由此消弭于无形，实在是有点勉强的"大团圆"。如果金庸再"狠"一点，那么，《笑傲江湖》的震撼力，也许能够更上层楼。

令狐冲自由、潇洒、有傲骨，却常常被冤枉、被误解、被孤立，而这，似乎也是追求自由者的宿命。

《笑傲江湖》中的隐士，除了令狐冲，还有华山派风清扬和衡山派莫大先生。他们都是五岳剑派的重要人物，又都是当时武林中的"边缘人"。为什么会成为边缘人，正是因为他们都是不与强权合作的人，所以寂寞自守、承受着不被理解的代价。

且看莫大先生的出场：

> 忽然间耳中传入几下幽幽的胡琴声，琴声凄凉，似是叹息，又似哭泣，跟着琴声颤抖，发出瑟瑟瑟断续之音，如是一滴滴小雨落上树叶。令狐冲大为诧异，睁开眼来。
>
> 费彬心头一震："潇湘夜雨莫大先生到了。"

莫大先生与刘正风因音乐上的审美趣味不同，所以话不投机。但在好事者看来，是二人因衡山掌门的名位之争而有了龃龉。对于此等流言蜚语，莫大先生不屑辩白。对刘正风，莫大先生并无深厚的同门情分，但当嵩山派屠戮刘氏一门时，他虽无力与抗，却在事后悄然现身，激斗之下，杀了嵩山十三太保的首领费彬。

再来看风清扬的退场：

> 风清扬摇摇头，说道："你见到我的事，连对你师父也不可说起。"令狐冲含泪道："是，自当遵从太师叔吩咐。"
>
> 风清扬轻轻抚摸他头，说道："好孩子，好孩子！"转身下崖。令狐冲跟到崖边，眼望他瘦削的背影飘飘下崖，在后山隐没，不由得悲从中来。

风清扬当年在华山剑、气二宗的争斗中被人暗算，虽然留下性命，却因内疚、痛苦消沉了数十年。他剑术高强，未必没有报仇之能，但他不忍再同门相残，"是不为也，非不能也"，只能选择归隐。他传给令狐冲的"独孤九剑"，是当年无敌于天下的剑神独孤求败的杰作，而这剑法之中，又蕴藏了风清扬的多少伤心和寂寞呢？

至于令狐冲，也是寂寞的：

> 他（令狐冲）……在湖畔悄立片时，陡然间心头一阵酸楚："我这身功夫，师父师娘是无论如何教不出来的了。可是我宁可像从前一样，内力剑法，一无足取，却在华山门中逍遥快乐，和小师妹朝夕相见，胜于这般在江湖上孤身一人，做这游魂野鬼。"
>
> 自觉一生武功从未如此刻之高，却从未如此刻这般寂寞凄凉。

这一段情节，发生在令狐冲从西湖地牢脱身、习得江湖人士且惧且羡的"吸星大法"之时，它将眷念过往的失落和高处不胜寒的寂寞结合起来——热闹到极处，人往往寂寞；寂寞到极处，又或许会在痛中有一种快感。人生是回不去的，但是，如果让令狐冲回到过去，他不会后悔当时的选择。

寂寞，是自由的副产品，也是自由的代价。可敬的是，无论这种代价多么沉重——像莫大先生一样被人误解非议，像令狐冲一样被人栽赃陷害，像风清扬一样被人欺骗伤害——他们都承受了下来，并且一直坚持自己的道路。

罗曼·罗兰说："世界上只有一种真正的英雄主义，就是认清了生活的真相后，依然热爱生活。"《笑傲江湖》一书，便描摹了这种英雄主义。

　　《笑傲江湖》的英雄，看起来极凄惨、极窝囊，再也不能翱翔天际，而仅止步于不坠入人性的深渊。它的故事，看起来极憋闷、极惨酷，被损害的不一定能得到公平，被牺牲的不一定能被记住名字，被侮辱的不一定能寻回正义。但是，它又飞扬跳脱，光芒万丈：真正的英雄，无论何时何地，都能守住自己的初心；真正的江湖，虽然波诡云谲，也仍然有中流砥柱。

　　《笑傲江湖》的故事，是真正了不起的故事。

成魔还是成佛：
《倚天屠龙记》的原型故事

　　《倚天屠龙记》是"射雕三部曲"的第三部，但它与前两部的时间跨度很大。前二回，还是郭襄找寻杨过踪迹的故事，第三回，却说："花开花落，花落花开。少年子弟江湖老，红颜少女的鬓边终于也见到了白发。"镜头一转，已经是宋亡之后五十多年。郭襄已矣，当年十多岁的少年张三丰，成了九十岁的江湖泰斗。

　　《倚天屠龙记》讲的是张三丰的徒弟张翠山和徒孙张无忌的故事。

　　《射雕英雄传》的主角郭靖，是为国为民的大侠；《神雕侠侣》的主角杨过，是前十多年叛逆浪荡、后十多年成己成人的神雕侠。而《倚天屠龙记》的主角张无忌与他们相比，明显更有"凡人气"。

　　他的故事，已经不是"如何成为大侠"的故事，而是"成魔还是成佛"的故事——这个故事，是《倚天屠龙记》中最重要的原型故事。所谓"原型"，本是人类学的重要概念，指的是人类共通的思维模式和行为方式，而文学作品中，说到"原型"，则是指稳定的结构单位，反复出现的意象、故事等。

　　让我们从书名说起。《倚天屠龙记》之名，取自故事发生时江湖上流传的"武林至尊，宝刀屠龙。号令天下，莫敢不从。倚天不出，谁与争锋"一谚。其中，"倚天剑"和"屠龙刀"是这个原型故事中的重要隐喻——二者既是让人欲念膨胀的潘多拉魔盒，又是蕴藏秘笈、善用便能造福于人的宝物——这正与"成魔还是成佛"的原型故事相呼应：物本无善恶，境本无高下，上升还是沉沦，只在个人的抉择。

通观全书，至少有五位重要人物，都曾面临过这种抉择。

01

先说殷素素。

殷素素是天鹰教主殷天正之女、天鹰教紫微堂堂主。她相貌娇美，心地狠辣，行事狡狯，是天鹰教中举足轻重的人物。殷素素本是个"邪教妖女"，过恶不少。但粗看起来，她举止斯文，吐属风流，不似邪派人物：

> 张翠山心中怦怦而跳，定了定神，走到大柳树下，只见碧纱灯下，那少女独坐船头，身穿淡绿衫子，却已改了女装。
>
> 张翠山本来一意要问她昨晚的事，这时见她换了女子装束，却踌躇起来，忽听那少女仰天吟道："抱膝船头，思见嘉宾，微风波动，惘焉若醒。"张翠山朗声道："在下张翠山，有事请教，不敢冒昧。"那少女道："请上船罢。"张翠山轻轻跃上船头。

张翠山与殷素素邂逅目成的场景，金庸写得颇为动人。在张翠山，是"有美一人，清扬婉兮，邂逅相遇，适我愿兮"，在殷素素，是"积石如玉，列松如翠。郎艳独绝，世无其二"。对对方而言，他们是对的人，又是错的人。因为，他们一个是武当派弟子，一个是天鹰教中人，正邪有别，立场迥然。

初时，张翠山知晓了殷素素的身份，又见她行事颇有邪气，不想与她有太多干系，但内心又实愿与她亲近，随着时间的推移，更是渐渐被她的深情感动——殷素素杀起人来，没有丝毫迟疑不忍，但是与心上人相处时，也是小儿女情态，而且还格外痴情。

张殷二人被谢逊挟持，在大海中漂流，张翠山忧心如焚，与殷素素密议偷袭谢逊，他计划自己先与谢逊对掌，再由殷素素发银针相助。谁知谢逊耳力甚灵，听到二人谋划，抢先发难。张翠山功力远逊，勉力支撑，即将落败，殷素素却凝而不发，让读者焦心无已。直到后来，他们在海中生死相依，彼此情定，殷素素才告诉张翠山自己当时的念头：

> 殷素素……说道："……那日你第一次和谢逊比拼掌力，我几乎想发射银针助你，却始终没出手。"
>
> 张翠山奇道："是啊，那为什么？我总当你在黑暗中瞧不清楚，生怕误伤了我。"殷素素低声道："不是的，假如那时我伤了他，咱二人逃回陆地，你便不愿跟我在一起了。"

当时，他们被谢逊挟持，被威胁灭口，这种情势，举凡正常人都想摆脱。在张翠山与谢逊对掌时，发针，虽无绝对胜算，好歹也是脱身的机会。但是，在殷素素看来，自由诚可贵，爱情价更高，电光石火间，她做了关乎一生的选择。

船在海中漂流数月，又经过多番危难，二人终于踏上了极北之地的荒岛，当时，"殷素素想起从此要和他在这岛上长相厮守，岁月无尽，以迄老死，心中又是欢喜，又是凄凉"。凄凉，是想到离群索居，亲人长别，在此荒无人烟之所，事事艰难；而欢喜，是因为得与心上人天长地久，永不分离。人间虽然有千万乐事，但在殷素心中，以此为最。

殷素素的转变，是从她和张翠山在冰山上拜天地时立下的誓言开始的：

> 张翠山道："我俩此刻便结为夫妇。"
>
> 当下两人一起在冰山之上跪下。张翠山朗声道："皇天在上，弟子张翠山今日和殷素素结为夫妇，祸福与共，始终不负。"殷素素虔心祷祝："老天爷保佑，愿我二人生生世世，永为夫妇。"她顿了一顿，又道："日后若得重回中原，小女子洗心革面，痛改前非，随我夫君行善，决不敢再杀一人。若违此誓，天人共弃。"

张翠山听到殷素素的誓言，大喜过望，从此内心再无疑虑；殷素素立誓之后，也如其所言，再未伤人杀人。道德无力约束殷素素，爱情却可以。

殷素素在正邪之间的转变，未免过于迅捷，但金庸正是要通过这种急转，显出人性丰富的可能性。"殷"为赤黑，"素"为纯白，黑白之间，未始不能变换。

02

谢逊的身上，也发生过相似的转变，只是更为曲折、复杂。

谢逊是《倚天屠龙记》中举足轻重的人物，他与屠龙刀的故事，堪称《倚天屠龙记》的情节"发动机"。

屠龙刀是武林众所瞩目之宝，它蕴藏的"号令天下"的未知可能性，使得众多豪杰眼热。在王盘山，谢逊技压群雄，抢到屠龙刀——那似乎是他一生的高光时刻。但是，获得屠龙刀，绝非谢逊之福。其后，他漂泊海岛，成为众矢之的。二十年来，他苦苦参悟，却一无所获。

谢逊的一生，本不该是这般面貌，是二十八岁那年的一场悲剧，让他走上了后来的道路。那一年，他做了明教的法王，功成名就，妻美儿娇，可是，师父成昆的突然拜访，打破了他的安稳人生。看起来，是师父酒后乱性，意图奸淫他的妻子，又残忍杀害了他的所有家人。数十年后，为报仇失去一切的谢逊才知道，他不过是师父成昆的杀人之刀，他的悲剧，也不过是成昆意图毁灭明教而布下的局。

成昆为何选他？正是看中了他过人的文才武功和激烈、好冲动的个性。既锋利，又容易出鞘，自是好刀。但是成为刀，就再没有了作为人的柔软。

张翠山认识谢逊时，谢逊已四十一岁，这时的他，满腹悲愤，一腔怨怼，对世人充满不信任，对上天也充满仇恨。他不仅不信诺，离群索居，与野兽为伍，还言必称"贼老天"，活脱脱一个对抗一切的叛逆者：

> 张翠山走到船梢，说道："谢前辈，多谢你救我二人的性命。"谢逊冷冷的道："这话说得太早。咱三人的性命，有九成九还在贼老天的手中。"
>
> 张翠山一生中，从没听人在"老天"二字之上，加上一个"贼"字，心想此人的愤世，实到了肆无忌惮的地步。

如此苦苦挣扎的谢逊，像个斗士，泰山压顶，项不稍屈；与天相争，蚍蜉撼树。

金庸写了谢逊一生中的三次挣扎。

第一次挣扎，是空见前来说和，希望谢逊放弃仇恨，不再为引出成昆而胡乱杀人。谢逊不允，空见便与他相约，受他十三拳，如果被打伤，就让他见到成昆的面。谢逊志在必得，数拳发出，却惊觉空见竟有"金刚不坏体"神功，只需内息一转，浑身便如铜墙铁壁，浑不受力。十多年的复仇之苦、仇恨之念，如毒蛇啃噬他的内心，打完第十二拳，他恶念陡生，举掌自戕。

后来在冰火岛上，谢逊给张翠山一家讲这件他平生最悔恨之事，殷素素当即反应过来，赞道"妙计"，张无忌却说，"这老和尚为人很好，你打伤了他，心中过意不去"。谢逊的"妙计"，就是赌空见是佛门高僧，有割肉饲鹰之心。果然，空见见谢逊自戕，不疑有他，伸手来救，情急之下不及运功保护自己，便中了他开碑裂石的一掌。弥留之际，空见依然没有一语相责，只是怜惜谢逊所受之苦，劝慰他稍解执着之念。

谢逊举起手装作自戕时，其实使了全力。空见不救，他自然会毙命。他是拿自己的命来博这个赌注，他赌赢了，也赌输了。后来的日日夜夜，他都不能安心。谢逊不是什么心慈手软之人，但也不是大奸大恶之辈，他如断桅之船，在命运之海中孤独漂流，万幸遇到一次灯塔，却错过了。

第二次挣扎，是张无忌出生的时候。本来，他狂疾发作，意欲侵犯张殷二人。张殷二人无力相抗，此时，是刚出生的张无忌的一声啼哭，让谢逊在昏乱中忽然恢复了神智。

此后，他成了张无忌的义父，"无忌"，曾经是他惨死的孩儿的名字。空见给的救赎机会，谢逊没有抓住，而张无忌带来的救赎，谢逊终于抓住了。从此，杀人如麻的谢逊，成了张无忌的慈父。

接下来的这十年，谢逊终于活得像个人了。但是复仇之事，并未在他心中淡去。十多年后，他的第三次挣扎，是终于遇到了自己的仇人成昆时。

二人的这场比武，是谢逊求了三十多年的机会，他为此历尽千难万险，半生梦想的报仇之机就在眼前，他丝毫不乱，谨守方寸。这场比武，以成昆被刺瞎、武功被废而告终，而谢逊也自废其武功，一则以还成昆之教授，二则以赎自身之罪孽。后来，他拜在渡厄门下，出家为僧：

> 渡厄哈哈笑道："善哉，善哉！你归我门下，仍是叫作谢逊，你懂了么？"谢逊道："弟子懂得。牛屎谢逊，皆是虚影，身既无物，何况于名？"

谢逊终于让过往的血与火成为"虚影"，跨入"无我"的世界。

其实，谢逊的人生轨迹，与《天龙八部》的萧远山极为相似。他们都是因平静生活被别有用心之人所毁，而陷入了近乎疯魔的复仇之中，杀人，亦自伤。他们也都是在几乎燃尽自己生命火焰的时候，得到了救赎，在生死间一打转后，终于勘破"虚影"，遁入空门，获得最终的平静。

03

同是面对"成魔还是成佛"这个问题，张无忌就一直是拿稳主意，立定脚跟。

张无忌的父亲张翠山是名闻天下的"武当七侠"之一，母亲是天鹰教教主的女儿，父母亲"正邪"有别的身份，为他的人生道路注入了相当多的不确定性。从小说写作的角度来说，张无忌的人生路注定不平坦，他注定面临着"邪恶"的诱惑。

张无忌的一生，都与"明教"有不解之缘。母亲殷素素所处的天鹰教本就是明教的支派，外公殷天正是明教的白眉鹰王，义父谢逊是明教的金毛狮王，渊源不可谓不深厚。但是，他十岁那年，父母亲因为当年旧事相继自杀，他自己又身受玄冥神掌之伤，蒙太师父、师叔伯竭力救治、尽心教导。他们谆谆相嘱，告诫张无忌万不可加入明教这一"魔教"，定须洁身自好，行止端正。

不出意料，小说里面，一定是怕什么来什么，"flag"一立，就会有相应的风波；或者说，"禁忌"和"破戒"，总是成对出现。果然，张无忌碰到生死抉择——玄冥神掌之伤，即便是武当九阳功也无法救治，几年来，他饱受苦楚，日渐憔悴，行将油尽灯枯。当此生死攸关之时，却有一星希望出现：太师父偶然救下的常遇春乃是明教教徒，常遇春自告奋勇，说带张无忌去寻明教的"蝶谷医仙"胡青牛救治。张三丰心中犹豫，但想到此境地，也只有放手一试，唯一的嘱托，就是让张无忌不要加入明教。

而胡青牛的规矩偏生怪异：明教之外的人，一概不医。生死只在张无忌的一念之间。金庸给张无忌这样严峻的"试炼"，他也顶住了，甚至在做关乎自己命运的抉择时，他并没有丝毫犹豫，断然拒绝胡青牛的要求，非但态度果决，姿态还十分潇洒。但张无忌命不该绝，虽然他并未加入明教，他的傲骨和奇症，到底引起了胡青牛的兴趣，胡青牛不仅为他医治，还传给他绝顶医术。

张无忌与明教的纠葛非止于此。数年后，他九阳神功初成，又遇上一件生死大事。其时，他被灭绝师太所俘，旁观峨嵋派与明教锐金旗大战。灭绝师太仗着倚天剑之利，斩杀锐金旗掌旗使，又欲将俘虏的锐金旗诸人一一杀死。张无忌慈悲心动，明知以己之力，绝难与灭绝师太抗衡，却还是挺身而出，与灭绝行三掌之赌，拼着身受重伤，救下了诸人性命。

以此为序幕，张无忌的"斡旋"之路开始了。

他追踪掳走蛛儿的韦一笑，却意外地被说不得抓进了布袋，带到了光明顶，亲耳听到五散人与杨逍等人在争论旧事时，被窥伺在旁的圆真暗算。杨逍等六人中了幻阴指，而圆真也中了寒冰绵掌，能勉强行动的，唯有布袋中的张无忌一人，当此间不容发之时，张无忌还想做和事佬，想要找个既能制住圆真，又不伤其性命的法子。

他见故人杨不悔意欲剑刺小丫鬟小昭，虽与小昭素不相识，还是恻隐心动，不住为其求情。

他练成乾坤大挪移，重回光明顶，见明教诸人岌岌可危，第一件事情还是不顾自身，要做排纷解难的鲁仲连。

张无忌一生的选择，都是在左右迥异之间、水火不容之处，想要寻一个折衷处——这不是"乡愿"或搅浑水，而是用慈悲之眼观世，用慈悲之心度人。别人见世人种种恶，他所见者，却是世人种种苦痛、挣扎和不得已。这就是《倚天屠龙记》一书借明教教旨"怜我世人，忧患实多"而立的主旨，这一主旨，正应在张无忌的身上。

看起来，他的选择极傻，也似乎屡屡失败。

他对何太冲以德报怨，却三番两次遭到反噬；他对圆真行君子之仁，却被他用小人之技轻松制住；他对杨不悔有再生之德，但求情不仅不成，还遭她小小暗算；他对明教念故人之情，对六大派也心怀孺慕，但是他光风霁月，旁人只当他是沽名钓誉的狂徒、不知天高地厚的小子。

可是，张无忌的"傻"，在给他带来眼前的灾祸的同时，也给他带来了长远的福泽。

他断然拒绝胡青牛加入明教的提议，被拒之门外，似乎生机已断；但后来，他却成为胡青牛的唯一传人。

他受纪晓芙之托，间关万里，送杨不悔到昆仑山其父亲处，途中数历生死。虽是义举，但看起来吃力不讨好——杨逍见到他时，还因听到纪晓芙的死讯，过于激动，捏断了他的臂骨。对杨逍的报答提议，他也辞而不受，振衣而去。但是，正因为这趟行程，他侥幸在昆仑山的苍猿腹中得到了失传已久的《九阳真经》，治好了身上本已无法医治的玄冥神掌寒毒。

他想要平息六大派和明教之间的争端，解二者百年之冤仇，以一人之力，独战六大派高手，被鲜于通诬陷，被何太冲暗算，被灭绝仇视。但是，他的人格魅力最终让华山派、少林派、武当派的首脑人物尽皆折服，更让明教诸人死心塌地，叹服其德才，奉其为首领。

再说回明教。"明教"是张无忌一生的"魔咒"，上代的恩怨、太师父的教诲，让他从小着意远离明教，但造化弄人，他竟与明教越走越近，最终成为明教教主。在张无忌的手中，明教不仅群雄归心，再无内乱，还尽革前弊，纪律严明。后来，明教举办蝴蝶谷大会，群雄谋划反元起义之事，视死如归，以天下为心：

> 是时蝴蝶谷前圣火高烧，也不知是谁忽然朗声唱了起来："焚我残躯，熊熊圣火。生亦何欢，死亦何苦？"众人齐声相和："焚我残躯，熊熊圣火，生亦何欢，死亦何苦？为善除恶，唯光明故。喜乐悲愁，皆归尘土。怜我世人，忧患实多！怜我世人，忧患实多！"
>
> 那"怜我世人，忧患实多！怜我世人，忧患实多！"的歌声，飘扬在蝴蝶谷中。群豪白衣如雪，一个个走到张无忌面前，

躬身行礼，昂首而出，再不回顾。张无忌想起如许大好男儿，此后一二十年之中，行将鲜血洒遍中原大地，忍不住热泪盈眶。

张无忌是明教的"救世主"，而明教，也是张无忌成己成人的修炼场。在可左可右的选择面前，张无忌选了最难的路，却到了最能一览众山的高处。

04

非独张无忌，书中的另一主角赵敏，也面临过这种两难选择。

赵敏是《倚天屠龙记》中最出彩的人物之一。

金庸小说的女主角，或精灵古怪，或天真无邪，或端庄大气，或超然淡泊，春花秋月，各极其妍。而哪怕在众主角中，赵敏也是特别的。

最开始，赵敏是作为"反派"出场的。

张无忌从十岁开始屡遭颠仆，数历艰险，受伤继以失去怙恃，被骗继以双腿断折，让读者牵心挂怀，好不憋闷。他九死一生，才练成了九阳神功、乾坤大挪移，以人品武功折服天下英雄，当上了明教教主，读者终于松了口气，略感舒爽。

但世事如棋，起伏难料——明教英杰辈出，却因祸起萧墙，遭成昆暗算，好手折损，因而不敌六大派；六大派高手如云，又都不敌神功大成的张无忌；张无忌统帅群雄，意气风发，但刚下光明顶，出甘凉道，就碰到了他命中的"克星"赵敏。

赵敏只用一把木剑，就让明教群雄尽皆中毒，她下毒的法子很妙：将这把木剑套上真倚天剑的剑鞘，让与倚天剑有瓜葛的明教诸人心痒难搔，自己却借故离开，利用人性的弱点，让猎物自己踏入陷阱。只此一事，就可以见出赵敏的谋略。如金庸在《倚天屠龙记》后记中所说：

> 中国成功的政治领袖，第一个条件是"忍"，包括克制自己之忍、容人之忍，以及对付政敌的残忍。第二个条件是"决断明快"。第三是极强的权力欲。张无忌半个条件也没有。周芷若和赵敏却都有政治才能。

赵敏数次与张无忌为敌，总是占了上风，面对张无忌的雷霆之怒，她言笑晏晏，毫不在意；为骗前来偷药的张无忌，她在手下的伤口里下了七虫七花膏，张无忌夜探敌营，不偷药瓶之中的药，而是从伤者的伤处中刮药，自以为得计，谁知正中了赵敏虚者实之、实者虚之的计策。

后来俞岱岩、殷梨亭敷药后毒发，赵敏适时而至，张无忌此时痛悔交集，几欲自戕，赵敏却好整以暇，几番戏谑。后来二人击掌约定三事，赵敏方告诉张无忌解毒之方何在：

> 张无忌左手一抄，将箭接在手中，只见那箭并无箭镞，箭杆上却绑着一封信。张无忌解下一看，信封上写的是"张教主亲启"，拆开信来，一张素笺上写着几行簪花小楷，文曰："金盒夹层，灵膏久藏。珠花中空，内有药方。二物早呈君子左右，何劳忧之深也？唯以微物不足一顾，赐之婢仆，委诸尘土，岂贱妾之所望耶？"
>
> 张无忌将这张素笺连读了三遍，又惊又喜，又是惭愧，忙看那朵珠花，逐颗珍珠试行旋转，果有一颗能够转动，于是将珠子旋下，金铸花干中空，藏着一卷白色之物。张无忌从怀中

取出针刺穴道所用的金针，将那卷物事挑了出来，乃是一张薄纸，上面写着七虫为哪七种毒虫，七花是哪七种毒花，中毒后如何解救，一一书明。

珠花和金盒是赵敏此前与张无忌打交道时所赠，张无忌无可推却，才收下了，不意当时赵敏已有此后招。二人相斗，张无忌只有被赵敏捏扁搓圆的份。

赵敏如此智计城府，又杀伐决断，能收能放，但一入情网，壮心都消。本来，"反贼"张无忌是她的敌人和猎物，但是情根一种，猎人反而入了局，百炼钢成了绕指柔。

后来的事我们都知道，赵敏本是扫荡明教的干将、领袖群豪的首脑，但当她与张无忌的立场冲突成了二人相偕连理的障碍时，她断然弃了蒙古郡主的身份。

在读者看，赵敏这是"弃暗投明"，但跳出主角视角，才能体会到此举的不易。为了张无忌，她弃了名位、弃了抱负，甚至弃了家国。一个有政治才能的人物，偏偏为了没有政治野心的爱人，放弃自己的政治前途。别人或许为赵敏觉得可惜，但是赵敏自己，却之死靡它，甘之如饴。

赵敏的选择，是从心而行，冷暖自知。

05

赵敏知道鱼和熊掌不可得兼，所以决然作了取舍；周芷若则与赵敏不同，她什么都想要，却最终因为贪欲而走上"成魔"之路。

周芷若在《倚天屠龙记》中的重要性与赵敏几乎不相上下。她们同样样貌出众，同样在张无忌心中颇有分量，也同样不是池中物。所以自然而然，读者习惯将周芷若与赵敏作比较。

周芷若没有赵敏那么高贵的身份、出色的起点，但她也是一位天生的政治家。周芷若在峨嵋派深受师父灭绝师太的器重，也深受师姐丁敏君的忌恨。彼时，她所采取的策略是韬光养晦、不露锋芒。丁敏君纵然切齿怀恨，却无从下手。

周芷若重见长大后的张无忌，心中未免有情，但见张无忌是峨嵋派的对头，便惕然不露情意。张无忌为救锐金旗，与灭绝约定受其三掌，他内功虽强，苦于无临敌经验，不会运用，前面两掌，受伤已然不轻：

> 丁敏君大声大叫道："喂，姓曾的，你若是不敢再接我师父第三掌，乘早给我滚得远远的。你在这儿养一辈子伤，我们也在这儿等你一辈子吗？"周芷若细声细气的道："丁师姊，让他多休息一会，那也碍不了事。"丁敏君怒道："你……你也来袒护外人，是不是瞧着这小子……"她本来想说："瞧着这小子英俊，对他有了意思啦。"但立即想到有各大门派不少知名之士在旁，这些粗俗的言语可不能出口，因此一句话没说完，便即住口。但她言下之意，旁人怎不明白？下面半句话虽然没说完，还是和说出口一般无异。
>
> 周芷若又羞又急，气得脸都白了，却不分辩，淡淡的道："小妹只是顾念本门和师尊的威名，盼望别让旁人说一句闲话。"丁敏君愕道："什么闲话？"
>
> 周芷若道："本门武功天下扬名，师父更是当世数一数二的前辈高人，自不会跟这种后生小子一般见识。只不过见他大胆狂妄，这才出手教训于他，难道真的会要了他的性命不成？本

门侠义之名已垂之百年，师尊仁侠宽厚，谁不钦仰？这年轻人萤烛之光，如何能与日月争辉？便让他再去练一百年，也不能是咱们师尊的对手，多养一会儿伤，又算得什么？"这一番话说得人人暗中点头。灭绝师太心下更喜，觉得这个小徒儿识得大体，在各派的高手之前替本门增添光彩。

周芷若左右周旋，既要防丁敏君谗言相欺，又要防师父怪责降罪，当此嫌疑之境，却能说得师姐哑口无言，师父颔首心悦，自是巧智过人、胆识不凡。尤其是这种被压抑、被掩藏，又一星半点露出的真情，让张无忌感动不已，也让读者不禁触动。

其实，看金庸的用笔，他未必那么喜欢周芷若，所谓"细声细气的道""淡淡的道"，总有些春秋笔法的意思，似乎在暗讽周芷若不是个舒展坦荡的人。

周芷若的城府让她在峨嵋派的内斗中足以保全自己。但后来，她也遇到了一个艰难的抉择：在万安寺中，灭绝师太以为罹难在即，将峨嵋派掌门之位传与周芷若，又将峨嵋派故老相传的倚天剑、屠龙刀的秘密密授于她，复命她利用与张无忌的关系，骗到落于谢逊之手的屠龙刀，以刀剑相斫，获取《九阴真经》，以期她练成神功，光大峨嵋：

> 灭绝师太道："为师要你接任掌门，实有深意。我此番落入奸徒手中，一世英名，付与流水，实也不愿再生出此塔。那姓张的淫徒对你心存歹意，决不致害你性命，你可和他虚与委蛇，乘机夺去倚天剑。那屠龙刀是在他义父恶贼谢逊手中。这小子无论如何不肯吐露谢逊的所在，但天下却有一人能叫他去取得此刀。"

周芷若知道师父说的乃是自己，又惊又羞，又喜又怕。

灭绝师太道："这个人，那就是你了。我要你以美色相诱而取得宝刀宝剑，原非侠义之人份所当为。但成大事者不顾小节。你且试想，眼下倚天剑在那姓赵女子手中，屠龙刀在谢逊恶贼手中，他这一干人同流合污，一旦刀剑相逢，取得郭大侠的兵法武功，自此荼毒苍生，天下不知将有多少人无辜丧生，妻离子散，而驱除鞑子的大业，更是难上加难。芷若，我明知此事太难，实不忍要你担当，可是我辈一生学武，所为何事？芷若，我是为天下的百姓求你。"说到这里，突然间站起身来，双膝跪下，向周芷若拜了下去。

灭绝是心性刚硬之人，一生不肯让人，虽是女子，性格之刚烈尤胜男儿。此时，她死志已绝，以师尊之身，向徒弟跪拜，求其答应自己的遗命。这等境地，这般请求，确非常人所能推却。

周芷若的为难、无奈、痛苦，读者都看在眼里，只觉哪怕她真去欺瞒张无忌，夺取屠龙刀，似乎也不忍深责。但是，周芷若后来的种种举动却让人觉得，若是以"无辜的小女子""不能自主命运的苦命人"来看待她的话，实在是太小瞧她了。

海岛之上，殷离重伤弥留，谢逊目不见物，张无忌忧心如捣，又对周芷若毫不防备，周芷若便突然发难，盗取十香软筋散迷倒众人，放逐赵敏并嫁祸于她，砍"死"殷离，只待次日张无忌和谢逊醒来，演一场好戏。她为摆脱嫌疑举刀自伤，下手极重，对自己都如此忍心，何况对旁人；她贼喊捉贼，不仅毫无心理负担，还以退为进，趁"疗毒"之机，与张无忌订下婚姻之约。直到濠州二人婚礼，赵敏孤身闯入，以谢逊的头发引得张无忌相随而去，天下豪杰愕然之时，周芷若还以受害者自居：

　　周芷若霍地伸手扯下遮脸红巾，朗声说道："各位亲眼所见，是他负我，非我负他。自今而后，周芷若和姓张的恩断义绝。"说着揭下头顶珠冠，伸手抓去，手掌中抓了一把珍珠，抛开凤冠，双手一搓，满掌珍珠尽数成为粉末，簌簌而落，说道："我周芷若不雪今日之辱，有如此珠。"殷天正、宋远桥、杨逍等均欲劝慰，要她候张无忌归来，问明再说，却见周芷若双手一扯，嗤的一响，一件绣满金花的大红长袍撕成两片，抛在地下，随即飞身而起，在半空中轻轻一个转折，上了屋顶。

好一句"是他负我，非我负他"，好一个"满掌珍珠尽数成为粉末，簌簌而落"！周芷若明明做贼在先，欺世盗名，为何此刻还如此理直气壮，反咬一口？

　　殊不知，凡是以良知为代价来求利益、登天梯的人，其心中难免有一种委屈苦痛、压抑愤怒。出于已扭曲的三观，他们往往觉得自己将灵魂出卖给魔鬼，也是做出了极大的牺牲，却绝不愿意承认，其实真相是他们轻易地向自己的欲望臣服，主动丢掉了良知。

　　如果做了这么大的"牺牲"还一无所得，又被人揭出真面目，那难免会恼羞成怒，更加倒行逆施。所以，在张无忌随赵敏而去后，周芷若不仅没有反思这婚礼本是自己"骗"来的，反而觉得张无忌负心薄幸，罪该万死。所以数月之后，她还赶去少室山下，向赵敏"报仇"。未寻到赵敏，她就连带"随手"杀了远日无冤、近日无仇的屋主杜百当夫妇；在"屠狮大会"上，她诡计百出，夺得比武胜利，也是为了杀谢逊灭口。

　　其实，金庸早已暗示读者，周芷若走到这一步，不是万不得已、别无选择，而是本来就对权力心热：

张无忌叹了口气，觉得她所言确甚有理，伸臂轻轻搂住她柔软的身子，柔声说道："芷若，我只觉世事烦恼不尽，即令亲如义父，也教我起了疑心。我只盼驱走鞑子的大事一了，你我隐居深山，共享清福，再也不理这尘世之事了。"周芷若道："你是明教的教主，倘若天如人愿，真能逐走了胡虏，那时天下大事都在你明教掌握之中，如何能容你去享清福？"张无忌道："我才干不足以胜任教主，更不想当教主。要是明教掌握重权，这一教之主，更非由一位英明智哲之士来担当不可。"周芷若道："你年纪尚轻，目下才干不足，难道不会学么？再说，我是峨嵋一派的掌门，肩头担子甚重。师父将这掌门人的铁指环授我之时，命我务当光大本门，就算你能隐居山林，我却没那福气呢。"

张无忌和周芷若，一个想要功成身退，归隐山林，一个想要百尺竿头，更进一步，二人话不投机。周芷若看张无忌虽身处高位却"胸无大志"，心中颇不痛快，语带讽刺。

师父的遗命、掌门的责任，自然是一副不轻的担子，但羁住周芷若的，不是外物，而是她的内心。

为了"光大峨嵋派"，她半真半假，半推半就，哄得张无忌对她一半是倾心，一半是推不开。为了"光大峨嵋派"，她杀殷离，杀赵敏派来寻人的元兵，连路遇的采参客也想杀。为了"光大峨嵋派"，她利用韩林儿对自己的倾慕，假作自杀让他救下，又借他的口，让张无忌满心愧疚，自愿戴上"负心薄幸"的帽子。为了"光大峨嵋派"，她命手下放霹雳雷火弹随意杀人，顺我者昌，逆我者亡。为了"光大峨嵋派"，她虽然号称早与张无忌恩断义绝，无半分干连，但与他比武之时，又假意示好，乱其心神，还在张无忌手下留情之后，忽施暗算，获不武之胜。

如果一个"名门正派"人士，可以假正义之名行奸邪之事，那她与"邪魔外道"，不只是伪君子和真小人的区别吗？而且，周芷若到底是为了"光大峨嵋派"，还是为了实现她心中膨胀的欲望呢？重复一千遍的谎言，也依然是谎言。周芷若骗得了天下人，却骗不了自己。

在《倚天屠龙记》的后记中，金庸写道：

> 像张无忌这样的人，任他武功再高，终究是不能做政治上的大领袖。当然，他自己根本不想做，就算勉强做了，最后也必定失败。中国三千年的政治史，早就将结论明确地摆在那里。……张无忌半个条件也没有。周芷若和赵敏却都有政治才能，因此这两个姑娘虽然美丽，却不可爱。

赵敏和周芷若都不是金庸心头所爱。在他看来，政治方面的才能，尤其是浸润于政治斗争时处心积虑的经营、克己容人的忍耐、杀伐决断的果决、成功成名的欲望，对一个人性情的纯真、心智的澄净，有不小的损害。

所以，金庸笔下的主角们，在"功成"之后，往往会"身退"。"功成"，是履行作为侠士的社会责任，而"身退"，则是为了葆有心性的自由。

所以，杨过先做了福泽贫弱的"神雕侠"，再携小龙女之手，飘然离去，隐身江湖；张无忌先做了对抗强元的明教教主，再退位让人，自己效张敞画眉，不问政事；萧峰虽做了辽国的南院大王，在面对辽帝侵宋的野心时，宁死而不合作，他也曾想飘然而去，只是不得其时，最后自尽于雁门关；令狐冲虽为恒山派掌门、天下顶尖高手，但大事了后，还是将掌门之位传与仪琳，自己与任盈盈曲谐琴瑟。

正是基于这一观念，金庸对同样有政治才能的赵敏和周芷若命运的安排，方式有所不同。

赵敏虽有政治才能，但在爱上张无忌后，主动"隐退"，远离权谋、机心的世界。周芷若对于权力的态度，则大有不同。"受师父遗命"在某种程度上成了她让自己安心的幌子，后来的欺骗、作态、杀人，与其说是无奈之举，不如说是欲念膨胀、人性扭曲所致。

其实，金庸并不反对或否定有政治才能的人，相反，他欣赏能看透人心、能在诡谲的风云中保护自己的人，如黄蓉、程灵素、任盈盈，但他并不欣赏有政治野心、政治欲望之人。虽有宝刀，藏而不用，才是他赞成的态度。

所以，最后金庸还是给了周芷若救赎的机会。他不仅"妙手回春"，让殷离"死而复生"，还解释是周芷若剑刺殷离，助她解了千蛛万毒手之毒，算是"坏心办了好事"：

> 周芷若道："殷姑娘，那日我起下歹心，伤害于你，事后不但深自痛悔，连梦魂之中也是不安，否则今日突然在树林中见到你，也不会吓成这个样子了。此刻见你平安无恙，免了我的罪孽，老天在上，我确是欢喜无限。"殷离侧着头想了片刻，点头道："那也有几分道理。我本想找你算帐，既是如此，那就罢了。"
>
> 周芷若双膝跪倒，呜咽道："我……我当真太也对你不起。"
>
> 殷离向来性子执拗，但眼见周芷若服输，心下登时软了，忙扶起她，说道："周姊姊，过去的事，谁也别放在心上，反正我也没死。"拉着她手，并肩坐下。殷离掠了掠头发，又道：

"你在我脸上划了这几剑，也不是全无好处。我本来脸上浮肿，中剑后毒血流尽，浮肿倒慢慢消了。"周芷若心下歉仄无已，不知说什么好。

这番安排，未免让读者觉得他对周芷若过于仁慈，似乎只要是主角，稍一悔悟，过恶就一概不咎了。

何以如此？因为《倚天屠龙记》的立意，正瞩目于人面对选择时，能否拒绝诱惑，放下仇恨，跳脱欲望，挣脱羁绊，行人所不能行之事，至人所不能至之境。

所以，殷素素为了钟情之人，努力从"邪教妖女"，转型成"君子好逑"；谢逊花了大半生，终于从执着仇恨之路，走到了内心平和之地；张无忌与明教结下不解之缘，将它从世人眼中的"魔教"，整顿成教规严明、教众以天下为念的"正教"；赵敏堕入情网，从领袖群雄、为达目的不择手段的"枭雄"型人物，转而成为为爱情上天入地、九死无悔的痴情者。以金庸的眼光来看，这些都是从心而行、明心见性的选择。

但是，如果在一部小说之中，所有的人物都做"正确"的选择，从不陷入迷途，则未免过于无味，且流于肤浅，亦不太现实。所以，金庸安排了周芷若这个隐藏的反派。她出身良家，拜入名门，与男主角情苗早苗，却走上歧途，屡屡作恶，而她又心性坚忍，城府过人，不是个好对付的角色。

毕竟，不是所有人面对诱惑，都能矢志不移，初心不忘。很多时候，他们以"无奈"为开脱，迈出了走上歧路的第一步。第一步一旦跨出，后面的路，似乎也就不是那么难走了。在此过程中，他们往往还会愈来愈相信，自己是天降大任、不得不尔。但这个游戏之所以危险，在于一旦迈过底线，下面的深渊简直望不到底。在一路下坠的过程中，他们百般确信自己是对的，却又总是心不安、神不定。所以，周芷若天不怕地不怕，但是一遇到殷离的"鬼魂"，就心神大乱，惧怕欲死。让她害怕的，是殷离"死"后所化之鬼，还是她心中之鬼呢？

在"成魔还是成佛"这个故事之中，选择时能否定心，是无比重要的。而如果万一选错，也不一定会就此毁灭，哪怕行差踏错，泥足深陷，也未必就没有解脱的机会。

所以，金庸到底给了周芷若自新之路，毕竟，立定脚跟，苦海回头，正是佛教所提倡之事，也是金庸想在《倚天屠龙记》中讲述的故事。

"屠龙刀"，是《倚天屠龙记》故事的核心，而它也饱含隐喻意味。"毒龙"，正是佛教对人的欲望、妄念的比喻。王维的名作《过香积寺》说"安禅制毒龙"，就是指不受欲念所制，达到心净无尘的境界。

何谓魔？何谓佛？不是祸乱天下才叫魔，救度众生才叫佛。迷失了自我，就是入魔；看见了本心，就是成佛。

世间之毒龙，能屠之者已少；心中之毒龙，又有几人能屠之呢？

不羁的灵魂：
金庸笔下的"圣女"与"妖女"

01

金庸小说，善写两种类型的角色：其一为"圣女"，其二为"妖女"。

"圣女"往往禀性天真淳朴，成长背景单纯甚至封闭，哪怕后来步入红尘、经历世事，依旧能保持自己纯真的本性。譬如《书剑恩仇录》中的香香公主喀丝丽就是一位"圣女"。她是回部首领木卓伦之女，姿容绝世，体带异香，深受父亲的疼爱、族人的怜惜。单纯的成长环境，使得她不谙世事，性情纯净，绝少猜疑，正是这种性情，让陈家洛对她倾心不已。

但是，《书剑恩仇录》作为金庸的第一部武侠小说，在情节设置、人物塑造等方面并非十分成熟，而喀丝丽也并非"圣女"型人物中塑造得成功的。"圣女"之难写，在于减一分则流于世俗，多一分则近乎虚假，而喀丝丽的形象，就有因过于童话化而显得虚假的毛病。

后来，金庸写"圣女"型人物，可谓功力大进，最成功者，当推《神雕侠侣》中的小龙女和《笑傲江湖》中的仪琳。

小龙女生长于古墓，十八岁前几乎没见过外人；仪琳生长于恒山派，在十多岁第一次下山赴衡山金盆洗手会之前，亦从未出过庙门。小龙女从小练《玉女心经》的武功，讲求绝欲寡情，一心清静；仪琳是尼姑，一举一动，一言一行，均以佛门戒律为旨归。

所以，小龙女处世，心境澄澈，灵台清明，面对得失之境、生死之地，常有过人之处：

> （一灯）伸指搭了小龙女双手腕脉，脸现忧色，半晌不语。
>
> 杨过怔怔的瞧着他，只盼他能说出"有救"两个字来。小龙女的眼光却始终望着杨过，她早便没想到能活到今日，见杨过脸色沉重，只为自己担忧，缓缓的道："生死有命，人身无常，因缘离合，岂能强求？过儿，忧能伤人，你别太过关怀了。"
>
> 一灯自进木屋以来，第一次听到小龙女说话，听她这几句话语音温柔，而且心情平和，达观知命，不禁一怔。他不知小龙女自幼便受师父教诲，灵台明净，少受物羁，本想这姑娘小小年纪，中毒难治，定然忧急万状，那知说出话来竟是功行深厚的修道人口吻，心想："这一对少年夫妇实是人间龙凤，男的武功如此了得，女的修悟生死，更是不易。……"

此时小龙女受伤兼中毒，毒入肺腑，药石无灵，哪怕是善于治伤拔毒的一灯大师也无能为力。杨过情急关心，万念俱灰，而小龙女自己却知命无忧，勘破生死。一灯出家多年，尘事不萦于心，素来六根无碍，但见她如此通达，不禁愕然暗赞。在他看来，小龙女不羁于世情的智慧，比黄蓉的机智过人，更为难得。

而仪琳，则有一种因虔诚的信仰、无尘的心境、温柔的天性而生的圣洁光辉：

> 令狐冲听她念得虔诚，声音虽低，却显是全心全意的在向

观世音菩萨求救，似乎整个心灵都在向菩萨呼喊哀恳，要菩萨
显大神通，解脱自己的苦难，好像在说："观世音菩萨，求求你
免除令狐大哥身上痛楚，把他的痛楚都移到我身上。我变成畜
生也好，身入地狱也好，只求菩萨解脱令狐大哥的灾难……"
到得后来，令狐冲已听不到经文的意义，只听到一句句祈求祷
告的声音，是这么恳挚，这么热切。不知不觉，令狐冲眼中充
满了眼泪，他自幼没了父母，师父师母虽待他恩重，毕竟他太
过顽劣，总是责打多而慈爱少；师兄弟姊妹间，人人以他是大
师兄，一向尊敬，不敢拂逆；灵珊师妹虽和他交好，但从来没
有对他如此关怀过，竟是这般宁愿把世间千万种苦难都放到自
己身上，只是要他平安喜乐。

令狐冲不由得胸口热血上涌，眼中望出来，这小尼姑似乎
全身隐隐发出圣洁的光辉。

此时令狐冲因救仪琳而身受重伤，仪琳见他伤势沉重，情急之
下，念诵《妙法莲华经·观世音普门品》为他祈祷，令狐冲并不信
仰佛教，听她为自己念经，初时是怀疑加戏谑的态度，笑问她若是
如此就能管用，只用诵佛，何须学武。仪琳并未与他争执，只是用
对教义的笃信和对爱慕之人的真心关怀，让令狐冲从戏谑到庄重相
待，甚至觉得似乎真有神光护耀、慈悲庇佑。

虽然小龙女和仪琳身上都有"禁欲"的设定，但所谓"圣女"，
其"圣洁"并非指肉身之无瑕、欲念之节制，而是着落在精神上。
所以，小龙女虽然被尹志平玷污，仪琳虽然曾被田伯光意图不轨，
但她们的"圣女"属性并未因之而改变。在《笑傲江湖》中，金庸
曾借仪琳之口，表明他的观点：

仪琳续道："这恶人伸手抓住我衣襟，说道：'你不上楼去陪我喝酒，我就扯烂你的衣服。'我没法子，只好跟他上去。这恶人叫了些酒菜，他也真坏，我说吃素，他偏偏叫的都是牛肉、猪肉、鸡鸭、鱼虾这些荤菜。他说我如不吃，他要撕烂我衣服。师父，我说什么也不肯吃，佛门戒食荤肉，弟子决不能犯戒。这坏人要撕烂我衣服，虽然不好，却不是弟子的过错。"

田伯光掳走仪琳，欲行非礼之事，如若他恶念得遂，哪怕对寻常女子而言，也是难以承受之事，何况仪琳还是受戒之身。但是，她并未为世俗的"名节"观念所绑架，菩提无树，不惹尘埃。而小龙女后来从"无情"到多情，仪琳对令狐冲有了作为尼姑不该有的爱恋，似乎也无损于她们心性的纯洁，她们的爱恋之情至真至纯，虽然百转千回、九死不悔，却从不奢望、不强求、不妄图占有。

在世人看来，小龙女与杨过的恋情是"不伦"的师徒恋情，而在小龙女自己看来，则是心之所向、志之所之。她不在意世人的看法，当黄蓉向她陈说利弊时，她虽不以为然，但想到杨过日后可能的处境和他敏感孤傲的性子，不由得愁肠百结，虽万般不舍，还是自行离去：

小龙女嗯了一声，不再言语，心想："郭夫人的话倒非骗我。将来他终究会气闷，要出墓来，那时人人都瞧他不起，他做人有何乐趣？我和他好，不知何以旁人要轻贱于他？想来我是个不祥之人了。我喜欢他、疼爱他，要了我的性命也行。可是这般反而害得他不快活，那他还是不娶我的好。那日晚上在终南山巅，他不肯答应要我做妻子，自必为此了。"反复思量良久，只听得杨过鼻息调匀，沉睡正酣，于是轻轻下地，走到炕边，凝视着他俊美的脸庞，中心栗六，柔肠百转，不禁掉下泪来。

次晨杨过醒转，只觉肩头湿了一片，微觉奇怪，见小龙女不在室中，坐起身来，却见桌面上用金针刻着细细的八个字道："善自珍重，勿以为念。"

后来小龙女选择在绝情谷主动离开杨过，情形也与此类似。当时小龙女重伤之后，又中剧毒，命在顷刻；杨过中了情花之毒，众人百计与公孙止、裘千尺相斗，方得到解药绝情丹，但杨过心中只存着"一颗绝情丹，救不得二人之命"的念头，随手便将这世上仅存的解药抛下了万丈深谷。小龙女深知杨过用情之深、性子之烈，自忖如若自己丧命在先，他定然随即殉情，绝不会苟活，那么哪怕再有解毒之法也是徒然。所以，她留书于石壁，中夜离去，跃下悬崖，始有十六年之别。

仪琳自结识令狐冲以来，情根深种，无由得脱。她的心中满是孺慕之思、眷念之情，但自知此情绝不能宣之于口、示之于人，所以，只能间或在一位又聋又哑的婆婆面前稍吐衷肠。这日，令狐冲为避奸邪耳目，恰巧扮作了这位婆婆，又恰巧被仪琳错认：

> 仪琳轻轻叹息，说道："哑婆婆，爹爹不明白我，仪和、仪清师姊她们也不明白我。我想念令狐大哥，只是忘不了他，我明知道这是不应该的。我是身入空门的女尼，怎可对一个男人念念不忘的日思夜想，何况他还是本门的掌门人？我日日求观音菩萨救我，请菩萨保佑我忘了令狐大哥。今儿早晨念经，念着救苦救难观世音菩萨的名字，我心中又在求菩萨，请菩萨保佑令狐大哥无灾无难，逢凶化吉，保佑他和任家大小姐结成美

满良缘，白头偕老，一生一世都快快活活。我忽然想，为什么我求菩萨这样，求菩萨那样，菩萨听着也该烦了。从今而后，我只求菩萨保佑令狐大哥一世快乐逍遥。他最喜欢快乐逍遥，无拘无束，但盼任大小姐将来不要管着他才好。”

　　她出了一会神，轻声念道：“南无救苦救难观世音菩萨，南无救苦救难观世音菩萨。”

金庸安排这个情节，是为了让令狐冲、让读者知道，仪琳在相思之中，有多少回环曲折、欲说还休。仪琳对令狐冲的爱，从世俗标准而言，是发心高洁的爱；但在仪琳而言，身为尼姑，却思慕世间男子，这是不容于佛门的“罪孽”。所以她所面对的不仅仅是相思的煎熬，还有内心的罪恶感。在这样的重压下，她所祈求的本来是“请菩萨保佑我忘了令狐大哥”——这是既能了脱相思，又能摆脱“罪孽”的最佳途径，可是求着求着，却成了“我只求菩萨保佑令狐大哥一世快乐逍遥”。

仪琳的爱，只回转在她的天地里。她用她的语言，说着好像与自己爱的诉求天差地远的事情，而那怜悯自身之苦、令狐冲之苦、天地间痴男怨女之苦的“南无救苦救难观世音菩萨”的吟哦，如此澄净，如此悲悯。

02

“圣女”之外，金庸又擅长写另一种截然相反的类型——“妖女”。所谓妖女，往往出身“邪魔外道”，她们相貌美艳，能力超群，又常常敢爱敢恨，不拘一格。她们与一般女子最大的区别在于基本没有道德包袱，甚至道德底线极低，行事天马行空，常有惊人之举。

如《笑傲江湖》的主角任盈盈，她出身日月教，虽然生性腼腆，面皮甚薄，但阅历识见超乎常人。又因长年濡染于枭雄、奸雄之间，心思手段也不类常人。譬如面对岳不群的面厚心黑，令狐冲念师门旧情，又向来不以恶意揣度他人，总在内心为岳不群开脱，也因此总是上他的恶当，被诬、被骗、被害不止一次。而任盈盈冷眼旁观，自然看得清清楚楚，她顾念令狐冲的情面，不便直接整治岳不群，但自有手段：

> 盈盈替岳不群割断绑缚、解开他身上被封穴道之时，背向令狐冲，遮住了他眼光，以丸药塞入岳不群口中，令狐冲也就没瞧见，只道她看在自己份上放了师父，心下甚慰。
>
> 岳不群鼻孔被塞，张嘴吸气，盈盈手上劲力一送，登时将那丸药顺着气流送入他腹中。
>
> 岳不群一吞入这枚丸药，只吓得魂不附体，料想这是魔教中最厉害的"三尸脑神丹"，早就听人说过，服了这丹药后，每年端午节必须服食解药，以制住丹中所裹尸虫，否则尸虫脱困而钻入脑中，嚼食脑髓，痛楚固不必言，而且狂性大发，连疯狗也有所不如。饶是他足智多谋，临危不乱，此刻身当此境，却也额上出汗如浆，脸如土色。
>
> 盈盈站直身子，说道："冲哥，他们下手太重，这穴道点得很狠，余下两处穴道，稍待片刻再解，免得他难以抵受。"令狐冲道："多谢你了。"盈盈嫣然一笑，心道："我暗中做了手脚，虽是骗你，却是为了你好。"过了一会，料知岳不群肠中丸药渐化，已无法运功吐出，这才再替他解开余下的两处穴道，俯身在他身边低声道："每年端午节之前，你上黑木崖来，我有解药给你。"

令狐冲的武功胜过岳不群后，还是屡屡着他的道。此时，任盈盈以彼之道，还施彼身，用"阴谋"来对付小人。猎人要跟豺虎周旋，自然是要比豺虎还要狡狯狠辣才行，用仁心、用说教，都是与虎谋皮、对牛弹琴。所以，我们看到任盈盈对岳不群的狡狯，自然感觉大快人心、恰到好处。有时候，只有"妖女"才能对付恶魔，保护君子。

其实，"志诚君子"与"妖女"的组合，在中国古典小说、戏曲里面，是一个经典组合。譬如《聊斋志异》之中的人与鬼、人与精怪的爱情，男子多为人，女子多为狐鬼妖精。他们之间的爱情，模样自然不同于世俗的爱情。

鬼，是脱离了世俗世界的幽魂；狐狸精等妖精，则是游荡于世间的欲以修行而成人的异类。她们的共同点是游离于人世的礼教、伦常、道德规范之外，不像人间女子，身上满是枷锁和包袱，行事总是受羁绊、被评判。所以，对待爱情，她们往往随心而行，自在无羁；看到心仪的人，也不会管身份有别、前途难言，想爱就爱了。由此可知，"妖女"虽"妖"，但作者对她们，其实是欣赏多过批评。"妖女"，是个性自由、灵魂自由的典范，她们虽有"妖"的身份，但"明媚如风，轻盈似箭"，自由来去，不落窠臼。

金庸笔下的"妖女"，也是江湖规矩、武林道德之外的"游魂野鬼"，金庸写她们跳脱的行事、不羁的灵魂，常常出彩。

《射雕英雄传》中，黄蓉被郭靖的师父"江南七怪"目为"小妖女"，比起郭靖，她确实更加剑走偏锋、不按常理出牌。《笑傲江湖》中，任盈盈被少林寺僧人、岳不群等人称为"妖女"，比起令狐冲的嘴上油滑、内心耿直，她确实是表面拘谨、内心不羁。

然而没有哪一部金庸小说像《倚天屠龙记》那样，出现了如此多的"妖女"：张无忌的母亲殷素素是"妖女"，而跟他有过感情关系的朱九真、殷离、赵敏、小昭、周芷若等人，也或多或少近乎"妖女"。

03

先说殷素素。殷素素是《倚天屠龙记》中最典型的妖女，因为俞岱岩的残废、张翠山的自刎、张无忌十年的动荡、屠龙刀的出没，无不与她有关。

殷素素这个人物，还是受到金庸的庇佑了的。

前期，她过于心狠手辣、气量狭窄、行事偏激、喜怒无常，不客气地说，殷素素，就是高配版温青青、成年版阿紫、歹毒版任盈盈[1]。而后期，她通过三点挽回了形象。

第一，她成为主角团成员，成为张翠山之妻、张无忌之母，这无疑增加了读者对她的好感度。第二，她主要的故事发生在冰火岛，时间跨度长达十年。冰火岛是远离江湖、远离社会关系的世外桃源，而殷素素跟张翠山在一起以后决意向善，做了母亲之后变化尤为明显。在远离尘滓的冰火岛，殷素素心中的戾气似乎也被涤荡一清。她连有幼崽的母鹿都不忍伤害，与过往判若两人了。第三，后期书中出现了赵敏这个人物，赵敏看起来和殷素素颇为相似，而其形象又塑造得十分出色，无形之中，读者也就爱屋及乌。

但是，殷素素其人，哪怕在"妖女"类人物中，也是偏狠辣的。

1《天龙八部》和《笑傲江湖》的创作时间晚于《倚天屠龙记》，此处是从读者视角而言。

当年，她抢屠龙刀，假扮张翠山杀龙门镖局七十二口，致使张翠山到处蒙冤背锅，十年未得清白。后来，殷素素洗心革面，行事风格大变。但十年后她回中原，见到了张翠山的师兄俞莲舟，在俞莲舟的视角看来，她行事还是很有"邪气"：

> 俞莲舟不再理她（殷素素），说道："五弟，少林派说你杀死临安府龙门镖局老小，又杀死了好几名少林僧人。此事是真是假？"

> 张翠山道："这个……"殷素素插口道："这不关他的事，都是我杀的。"

> 俞莲舟望了她一眼，目光中流露出极痛恨的神色，但这目光一闪即隐，脸上随即回复平和，说道："我原知五弟决不会胡乱杀人。为了这事，少林派曾三次遣人上武当山来理论，但五弟突然失踪，武林中尽皆知闻，这回事就此没了对证。我们说少林派害了三哥，少林派说五弟杀了他们数十条人命。好在少林寺掌门住持空闻大师老成持重，尊敬恩师，竭力约束门下弟子，不许擅自生事，十年来才没酿成大祸。"

> 殷素素道："都怪我年轻时作事不知轻重好歹，现下我也好生后悔。但人也杀了，咱们给他来个死赖到底，决不认帐便了。"

> 俞莲舟脸露诧异之色，向张翠山瞧了一眼，心想这样的女子你怎能娶她为妻。

不难看出，殷素素之"洗心革面"，其实并非出于自性之向善，而是因为觉得如果与张翠山事事抵牾，鸳偶难成，所以才"壮士断腕"，摒弃前尘，做了他的"贤妻"。

十年后，说起龙门镖局灭门之事，她说"现下我也好生后悔"，但这"后悔"之中，未必有多少对于生命的尊重、对过去的忏悔、对故吾的审视，更多的是觉得做了这件事情，给自己和身边之人带来了不少麻烦。她的应对方法，并非真心忏悔、努力弥补，而是打算拒不承认。这种行事风格，在侠客看来简直不可思议。

不过，十年的濡染，还是让殷素素的心性大有变化。当年，她和张翠山被谢逊所掳，上了他的座船，见到这样一番情形：

> 船上共有十六七名水手，但掌舵的艄公发号令时，始终是指手划脚，不出一声，似乎人人都是哑巴。殷素素道："亏你好本事，寻了一船又聋又哑的水手。"
>
> 谢逊淡淡一笑，说道："那又有何难？我只须寻了一船不识字的水手，刺聋了他们耳朵，再给他们服了哑药，那便成了。"
>
> 张翠山忍不住打了个寒战。殷素素拍手笑道："妙极妙极，既聋且哑，又不识字，你便有天大的秘密，他们也不会泄露。可惜要他们驾船，否则连他们的眼睛也可以刺瞎了。"张翠山横了她一眼，责备道："殷姑娘，你好好一位姑娘，何以也如此残忍？这是人间的大惨事，亏你笑得出？"殷素素伸了伸舌头，想要辩驳，但一句话说到口边，瞧了瞧他的面色，又缩了回去。

谢逊为防自己行踪泄露，将水手整治得又聋又哑，张翠山见之恻然战栗，而殷素素却拍手称赞。后来她看到张翠山态度认真、面色严峻，才无为已甚，缄口不言，但心中还是不以为然。此时他们的心性，明显有泾渭之别。但是数年之后，殷素素听谢逊讲述往事时，忽然有了恻隐之心：

> 谢逊道："我冒成昆之名做案，是要逼得他挺身而出，便算

他始终龟缩，武林中千百人到处查访，总比我一人之力强得多啊。"殷素素道："此计不错，只不过这许多人无辜伤在你的手下，在阴世间也是胡涂鬼，未免可怜。"

谢逊道："难道我父母妻儿给成昆害死，便不无辜么？便不可怜么？我看你从前倒也爽快，嫁了五弟九年，却学得这般婆婆妈妈起来。"

理智上，她依然觉得"此计不错"，但是感情上，她却不再赞同谢逊所为，能体惜别人的命运了。

殷素素回到中原之后，不久便在武当山自刎而死。但是，她在临死之前，还是发挥了一回"妖女"的夙智：

殷素素道："空闻大师，我只说给你一人听，请你俯耳过来。"这一着大出众人意料之外，尽感惊诧。空闻道："善哉，善哉！女施主若能早说片刻，张五侠也不必丧生。"走到殷素素身旁，俯耳过去。

殷素素嘴巴动了一会，却没发出一点声音。空闻问道："什么？"殷素素道："那金毛狮王谢逊，他是躲在……""躲在"两字之下，声音又模糊之极，听不出半点。空闻又问："什么？"殷素素道："便是在那儿，你们少林派自己去找罢。"

空闻大急，道："我没听见啊。"说着站直了身子，伸手搔头，脸上尽是迷惘之色。

殷素素冷笑道："我只能说得这般，你到了那边，自会见到金毛狮王谢逊。"

少林、昆仑等诸派人士，在张三丰百岁寿诞这日齐聚武当山。他们此行醉翁之意不在酒，不为贺寿，而是想向张翠山夫妇逼问谢逊的下落。这是张翠山夫妇悲剧的导火索，但追根究底，张翠山自刎，却并非因为此事。

当日，峨嵋派尚居中持正，而少林、昆仑、崆峒、华山等四派均怀敌意。武当派独对四派，其力难支，这时，张松溪忽然想到师父张三丰创立的"真武七截阵"。此阵威力强大，能以少敌多，需要功力相当的七人同使。武当七侠之中，二侠俞岱岩因十年前被大力金刚指所伤，久病在床，不良于行，而师兄弟们为全同门之谊，提议由他口传阵法给殷素素，如此，他虽不能出战，也可表武当七侠共同进退之意。对这一提议，殷素素自无异议。孰料，待她来到俞岱岩面前，刚一开口，就被俞岱岩听了出来：

> 只见俞岱岩喘气越来越急，苍白的双颊之上涌起了一阵红潮，低声道："五弟妹，请你过来，让我瞧瞧你。"殷素素身子发颤，竟不敢过去，伸手握住了丈夫之手。
>
> 过了好一阵，俞岱岩叹了口气，说道："你不肯过来，那也无妨，反正那日我也没见到你面。五弟妹，请你说说这几句话：'第一，要请你都总镖头亲自押送。第二，自临安府送到湖北襄阳府，必须日夜不停赶路，十天之内送到。若有半分差池，嘿嘿，别说你都总镖头性命不保，你龙门镖局满门，没一人能够活命。'"

俞岱岩之所以这般激动，是因为他惊觉，眼前的五弟妹就是十年前在他受伤时，把他送入龙门镖局的人。他后来落入不知名的歹人之手，被他们用大力金刚指捏断四肢，自是与这人脱不了干系。当年，情势未明时，他曾以为这人是路见不平，出手相助；后来反复回想，才意识到此人或许并非恩人，而是最初伤他的仇人：

　　殷素素脸色黯然，叹了口长气，说道："三哥，事到如今，我也不能瞒你。不过我得说明在先，此事翠山一直瞒在鼓里，我是怕……怕他知晓之后，从此……从此不再理我。"

　　俞岱岩静静的道："那你便不用说了。反正我已成废人，往事不可追，何必有碍你夫妇之情？你们都去罢！武当六侠会斗少林高僧，胜算在握，不必让我徒担虚名了。"

　　……殷素素道："三哥，其实你心中早已料到，只是顾念着和翠山的兄弟之义，是以隐忍不说。不错，那日在钱塘江中，躲在船舱中以蚊须针伤你的，便是小妹……"

　　……张翠山全身发抖，目光中如要喷出火来，指着殷素素道："你……你骗得我好苦！"

　　俞岱岩突然大叫一声，身子从床板上跃起，砰的一响，摔了下来，四块床板一齐压断，人却晕了过去。

以俞岱岩当日的武功会斗殷野王，本来稳操胜券。若非殷素素从旁暗算在先，殷野王背信毁约在后，他无论如何不会中毒昏迷，以致无法自主，命运操于他人之手，最后竟然四肢残废，苟活十年。而更让人感叹的是，他从旁人手上得到屠龙刀，本也是机缘巧合之事，他自己毫无争心，何以竟会为了一把刀，赔上半条命？千百个日日夜夜的切齿痛恨，也寻不到仇人的半分踪迹，忽然，她站到了自己面前，竟成了自己亲如骨肉、失踪十年后刚刚回归的师弟的妻子。

　　俞岱岩的伤心、痛苦、愤怒、无奈，作为异姓兄弟的张翠山，如何不懂？俞岱岩愤然自弃，说"武当六侠会斗少林高僧"，而殷素素则解剑递来，让张翠山刺死自己，"以全你武当七侠之义"。

　　这样的夹缝，谁也待不住。不杀她，自己枉为他的师弟，对不起多年同门之情；杀她，自己枉为人，对不起她"天上地下"誓死相随的深情。那么，张翠山只好杀死自己了。所以，他随即"横过长剑，在自己颈中一划，鲜血迸溅，登时毙命"。

04

殷素素见此情形，已经决意要殉情了。此时，她撒了人生中最后一个谎：叫少林寺方丈空闻过来，假装只给他一人讲了谢逊的下落——其实，她只是嘴唇微动，却未发音。空闻，空闻，空担了闻见秘密的虚名。这个安排，好不讽刺。

张无忌刚刚归来，就看到父亲惨死，母亲自尽于自己面前。殷素素死前，给张无忌留下了最后的嘱托：

> 她抱着无忌，低声道："孩儿，你长大了之后，要提防女人骗你，越是好看的女人越会骗人。"将嘴巴凑在无忌耳边，极轻极轻的道："我没跟这和尚说，我是骗他的……你瞧你妈……多会骗人！"说着凄然一笑，突然间双手一松，身子斜斜跌倒，只见胸口插着一把匕首。原来她在抱住无忌之时，已暗用匕首自刺，只是无忌挡在她身前，谁也没有瞧见。

一日之中，夫妇俱死，兄弟离别，师徒永诀，全家离散。其实，这个悲剧，殷素素与其说是承受者，不如说更是制造者。她的一生，本来就被谎言贯穿。

第一个大谎，骗的是天下人。她乔装成张翠山，杀了龙门镖局满门七十二口。这个谎，不仅让张翠山背上骂名，还让他多年自责。以前世人皆目张翠山为凶手，后来二人成亲，夫妻一体，妻子的债，似乎也成了他的债，再辩白也没有了意义。第二个大谎，骗的是张翠山。殷素素是害俞岱岩的凶手，她与张翠山成亲后，担心坦白后影响二人关系，就一直隐瞒。直到再也瞒不住，直接赔出两条性命。第三个大谎，骗的不是空闻，而是张无忌。不错，张无忌才是她骗的最后一个人，对空闻，那只是陷害而已。

张无忌此前被蒙古人掳走，在张翠山自尽之后，张三丰忽见其人带张无忌从窗外掠过，随即出手救下张无忌。可惜，张无忌虽脱险境，看到的却是父亲的尸体和母亲自尽的场面。

殷素素骗了张无忌什么呢？她说"你别心急报仇，要慢慢的等着，只是一个也别放过"，言下之意，眼前的一干人才是仇人，自己一家的悲剧都是他们导致的。张翠山已经死在她的面前，她却仍然认为罪魁祸首是别人，自己完全无辜。所谓的十年来的日夜悬心，只不过是怕真相戳破后张翠山会与她反目，绝非良心发现，内疚后悔。

所有的反社会者都是如此：他们习惯将悲剧的罪尤归于旁人，总觉得自己是被逼的。

由是，她给张无忌的生命覆上了无从躲避的阴影：父母惨死在他的面前，少林派等各大派首脑是凶手——这阴影，一是痛苦，二是仇恨。半个江湖的人都是他的"仇人"，这仇让一个十岁的孩子怎么报？而一个父母双亡、背负仇恨长大的孩子，还能踏上光明之路吗？

这些事情，都已不在殷素素的考虑范围之内了。她留给张无忌两个嘱托，第一是让他记住仇人，以俟日后报仇。第二是嘱托他："孩儿，你长大了之后，要提防女人骗你，越是好看的女人越会骗人。"

第一个嘱托很沉重。好在张无忌禀性慈和，心怀仁厚，在当时，他就回答"我不要报仇，我要爹爹活转来"，长大后，哪怕武功大成，有报仇之力，他也从未想过报仇，而是以德报怨，救度世人。

第二个嘱托，却似乎预言了张无忌一生的命运：自从他长大，就被漂亮的女人骗个不停。其实，十岁时，他妈妈说报仇一事时，他就入彀了：

> 无忌扑到母亲身上，大叫："妈妈，妈妈！"但殷素素自刺已久，支持了好一会，这时已然气绝。无忌悲痛之下，竟不哭泣，瞪视着空闻大师，问道："是你杀死我妈妈的，是不是？你为什么杀死我妈妈？"

空闻没有杀殷素素，反而被殷素素的移祸江东之计害得甚苦。但是在张无忌的眼中，他直如凶手。殷素素的第一个嘱托，其实正是第二个嘱托的例证：她直接演绎了"漂亮的女人"如何骗人——这是金庸埋下的一个伏笔。

为何张无忌后来总被各式女人骗？因为骗与被骗，就是母亲与他之间独特的"温情"，母亲留下的遗言，竟然也是一句谎言。后来，他喜欢的女子，即所谓的心目中的"理想伴侣"，其实身上多多少少都有他妈妈的影子。

张无忌第一个爱上的女子叫朱九真。她美艳过人，张无忌对她一见钟情，孽缘就此而生。

这是张无忌一场青春的发热。张无忌明知她美好的皮囊之下是庸俗的灵魂，也知道她对自己不屑一顾，却还是情深一往，死不回头。张无忌每次见到朱九真，都是神魂颠倒，不能自已，而金庸也着意描写朱九真在他眼中魅惑式的美：

　　张无忌和她正面相对，胸口登时突突突的跳个不住，但见这女郎容颜娇媚，又白又腻，斗然之间，他耳朵中嗡嗡作响，只觉背上发冷，手足忍不住轻轻颤抖，忙低下了头，不敢看她，本来是全无血色的脸，蓦地里涨得通红。

　　那女郎笑道："你过来啊。"张无忌抬头又瞧了她一眼，遇到她水汪汪的眼睛，心中只感一阵迷糊，身不由主的便慢慢走了过去。

这不是对等的邂逅，看起来像是受到有毒之物致命的吸引。后来，他似乎熬出了些希望：朱九真的父亲朱长龄忽然说张翠山是自己全家的恩公，朱长龄为报"恩公"之德，还差点被假冒的谢逊打死，张无忌看不过眼，说出了自己真实的身份。

这以后，朱九真态度大变，忽然温柔体贴，百依百顺。如在云端的日子没过多久，张无忌偶然发现了真相：朱长龄一场筹谋，炬天一火，千金之费，只为了骗自己带着他去找谢逊，为的，自然是屠龙刀。而朱九真的柔情，自然也是假装的，他偶然听到的才是真话，"等你取到屠龙刀后，我可要将这小鬼一刀杀死"。已经知道真相的他俯身草中躲避朱氏一干人搜捕，又目睹了一场闹剧：

　　朱长龄凝思片刻，突然大声喝道："真儿，你到底怎地得罪了无忌兄弟，害得他三更半夜的不告而别？"朱九真一怔。朱长龄忙向她使个眼色，张无忌伏在草丛之中，却将这眼色瞧得清清楚楚。

　　朱九真会意，便大声道："我跟他开玩笑，点了他的穴道，哪想到无忌弟却当了真。"说着纵声叫道："无忌弟，无忌弟，你快出来，真姊跟你赔不是啦。"声音虽响，却仍是娇媚婉转，充满了诱惑之意。她叫了一会，见无动静，忽然哭了起来，说道："爹爹，你别打我，别打我。我不是故意得罪无忌弟啊。"朱长龄举掌在自己大腿上力拍，劈拍作响，口中大声怒喝。朱九真不住口的惨叫，似乎给父亲打得痛不可当。

从头到尾，朱九真的"演技"都很俗滥，但一直以来张无忌愿意信，那是他青春里的第一次冲动，也是命运在数年后给出的回响：越漂亮的女人，越会骗人。

其实，朱九真是颇像他母亲的人：一般的心狠手辣，一般的美艳骄傲，只是，殷素素似乎更加深情。张无忌后来还有不少的际遇，但他再没有了这样的神魂颠倒、念兹在兹。

他生命中的第二个女子是表妹殷离。二人相遇时，并不知道彼此的真实身份，他自称曾阿牛，她自称蛛儿。张无忌从悬崖摔下，断了腿，动弹不得，偶然认识了这个相貌丑陋的"村女"。虽然她言辞刻薄、性情偏激，他却觉得她很亲近。

蛛儿是殷素素的亲外甥女，性情与殷素素确有相似之处，都是偏激、狡狯而深情。她吸引张无忌的，也正是这几点。同样悲苦的成长经历，再加上一场同生共死的际遇，让他们许下了白首之约。

张无忌与殷离之间其实从来没有少年男女间纯然的怦然心动，有的，只是命运悲苦的人的互相取暖，因缘际会之下共同面对生死之境的互相扶持。

05

和殷素素相似之处最多的，是赵敏。

张翠山与殷素素初次见面时，殷素素是男装打扮，但她面貌秀美，张翠山一望便知她并非男性：

> 舟中书生站起身来，微微一笑，拱手为礼，左手向着上首的座位一伸，请客人坐下。碧纱灯笼照映下，这书生手白胜雪，再看他相貌，玉颊微瘦，眉弯鼻挺，一笑时左颊上浅浅一个梨涡，远观之似是个风流俊俏的公子，这时相向而对，显是个女扮男装的妙龄丽人。

而张无忌和赵敏初次见面时，赵敏也是男装打扮。金庸写赵敏"握着扇柄的手，白得和扇柄竟无分别"，这与描写殷素素"手白胜雪"如出一辙。赵敏双目炯炯有神，而殷素素最初触动张翠山的也是其目光的明澈。

二人都是相貌清丽，不过相比之下，赵敏似乎更具英气。张翠山第二次见殷素素时，她改换了女装，穿淡绿衣衫：

> 张翠山心中怦怦而跳，定了定神，走到大柳树下，只见碧纱灯下，那少女独坐船头，身穿淡绿衫子，却已改了女装。

而张无忌从绿柳山庄出而复返，第二回见赵敏时，她也改换了女装，而且，她穿的竟也是"嫩绿绸衫"：

> 张无忌直冲后园，抢到水阁，只见一个身穿嫩绿绸衫的少女左手持杯，右手执书，坐着饮茶看书，正是赵敏。这时她已换了女装。

改换女装是什么意思呢？在《射雕英雄传》中，郭靖初见黄蓉时，黄蓉就是女扮男装的，但是黄蓉扮的是小乞丐，不是公子哥儿。郭靖和她吃吃喝喝，谈天说地，也没有看出眼前邋邋落魄的"小乞丐"其实是个清丽不可方物的姑娘。后来，黄蓉约郭靖在湖边相见，就是以本来面目出现：

> 突然身后有人轻轻一笑，郭靖转过头去，水声响动，一叶扁舟从树丛中飘了出来。
>
> 船尾一个女子持桨荡舟，长发披肩，全身白衣，头发上束了条金带，白雪一映，更是灿然生光。郭靖见这少女一身装束犹如仙女一般，不禁看得呆了。那船慢慢荡近，只见那女子方当韶龄，不过十五六岁年纪，肌肤胜雪，娇美无比，容色绝丽，不可逼视。

黄蓉与郭靖相识后，见他朴拙稳重、敦厚赤诚，已经芳心暗许，但郭靖不疑有他，一直把她当成"黄贤弟"。此时黄蓉换作女装，有"摊牌"之意，自然也有表白之意。而殷素素与张翠山、赵敏与张无忌，当时还是云山雾罩、暗存敌意的对峙关系，改换女装并非表白，更多的是挑逗之意。看到女装打扮的丽人，张翠山和张无忌的反应也很类似：一半是心旌摇荡，一半是惕然自省，因为对他们而言，对方既有吸引力，又显然并非同道中人。

赵敏与殷素素的相似非止于此。她们都是重情之人，而她们爱上的，也都是自己的对头。最终，她们也都为了心上人，主动改换立场。

在爱情经历方面，金庸为二人都安排了"海岛奇遇"。殷素素和张翠山被谢逊所掳，漂流北溟，到了冰火岛；赵敏和张无忌则同赴灵蛇岛。在海上，他们均有种种奇遇，生死攸关之时，彼此情定心许。

周芷若又何尝没有像殷素素之处？她与张无忌，譬若张翠山与殷素素，都是一"正"一"邪"，有身份的沟壑；都是情缘深长，几番曲折。而周芷若自己也和殷素素一样，是善于"骗人"的。

可以说，张无忌的五段情缘，其对象都有"妖女"的特质，而除了"丑陋"的殷离，其余四个"漂亮"的女子都骗过张无忌。

朱九真撒谎，是为了屠龙刀；赵敏撒谎，是为了和当时是敌人的张无忌相斗；小昭撒谎，是为了掩盖自己的身份，找乾坤大挪移心法；周芷若撒谎，是为了既得到张无忌的心，又得到屠龙刀。

甚至，和张无忌渊源颇深、在连载版中最初被设定为主角的杨不悔，也曾经骗过他：

> 杨不悔两次要杀那小鬟，都受到他的干预，厉声道："无忌哥哥，你和这丫头是一路的吗？"张无忌奇道："她是你的丫鬟，我刚才初见，怎会和她一路？"杨不悔道："你既不明内情，那就别多管闲事。这丫鬟是我家的大对头，我爹爹用铁链锁住她的手足，便是防她害我，此刻敌人大举来袭，这丫头要趁机报复。"
>
> 张无忌见这小鬟楚楚可怜，虽然形相奇特，却绝不似凶恶之辈，说道："姑娘，你可有趁机报复之意么？"那小鬟摇了摇头，道："决计不会。"张无忌道："不悔妹妹，你听，她说是不会的，还是饶了她罢！"
>
> 杨不悔道："好，既然是你讲情，啊哟……"身子一侧，摇摇晃晃的立足不定。张无忌忙伸手相扶，突然间后腰"悬枢""中枢"两穴上一下剧痛，扑地跌倒。原来杨不悔嫌他碍手碍脚，赚得他近身，以套在中指上的打穴铁环打了他两处大穴。她打倒张无忌后，回过右手，便往那小鬟的右太阳穴上击了下去。

张无忌一遇"漂亮的女人"，就要上当，但是每次上了当，付出了代价，都不长记性。而且，他也并没有因此真正深恨过谁。

长大后，张无忌曾经也思考过，他的母亲是个什么样的人：

> 他突然醒转，脑海中猛地里出现一些从来没想到过的疑团："妈妈为什么这般喜欢让人受苦？义父的眼睛是她打瞎的，俞三伯是伤在她手下以致残废的，临安府龙门镖局全家是她杀的。妈到底是好人呢，还是坏人？"
>
> 望着天空中不住眨眼的星星，过了良久良久，叹了一口气，说道："不管她是好人坏人，她是我妈妈。"心中想着："要是妈妈还活在世上，我真不知有多爱她。"

金庸小说中，杨过、令狐冲、胡斐、袁承志都是少孤之人，其中，杨过又与张无忌相类，都是十岁上下母亲去世，但是，除了张无忌，金庸从来没有着力刻画过少孤的男主角对母亲的思念。

为何如此？因为，关于亲子关系，金庸小说的重要母题，是"父与子"和其中牵扯的"复仇"故事。但是在《倚天屠龙记》中，对张无忌而言，母亲的影响比父亲要大得多。母亲的"邪教妖女"身份、母亲的性情、母亲造的业和付出的爱，影响了张无忌的一生。

一个人的母亲，本就是他面对世界的标杆。殷素素曾经给过张无忌完整的爱，所以张无忌长成了宽和而不争的人；但同时，殷素素也不是真正意义上的好人，这让张无忌对善恶的标准并不那么执着。这种状态，进一步，就是慈悲；退一步，就成了善恶不分。还好，他人生中还有另一派精神导师们——父亲、太师父、师伯、师叔。武当派的这种侠义精神，为张无忌的人生把稳了舵。

06

为何金庸要写这种"志诚君子"与"妖女"的恋爱呢？

首先，从叙事逻辑而言，主要人物的相反个性，能够给叙事带来更强的张力。性情不同的两个人，在因相悦而同心的同时，面对世事又有各自的想法和选择，这种同而不同，或者从矛盾慢慢走向和谐的过程，更能满足读者的阅读期待。

譬如《射雕英雄传》中，有这样一段情节：

> （黄蓉）见傻姑纯朴的脸上露出微笑，说道："傻姑不说。"黄蓉心念忽动："这姑娘如此呆傻，只怕逢人便道：'他两个躲在橱里吃西瓜，傻姑不说。'只有杀了她，方无后患。"
>
> 她自小受父亲熏陶，什么仁义道德、正邪是非，全不当一回事，虽知傻姑必与曲灵风渊源甚深，但此人既危及郭靖性命，再有十个傻姑也得杀了，拿起从郭靖腰间拔出的那柄匕首，便要出橱动手。
>
> 黄蓉向外走了两步，回过头来，只见郭靖眼光中露出怀疑神色，料想是自己脸上的杀气被他瞧了出来，心想："我杀傻姑不打紧，靖哥哥好了之后，定要跟我吵闹一场。"又想："跟我吵闹倒也罢了，说不定他终身不提这回事，心中却老是记恨，那可无味得很了。罢罢罢，咱们冒上这个大险就是。"

此时，郭靖身受重伤，亟待找到安静的处所疗伤。黄蓉想到牛家村的密室正堪其用，但此时，曲灵风的女儿傻姑却成了隐患，傻姑因智力缺陷胸无城府、口无遮拦，极有可能对相干人士透露靖蓉二人的秘密。

为了郭靖的安全，黄蓉狠心起来，本拟将懵懂的傻姑杀了，但郭靖起了疑心，黄蓉想到自己和他还要情好一世，不能因此留下心结，所以息心转念，泯灭了杀机。

郭靖只是露出怀疑的神色，黄蓉就甘心冒生命危险，改变原先的计划。他们固然三观不同，但在三观有别的基础上，仅因一个表情、一个念头，就能化不同为同，正显出黄蓉对郭靖的情深。

金庸很善于写"妖女"和"志诚君子"在一起时，那种"冲突"的和谐感：

> 黄蓉道："你听我话，咱们在这儿多玩一阵，不用着急。"郭靖道："他说十二个时辰之内不服药，就会残废的！"黄蓉道："那就让他残废好了，又不是你残废，我残废。"郭靖"啊"的一声，跳起身来，道："这……这……"脸上已现怒色。
>
> 黄蓉微笑道："不用着恼，我包你有药就是。"郭靖听她言下之意似是十拿九稳，再者自己也无别法，心想："她计谋武功都远胜于我，听她的话一定错不了。"只得暂且放宽胸怀。黄蓉说起怎样把黄河四鬼吊在树上，怎样戏弄侯通海，两人拊掌大笑。
>
> 眼见暮色四合，渐渐的白雪、湖水、梅花都化成了朦朦胧胧的一片，黄蓉慢慢伸出手去，握住了郭靖的手掌，低声道："现今我什么都不怕啦。"郭靖道："怎么？"黄蓉道："就算爸爸不要我，你也会要我跟着你的，是不是？"郭靖道："那当然。蓉儿，我跟你在一起，真是……真是……真是欢喜。"

郭靖须在十二个时辰之内，为王处一找到解毒的药，而此前又遭杨康所阻，四下寻找皆无所获，所以他心中忧急，手足无措。此时，黄蓉竟然表现得漠不关心、玩世不恭，郭靖自然心中不悦。这是他们的第一次情动，第一次相融，也是第一次冲突。而这本是基于价值观差异而产生的极大分歧，不意却在二人互相信任、互相包容的温情中，悄然化解了。郭靖觉得"她计谋武功都远胜于我，听她的话一定错不了"，而黄蓉觉得"现今我什么都不怕啦"。情不知所起，一往而深，它是彼此看见、彼此相信，是不可言喻的彼此依赖。

元人管道昇的《我侬词》说：

> 你侬我侬，忒煞情多。情多处，热似火。把一块泥，捻一个你，塑一个我。将咱两个，一齐打破，用水调和。再捻一个你，再塑一个我。我泥中有你，你泥中有我。我与你生同一个衾，死同一个椁。

这是一首关于男女爱情的作品。而"妖女"和"志诚君子"的相爱，也可以套用她的句子，是"将咱两个，一齐打破，用水调和。再捻一个你，再塑一个我"，这调和重塑的过程，其中的碰撞、曲折、融合，正是小说精彩处、感人处。

其次，从情节表现来说，主角鲜明的个性差异，自然容易引出激烈的矛盾冲突。

譬如张翠山，既是典型的正人君子，亦有少年意气；而殷素素，既是不受道德束缚的妖女，又是春心初发的少女。二人之间，既有"邂逅相遇，适我愿兮"的怦然心动，又伴随着处处抵牾、时时紧绷的矛盾感：

> 那少女秀眉一扬，道："你说我杀错了人？难道发梅花镖打我的不是少林派的？难道龙门镖局不是少林派开的？"张翠山道："少林门徒遍于天下，成千成万，姑娘臂上中了三枚镖，难道便要杀尽少林门下弟子？"

那少女辩他不过，忽地举起右手，一掌往左臂上拍落，着掌之处，正是那三枚梅花镖的所在，这一掌下去，三镖深入肉里，伤得可就更加重了。

张翠山万料不到她脾气如此怪诞，一言不合，便下重手伤残自己肢体，她对自身尚且如此，出手随便杀人自是不在意下了，待要阻挡，已然不及，急道："你……你何苦如此？"只见她衫袖中渗出黑血。张翠山知道此时镖伤甚重，她内力已阻不住毒血上流，若不急救，立时便有性命之忧，当下左手探出，抓住了她的左臂，右手便去撕她衫袖。

张翠山上殷素素的船，是为相询俞岱岩受伤之事，但其中，也有心仪殷素素而想要与之亲近的原因。可是二人一交谈，无论是身份、立场、价值观，都是截然相对，看起来其情难谐。张翠山得知殷素素就是龙门镖局惨案的始作俑者，心中愤怒，言语之间也有不忿之意，而殷素素毫不"受教"，一言不合就自残肢体，将带毒的梅花镖深深拍入手臂。

这一情节出人意表，进一步表现了殷、张二人的性格冲突，且将张翠山置入矛盾的境地：理性上，他嫌恶殷素素的残忍偏激，感性上，他又牵心于她的一颦一笑。这种矛盾而真实的情感，就这样跌跌撞撞、磕磕绊绊地茁壮了起来。比之一见倾心、不言自明的爱情故事，也另有一番韵味。

在"妖女"和"君子"终成眷属之后，他们也并不会因为情意相投、相处日久而变得一模一样，这时，便会在相似之中有不似。譬如殷素素和张翠山听谢逊讲与空见对赌之事：

　　"我心灰意懒之下，恶念陡生，说道：'罢了，罢了！此仇难报，我谢逊又何必活于天地之间？'提起手来，一掌便往自己天灵盖拍下。"

　　殷素素叫道："妙计，妙计！"张翠山道："为什么？"随即醒悟，说道："噢，可是如此对付这位有道高僧，未免太狠了。"原来他也已想到，谢逊拍击自己的天灵盖，空见自会出声喝止，过来相救。谢逊乘他不防，便可下手。张翠山聪明机伶本不在妻子之下，只是平素从不打这些奸诈主意，因此想到此节时终究慢了一步。

谢逊的计策是佯装自杀，引空见出手，以乘机偷袭，故事悬念还未揭破，殷素素就大赞妙计，而张翠山却是先疑后悟。金庸点出：二人智力相侔，但是心性有别，所以面对狡计，一敏一钝。你与我协奏成和弦，但是，你也仍是你，我也仍是我。

　　再次，从金庸小说体现的爱情观来说，他赞同的，是爱情中的互补。

　　以一般观点说来，张无忌和赵敏，一个毫无城府，一个妙擅权谋；一个宽容无猜，一个狡狯机敏；一个平和仁慈，一个激烈深情，二人之间，确实大不相同，看起来，他们注定情路多舛。但在金庸笔下，比起相似的情侣，互补的情侣更有可能相知相伴。

　　譬如令狐冲和任盈盈，二人间的身份差异、门派分歧，并没有成为情路上的天堑，因为那《有所思》琴曲之中相知的深情，以及二人在基本价值观上的相近，使得他们终于琴瑟和谐。

　　在江湖的腥风血雨中，任盈盈"邪魔外道"的法子又往往成为被道德和仁义掣肘的令狐冲的臂助：

　　　　令狐冲与桃谷六仙相处日久，深知他们为人，寻思："今日桃谷六仙所说的话，句句击中左冷禅的要害。他六兄弟的脑筋怎能如此清楚？多半暗中另行有人指点。"……令狐冲转过头来，向西首瞧去，耳中忽然传来细若蚊鸣的声音："冲哥，你是在找我吗？"

令狐冲又惊又喜，声音虽细，但清清楚楚，正是盈盈的声音。他微微侧头，向声音来处瞧去，只见一名身材臃肿的虬髯大汉倚在一块大石之旁，懒洋洋的伸手在头上搔痒。在这嵩山绝顶之上，如这般的虬髯大汉少说也有一二百人，谁都没加注意，令狐冲略一凝神，突然从那大汉的眼光之中，看到了一丝又狡狯又妩媚的笑意。他大喜之下，向她走去。

在嵩山并派大会上，令狐冲已有技压群雄之能，但囿于对奸邪之人存君子之仁，总是受制于左冷禅和岳不群。而任盈盈明知此会自己不宜现身，还是改装易容成一个虬髯大汉，授意桃谷六仙胡搅蛮缠，以暗中相助令狐冲。

正道人士有时候会痛斥小人们喜欢使"狡狯伎俩"，但有时候，"狡狯伎俩"正是克制奸邪之人的最好法子，以毒攻毒，正合其宜。"妖女"，往往是"君子"的盔甲。

而"妖女"自己也不是顽石一块，她们有"奸恶"处、狡猾处、刚强处，但在刚强难化之中，偶尔透出一丝缠绵婉转、似水柔情，则让人不免心动：

赵敏既不惊惧，也不生气，只怔怔的向张无忌望了一阵，眼光转到殿角两块金光灿烂之物，原来她伸倚天剑去划周芷若的脸时，张无忌掷进一物，撞开她剑锋，那物正是她所赠的黄金盒子。倚天剑锋锐无伦，一碰之下，立时将金盒剖成两半。

她向两半金盒凝视半晌，说道："你如此厌恶这只盒子，非要它破损不可么？"

张无忌见到她眼光中充满了幽怨之意，并非愤怒责怪，竟是凄然欲绝，一怔之下，甚感歉疚，柔声道："我没带暗器，匆忙之际随手在怀中一探，摸了盒子出来，实非有意，还望姑娘莫怪。"赵敏眼中光芒一闪，问道："这盒子你随身带着么？"张无忌道："是。"见她妙目凝望自己，而自己左臂还搂着周芷若，脸上微微一红，便松开了手臂。

此时，赵敏还是张无忌的大对头，是小说中的大反派。她生擒六大派高手，扫荡少林寺，挑衅武当派，又数骗张无忌，城府何其深，谋略何其厉害。每次出场，她都是呼风唤雨，得心应手，几曾有过失意的彷徨、无助的低落？但是，强者的脆弱、"坏人"的伤心，却往往自有其意味。赵敏眼中的幽怨凄然，对张无忌而言，一时间胜过千言万语。

从正邪而言，"妖女"是反派，"君子"是正派；从道德而言，"妖女"是恶人，"君子"是善人。但是，在爱情的天地里，有时候，"妖女"却比"君子"更真挚、更深情、更自由。而爱情，本就应是照亮情性的光、脱离羁绊的舞。

《倚天屠龙记》中的"妖女"，既是悲剧的制造者，也是因果的承受者；既是不屑于社会规则的局外人，也是虔诚于爱情的殉道者。"人生自是有情痴，此恨不关风与月"，"妖女"之爱，其"变徵"之音，自有一番凄黯动人。

《天龙八部》：
金庸小说的巅峰之作

01

金庸小说中，哪一部称得上"巅峰之作"呢？

要是论人物的鲜活、笔力的冷静、寄托的深厚，当推《笑傲江湖》；要是论思想的深度、写法的奇崛、超越自我的魄力，当推《鹿鼎记》；而如果要论质感的厚重、人物的多变、底蕴的丰富、表现的奇伟，则当推《天龙八部》。

"天龙八部"一词本是佛教术语。金庸在《天龙八部》一书正文之前，特立《释名》一节，他解释"天龙八部"一词道：

> "天龙八部"都是"非人"，包括八种神道怪物，因为以"天"及"龙"为首，所以称为"天龙八部"。八部者，一天，二龙，三夜叉，四乾达婆，五阿修罗，六迦楼罗，七紧那罗，八摩呼罗迦。

在《释名》一文中，金庸简要介绍了佛经中"天龙八部"包含的八种神道的特点，却并未指明它们与书中人物有何关系。但是，通过将《释名》篇与《天龙八部》的故事相对照，我们也能大略找到答案。

譬如"天"，《释名》介绍道：

"天"是指天神。在佛教中，天神的地位并非至高无上，只不过比人能享受到更大、更长久的福报而已。佛教认为一切事物无常，天神的寿命终了之后，也是要死的。天神临死之前有五种征状：衣裳垢腻、头上花萎、身体臭秽、腋下汗出、不乐本座（第五个征状或说是"玉女离散"），这就是所谓"天人五衰"，是天神最大的悲哀。帝释是众天神的领袖。

读罢《天龙八部》，我们不难发现，"天"对应的是全书最有英雄气概、最具悲剧感的人物萧峰。萧峰不仅武功高强，能力超群，在江湖中享有盛誉，且其风范气度、身手见识，都远超侪辈，宛若天人。

可是，天神终有一死，英雄竟也末路，金庸写萧峰就是从他的人生低谷写起。身为丐帮帮主、武林一流高手的他，一出场，就面临着阴谋、背叛、身世疑团、杀父之仇。

他奋力挣扎，左冲右突，却遭遇到更大的困境，当年的知情人一一死去，他也莫名背负上弑父、弑母、弑师三大恶名。聚贤庄上，他与中原群豪割袍断义，杯酒绝交，生死相斗，身负重伤，命悬一线。

金庸对萧峰不可谓不狠，但哪怕在这种极惨酷的处境中，萧峰却依然能回旋天地。在宋朝待不下去了，他就远走他乡，先识得了完颜阿骨打，又救了辽帝耶律洪基；从丐帮帮主的位子上被人撵下，不久又成为辽国的南院大王，真可谓"力能排天斡九地，壮颜毅色不可求"。

萧峰的结局，正是"天神之死"的写照，所谓"衣裳垢腻、头上花萎、身体臭秽、腋下汗出"，都可以看作萧峰被诬陷、被误解、被泼脏水的写照，尤其是"不乐本座"一项，更是十分相符。

所谓"不乐本座"，指天神本来过着安乐的生活，但是到了命终之时，却不安于座，甚至厌倦不已。萧峰在辽国高居南院大王之位，又是耶律洪基的义弟，深受荣宠，生活十分安逸。可是后来耶律洪基执意要攻打宋朝，准备任命萧峰为先锋大将，还许诺若攻宋凯旋，即封他为"宋王"。但萧峰以天下之心为心，以生民之命为命，即使深知帝王之逆鳞不可犯，依然直言不愿领命：

> （萧峰）耳听得那使者和阿紫的脚步声慢慢远去，终于不再听闻，又想到耶律洪基命他伐宋的旨意。
>
> "……我如坚不奉诏，国法存何？适才在南郊争执，皇上手按刀柄，已启杀机，想是他顾念君臣之情，兄弟之义。这才强自克制。我如奉命伐宋，带兵去屠杀千千万万宋人，于心却又何忍？何况爹爹此刻在少林寺出家，若听到我率军南下，定然大大不喜。唉，我抗拒君命乃是不忠，不顾金兰之情乃是不义，但若南下攻战，残杀百姓是为不仁，违父之志是为不孝。忠孝难全，仁义无法兼顾，却又如何是好？罢，罢，罢！这南院大王是不能做了，我挂印封库，给皇上来个不别而行，却又到哪里去？莽莽乾坤，竟无我萧峰的容身之所。"

他觉得若是在其位不谋其政，可谓不忠，而为了自身之功名得失去侵宋，则是对天下人不义，又见耶律洪基已动杀机，左思右想，本拟抽身早退，挂冠而去，却不料还是落入了陷阱。

金庸谓"天人五衰"是天神最大的悲哀，而萧峰之死，也是金庸小说中最悲剧性的情节之一。他若不救来解救他的丐帮诸人，有负天下人；与耶律洪基为敌，是不忠于父母之邦的领袖、自己结义的义兄，有负家国和金兰之契。而"俯仰无愧"一事，是萧峰立于天地间的根本，所以，处于忠义夹缝中的他，只能结果了自己的性命。

02

在小说中，萧峰（乔峰）与慕容复并称，人谓"北乔峰，南慕容"。慕容复有婢如阿朱、阿碧，顾盼有情，兰心蕙质；有家臣如邓百川、风波恶，武功高强，可独当一面；慕容家的还施水阁，广聚天下武学典籍；慕容家的故事，更是被江湖人说成了传奇。

铺垫至此，我们甚至会觉得，或许慕容复的本事，比萧峰还胜一筹。

萧峰只因见了他的家臣邓百川、风波恶等人的风度，就以君子之心度人，神思飞越，认为慕容复是个可交的朋友。因此，后来在少林寺中查访时，他受几大高手围攻，连累潜入少林寺偷《易筋经》的阿朱受伤，只因念着这是"朋友"慕容复家的丫鬟，便觉怎么也不能让她无故丧命。萧峰单刀赴聚贤庄之会，固然有英雄孑立、独抗命运的冲动，但起因毕竟是要替阿朱向薛神医求治。

这一番拼命，慕容复半点没放在心上，倒是萧峰自己收获了一位在绝境中依然相信他、体惜他、陪伴他的生死知己。

后来，等到慕容复真正出场，我们才发现，他与萧峰万万不能相匹。而慕容家实际上还是萧峰的大仇人。当年，正是慕容博假传信息，使得大宋二十一名高手埋伏雁门关外，准备伏击意欲偷盗少林寺秘笈的契丹武士，而偶然路过此地的萧远山一家，不幸坠入了修罗场。

世事弄人，三十年间，假死的慕容博和跳崖未死的萧远山均潜藏于少林寺中。到了第四十二回《老魔小丑，岂堪一击，胜之不武》，金庸才揭开慕容博和萧远山的真实身份，而萧峰和慕容复也才真正交手：

> 原来萧峰见慕容复猛扑而至，门户大开，破绽毕露，料想段誉无形剑气使出，一招便取了他性命，万没想到段誉竟会在这当儿住手，慕容复来势奇速，虽以萧峰出手之快，竟也不及解救那一笔之厄。但慕容复跟着使出那一招"大海捞针"时，萧峰便即出手，一把抓住他后心的"神道穴"。本来慕容复的武功虽较萧峰稍弱，也不至一招之间便为所擒，只因其时愤懑填膺，一心一意要杀段誉，全没顾到自身。萧峰这一下又是精妙之极的擒拿手法，一把抓住了要穴，慕容复再也动弹不得。

> 萧峰身形魁伟，手长脚长，将慕容复提在半空，其势直如老鹰捉小鸡一般。邓百川、公冶乾、包不同、风波恶四人齐叫："休伤我家公子！"一齐奔上。王语嫣也从人丛中抢出，叫道："表哥，表哥！"慕容复恨不得立时死去，免受这难当羞辱。

> 萧峰冷笑道："萧某大好男儿，竟和你这种人齐名！"手臂一振，将他掷了出去。

慕容复与游坦之以多欺少、合斗萧峰在先，与段誉对战不敌、忽施偷袭在后，其人品德行殊不足道。而他虽然合游坦之之力与萧峰对敌，依然难以取胜，后来又在偷袭段誉时，被盛怒之下的萧峰一招制住。明眼人自能看出，萧峰与慕容复孰高孰低，孰为龙，孰为蛇。

在"天龙八部"中，慕容复及其父慕容博对应的，就是"阿修罗"：

> 阿修罗王常常率部和帝释战斗，因为阿修罗有美女而无美

好食物，帝释有美食而无美女，互相妒忌抢夺，每有恶战，总是打得天翻地覆。我们常称惨遭轰炸、尸横遍地的大战场为"修罗场"，就是由此而来。大战的结果，阿修罗王往往打败，有一次他大败之后，上天下地，无处可逃，于是化身潜入藕的丝孔之中。阿修罗王性子暴躁、执拗而善妒。……阿修罗王权力很大，能力很大，就是爱搞"老子不信邪""天下大乱，越乱越好"的事。

阿修罗常与帝释为敌，而慕容博、慕容复，正是萧远山、萧峰最大的敌人。

慕容博为了搅乱宋、辽局势，谎称契丹武士要潜入少林寺抢夺七十二绝技。这虽是危言耸听、无中生有，却鼓动了中原豪杰群赴雁门，埋伏关内，伺机伤"敌"。他们等来的自然不是契丹武士，而是萧远山一家及其随从。萧远山早年师从汉人，虽有卓绝武功，但曾立誓生平绝不杀伤汉人，故而见伏兵发难，无故相伤，也是一再隐忍。及至对方下了死手，砍杀了他的妻儿，他才如穷途之兽，爪牙毕露，再不容情：

> 智光道："那一场恶战，已过去了三十年。但这三十年之中，我不知道曾几百次在梦中重历其境。当时恶斗的种种情景，无不清清楚楚的印在我心里。那辽人双臂斜兜，不知用什么擒拿手法，便夺到了我们两位兄弟的兵刃，跟着一刺一劈，当场杀了二人。他有时从马背上飞纵而下，有时又跃回马背，兔起鹘落，行如鬼魅。不错，他真如是个魔鬼化身，东边一冲，杀了一人；西面这么一转，又杀了一人。只片刻之间，我们二十一人之中，已有九人死在他手下。

……其时夕阳如血，雁门关外朔风呼号之中，夹杂着一声声英雄好汉临死时的叫唤，头颅四肢，鲜血兵刃，在空中乱飞乱掷，那时候本领再强的高手也只能自保，谁也无法去救助旁人。"

三十年之后，曾身预其事的智光和尚回首前尘，依然难以忘却这惨烈的场面。萧远山自己家破人亡，他的敌人也是肢残体折，大半身死，黄云朔风之下，直如人间地狱。这场战斗表面上看是萧远山和中原诸高手之间的对敌，其实，是萧远山和慕容博的对敌。没有慕容博"复国"的执念，就不会有萧远山后来"复仇"的执念。

雁门关血战后，萧远山跳崖，跳崖前，他在石上手刻遗言，书写胸中之恨。宋朝伏击者中的幸存之人拓下遗书，找契丹人翻译，方知这是一场大乌龙。

用他人的血，浇自己的苗——对阿修罗而言，做这种极恶之事，完全不会产生道德包袱，因为他们本来就"爱搞'老子不信邪''天下大乱，越乱越好'的事"。

慕容博自然知道纸包不住火，为保慕容家名声以图来日，事情败露后，慕容博选择了假死，好让世人认为传那讯息只是他无心之过。假死之后，他潜入少林寺藏经阁，这与《释名》中所说的"有一次他大败之后，上天下地，无处可逃，于是化身潜入藕的丝孔之中"正相扣合。

少林寺藏经阁中，还有另一名不速之客——跳崖未死的萧远山。他被树所阻，幸得生还，此时死志顿沮，仇念勃生，心想自己因为被人冤枉要偷经籍才遭此大祸，既然如此，索性便真地偷去。萧远山和慕容博在藏经阁狭路相逢，早就数次交手：

那灰衣僧道："你在少林寺中一躲数十年，为了何事？"

黑衣僧道："我也正要问你，你在少林寺中一躲数十年，又为了何事？"

……只听灰衣僧道："我藏身少林寺中，为了找寻一些东西。"黑衣僧道："我藏身少林寺中，也为了找寻一些东西。我要找的东西，已经找到了，你要找的，想来也已找到。否则的话，咱们三场较量，该当分出了高下。"灰衣僧道："不错，尊驾武功了得，实为在下生平罕见，今日还再比不比？"黑衣僧道："兄弟对阁下的武功也十分佩服，便再比下去，只怕也不易分出胜败。"

三场较量，不分伯仲，不明彼此身份的二人心中对对方都有些佩服。但是到了萧峰与慕容复这代，"帝释"与"阿修罗"的高下却早已分出。早在萧峰还是丐帮帮主未曾见到慕容复的时候，慕容复的表妹王语嫣已经见识过萧峰的身手：

王语嫣一言不发，对乔峰这手奇功宛如视而不见，原来她正自出神："这位乔帮主武功如此了得，我表哥跟他齐名，江湖上有道是'北乔峰，南慕容'，可是……可是我表哥的武功，怎能……怎能……"

王语嫣博览天下武功，眼光极精准。此时她见到萧峰的身手，心中大惊——金庸为设悬念，未将王语嫣的念头写全，其实她心中自然是觉得慕容复远远及不上萧峰。

阿修罗"性子暴躁、执拗而善妒"，金庸写慕容复，一直重点表现这一特征。慕容复表面温文尔雅，实际上眼高于顶、不能容人。而慕容复可悲可叹之处，正在于此。他并非无能之辈，有时亦能睥睨四方、顾盼自雄：

> 慕容复站在门口，傲然瞧着虚竹、三十六洞、七十二岛群
> 豪，以及梅兰菊竹四剑、九天九部诸女。群豪诸女为他气势所
> 慑，一时竟然无人敢于上前。隔了半晌，慕容复袍袖一拂，道：
> "走罢！"昂然跨出大门。王语嫣、邓百川等五人跟了出去。

虚竹糊里糊涂破了珍珑棋局、救了天山童姥，做了灵鹫宫的宫
主，而慕容复处心积虑，"随众人上山，原想助他们一臂之力，树恩
示惠，将这些草泽异人收为己用"，却竹篮打水，徒劳无功。虚竹全
无机心，真诚挽留慕容复一干人，却被他们以为是冷嘲热讽、以力
强留。慕容复面对"强敌"并不畏惧，凛凛生威，一时之间，众人
被他的气势所慑，无不让路。

虚竹的好意何以成了慕容复眼中的敌意？表面上看，是因为虚
竹所携画像中女子酷似王语嫣，引来误会，其实，深层原因是虚竹
的遭际激起了慕容复的心病——数日之前，虚竹还是少林寺中一名武
功低微的弟子，而今，却成了一流高手，又手握生死符，让慕容复
想收服而未成的三十六洞、七十二岛群豪死心塌地。虚竹无心插柳
柳成荫，而慕容复多年以来有心栽花花不开。最让慕容复愤怒的是，
他挖空心思、不择手段去追求的东西，虚竹不仅轻松拥有了，还似
乎毫不在意。

慕容复从小受的是怎样的教诲？且看原文：

> 慕容复点了点头，心想父亲生前不断叮嘱自己，除了中
> 兴大燕，天下更无别般大事，若是为了兴复大业，父兄可弑，
> 子弟可杀，至亲好友更可割舍，至于男女情爱，越加不必放
> 在心上。

为了复国，慕容复头可断，血可流，六亲可以不认，情爱可以割舍，至于仁义道德、尊严体面，一概可弃。他收买江湖人士不成、应征西夏驸马失利后，又一次剑走偏锋，准备拜段延庆为义父。

段延庆本是大理名正言顺的皇位继承人，当年在政变中不幸被害，肢体残疾，九死一生，忍受极大的辛苦，方才练成卓绝武功，他也是多年来屏着一口气，想要复仇复位。

慕容复说是"求"他，实际上是用迷药迷倒他来胁迫；虽是胁迫，又姿态极低，屈膝叩头，乃至为此杀害忠心追随慕容家多年的包不同，都毫无犹豫。而这种种姿态，无非是为了取信于段延庆。慕容复下手毫不留情，口中恭恭敬敬，心里想的又是另一回事：

> 只要他做了大理国君，数年间以亲信遍布要津，大诛异己和段氏忠臣后，便会复姓"慕容"，甚至将大理国的国号改为"大燕"，亦不足为奇。

慕容复机关算尽，却没有算到段延庆也是老谋深算之人，更没算到段延庆此时刚知段誉乃是自己亲子，断不可能再将"皇位"传与他人。

何况，他是无根之萍、随风之絮，为了一个执念，拼尽半生精力，而段延庆又能好到哪里去？慕容复口口声声把多年在野的段延庆称为"殿下"，已有慌不择路的意思。他的执拗、无情、狠辣、算计，让人既觉可厌，又觉可悯。

为何"阿修罗"总是输给"帝释"？为何齐名的慕容复和萧峰，却天差地远？

表面看来，是武功高低有别，其实，是心性清浊有别。萧峰与慕容复是两个极端。萧峰始终在寻找自我，"汉人"也好，"契丹人"

也罢,萧峰从来没有丢掉自己立于天地之间的信念;而慕容复一直在丢弃自我,"慕容氏"这个标签,迷障了他的真心真性,剩下的只有欲望和包袱。

萧峰没有刻意营谋过什么,他挚爱的恋人、出生入死的兄弟、一人之下的高位,都是无所求而得;慕容复则一直在着力经营,又总是南辕北辙、缘木求鱼。他的名声、爱人、家臣,最终都失去了,最后,他连正常人的神智都失去了,却还是忘不了复国之事。

明人洪应明的《菜根谭》说得好:"世事如棋局,不着的才是高手;人生似瓦盆,打破了方见真空。"萧峰"不着",所以是高手,世事再残酷,依然不失风度;慕容复"打不破",所以是庸手,再好的开局,最后也是惨淡收场。

以上是就成败而言。而哪怕脱离得失,萧峰给人的观感也比慕容复好太多。何以如此?《菜根谭》说:"一点不忍的念头,是生民生物之根芽;一段不为的气节,是撑天撑地之柱石。"萧峰因为不忍战火铺天、生灵涂炭,坚拒辽帝征宋的旨意,这是仁人之不忍、君子之不为,哪怕他因此下狱、为此自杀,依然是真英雄。慕容复为了复国,邀买人心,背弃恋人,杀害朋友,奴事他人,百辱皆能忍,万事皆可为,这么一来,却丢掉了为人的根本、立足的根基。

03

"天龙八部"中,还有一位神道,是帝释身边的侍从:

"乾达婆"是一种不吃酒肉、只寻香气作为滋养的神,是服侍帝释的乐神之一,身上发出浓烈的香气。"乾达婆"在梵语中又是"变幻莫测"的意思，魔术师也叫"乾达婆"，海市蜃楼叫做"乾达婆城"。香气和音乐都是缥缈隐约，难以捉摸。

乾达婆所对应的，是萧峰的恋人阿朱。

阿朱的出场十分有趣。段誉为鸠摩智所掳，来到姑苏燕子坞之琴韵小筑。鸠摩智自称是慕容博的故交，但言行之中对慕容家并没多客气。此时恰逢慕容复远行，与鸠摩智周旋的是其丫鬟阿碧。她虽然温柔斯文、和和气气，也看出鸠摩智来者不善。此时，又有三个人物相继出场：慕容家的老仆、管家孙三和慕容博的叔母。

这三个人，其实都是阿朱所扮。鸠摩智还没看破机关时，段誉就已瞧出其中古怪：

> 他说到这里，段誉忽然闻到一阵淡淡的香气，心中一动："奇怪，奇怪。"
>
> 当先前那老仆来到小厅，段誉便闻到一阵幽雅的香气。这香气依稀与木婉清身上的体香有些相似，虽然颇为不同，然而总之是女儿之香。起初段誉还道这香气发自阿碧身上，也不以为意，可是那老仆一走出厅堂，这股香气就此消失，待那自称为孙三的管家走进厅来，段誉又闻到了这股香气，这才领会到，先前自己所以大觉别扭，原来是为了在一个八九十岁老公公身上，闻到了十七八岁小姑娘的体香，寻思："莫非后堂种植了什么奇花异卉，有谁从后堂出来，身上便带有幽香？要不然那老仆和这瘦子都是女子扮的。"

这出滑稽戏是阿朱、阿碧的"合谋"。阿朱妙擅易容，无论男女老少，她都能改装模仿，学得惟妙惟肖，这自然与乾达婆的"变幻莫测"相应。她的模仿本来极难看穿，但段誉的线索，就是阿朱身上的少女体香，这也应了《释名》中说的乾达婆"身上发出浓冽的香气"，而阿朱的别院，名叫"听香水榭"，这自然都是金庸将阿朱与乾达婆相勾连的线索。

除"乾达婆"外，"紧那罗"也是帝释的乐神：

> "紧那罗"在梵语中为"人非人"之意。他形状和人一样，但头上生一只角，所以称为"人非人"，善于歌舞，是帝释的乐神。

"紧那罗"对应的人物是阿朱的妹妹阿紫。阿紫从小在星宿派长大，性情怪异，心肠歹毒，手段狠辣，所谓"人非人"，亦即皮囊是人，心地似鬼。书中有一段情节，与紧那罗"是帝释的乐神"相应：

> 只听阿紫的笛子吹得高一阵，低一阵，如杀猪，如鬼哭，难听无比。这样一个活泼美貌的小姑娘，拿着这样一枝晶莹可爱的玉笛，而吹出来的声音竟如此凄厉，愈益显得星宿派的邪恶。

阿紫所吹奏的白玉笛，"高一阵，低一阵，如杀猪，如鬼哭，难听无比"，毫无音乐美感，这也是贴合她"人非人"的特点。《论语》中记载，"子曰：'恶紫之夺朱也，恶郑声之乱雅乐也'"，这正是阿朱、阿紫名字的由来。朱为正色，紫为间色；雅乐正，郑声淫。可见，阿朱为正面人物，阿紫为反面人物。

而"恶紫之夺朱也"，又意味着朱紫之间，还有竞争和取代的关系，且紫之在位，乃不武之胜。阿朱和阿紫虽为姐妹，但自小分离，直至阿朱死前，两人才知道彼此的关系。后来，她们的联系主要体现在萧峰的身上。

萧峰是阿朱的爱侣，二人的爱情却以悲剧收场。阿朱假扮白世镜，去马夫人家打探带头大哥的身份，不料马、白有苟且之事，马夫人因此窥破阿朱的易容，她将计就计，诬指旧情人段正淳为带头大哥。更为巧合的是，阿朱继而得知，段正淳正是自己的亲生父亲。既是想代父受"过"，又因担心萧峰不敌大理段氏，不欲他与段氏结仇，于是，阿朱最终扮作了段正淳，来赴与萧峰的约会，被他开碑裂石的一掌打到重伤将死。

阿朱弥留之际，萧峰得知真相，伤痛欲绝，回天无力。他的男儿之泪，被躲在桥下的阿紫尽收眼底。也因此，阿紫对萧峰动了心。

但是阿紫的爱，与阿朱绝不相同。阿朱以为自己的父亲是萧峰的仇人，哪怕柔肠寸断、百般不舍，也决意要代父赴约，以免萧峰与段氏结下血仇之后又不敌段氏的六脉神剑。她纵然爱萧峰爱到可以天涯相随、生死相伴，但只要是为了对方的福祉，哪怕放弃白首之约、放弃自己的生命，也在所不惜。

而阿紫的爱则畸形而极端，阿朱死时，嘱托萧峰照顾阿紫，但阿紫狠戾残忍，实非萧峰的同路人。萧峰见她狡计百出，厉害无比，根本不需要"照顾"，便欲舍她而去。阿紫却假装跌倒，引萧峰近前，突然发射毒针。萧峰以为她要暗害自己，情急之下，一掌拍出，又将她打成重伤。

打死阿朱的伤心过往，让他再也无法面对"打死"阿紫的后果，所以，他竭力救治阿紫，在长时间的相处照拂中，也与阿紫有了亲情。不料，阿紫对他，却不是亲情。几年后，她吐露心迹，原来当时发针，并非要杀他，而是想把他"弄得残废了，由我摆布，叫你一辈子跟着我"。这种"深情"，让人不寒而栗。其实，对游坦之，她不就是"弄得残废了"，好随意摆布吗？

阿朱和阿紫，虽然都是帝释的乐神，但正邪对照，颇让人感慨。

04

再来看看"天龙八部"中的另一对冤家:龙和迦楼罗。

> "龙"是指龙神。佛经中的龙,和我国传说中的龙大致差不多,不过没有脚,有时大蟒蛇也称为龙。……古印度人对龙很是尊敬,认为水中生物以龙的力气最大,因此对德行崇高的人尊称为"龙象",如"西来龙象",那是指从西方来的高僧。

> "迦楼罗"是一种大鸟,翅有种种庄严宝色,头上有一个大瘤,是如意珠。此鸟鸣声悲苦,以龙为食。旧说部中说岳飞是"大鹏金翅鸟"投胎转世,迦楼罗就是大鹏金翅鸟。

"龙"是中国传统文化中的重要形象,它居于海,飞于天,能司风雨。同时,"龙"又是皇家的文化符号,帝王被称为"真龙天子"。

《天龙八部》一书中,"龙"对应的人物是段誉。段誉本是大理世子,系皇室贵胄。而在全书终篇时,他也做了大理国的皇帝,此其与"龙"相应的第一点。第二点,《释名》称"(古印度)对德行崇高的人尊称为'龙象',如'西来龙象',那是指从西方来的高僧",意谓"龙"为人仁善,佛缘深厚,而段誉正是这样一个人。

大理段氏世代笃信佛教,"段氏历代祖先做皇帝的,往往避位为僧,都是在这天龙寺中出家",段誉的伯父段正明后来亦出家为僧。段誉因笃信佛教,认为武功是杀人之道,所以坚决不肯学家传的"一阳指",后来涉足江湖,才在机缘巧合之下学到了北冥神功、凌波微步等武功。

段誉禀性仁厚,为人随和,无论是面对王孙公子、武林名宿,还是丫鬟仆役、乡野小民,他都绝不自矜自己的贵族身份,总是宽厚待人，谦和有礼。

即便如此，段誉因身怀宝璧，也不免受人觊觎，结了怨仇。段誉的宿敌——那个屡次偷袭他、挟持他、伤害他，但最终也成就了他的人，就是鸠摩智，而鸠摩智就是"迦楼罗"。迦楼罗"以龙为食"，鸠摩智从一开始就以段誉为猎物，他觊觎的是段誉心中所记的六脉神剑剑谱。

鸠摩智初登场时，宝相庄严，极像一个有胸怀的人物。此时，鸠摩智以吐蕃国师的身份前来大理天龙寺拜山。他舌灿莲花，说是要用少林寺七十二绝技换六脉神剑剑谱副本，换得之后，拟将之携至故交慕容博墓前焚烧，以祭其泉下之魂。这一交换，被他说得似乎是自己所求轻而所予重，且目的不在满足自身私欲，而在酬答知己。看到后面，我们才知道，这"少林寺七十二绝技"固然是假，所谓"小僧拜领宝经后立即固封，决不致私窥，亲自送至慕容先生墓前焚化"亦是虚假，连他与慕容博的所谓知交关系，还是虚假。

所以此番出场，金庸着意把他写得道貌岸然，"脸上神采飞扬，隐隐似有宝光流动，便如是明珠宝玉，自然生辉"，自然是暗示迦楼罗的"翅有种种庄严宝色，头上有一个大瘤，是如意珠"的特征。

鸠摩智是绝顶聪明之人，武功又高强无比，偏生怎样都窥不破名利二字。为此，他处心积虑，丑态百出，嘴上说得冠冕堂皇，但行事往往并无底线。在天龙寺，他一听众僧拒绝自己的提议，马上改恭为倨。枯荣大师心知合己方五人之力，也未必是鸠摩智的敌手，故而壮士断腕，催动内力将剑谱烧去。鸠摩智见状恼羞成怒，掳走假扮僧人的保定帝，段誉情急出手，使出了六脉神剑。鸠摩智看出段誉虽然剑法时灵时不灵，却已对剑谱烂熟于心，所以便将他掳走，意图逼问。

段誉与鸠摩智的纠葛，由此而始。段誉被鸠摩智挟持，一路上遭遇威逼利诱，始终不从。此后，他数次侥幸逃脱，又数次与鸠摩智狭路相逢，再遭暗算。其中最凶险的一次几乎丧命。对鸠摩智而言，最初，段誉是"活剑谱"，是让他心痒难搔的"宝物"，而后来，屡次加害不得、威逼不成，他恼羞成怒，对段誉平添了一段仇恨。虽然长久以来，段誉武功都远逊于鸠摩智，一遇到他就缚手缚脚，落于下风，但最后的局势，却颠倒了过来。

《释名》中，金庸介绍了迦楼罗的结局：

> 到它命终时，诸龙吐毒，无法再吃，于是上下翻飞七次，飞到金刚轮山顶上命终。因为它一生以龙（大毒蛇）为食物，体内积蓄毒气极多，临死时毒发自焚。肉身烧去后只余一心，作纯青琉璃色。

而第四十五回《枯井底，污泥处》的情节设置，几乎严格对应这一描述。在这一回中，鸠摩智、段誉、王语嫣三人意外困于井底。在此之前，扫地僧曾点出：鸠摩智以小无相功为底子强练少林寺七十二绝技，看起来颇有所成，其实已受了极深的内伤。鸠摩智刚愎自用，讳疾忌医，以为此语只是恐吓，并未放在心上。不料此番来西夏国的路上，竟饱受内伤发作之苦。

这次，鸠摩智在与慕容复对峙之时，内伤忽然发作，内息如潮，似乎要从体内喷薄而出，痛苦不堪。后来他落入井内，见到"老仇人"段誉，不免迁怒于段誉，双手扼住段誉的脖颈，片刻之间，就能结果段誉的性命。这时段誉的北冥神功又奏奇效，将鸠摩智的内力一股脑吸出，双方强弱之势互转，鸠摩智内力尽失，再也不能伤害段誉了。

这一段描写，就是"它一生以龙（大毒蛇）为食物，体内积蓄毒气极多，临死时毒发自焚""到它命终时，诸龙吐毒，无法再吃"的形象化书写。

当时鸠摩智走火入魔、内息狂涌，就是迦楼罗的"体内积蓄毒气极多"表现；此外，他利欲熏心，机关算尽，何尝不是心中"积蓄毒气"所致？那么，何谓"肉身烧去后只余一心"呢？鸠摩智本是高僧，佛经义理，无所不通，但心为物障、情为欲蔽，迷失了数十年。及至今日武功尽失，却迷雾顿开，忽见天地：

> 鸠摩智半晌不语，又暗一运气，确知数十年的艰辛修为已然废于一旦。他原是个大智大慧之人，佛学修为亦是十分睿深，只因练了武功，好胜之心日盛，向佛之心日淡，至有今日之事。他坐在污泥之中，猛地省起："如来教导佛子，第一是要去贪、去爱、去取、去缠，方有解脱之望。我却无一能去，名缰利锁，将我紧紧系住。今日武功尽失，焉知不是释尊点化，叫我改邪归正，得以清净解脱？"他回顾数十年来的所作所为，额头汗水涔涔而下，又是惭愧，又是伤心。
>
> ……　……
>
> 这一来，鸠摩智大彻大悟，终于真正成了一代高僧，此后广译天竺佛家经论而为藏文，弘扬佛法，度人无数。

对学武之人而言，内力尽失是极大的打击，但鸠摩智在最初的失落之后竟能立刻平和心境。此时他力不如旧，智却过之，说是有失，其实有得。甚至可以说，这时的他，已经死而复生，再世为人。他的这颗心，终于拨云见日，重得澄明。

05

我们再来看看《天龙八部》的目录。

金庸小说的目录充满个性和创举。一般来说，武侠小说的目录往往沿用章回体小说的目录形式，用对偶句作为每回的标题。金庸小说中，除了最早的《书剑恩仇录》和《碧血剑》沿用了这种形式，后来的作品，都不再用此种方法。

《射雕英雄传》和《神雕侠侣》，是用四字短语作为每回的标题，用语通俗，明白晓畅。《笑傲江湖》则以二字词组作为每回的标题，文极重而题极轻，事极繁而题极简，如《灭门》《洗手》《并派》等回，写的都是江湖中暗流汹涌之事、魑魅魍魉之态，刀光剑影，波诡云谲，但只用两字提纲挈领，反而更让人觉得震撼。又如《绣花》一回，写任我行、令狐冲、向问天等上黑木崖，并斗东方不败，它揭开了前文的一个大悬念，又是一场大风波的结局，却用看起来轻飘飘的"绣花"两字来命名；而"绣花"这等闺房女儿专能之事，却安在了东方不败这个令武林人闻风丧胆的大"魔头"身上，何其出人意表、诡异恐怖！再如《倾心》《曲谐》等二回，则又风光旖旎，情调婉转，尽显令狐冲、任盈盈之间相知相许的温情。

《倚天屠龙记》每回标题均为七字句，所有标题又构成一首完整的柏梁体诗（句句押韵的七言古诗），如一至十回，诗云：

> 天涯思君不可忘，武当山顶松柏长。宝刀百炼生玄光，字作丧乱意彷徨。皓臂似玉梅花妆，浮槎北溟海茫茫。谁送冰舸来仙乡，穷发十载泛归航。七侠相聚乐未央，百岁寿宴催肝肠。

《倚天屠龙记》从第一回到第二回时间跨度很大。其后的情节，空间的转换、情节的起伏、悲喜的变化也很大，而用声韵流转、连贯度高的柏梁体作为目录，则一定程度上中和了这种跳跃性。

在金庸小说的目录中，最出色者当推《天龙八部》和《鹿鼎记》。

《鹿鼎记》的目录，看起来是传统章回体的风格，但形同实不同。它每回都是用两句七言诗作标题，而这些诗句，都来自金庸的先祖——清代著名诗人查慎行的《敬业堂诗集》。其实，用前人诗句做标题，并不比自拟标题难度低，《鹿鼎记》每回三万余字的内容，都收束在前人的十四字成句中，自是金庸的精心杰构。

如第二回《绝世奇事传闻里，最好交情见面初》，写韦小宝因与绿林好汉茅十八相识，走出生活了十多年的丽春院，从青楼之中的一个"拖油瓶"、小混混，开始涉足江湖，耳闻目睹均为毕生未覩之奇事，此谓"绝世奇事传闻里"。韦小宝与茅十八相识之初不无龃龉，后来茅十八成为韦小宝步入江湖、走向人生"巅峰"的引路人，而在韦小宝成为御前红人、朝廷重臣之后，在茅十八看来，韦小宝已经成为陌路之人。纳兰性德《木兰花·拟古决绝词》云"人生若只如初见，何事秋风悲画扇。等闲变却故人心，却道故心人易变"，说世事多变，人心往往不似初见之时，正可说明这种境况。但是，茅十八眼中的翻覆小人韦小宝，后来却甘冒奇险，大费周章地将茅十八从法场救出，这就更让人感慨了。

《天龙八部》的目录亦十分巧妙。全书共五十回，每十回的目录构成一首词，全书目录系五首完整的词，而每首的词牌、风格、侧重点、所表现的人物都不相同。

第一首词的词牌为《少年游》，词云：

> 青衫磊落险峰行，玉壁月华明。马疾香幽，崖高人远，微步縠纹生。　　谁家子弟谁家院，无计悔多情。虎啸龙吟，换

巢鸾凤，剑气碧烟横。

第一回到第十回的主线人物为段誉。全书以段誉不愿练武、受逼不过、离家出走起笔，写他离家之后诸般离奇遭遇、旖旎境遇。段誉是王室贵胄、大理世子，但他青衫布帽，徜徉山水，到了大理无量山中，始有种种奇遇，所以词以"青衫磊落险峰行"起。下片说"谁家子弟谁家院，无计悔多情"，意谓段誉自邂逅王语嫣以来，因情根深种，颠倒梦想，不免泥足深陷，魂牵梦萦。

相思磨人，情深累人，李商隐说"春心莫共花争发，一寸相思一寸灰"，姜夔说"当初不合种相思"，都是此意。但有时，目成之后，又是万念归一，九死不悔，所以说是"无计悔多情"——情网难以解脱，且哪怕能，也不愿为也。而此词调寄"少年游"，用以写怀着"少年心"的段誉游历江湖之事，也十分贴切。

第二册的目录，调寄《苏幕遮》，词云：

向来痴，从此醉。水榭听香，指点群豪戏。剧饮千杯男儿事。杏子林中，商略平生义。　　昔时因，今日意。胡汉恩仇，须倾英雄泪。虽万千人吾往矣。悄立雁门，绝壁无余字。

《苏幕遮》一调来自唐朝时传入的西域乐曲，而第二册的主线人物为萧峰，用此调来表现本为契丹人又在宋朝长大的萧峰，十分切合。

此词风格与《少年游》的清俊流动不同，有苍凉慷慨之气，尤其是"虽万千人吾往矣。悄立雁门，绝壁无余字"三句，写尽了萧峰的英雄气、悲剧感。此词的前几句"向来痴，从此醉。水榭听香，指点群豪戏"，还是以段誉为主线人物，但是到《剧饮千杯男儿事》这回，则将线索落在萧峰的身上：

　　段誉要了一壶酒，叫跑堂配四色酒菜，倚着楼边栏干自斟自饮，蓦地里一股凄凉孤寂之意袭上心头，忍不住一声长叹。

　　西首座上一条大汉回过头来，两道冷电似的目光霍地在他脸上转了两转。段誉见这人身材甚是魁伟，三十来岁年纪，身穿灰色旧布袍，已微有破烂，浓眉大眼，高鼻阔口，一张四方的国字脸，颇有风霜之色，顾盼之际，极有威势。

　　段誉心底暗暗喝了声采："好一条大汉！这定是燕赵北国的悲歌慷慨之士。不论江南或是大理，都不会有这等人物。包不同自吹自擂什么英气勃勃，似这条大汉，才称得上'英气勃勃'四字！"

　　段誉做了王语嫣裙下之臣之后，亦步亦趋，出生入死，也不能得美人之一顾。非但王语嫣，连之前待段誉热情有礼的阿朱阿碧，也一心萦系在慕容复身上，似乎忽然冷淡起来，令他惘然若失。

　　段誉与王语嫣等人黯然分别后，对慕容复既羡且忌，心中郁愤不平。本拟大醉一场，却在酒楼中遇到一个有燕赵慷慨之气的大汉。他杯弓蛇影，误以为此人就是慕容复，便与之斗酒量、斗轻功，没想到此人竟然是丐帮帮主、与慕容复并称的萧峰（乔峰）。由此，金庸将视角从段誉身上，转到萧峰身上——这本是传统小说中视角人物随情节转换的笔法，如《水浒传》《金瓶梅》《儒林外史》，皆用此法。

　　小说的叙述视角至少可以分为三类：全知视角、内视角和外视角。在全知视角叙事中，叙事者像是上帝，无所不知无所不晓，他所掌握的信息远大于书中人物掌握的信息。所以，他可以看到所有人物的遭际，洞悉其内心世界。如曹雪芹的《红楼梦》，用的就是全知视角。

　　在内视角叙事中，叙事者所知和人物一样多。这种叙事方式能传递的信息虽然不及全知视角，但因为叙事者就是故事的亲身参与者，所以较全知视角更为真切、有现场感，尤其便于展现人物的心理活动和性格特征。如丹尼尔·笛福的《鲁滨孙漂流记》，用的就是内视角。

在外视角叙事中，叙事者所知少于人物所知，他只知道表面上发生的事情，却对内情一无所知。作者往往借他的所见所闻，有意地误导读者。这种叙事方式有利于营造悬念，极富戏剧性，引人入胜。如东野圭吾的《嫌疑人X的献身》，用的就是外视角。

金庸的大部分小说用的是全知视角，而《天龙八部》一书，则将内视角和全知视角相结合。前十四回，是用段誉的视角叙述故事，第十五回到二十七回，是用萧峰的视角叙述故事，第二十八回到三十一回用全知视角，而第三十二回到四十回，转到虚竹的视角叙述，第四十一回《燕云十八飞骑，奔腾如虎风烟举》始，则又百川归海，群雄会集，由各方势力、各路豪杰齐聚少林寺，转回全知视角。

《天龙八部》第四册目录，调寄《洞仙歌》，词云：

> 输赢成败，又争由人算。且自逍遥没谁管。奈天昏地暗、斗转星移，风骤紧、缥缈峰头云乱。　　红颜弹指老，刹那芳华，梦里真真语真幻。同一笑、到头万事俱空，胡涂醉、情长计短。解不了、名缰系嗔贪，却试问、几时把痴心断。

第四册以虚竹故事为主。《洞仙歌》，又有《洞仙歌令》《羽中仙》《洞仙词》等别名。"洞仙"，指道教中的仙人。《洞仙歌》一调，音节舒徐，摇曳生姿。那么，金庸为什么选择此调呢？这和第四册的主要人物虚竹的出身、经历有关。

　　虚竹本是少林寺中低辈僧人，相貌寻常，武功平庸。他随师叔祖、师兄弟下山，虽涉红尘，却并无思凡之心。天意弄人，虚竹的这趟下山之路，简直成了"遇仙"故事。

　　虚竹遇到的第一位"仙人"是逍遥派的无崖子。虚竹无意间破了珍珑棋局，成了无崖子的关门弟子，蒙他授予七十年内功，有了成为绝代高手的底子。虚竹遇到的第二位"仙人"，是逍遥派的天山童姥。虚竹"多管闲事"，救了天山童姥，又从天山童姥处学到逍遥派的天山折梅手、天山六阳掌、生死符等高深功夫，似乎上天入地，无所不能。虚竹遇到的第三位"仙人"，是西夏国的公主。此时天山童姥逼迫虚竹破戒，虚竹宁死不从，饿得奄奄一息，也不肯食荤腥。天山童姥一计不成，又生一计，她将西夏国的公主掳来，放在虚竹身边。少女怀春，骤遇吉士，二人干柴烈火，这最后一戒，就此破了。

　　虚竹本是佛门弟子，但属于"道家"一脉的逍遥派却定了他的终身。他所遇的每位"仙人"，让他有所得，也有所失。逍遥子给了他高深的内力，却化去了他的少林寺内力；天山童姥教了他高明的武功，却骗他弹指间就杀了数人，破了杀戒；"梦姑"成了他终身的爱侣，却让他终于生了尘心，再也无法重回梵门了。

　　而中国传统中的"遇仙"故事，就是在奇境奇遇之中深含悲剧意蕴，最大的悲剧，正在于"回不去"。如刘晨、阮肇入天台山的故事，说刘阮二人在天台山中迷了路，水粮俱尽，饥渴欲死，忽然柳暗花明，见仙桃、得清水，又遇到了两位美丽女子。刘阮不识二女，而二女见则呼二人姓名，仿佛与其有宿缘，后来，他们还有了云雨之欢，刘阮二人便在此间居住了半年。半年后，二人思乡情苦，归去故里，却没料到故乡已面貌大变：

　　　　既出，亲旧零落，邑屋改异，无复相识。问讯得七世孙，传闻上世入山，迷不得归。至晋太元八年，忽复去，不知何所。

山中方一日，世上已千年，他们的旧居凋敝，是因为人间已过了七世——"遇仙"故事的内核，就是奇遇之美与时空、身份错位之苦交织而生的悲喜。虚竹的遭遇，正是悲中有喜，喜中含悲，世人谓他有所得，他的心中，却不无遗憾。

06

《天龙八部》回目构造的五首词中，最出色的，是第五首《水龙吟》：

> 燕云十八飞骑，奔腾如虎风烟举。老魔小丑，岂堪一击，胜之不武。王霸雄图，血海深仇，尽归尘土。念枉求美眷，良缘安在，枯井底、污泥处。　　酒罢问君三语。为谁开、茶花满路。王孙落魄，怎生消得，杨枝玉露。敝屣荣华，浮云生死，此身何惧。教单于折箭，六军辟易，奋英雄怒。

《水龙吟》本是声情激越的笛曲，格调慷慨，气势雄浑，宜于抒写悲壮激昂之情。第五册是全书的收束，此前埋下的悬念、积下的恩仇、种下的前因，都在这一册中了结，选用适于抒发感慨的《水龙吟》，正合其宜。

身份成谜的"带头大哥"，原来竟是少林寺方丈玄慈大师。萧峰弑杀长辈的恶名，原来不是"带头大哥"嫁祸而来——其实，萧峰的父亲萧远山并未故世，这诸多杀孽，都是由他所造。

一心复仇的萧远山，在少林寺中潜藏多年，窥得玄慈隐私，并在天下人前揭发：这位得道高僧，曾经与如今名列"四大恶人"的叶二娘私通生子，是为虚竹。

虚竹在少林寺长到二十四岁，竟不知眼前慈和儒雅的方丈，就是自己的父亲。萧远山与慕容博早就交手数次，却不知彼此竟有如此深的渊源。萧峰苦苦追寻杀死他的师父、养父母、知情人的凶手，却不知那人就是自己的父亲。

错综复杂的故事，恩怨难明的纠葛，在少林寺中尽数被揭开谜底。第四十三回《王霸雄图，血海深仇，尽归尘土》，可谓《天龙八部》最精彩、最重要的一回。堕入复国迷障的慕容博，竟能顿悟出尘；毕生被仇恨浸透的萧远山，竟然能放下仇恨。

但是，《天龙八部》到底是一部悲剧。

段誉、虚竹都是在一日之内，尽失父母。萧峰守住了对天下人之"仁"，守不住对辽国之"忠"；守住了对丐帮之"义"，守不住对辽帝之"义"，所以终于选择了自戕，以身殉道。慕容复至死不悟，终于疯癫，坐在土堆上戴着纸冠冕，还在做着春秋大梦。游坦之得不到阿紫的心，阿紫也得不到萧峰的心。

曹雪芹在《红楼梦》中，曾用《飞鸟各投林》一曲将书的主旨说出来：

> 为官的家业凋零，富贵的金银散尽。有恩的死里逃生，无情的分明报应。欠命的命已还，欠泪的泪已尽。冤冤相报实非轻，分离聚合皆前定。欲知命短问前生，老来富贵也真侥幸。看破的遁入空门，痴迷的枉送了性命。好一似食尽鸟投林，落了片白茫茫大地真干净。

在无常的世间，总是有人依恃着青春、财富、权势，以为自己永远是世界的主人，可以狂歌漫舞，无所顾忌。殊不知，谁都是世上的过客，而过度的沉溺、过分的狂傲，只会迎来繁华后的萧条和空幻，"落了片白茫茫大地真干净"。

在《天龙八部》之中，金庸也借《水龙吟》一词，说出了全书的主旨：人世间有多少欲望，就有多少血泪；有多少执念，就有多少泡影。用《金刚经》的话说，是"一切有为法，如梦幻泡影；如露亦如电，应作如是观"。可是，在这梦幻泡影、镜花水月中，又终有值得欣赏、可以依恃之事，那便是精诚之心魄、不朽之信念。人生在世，是"寄蜉蝣于天地，渺沧海之一粟"，迅如朝露，细若微尘，无依无恃。金庸总是记得人类是天地间的蝼蚁，有太多的局限和无奈、愚妄和痴缠，但他又总是想写出琐屑中的悲壮，写得如怨如慕，如泣如诉。

《鹿鼎记》：
"末法时代"的江湖

　　《鹿鼎记》是金庸的封笔之作，也是金庸小说中最"难读"的一本书，更是最容易被人"误读"的一本书。它的"难读"，在于它再无童话的纯真感，让读者难以"代入"；它的易被"误读"，在于它字面上都是欢笑诙谐，内里却都是沧桑的喟叹、兴亡的血泪。

01

　　《鹿鼎记》是一本反"武侠"的武侠小说。

　　金庸小说中，男主角的成长经历，往往是"英雄之旅"的故事模式，亦即带着使命，从无名小辈成长为盖世大侠，其始往往多磋磨坎壈，以致心苦神劳，似无生理，但最终成为被命运选中的人，或得遇名师，或偶得秘笈，最终柳暗花明，开云见日，成为一代高手，不仅自度，且能度人。

　　在这种"英雄之旅"故事中，武功的突进是其重要部分，也是主要的情节支点，更是引发读者"爽感"的核心点。所以，金庸在设置这类情节时，总是别具匠心，脑洞大开。

　　譬如《天龙八部》的主角段誉刚出场时，丝毫不会武功，也反感学武，金庸便为他设置了只有练武才能解决的困境，以及他万万无法拒绝的练武诱因——他为神农帮所逼服下毒药，必须在七日内去往万劫谷报信，并找到为神农帮诸人解毒的方法，否则非但自己会毒发身亡，被神农帮羁留的钟灵也将性命不保。当此间不容发之际，他竟又意外被人追杀，坠下了悬崖。虽幸得不死，却困于山谷，无法脱身。正彷徨无路时，他意外发现了无量山石洞中的"神仙姐姐"玉像。

段誉此时的第一需求是尽快脱身，而玉像下蒲团中的武功秘笈，又是"神仙姐姐"作为师父"嘱托"段誉务必要练的，"若稍有懈惰，余将蹙眉痛心矣"。此前段誉已在机缘巧合之下，学得六脉神剑的心法，但全无内力，正是"巧妇难为无米之炊"。而他在无量山石洞中习得北冥神功，正多了一门不经意而自取他人内力的法门。由此内外应和，武功渐成。此外，他又习得了凌波微步，这成了以后他做王语嫣的裙下之臣为其出生入死时的不坏金身。而这一情节的设置，也让《天龙八部》悲中有喜，庄中见谐。在《天龙八部》的故事将结束时，段誉成了当世内功第一的大高手，且熟习六脉神剑、凌波微步，攻防兼备，进退无虞。

《天龙八部》的另一主角虚竹的经历也很离奇。他本是少林寺的低辈弟子，武功粗浅，内力平平，后因偶破珍珑棋局，被逍遥派无崖子选作传人，得他灌注七十年内力。虚竹因自己的少林寺内力被无崖子化去，非出本心，所以纵然得此奇遇，不喜反悲，将这内力视为"异物"，既不明使用之法，亦不愿使用。行文至此，金庸为其设置了不得不用之境，和教其用法之人——虚竹因恻隐之心救下的"小姑娘"，竟是因练八荒六合唯我独尊功而暂时返老还童的天山童姥。二人被三十六洞洞主、七十二岛岛主追杀，虚竹自己本也无惧生死，但因有"道济天下之溺"之心，虽然后来知道了童姥是造恶者而非无辜受害者，但到底不忍看她在自己眼皮底下被人杀死，所以还是一违本心，从其学武，助其逃出生天。后来，无心营求的虚竹，身兼天山六阳掌、天山折梅手、生死符等诸门高深武功，从小和尚成为大宗师。

但是，在《鹿鼎记》中，金庸没打算让韦小宝学会武功。

其实韦小宝的"历险记"，前一半看起来也像金庸小说传统的"英雄之旅"故事：首先，他刚出场的时候全无武功，也无意学武；其次，他遇到了名师，还不止一位——他的师父陈近南和九难，都是当世的一流高手；再次，他也得到了主角们在武功未成时"人手一份"的护身法宝——神行百变的"逃命技"、削金如铁的匕首、刀枪不入的乌丝软甲，这正如郭靖的匕首、黄蓉的软猬甲、段誉的凌波微步以及他误食莽牯朱蛤后拥有的百毒不侵的能力。

看起来，是"万事俱备，只欠东风"，韦小宝的"神功"大成，似乎也指日可待了。但是，韦小宝有学武的机缘，却无学武的用心。他拜陈近南为师，是被赶鸭子上架，不得已而为之。哪怕后来对陈近南敬佩倾倒，对学武一事，也是偷奸耍滑，蒙混过关。不过，韦小宝于此，颇有自知之明：

> 韦小宝暗暗叹了口气……转念一想，险些笑了出来："我学功夫也不肯用心，原来我的懒性儿，倒是妈那里传下来的。"

拜陈近南为师是机缘巧合，拜九难为师却是他费尽心思、极力讨好而成，但他的用意不在学武，而是为了接近九难的徒弟阿珂。所以，直到全书结束，他还是只会一套神行百变，只会钻裆骑肩的"美人三招"——虽微有英雄之梦，但最终只是一个骑墙的庸人。

庸人，在金庸的其他小说中，是万万不能做主角的。他们一般刚亮相就"领盒饭"，有时候存活时间长一点，要么是情节所需，要么是为了做主角的陪衬。

天地之广，岂少庸人？俗世之中，本多妥协与苟且，无奈和消磨。世间芸芸，往往可怜、可叹又复可悯。他们终生奔忙，庸庸碌碌，不过活一个荒腔走板、草草收场。他们看故事，就想看灰霾中的亮色、平凡中的梦想。所以，英雄，其实是千万人心底残余的微光的聚焦。

金庸笔下的英雄是绝世的，惊鸿一瞥，神光离合，为世上所绝无，而人人心中所必有。如郭靖，出身不足道，天赋不足道，师承本也不足道，但其人诚朴雄伟，志不可夺，故得天之佑，屡有奇遇，终成"为国为民"的大侠；又如萧峰，被命运如此摧折，却能仰不愧于天，俯不怍于地，生不悖忠，死不负义，虽终不免于自戕的悲剧结局，但从未向命运一低首；再如令狐冲，看起来是无行的浪子，其实是守礼的君子，他有赌癖、酒癖、情癖，但此三癖无害他凛然立于天地间，他始终能对威逼说不、对利诱说不、对一切有碍心性自由的羁绊说不。

"唯大英雄能本色，是真名士自风流"，金庸笔下的英雄极理想，却又极真实；极高蹈，却又极本色。无数读者都在这样的故事中，做了一场酣畅、快慰的梦。

02

但到了《鹿鼎记》，这场梦戛然而止。《鹿鼎记》的主人公韦小宝既无英雄特质，又无英雄行迹，更承载不了读者的英雄梦。而令人意外的是，在《鹿鼎记》的世界里，他却做成了些真英雄想做而做不成的事。

少年康熙要杀鳌拜，定下佯装与小太监玩布库、麻痹鳌拜再突然发难的计策。但这些功夫未纯的小太监并非鳌拜的对手。紧要关头，是韦小宝救了康熙的性命，也无意中为天地会青木堂帮众报了香主被杀之仇。

九难武功高强，却因以一敌多，受了重伤，无力抵抗桑结等喇嘛的追杀，紧要关头，是韦小宝救了九难的性命。

天地会众人的行迹被康熙识破，同时，康熙也识破了韦小宝的首鼠两端、多重身份，以其心上人为挟制，要求韦小宝灭天地会来将功折罪、表明立场。紧要关头，是韦小宝救了天地会众人的性命。

那么，大字不识、不通武功的他，又是怎样做成这些大事的呢？韦小宝口上有三宝：牛皮、马屁和谎言；手上又有三宝：石灰粉、蒙汗药和削铁如泥的匕首。

对下位者，他威逼利诱；对上位者，他奉承吹捧。对弱者，他拿出胡萝卜和大棒；对强者，他化身"脑残粉"，谄媚得"天然去雕饰，清水出芙蓉"。

譬如，韦小宝到了神龙岛，正好碰上神龙教内乱，而教主和发动变乱者均受重伤、势成僵局，韦小宝的举动，恰可决二方生死。权衡利弊后，他选择站在教主洪安通一方。此时，洪安通和他都心知肚明这是"利合而聚"的关系，双方心中彼此算计，但面上一片和谐。洪安通和夫人各传了韦小宝三招，而韦小宝也表现得忠心耿耿、"可昭日月"：

> 韦小宝惊叫："小心！"只见她身子向下一缩，那匕首急射教主胸口。教主放开她手，仰天一个铁板桥，扑的一声，匕首

在他胸口掠过，直插入身后的竹墙，直没至柄。

　　洪夫人勾脚倒踢匕首，韦小宝已然吓了一大跳，待见那匕首射向她咽喉，她在间不容发之际避开，匕首又射向教主胸口，这一下势在必中，教主竟又避开。这几下险到了极处的奇变，只瞧得他目瞪口呆，心惊胆战，喉头那一个"好"字，竟叫不出来。

　　洪夫人笑问："怎样？"

　　韦小宝伸手抓住椅背，似欲跌倒，道："可吓死我了。"

　　洪教主洪安通和夫人见他脸色苍白，吓得厉害，听了他这句话，那比之一千句、一万句颂扬更是欢喜。他二人武功高强，多一个孩子的称赞亦不足喜，但他如此担心，足见对二人之忠。

韦小宝虽知洪安通和洪夫人只是演示招式，并无危险，却依然"情急关心"，"吓"得魂不附体。饶是洪安通在权力场中濡染多年，也还是被他高明的演技攻下一城。所谓"千穿万穿，马屁不穿"，正如清人俞樾《一笑》中的这则笑话所表现的，好戴高帽，是人之通性：

　　　俗以喜人面谀者曰"戴高帽"。有京朝官出仕于外者，往别其师。师曰："外官不易为，宜慎之。"其人曰："某备有高帽一百，逢人则送其一，当不至有所龃龉也。"师怒曰："吾辈直道事人，何须如此！"其人曰："天下不喜戴高帽如吾师者，能有几人欤？"师颔其首曰："汝言亦不为无见。"其人出语人曰："吾高帽一百，今止存九十九矣。"

韦小宝是深谙人性的"厚黑学"大师。他面对各色人等，总是能看透他们灵魂犄角旮旯处的明与晦，插科打诨间，就把他们玩弄于股掌之上。有此"绝招"，还要武功作甚？在江湖中，武功是能力，是信仰，也是权力。而在世俗世界中，尤其是在官场上，武功不过是"术"罢了，深谙人性，才是得"道"。所以，韦小宝见神杀神，见佛杀佛，一路从扬州城中的小混混，做成了一等鹿鼎公。

"鹿鼎"何意？这个词，在书的第一回就有解释：

> 那小孩点头道："我明白了。小说书上说'逐鹿中原'，就是大家争着要做皇帝的意思。"那文士甚是喜欢，点了点头，在纸上画了一只鼎的图形，道："古人煮食，不用灶头锅子，用这样三只脚的鼎，下面烧柴，捉到了鹿，就在鼎里煮来吃。"
>
> ……那小孩道："所以'问鼎''逐鹿'，便是想做皇帝。'未知鹿死谁手'，就是不知哪一个做成了皇帝。"
>
> 那文士道："正是。到得后来，'问鼎''逐鹿'这四个字，也可借用于别处，但原来的出典，是专指做皇帝而言。"说到这里，叹了口气，道："咱们做老百姓的，总是死路一条。'未知鹿死谁手'，只不过未知是谁来杀了这头鹿，这头鹿，却是死定了的。"

"伤心秦汉经行处，宫阙万间都做了土。兴，百姓苦。亡，百姓苦。"王朝之兴，荣加一氏；天下之亡，荼毒万民。自古以来，莫不如是。《鹿鼎记》一书，有金庸对历史深沉的探寻，对弱者深重的悲悯，对人性深刻的反思。

03

《鹿鼎记》又是一本反英雄的书。

金庸小说是充满英雄主义情怀的。一夫当关，万夫莫开；一夫拼命，万夫莫敌；一夫殉道，天地震动。

所以，英雄之间，意气相投，倾盖如故；灵犀若通，终生不疑。虽是世仇，亦可成为知音，如《雪山飞狐》中的胡一刀和苗人凤。

所以，英雄之志，进可以平天下，如郭靖之拼己一身，救民水火；退可以守本心，如令狐冲之不顾生死，笑对强权。

所以，英雄之行，"下则为河岳，上则为日星。于人曰浩然，沛乎塞苍冥"，但表现出来，又各不相同——是张无忌的慈悲和宽容，是杨过的自赎和度人，是石破天的胸无挂碍、万事能容，是萧峰的勇抗命运、铁骨铮铮。

英雄不一定成功，也不一定为世人所理解。如袁崇焕之守边卫国，却被诬为叛徒，刑于闹市，受人唾骂，直到数百年后才沉冤昭雪；如萧峰之忠肝义胆、正道直行，却被诬、被骗、被仇视、被误解、被囚禁，直至自杀。

但是英雄一定能守住自己的信念，对得起自己的内心，天日昭昭，菩提不灭。金庸小说中的英雄，无论闻于江湖还是隐于田园，威震天下还是深藏不露，都是俯仰不怍、进退有度的人。

人间应有正道，信仰重逾生命——金庸曾经这样让我们相信了英雄主义。

《鹿鼎记》里面的真英雄是谁呢？首推陈近南。陈近南是天地会总舵主、郑经的军师，也是书中反清复明的核心人物之一。他一生忠于郑氏，忠于明朝，以天下为心，以兴复为任，奔波勤劳，无有已时。他在江湖上声誉极佳，所谓"为人不识陈近南，就称英雄也枉然"，忠义之士、豪侠之人无不对其敬佩推崇。他的武功超凡卓绝，"凝血神爪"的绝技在江湖上享有盛名。更加突出的是他"以天下兴亡为己任"的情怀。

其实，陈近南与《神雕侠侣》之郭靖颇有相似之处。《神雕侠侣》之中，郭靖与黄蓉镇守襄阳十余年，数度拒蒙古铁蹄于城门之外，成为南宋之长城。金庸将他从江湖中的豪侠，写成了砥柱中流的英雄。

在这个过程中，郭靖其实都是"知其不可而为之"：

> 杨过问道："郭伯伯，你说襄阳守得住吗？"郭靖沉吟良久，手指西方郁郁苍苍的丘陵树木，说道："襄阳古往今来最了不起的人物，自然是诸葛亮。此去以西二十里的隆中，便是他当年耕田隐居的地方。诸葛亮治国安民的才略，我们粗人也懂不了。他曾说只知道'鞠躬尽瘁，死而后已'，至于最后成功失败，他也看不透了。我与你郭伯母谈论襄阳守得住、守不住，谈到后来，也总只是'鞠躬尽瘁，死而后已'这八个字。"

郭靖对襄阳能不能守得住，心中实无把握，但无论如何，总是将性命置之度外，要尽己之能，终天之事，"鞠躬尽瘁，死而后已"。

而在《鹿鼎记》的故事里，不仅明朝，连偏安一时、风雨飘摇的南明都已覆亡。陈近南作为台湾郑家的家臣、军师，外有强敌之患，内有掣肘之忧，天地会中看似忠勇奋进的诸人，不乏为争名位而内讧者，而一同反清复明的沐王府，也因为争南明正朔而屡生争端。

内外交攻，前途灰暗，陈近南勉力支撑，从不言退。但是，他的心里，并非没有对自己悲惨结局的预感：

> 韦小宝心想："往日见到师父，他总是精神十足，为什么这一次老是想到要死？"问道："师父，你在延平郡王府办事，心里不大痛快，是不是？"陈近南转过身来，脸有诧异之色，问

道："你怎知道？"韦小宝道："我见师父似乎不大开心。但想世上再为难的事情，你也不放在心上。江湖上英雄好汉，又个个对你十分敬重。我想你连皇帝也不怕，普天之下只郑王爷一人，能给你气受。"

陈近南叹了口气，隔了半晌，说道："王爷对我一向礼敬有加，十分倚重。"韦小宝道："嗯，定是郑二公子这家伙向你摆他妈的臭架子。"陈近南道："当年国姓爷待我恩重如山，我早誓死相报，对他郑家的事，那是鞠躬尽瘁，死而后已。"

完美的人的脆弱，是格外让人感慨的。

一生以"克己复礼"为己任，忠恕待人、好学不倦的孔子，也曾有过疲惫的时刻。虽然大部分的时刻，他都沉浸在修养心性、追求理想的快乐中，"不知老之将至"，但他也曾说过"甚矣，吾衰也。久矣，吾不复梦见周公"，感叹自己年老力衰，弘道不成；疲惫时，他也说"道不行，乘桴浮于海"，设想远离尘俗，抛下一切。当然，这只是感叹，孔子毕竟没有放下过自己的事业。陈近南和郭靖一样，也是"知其不可而为之"，而"知其不可而为之"，正是孔子对自己的评价。

在《神雕侠侣》中，金庸不忍写郭靖兵败殉国的最后一刻，只是在《倚天屠龙记》中借后人之口稍作交代，模糊了时间，拉开了距离，于是，在读者的记忆里，郭靖总是以一当百、神威凛凛的样子——"美人自古如名将，不许人间见白头"。

04

而在《鹿鼎记》之中，金庸对陈近南残酷得多。

陈近南的结局是怎样呢？为郑氏所疑，被郑克塽暗算刺死。陈近南中剑将死的场景，十分悲怆：

> 陈近南功力深湛，内息未散，低声说道："小宝，人总是要死的。我……我一生为国为民，无愧于天地。你……你……你也不用难过。"
>
> ……韦小宝咬牙切齿的道："郑克塽这恶贼害你，呜呜，呜呜，师父，我已制住了他，一定将他斩成肉酱，替你报仇，呜呜，呜呜……"边哭边说，泪水直流。
>
> 陈近南身子一颤，忙道："不，不！我是郑王爷的部属。国姓爷待我恩重如山，咱们无论如何，不能杀害国姓爷的骨肉……宁可他无情，不能我无义，小宝，我就要死了，你不可败坏我的忠义之名。你……你千万要听我的话……"他本来脸含微笑，这时突然面色大为焦虑，又道："小宝，你答应我，一定要放他回台湾，否则，否则我死不瞑目。"
>
> 韦小宝无可奈何，只得道："既然师父饶了这恶贼，我听你……听你吩咐便是。"
>
> 陈近南登时安心，吁了口长气，缓缓的道："小宝，天地会……反清复明大业，你好好干，咱们汉人齐心合力，终能恢复江山，只可惜……可惜我见……见不着了……"声音越说越低，一口气吸不进去，就此死去。

郑克塽是陈近南的少主，武功较他远逊。只因陈近南未加提防，郑克塽才能一击得手。此时，韦小宝已擒住了郑克塽，陈近南却交代韦小宝不能伤他。

陈近南一生忠诚，却受疑于少主；正面对敌罕有对手，却被人在背后暗算而死；彼虽不仁，我却不能不义，擒住了凶手，却到底不愿杀他。

若在其他的金庸小说中，以陈近南的品德、能力、信念、人生经历，自然是主角的不二之选。但是在《鹿鼎记》中，他并非主角。主角是谁呢？是目不识丁、胸无大志、不会丝毫武功、擅长溜须拍马、动辄吹牛说谎的韦小宝。

陈近南为人正直，韦小宝为人油滑；陈近南儒雅端方，韦小宝庸俗市井；陈近南有君子之节、丈夫之德，韦小宝有小人之能、俗人之好。怎么看陈近南都比韦小宝更像主角。但是，《鹿鼎记》写的是"末法时代"的故事：英雄末路，小人得志；古典主义精神没落了，功利主义和丛林法则成了流行的生存之道。这个时代，已经不再是陈近南这类人的时代了。

其实，陈近南的故事也不全是悲壮，而是悲壮中带些心酸，正义凛然中透着一种反讽。

他的鞠躬尽瘁、忠贞不渝，陪衬的是韦小宝的投机取巧、浑水摸鱼。他的信而见疑、忠而被谤，陪衬的是韦小宝的两面三刀、左右逢源却能如鱼得水、飞黄腾达。他的"英雄"末路，陪衬的，就是韦小宝的"小人"得志——金庸把这截然相反的二人安排在一起，正是为了让二人互相映衬。

当年，韦小宝阴差阳错认识了陈近南，又成为青木堂香主，还被陈近南收为徒弟。这江湖上人人艳羡的机会，在韦小宝而言却是沉重的包袱。因为他既对反清复明全无兴趣，也对武功毫无兴趣。所以面对陈近南交代的任务和功课，他能躲就躲，能混就混。同样，陈近南一开始也不喜欢油腔滑调的韦小宝。但是，"疾风知劲草，板荡识诚臣"，互相看不对眼的他们，却慢慢对彼此改观，有了深刻的感情联系。

陈近南发现，这个他不喜欢的徒弟身上，也有某种大人物、大豪杰的气概；韦小宝发现，这个他最初避之不及的师父，"望之俨然，即之也温，听其言也厉""仰之弥高，钻之弥坚"。

其实，韦小宝自己也没意识到，他是视陈近南为父亲的。韦小宝生于妓院，只知有母，不知有父。"父亲"的缺位，对他的人格有莫大的影响。他从不表露对完整亲情的企盼，但在内心深处，却更易对英武沉稳、博雅渊深的年长男性产生信赖感和孺慕之思，因为，这类人最接近"完美父亲"的形象。

陈近南中剑将死的时候，韦小宝心中的恨和痛，是此生他都没有过的接近"正常人"的悲欢：

> 韦小宝只叫："师父，师父！"他和陈近南相处时日其实甚暂，每次相聚，总是担心师父查考自己武功进境，心下惴惴，一门心思只是想如何搪塞推诿，掩饰自己不求上进，极少有什么感激师恩的心意。但此刻眼见他立时便要死去，师父平日种种不言之教，对待自己恩慈如父的厚爱，立时充塞胸臆，恨不得代替他死了，说道："师父，我对你不住，你……你传我的武功，我……我……我一点儿也没学。"

韦小宝的倾心敬慕，既是金庸给孤独的陈近南的慰藉，也是对失路的英雄的另一种认可——他赢不了天下，却还是打动了那个看起来没有心的人。"精诚不灭"依然是有力量的。只是这力量，在《鹿鼎记》中，已经变得非常微弱了。

《鹿鼎记》中提到的明末遗民顾炎武，曾经写过一首题为《精卫》的诗：

> 万事有不平，尔何空自苦。长将一寸身，衔木到终古。
>
> 我愿平东海，身沉心不改。大海无平期，我心无绝时。
>
> 呜呼！君不见西山衔木众鸟多，鹊来燕去自成窠。

此诗通过写一位诘问者和精卫的对话，来表现精卫的可悲可敬。精卫要以石填海，终古不息，而诘问者认为这一举动太过无稽无谓，是自设牢笼，又说当今之世众生营营，赍志不改之人反而成了异类了。

这首诗中精卫的处境，就是明亡之后顾炎武自己的处境，也正可用来描述陈近南在《鹿鼎记》中的处境。而把"身沉心不改"的"精卫"写成配角，把只顾营巢的"鹊""燕"写成主角，不正是《鹿鼎记》的独特之处吗？

05

《鹿鼎记》还是一本反爱情的书。

金庸小说写爱情是极好的，既英雄气壮，又儿女情长。金庸是相信爱情的。"问世间，情是何物，直教生死相许"——生死相许，在旁人看来是爱情的极致，而在金庸小说中，却是再容易、再自然不过之事。

如杨过，中了有蚀骨之毒、铭心之痛的情花毒的他，得了世上仅剩的半粒绝情丹，只因小龙女之伤无法可治，便不愿独生，随手就将丹药抛入万丈深谷。如萧峰，在"塞上牛羊空许约"之后决然息心，一生怀念，取次花丛，掉头不顾。如程灵素，宁愿用自己的命，换胡斐四肢俱全、一生安乐，纵然胡斐心中所思忆的，一直是另一个姑娘。

在金庸笔下，爱情至纯至美，近乎神圣。相信爱情、投入爱情、乐于付出爱，是金庸小说以往主角的共通点。

但韦小宝又是一个例外。

韦小宝的出身，已经预示了他必然"爱无能"。他出生于扬州丽春院，耳中所听是迎来送往、周旋讨好，眼中所见是虚情假意、财色交易。在这种极端现实的环境下，爱情是没有容身之地的。

韦小宝对爱情既无热情的期待，也无虔诚的相信，而他对有缘相识相交的女子，也从无对等的尊重和健康的欣赏：要么，是调笑戏谑；要么，是坑蒙拐骗；要么，是威逼利诱。

韦小宝的爱情观和他的成长环境完全"合拍"，全无理想主义的情怀、古典主义的优雅、浪漫主义的高蹈。看他恋爱，像是在看一场捕猎，是猫对猎物的收放玩弄，是狮子对猎物的潜伏窥伺，是猎豹对猎物的拼命追逐。总之，是强势方目的分明、花样百出的"狩猎"，而非双方目光的交汇、灵魂的共鸣、生命意义的追寻、心灵的安放。

当然，期待一个在妓院长大的男子懂得"爱情"，本来就是一种强求、奢望。对于妓女的儿子而言，让内心变得粗粝，几乎可以说是能让他安然生存下去的必备技能。因为妓院这种地方，有违人伦的奇事、怪事、惨事自然少不了，比如母亲和嫖客之间的性事，就是他必须面对的尴尬事。但是韦小宝濡染既深，内心早已强大无比：

> 他蹑手蹑脚的走到母亲房外，一张之下，见房里无人，知道母亲是在陪客，心道："辣块妈妈，不知是那个瘟生这当儿在嫖我妈妈，做我的干爹。"走进房中，见床上被褥还是从前那套，只是已破旧得多，心想："妈妈的生意不大好，我干爹不

多。"

此时，他已经功成名就，因偶然机缘潜回丽春院。与母亲暌违数载，即将重逢，却不是"近乡情怯""母慈子孝""相对泪流"的戏码。母亲不在房中，韦小宝明白她是在陪客，见到房中陈设破旧，稍显寒碜，韦小宝的下意识想法是"妈妈的生意不大好，我干爹不多"——母子被迫分离数年一事的悲剧性，母亲这一身份的神圣性，母子情感在传统语境中的严肃性，都在这一语中消解殆尽。妓院，容不下任何带有"神圣感"和理想属性的事物，孝道如是，爱情也如是。

韦小宝在房中等母亲，听到隔壁房中传来女子哭叫之声：

> 这种声音韦小宝从小就听惯了，知道是老鸨买来了年轻姑娘，逼迫她接客，打一顿鞭子实是稀松平常。小姑娘倘若一定不肯，什么针刺指甲、铁烙皮肉，种种酷刑都会逐一使了出来。这种声音在妓院中必不可免，他暌别已久，这时又再听到，倒有些重温旧梦之感，也不觉得那小姑娘有什么可怜。

良家女孩被卖入妓院，因不愿接客而被毒打虐待，这自然是人间惨事，常人若亲身见闻，难免引动恻隐不平之心。但韦小宝因从小见闻已多，早习以为常，所以"这时再又听到，倒有些旧梦重温之感，也不觉得那小姑娘有什么可怜"。这段细节，粗看颇为滑稽有趣，但是细细品味，其实饱含荒诞感和悲剧感。韦小宝如在涅之沙，早已通体漆黑，所以见事总是淫者见淫、麻木者见麻木。由此也可看出，韦小宝对爱情的无能，其实不仅是因为他对"爱情"本身的认知存在严重偏差，还与他恻隐心、同理心的缺失有关。张爱玲曾说："因为懂得，所以慈悲。"而韦小宝正是因为"不懂得"，所以

"不慈悲"；因为不慈悲，所以自然只能"欣赏"、追求、获得残缺的"爱"。

此外，韦小宝的庸俗，也让他没有办法体会到爱情超越功利、超越世俗的一面。韦小宝受康熙器重，节节高升，后来去扬州出公差，作为钦差回到自己的家乡，也算衣锦还乡了。当地官员纷纷折腰相事，安排下盛大的接风筵席，极尽风雅之能事，但他们花这一番心血，正是对牛弹琴：

> 那歌妓走进花棚，韦小宝不看到也罢了，一看之下，不由得怒从心上起，恶向胆边生，登时便要发作。原来这歌妓五十尚不足，四十颇有余，鬓边已见白发，额头大有皱纹，眼应大而偏细，嘴须小而反巨。见这歌妓手抱琵琶，韦小宝怒火更盛，心想："凭你也来学陈圆圆！"却听弦索一动，宛如玉响珠跃，鹂啭燕语，倒也好听。只听她唱道："淮山浮远翠，淮水漾深渌。倒影入楼台，满栏花扑扑。谁知阛阓外，依旧有芦屋。时见淡妆人，青裙曳长幅。"
>
> 歌声清雅，每一句都配了琵琶的韵节，时而如流水淙淙，时而如银铃玎玎，最后"青裙曳长幅"那一句，琵琶声若有若无，缓缓流动，众官无不听得心旷神怡，有的凝神闭目，有的摇头晃脑。琵琶声一歇，众官齐声喝采。慕天颜道："诗好，曲子好，琵琶也好。当真是荆钗布裙，不掩天香国色。不论做诗唱曲，从淡雅中见天然，那是第一等的功夫了。"
>
> 韦小宝哼了一声，问那歌妓："你会唱《十八摸》罢？唱一曲来听听。"
>
> 众官一听，尽皆失色。那歌妓更是脸色大变，突然间泪水浍浍而下，转身奔出，拍的一声，琵琶掉在地下。那歌妓也不

拾起，径自奔出。

带有色情意味的小曲《十八摸》，是秦楼楚馆之中妓女与"恩客"调情的把戏，格调低俗，不登大雅之堂。而在韦小宝的眼中，卖艺的歌妓不及卖身的妓女，若是美不到陈圆圆的倾国倾城、风情万种，似乎连抱琵琶、唱曲子的资格都没有。哪怕她歌喉婉转，声遏行云，琵琶弹得"玉响珠跃，鹂啭燕语"，在韦小宝听来，也是味同嚼蜡，如坐针毡。可见，韦小宝对女性的欣赏止于皮囊，断然欣赏不了其风采的高华、人格的独立、灵魂的独特。

而讽刺的是，他最终却坐拥七美，成了"人生赢家"。但是，在爱情上，他真的赢了吗？

曾柔爱的是他"英雄慷慨"的人设；沐剑屏是被他半哄半闹骗到手，又有感激他救命之恩的成分；苏荃是没有更好的选择，"识时务者为俊杰"；阿珂更是无可奈何，退而求其次；方怡最"绝"，她如施琅降清，屡"降"屡"反"，待韦小宝没什么真心——当然，这也无可非议，钱财本就买不来真心，权势也逼不出真心，哄骗更骗不来真心。

七人之中，对韦小宝有真心的，唯有承他报仇之恩的双儿。其实，韦小宝自己也明白，这七位夫人中，对自己死心塌地的唯有双儿：

> 韦小宝心想："……我韦小宝如果自杀，我那七个老婆中不知有几个相陪？双儿是一定陪的，公主是一定恕不奉陪的。其余五个，多半要掷掷骰子，再定死活。方怡掷骰子时定要作弊，叫我这死人做羊牯。"

双儿对韦小宝的态度，与以往金庸小说女主角对男主角的态度大体相同——为了他，水里水里去，火里火里去，海角天涯，万里相随，刀山油锅，不在话下。双儿与韦小宝之间，韦小宝永远是主动的一方，双儿则总是在等待、在守候，"常存抱柱信，岂上望夫台"。她不仅情深如许，还温柔貌美、天真可爱、武功超群，双儿之于韦小宝，像黄蓉之于郭靖，是打怪升级的最强"外挂"。但是，双儿身上，也有金庸小说以往女主角没有的东西。

其一是能接受不排他的爱情。韦小宝的"爱情史"，甚至他对其他女子优哉悠哉，辗转反侧的情态，双儿尽数知之、见之，但她从未妒嫉或失落，反而兢兢业业，恪尽辅佐"助攻"之职。

其二是对韦小宝言听计从。在《鹿鼎记》中，双儿几乎是"万能"的，韦小宝一入困境，双儿就能凭着忠贞热血、高超武功解救他。韦小宝上五台山寻顺治、去云南探吴三桂虚实、平雅克萨，双儿都紧紧跟随，屡立奇功。而韦小宝不愿做、不能做的事，她也总是在所不辞。如韦小宝得了好几本藏有碎羊皮的《四十二章经》，听闻这些碎羊皮能拼成藏宝图，自然想要尝试。无奈他耐心欠奉，做不得细致活计，于是，这个任务自然落到了双儿的头上。韦小宝一声吩咐，双儿通宵不眠。她做了事，不仅从不居功，还常常对自己求全责备，生怕不能尽辅臣之责。

双儿对韦小宝，从来不是平视，而是仰望。这种仰望，又不像阿朱对萧峰那种即使崇拜亦不失人格平等的仰望——她对韦小宝，还多了几分丫鬟对主子忠诚的意味。而他们二人的关系，也确实是始于主仆，后来虽成了夫妻，却终身不离主仆之实。

双儿在书中频频出场，但是全书终了，我依然觉得她面目模糊，难以看清。双儿从来没有做过自己，她似乎没有自己的心思和欲望、情志和天地，而像是韦小宝的"工具人"。在韦小宝眼中，双儿本来只是个百依百顺、好哄好骗的小丫头，后来感念于她的情深意重，倒也慢慢对她上心起来。但是，他显然并不能真正懂得双儿，也不觉得了解她的内心有何必要。

但是有一回，金庸倒是借其他人的眼，写出双儿的另一个侧面：

> 吴六奇道："韦兄弟，你这个小丫头双儿，我已跟她拜了把子，结成了兄妹。"韦小宝和马超兴都吃了一惊，转头看双儿时，只见她低下了头，红晕双颊，神色甚是忸怩。韦小宝笑道："吴大哥好会说笑话。"吴六奇正色道："不是说笑。我这个义妹忠肝义胆，胜于须眉，正是我辈中人。做哥哥的对她好生相敬。我见你跟'百胜刀王'胡逸之拜把子，拜得挺有劲，我见样学样，于是要跟双儿拜把子。她可说什么也不肯，说是高攀不上。我一个老叫化，有什么高攀、低攀了？我非拜不可，她只好答应。"

吴六奇武功高强，身居要职，受人敬重，与双儿身份高下有别，但他对双儿真心相敬，视她为江湖奇女子；韦小宝近水楼台，却不得月色，只见微光。

其实，非但是对双儿，韦小宝对其他女子，也是只能"轻薄"，无法正经对待。如对曾柔："韦小宝抓起四枚骰子，放在她手里，乘势在她手腕上轻轻一捏，这一下便宜，总是要讨的。"曾柔初时将韦小宝视为古道热肠的豪士、英勇正直的侠客，哪知韦小宝是醉心于她的柔情和崇拜，才放王屋派一马。但哪怕在被对方用英雄"滤镜"凝视时，他也完全没有"偶像包袱"，不忘要吃吃豆腐、讨讨便宜。

种瓜得瓜，求仁得仁，以"猎物"视人，以诡计待人，亦只能求得似是而非、不过如此的感情。但韦小宝还算通达，他不求两心相许、天长地久，只求一亲芳泽、大小通吃：

韦小宝从苏荃、方怡、公主、曾柔、沐剑屏、双儿、阿珂七女脸上一个个瞧过去，但见有的娇艳，有的温柔，有的活泼，有的端丽，各有各的好处，不由得心中大乐，此时倚红偎翠，心中和平，比之当日丽春院中和七女大被同眠的胡天胡帝，另有一番平安丰足之乐，笑道："当年我给这小岛取名为通吃岛，原来早有先见之明，知道你们七位姊姊妹妹都要做我老婆，那是冥冥中自有天意，逃也逃不掉的了。从今而后，我们八个人住在这通吃岛上寿与天齐，仙福永享。"

什么是"圆满"？从本质上来说，它没有统一标准，但一定基于每个人对世界、对人生、对自我的体认。鲸鱼的圆满在海中，井蛙的圆满在井中。韦小宝得到了他想要的"圆满"，但爱情，在《鹿鼎记》中，已经面目全非了。

《鹿鼎记》中的"爱情"故事半点也不美好。这里没有清扬婉兮的邂逅，没有灵犀一点的目成，没有超越世俗的深情。韦小宝在情事上的"成功"，是"权力"的成功、"谋略"的成功，而非"爱情"的成功。甚至可以说，韦小宝在男女之事上的"大功告成"，恰恰是"爱情"的幻灭。

06

实际上，当年《鹿鼎记》这部书刚写出来时，金庸的拥趸们也是持批评态度。金庸在《鹿鼎记》后记中，亦曾自陈心迹：

> 然而《鹿鼎记》已经不太像武侠小说，毋宁说是历史小说。这部小说在报上刊载时，不断有读者写信来问："《鹿鼎记》是

不是别人代写的?"因为他们发觉,这与我过去的作品有很大不同。其实这当然完全是我自己写的。很感谢读者们对我的宠爱和纵容,当他们不喜欢我某一部作品或某一个段落时,就断定:"这是别人代写的。"将好评保留给我自己,将不满推给某一位心目中的"代笔人"。

《鹿鼎记》和我以前的武侠小说完全不同,那是故意的。

金庸说得很明确:第一,《鹿鼎记》已经跳出了武侠小说的世界,观照的是历史;第二,《鹿鼎记》的面貌,是金庸"故意"要推翻以前的那个世界,故而呈现出来的。譬如,"审丑主义"主角韦小宝,就是金庸故意写的。

读者想象中的韦小宝是一个什么样的人物呢?是坐拥七美、尽享齐人之福的幸运儿?是一路开挂、直上人生巅峰的"杰克苏"?是开了金手指、在所有的困境中都能化险为夷的最强"主角光环"拥有者?

以上这些,当然都对,但是,它们只是韦小宝的"外壳",韦小宝这个人物的内核是什么呢?他其实是"古往今来第一小滑头":

> 九难冷笑道:"今日倒也真巧,这小小禅房之中,聚会了一个古往今来第一大反贼,一个古往今来第一大汉奸。"韦小宝道:"还有一个古往今来第一大美人,一位古往今来第一武功大高手。"九难冷峻的脸上忍不住露出一丝微笑,说道:"武功第一,如何敢当?你倒是古往今来的第一小滑头。"

金庸借九难的嘴,给了韦小宝这个定评。他就是油滑的、猥琐的,左右逢源,八面玲珑,不讲道德,粗俗不堪。总而言之,他身上没有丝毫美感。但是,这个身上没有美感、心中没有信仰的小混混，却用偷鸡摸狗、阿谀奉承、坑蒙拐骗的那一套，做到了大英雄、大豪杰所不能做到的事情。

他做事不讲道德，不守规则，不按常理，但是又不是全无底线。他甚至在贪污受贿、满嘴谎言之余，还守住了一个"义"字。美中生美不算奇怪，丑中生美才算稀奇。金庸在他以前的武侠小说中，写尽了英雄的各种样貌、各样心胸，但是到了《鹿鼎记》，他却不写英雄，改写"小混混"了。

英雄末路，鸡犬升天，这是历史的悲剧；英雄无奈，混混得道，这是人性的悲剧。金庸对韦小宝和他所代表的国民性，有批判、有悲悯，也有反思，这正是《鹿鼎记》的超拔不群之处。

韦小宝的确"猥琐"，而他的"猥琐"之中，又有一种不平凡；韦小宝看起来平庸俗气，但身上又有一种"奇气"。他拿得起，放得下，看得透，说得破；他内心强大，见事明白，豁得出去，挣得出来。

名缰利索，自古最能困人。韦小宝也是好"利"之人。为了利，他吹牛皮、拍马屁，但是听到别人吹捧自己，他却清醒得很。后来，他红极一时，权倾朝野，却能说退就退，说走就走。

韦小宝的走运，看起来是一件极偶然的事。

如果那天茅十八没有来丽春院，没有和盐枭争斗，韦小宝可能就不会认识他，一辈子不会踏入江湖；如果那天海大富没有出宫，没有在饭店中出手擒住茅十八和韦小宝，那么韦小宝就一辈子都没有机会踏入皇宫；如果那天康熙没有踏入练功房，被藏在其中偷点心的韦小宝误认为小太监，那么韦小宝也不敢跟他没上没下，由此结成知心的朋友。

但是韦小宝的走运，又是一件极必然的事情。

这种必然，不在于他个人的机缘、能力、魄力、性格，而在于中国五千年的历史中，必然要出一个"韦小宝"。这个人，能够用最为人不齿的手段成为成功者；这个人，能够看清那些举着道德的大旗为自己谋私利的人；这个人，能够在沧海横流、英雄尽死之时，以兼有"小人"和"豪杰"二者的心性手段，把难事做成。

但《鹿鼎记》最深刻的地方，还不在金庸设置了这种"反常"的人设和故事线，而在他为能上天入地、几乎跳出一切规则外的韦小宝设置的困境。

韦小宝视康熙为朋友，也视天地会诸人为朋友，但两方的立场是根本相反的，康熙要灭天地会，天地会要推翻清廷。于是，康熙想要韦小宝戴罪立功、剿灭天地会，表明立场；天地会想要韦小宝利用他与康熙的亲近关系，趁其不备刺杀康熙。

韦小宝对康熙的天子之威、雷霆之怒选择性服从，康熙虽然对他有所惩戒，但最终还是念着旧情放他一马。天地会却比皇帝还难对付，韦小宝装傻充愣，推脱再三，最终还是被天地会找上门来逼问。他这个总是生机勃勃、充满干劲，不知孤独、无奈为何物的人，竟然说出了"灰心"二字：

> 韦小宝心想："我会有什么惊天动地的大事业做出来？啊哟，不好，他们又是来劝我行刺皇上。怎么跟他们来个推三阻四、推五阻六才好？我得先把门儿给闩上了。"说道："兄弟本事是没有的，学问更加没有，做出事来，总是两面不讨好。兄弟灰心得很，这次是告老还乡，以后是什么事都不干了。"

韦小宝年未及冠，对着一帮年长自己数十岁的人，竟说要"告老还乡"，不免令人莞尔。然而这谐谑之语后面，其实不无悲情。一个"义"字，是万事不在意的韦小宝拼过命守护的东西。到最后，康熙都不再逼迫他了，而蒙他毁家纾难相救的天地会诸人，还是在对他进行道德绑架：

> 那老者森然道："倘若顾先生和大伙儿都受了骗，韦香主只说不做，始终贪图富贵，做他的大官，那便怎样？"舒化龙道："那么韦香主也挖出自己的眼珠子，来赔还我就是。"说着向顾炎武和韦小宝躬身行礼，说道："我们等候韦香主的好消息。"左手一挥，众人纷纷退开，上马而去。
>
> 那老者回头叫道："韦香主，你回家去问问你娘，你老子是汉人还是满人。为人不可忘了自己祖宗。"

慷他人之慨，往往容易；占据道德制高点，更是让人自我陶醉。所以古往今来，有太多人做着和舒化龙一样的事情。这也是《鹿鼎记》讽刺得很辛辣的地方：天王老子也管不了、上天入地都能行得的韦小宝，最终还是被"道德绑架"了。

数年来，韦小宝一直想左右逢源，两不得罪，但是他尽其所能，也不能得双方之恕。他为天地会费尽苦心，却还是被天地会中人送了个"汉奸"的恶名。到这时，皮实如他，也不堪重负了：

> 韦小宝大声道："皇帝逼我去打天地会，天地会逼我去打皇帝。老子脚踏两头船，两面不讨好。一边要砍我脑袋，一边要挖我眼珠子。一个人有几颗脑袋，几只眼睛？你来砍，我来挖，老子自己还有得剩么？不干了，老子说什么也不干了！"

当初他并不想"干"，却被命运推到了权力的旋涡中，今日他纵然还想"干"，也举步维艰，不如不干的好。于是，韦小宝毁了船，伪装成落水遇难，金蝉脱壳，到大理隐居去也。

《鹿鼎记》的结局，最是大雅大俗：

> 韦小宝将母亲拉入房中，问道："妈，我的老子到底是谁？"韦春芳瞪眼道："我怎知道？"韦小宝皱眉道："你肚子里有我之前，接过什么客人？"韦春芳道："那时你娘标致得很，每天有好几个客人，我怎记得这许多？"
>
> 韦小宝道："这些客人都是汉人罢？"韦春芳道："汉人自然有，满洲官儿也有，还有蒙古的武官呢。"
>
> 韦小宝道："外国鬼子没有罢？"韦春芳怒道："你当你娘是烂婊子吗？连外国鬼子也接？辣块妈妈，罗刹鬼、红毛鬼到丽春院来，老娘用大扫帚拍了出去。"韦小宝这才放心，道："那很好！"韦春芳抬起了头，回忆往事，道："那时候有个回子，常来找我，他相貌很俊，我心里常说，我家小宝的鼻子生得好，有点儿像他。"韦小宝道："汉满蒙回都有，有没有西藏人？"
>
> 韦春芳大是得意，道："怎么没有？那个西藏喇嘛，上床之前一定要念经，一面念经，眼珠子就骨溜溜的瞧着我。你一双眼睛贼忒嘻嘻的，真像那个喇嘛！"

韦小宝问韦春芳自己的父亲是谁，是因为舒化龙那一声"汉奸"的斥责，让他心中打了个结——天不怕地不怕的韦小宝，其实心中也有华夷之别、是非之分。

但是，金庸没有给韦小宝确定的答案。他是中国人，却不知是汉人、蒙人、满人还是回人；他的父亲，有可能是俗家人，也有可能是僧人——金庸已经暗示得再清楚不过：韦小宝，其实就是几千年来，中国人朴素的生存智慧、世俗的价值观、好坏兼有的国民性的代表。他是具体的人，但同时也是一个象征。

　　他机警、世故、油滑、功利，又重义气、有豪情；他其貌不扬，没有美感，又自有境界。他成功了，又失败了。他看过一切风景，有风轻云淡处，也有耿耿于怀处。他没有童话中英雄的伟岸，却在末法时代的江湖中，笑看风云。

　　金庸的小说，造就了"童话"，却终结于"历史"。因为，中国数千年的王朝更迭史，正是这般冷峻、残酷、重成败、多悲剧。"一纸兴亡看复鹿，千秋灰劫付冥鸿"，《鹿鼎记》的眼泪和叹息，正藏在它的诙谐之中、故事之后。

后 记

从过去，到无穷远

古人作诗时，总是在题目里记录创作缘起，或是游历山川，或是欣逢旧雨，或是酬赠同好……时、地、人物、场景，很是清晰。这既是为观者解惑，也是为自我留照；既是记录生活中有意味的瞬间，也是借一时的见闻抒发心中的感慨。我虽不敏，也想借着此次拙作付梓的机会，说说与之相关的记忆和感触。

我第一次读金庸小说是在一九九八年。对与我同龄及比我稍大的读者而言，金庸小说是当时的流行读物，哪怕没有读过原著，也多多少少看过金庸小说改编的影视剧，对郭靖、黄蓉、杨过、小龙女等人物耳熟能详。当时，金庸小说虽得若干学者褒扬，但在很多人心中还只是消闲故事、游戏之作。所以读金庸小说一事，常被视为与学业抵牾的事。多年后，我也曾听不少朋友回忆说，他们年少时，有在家蒙着被子、打着手电看金庸小说，或者在课堂上把金庸小说包上封皮，将其伪装成课本的经历。有人因此近视度数加深，也有人被老师当场窥破机关——不过当事人在讲述这些青春旧事时，眼中总闪烁着笑意。

相比之下，我或许更幸运一些。我家并无"正经书""闲书"的说法，不过课业繁忙，只能化整为零，在假期找时间读。我第一遍读金庸小说，花了将近二十元"巨款"，以五角一本的价格，从租书店将书借回，断续看完。初读时心花怒放，欣喜于世间竟有如此好看的书，且还有这么多本，如信步闲游之人忽入奇境，满目宝物，竟可任意拾取。不过五角钱是一天的租价，为了省钱，总是一天读完一本，虽不至于走马观花，但自然也较少关注细节。十几部著作读到超过一半，心中忽然生出一种惆怅之情，只觉世间赏心乐事都有尽头——作家再勤勉，也架不住读者希望他如"永动机"，以便好书一直读不完的奢望。从理性角度而言，我非常佩服金庸在完成《鹿鼎记》之后封笔，及时"退出江湖"的举动；但是从感性而言，我却希望金庸未曾封笔，希望自己能一直怀有对"下一本"的美好期待。相信这个"妄念"，也并非只有我一人有。苏轼读陶渊明诗时那种"唯恐读尽后，无以自遣耳"的心情，我在读金庸小说的时候，便深深体会到了。等到读完所有金庸小说，我又开始羡慕那些从未读过金庸小说的人。对他们而言，世间某处还有一个大宝藏，在等他们发现。

后来，我发现金庸小说是可以不止一次地重读的。随着自己的阅历、心态、兴趣、欣赏水平、关注点的变化，在每次重读的过程中，往往能看到小说中不同层面的东西。故事和人物，是金庸小说的读者常会优先关注的因素，我也不例外。但在重读时，我发现金庸小说的写作技法、文化内涵、人文观照、对人性的思考等多个方面都可圈可点，值得探寻。譬如彩虹七色混融，光辉绚烂，随意一瞥便会被惊艳；而进一步对它进行光谱分析，了解其美之所由自，又是另一种乐事。

在十四岁之后，我的人生中多了一个期待，那就是每隔一二年，等到对金庸小说的印象变得稍微模糊些时，便展卷重读。重读数遍后，自然也有了一些心得。十年前，我在学校承担了一门名为《文学欣赏与写作》的课程的授课任务。在刚开始的那两年，每个学期结束，我都会根据教学情况适当调整下学期的授课内容。某次调整时，突然福至心灵，想到可以将金庸小说也作为授课内容，于是，便将其安排在最后一讲。接下来的几年，这一讲，常常是我最放松、最舒展，学生也最兴致勃勃的一讲，所以后来，我又专门开了一门《金庸小说导读》的选修课，也很受学生欢迎。听故事、讲故事的时候，代入自我、投射自我是人类的共通爱好，想必这就是听者和讲者都各得其乐的重要原因。更深层的原因，是金庸小说于我已经不再只是故事，它是我看见众生相的镜子，也是浇洒块垒的酒杯。当然，这一切的前提在于金庸妙笔生花，将世间各色的人情人性形诸笔端，使得观者能在"江湖"之中，见天地众生，见人，亦见自我。

在课堂上讲了一段时间金庸小说后，本着和更多同好交流心得的想法，我开始在知乎发布评析金庸小说的文章，还做了几场线上讲座。我的专业是中国古代文学，说起来，金庸小说并不是契合我的专业方向的研究对象，而我当时写文章、做讲座，也并未定立具体的目标，甚至并未抱着研究的态度，只是觉得它是一个能让我燃起生命热情和文学热情的题目，便顺着自己的心意，把一路以来的所思所感，分享给有同样兴趣的人。

2020 年 3 月，我在知乎收到了一条站内私信，联系我的人是知乎的盐选专栏编辑刘佩老师。刘老师邀约我在知乎开设一个评析金庸小说的专栏，这一提议深得我心，我当即允诺。在刘老师的指导下，专栏定名为《回首金庸小说中的江湖儿女：武侠童话与人生寓言》，以评析金庸小说人物为主，也会分析金庸小说中一些有意味的问题。专栏的稿件，有五分之一是以前写就的，另外的则是在拟定大纲之后新写的。在约九个月的写作期内，刘老师是我的指路人，也是第一读者，她为我提供了很多指引、鼓励和帮助。专栏在更新的过程中，也受到了很多读者的好评，在知乎有了较高的关注度。

2020年年末，我自己在专栏下留言道："2020年，我终于把迄今金庸小说在我生命中留下的印记，在我的世界观中架构的骨肉写了出来。金庸小说让我相信爱情有斡旋天地的力量，让我相信人格之彪炳可昭日月，让我看到世间众生悲欢离合，让我知道人生在世，实在是千古难再、滋味难言的事情。我爱金庸对众生的悲悯，也爱金庸小说百样的人生、各色的性情。金庸小说中不仅有超凡的脑洞、出尘的侠客、动人的爱情，还有情怀和信仰。写作过程中，我有过进入心流的酣畅淋漓，也有卡文时的百种煎熬……每篇文章，都有我真实的生命体验，有我的真情和灵魂。"这个专栏，给了我一个更大、更易被人看见的舞台，让我能尽情挥洒。我也欣赏自己在此过程中的认真和投入，欣赏我在文字中做了比日常生活中更纵情肆意的人。萧峰的英雄本色、令狐冲的真实坦率，何尝不是我的梦想；林平之的飞蛾扑火、慕容复的不能自见，何尝不是我的症结。在写作过程中，我又何尝不是在重新了解自己，在向那个更自由、更博大的"我"迈进呢？

不知不觉，专栏已经有了二十五万多字的篇幅。从字数言，似可成书；从内容言，我也自觉还算有创见。不过这事，当然需要机缘。机缘出现在专栏完成约两年之后。岳麓书社的刘书乔老师在知乎联系到我，告知我他一直有策划一本"我们的武侠时代"的书的想法，由这一簇心火驱使，他在网上搜寻后，看到了我的文字。岳麓书社与我有乡缘，刘老师的垂青也令我感念。经过数次沟通，在感受到刘老师的热忱和专业后，我自然愿意将作品托付于他。交稿之后，刘老师与我细致讨论如何重定书名，有两三次聊起这个话题，甚至自午及暮。我们根据对金庸小说的理解、根据本书的核心观点，一起构思了不啻一百个书名，一时觉得已尽其妙，一时又觉得还词不达意。最后，刘老师想出了"江湖的倒影"这个名字，我也很赞许。这是为文字赋形的过程，也是作者和编者通过文字来认识彼此的过程，在这个过程中，我自是受益良多。

关于本书，远缘、近缘，都已尽述。我毫不讳言，在我的生命中，这是一本很重要的书，它并非完美无瑕，但绝对坦率赤诚；它是一个读者对深爱的作品的"表白"，也是一个作者热忱的自述。自小，我被界定为一个"内向""不爱说话"的人，也一度为这种界定所困，以退避甚至瑟缩的姿态成长着。直到我发现自己在文学上的热情，找到用笔言说的方式，我才慢慢发现，我的内在世界如此充沛，我想表达的感受如此丰富，我的自我有无限可能。我还发现，我最大的生命欲望，就是言说生命体验。我曾写过一首《沁园春》：

> 亘古洪荒，玄黄同色，我未生时。有鲲鹏万里，北冥南海，蜉蝣一日，夕阴朝晖。浩浩高昊，茫茫大块，造物无心与护持。同寥寂，总方生方死，因是因非。　我生之后为谁。与百草千花共有涯。叹随岚浓淡，风雷襟抱，如云漂泊，霜雪心期。有限悲欢，无穷感慨，散入尘寰等作灰。今时日，是羲和曾育，夸父曾追。

"人生如逆旅，我亦是行人"，于宇宙，"我"同乎蜉蝣；于自己，"我"同乎宇宙。这条认识自我的路永无止境，而金庸小说是路上极其重要的里程碑，也是我多年来跋涉长途的养分之一。我感谢在路上与我邂逅、向我致意的人们，也感动于我们的生命之路交叉的那一刻。愿我们脚下的路能各自延伸，去往无穷远的地方。

彭洁明

2023 年 8 月 22 日于广州